T0258630

Alguien como yo

Elísabet Benavent (Valencia, 1984). La publicación de la saga Valeria en 2013 la catapultó a la escena literaria y se convirtió en un auténtico fenómeno. Desde entonces ha escrito 21 novelas. Algunas han sido traducidas a varios idiomas y publicadas en diez países. En 2020 la serie *Valeria* se estrenó en Netflix en más de 190 países y batió récords de audiencia. En 2021 la película *Fuimos canciones*, inspirada en la bilogía Canciones y Recuerdos, fue uno de los estrenos más aclamados. Sus libros han vendido más de 3.600.000 ejemplares. *Todas esas cosas que te diré mañana* es su vigésima segunda novela.

BetaCoqueta
www.betacoqueta.com

Biblioteca

ELÍSABET BENAVENT

Alguien como yo

DEBOLS!LLO

Papel certificado por el Forest Stewardship Council®

Penguin
Random House
Grupo Editorial

Primera edición en Debolsillo: noviembre de 2016
Decimocuarta reimpresión: enero de 2023

© 2015, Elísabet Benavent
© 2015, 2021, Penguin Random House Grupo Editorial, S.A.U.
Travessera de Gràcia, 47-49. 08021 Barcelona
Diseño de la cubierta: Compañía
© Javier Almar, por la imagen de la cubierta

Printed in Spain – Impreso en España

ISBN: 978-84-663-2999-6
Depósito legal: B-21.637-2015

Impreso en Novoprint
Sant Andreu de la Barca (Barcelona)

P 3 2 9 9 9 D

Para Marc y María, los niños de mis ojos

1

ME MIRABA DIFERENTE

Me miraba diferente. Me miraba, sí, pero ya no éramos él y yo. Éramos dos personas distintas metidas dentro de nuestro propio cuerpo pero que de pronto no tenían derecho a acercarse el uno al otro. Durante un tiempo me pareció que reteníamos a los verdaderos Hugo y Alba, encarcelados y escondidos, pero poco a poco aquella sensación fue desapareciendo hasta diluirse.

Al menos nos mirábamos. Al menos no había desaparecido. Al menos seguía allí. Dijo que no se marcharía y... no lo hizo. Eso debería ser suficiente, ¿no? Entonces, ¿por qué no lo era?

Si algo debo agradecerle fue darme la motivación para volver a refugiarme en mis amigas. Gabi fue mucho más comprensiva de lo que imaginaba. No dijo «te lo advertí», claro, porque tenerme sollozando en su regazo hizo que se diera cuenta de que, quizá, había prejuzgado una historia de la que no conocía todos los detalles.

—¿Por qué lo ha hecho? —le pregunté, con la mirada perdida, en el salón de su casa.

—A lo mejor os quiere más de lo que crees.

¿Era eso verdad? Aquel día ella entendió y yo por fin pude explicarme. Las dos aprendimos.

—Te dije cosas que no siento porque no te entendí. Me faltó confiar en ti. Pero… era imposible, Alba. Si era amor…, esta es la mejor decisión.

Hugo era sabio, joder. Me había destrozado por dentro, de arriba abajo, pero de no haberlo hecho todo hubiera sido peor.

El mes siguiente fue… malo. Horrible. Nico y él no se habituaban al nuevo *statu quo*. Y a mí me costó volver a estar en la misma habitación que Hugo. Ya nunca nos quedábamos solos. Si no estaba Nico, yo no pisaba su casa, porque no podía soportar ese hilo interno, esa tensión de saber que si no se hubiera alejado, yo aún moriría por él. A veces ni siquiera entraba en su piso por no verlo. Nico y yo empezamos a hacer más vida en mi piso y Hugo pasó más tiempo solo.

Conforme pasaron las semanas me di cuenta de que eso creaba una falsa sensación de alivio. Ojos que no ven no es corazón que no siente, porque Nico y yo nos despedíamos con un beso en la puerta de mi casa y cuando se marchaba en lo único en lo que podía pensar era en Hugo solo, escuchando discos antiguos. Y me partía en dos.

Así que tuve que hacer un esfuerzo. Lo hicimos todos, no me colgaré yo sola la medalla. Todos pusimos de nuestra parte para intentar volver a estar los tres en la misma habitación y que se pudiera respirar. La primera cena en la terraza fue tan rara que al llegar a mi piso, lloré como una imbécil. El silencio había dejado de ser motivo de burla por su parte. Tampoco era dulce ya. Eran cosas por decir que si no se pronunciaban era porque no se podía. Éramos nuestros propios censores y dolía tanto..., tanto como las conversaciones vacuas sobre el trabajo o sobre cómo les iba a mis amigas.

Y entonces, un día, sucedió... Me di cuenta de que Hugo había encontrado a alguien en quien apoyarse... y no era yo. Estaba más contento, sonreía más, parecía que ya no nos evitaba. ¿Quién era ella? Mi hermana. Ella fue la artífice. Y que conste que sabía que allí no existía nada sórdido. Nada de sexo ni atracción ni romanticismo..., solo una relación casi platónica. Ella siguió llamándolo «cuñado» durante bastante tiempo, hasta que él le tuvo que explicar que nos dolía. No lo sé a ciencia cierta, pero imagino que fue así, porque yo nunca me atreví a decírselo..., en el fondo me reconfortaba. Era una prueba de que todos los recuerdos que tenía de nuestro Nueva York y lo que había significado no era una exageración de la memoria. No. Yo no había imaginado un amor de película; nosotros habíamos protagonizado el amor de nuestras vidas en aquella ciudad, cogidos de la mano. El amor que todas las románticas esperamos nació y murió allí. Y mi fe en las emociones suprahumanas, también. ¿En qué situación quedaba mi relación con Nico después de esta afirmación? Porque... sí, Nico y yo habíamos decidido seguir juntos. Nos pareció lo lógico, aunque mi hermana me sugirió que me lo pensase bien, que quizá ninguno de los dos estaba aún preparado para iniciar algo nuevo. Y al fin y al cabo era nuevo. Porque Hugo no estaba y porque algo había cambiado, empezando por nosotros. Fue una ruptura para los tres. Que se lo digan a Nico, que debió rayar todos los discos de Lana del Rey.

Poco a poco, la situación fue normalizándose. Nico y yo como pareja convencional. Mis amigas más cerca, porque de pronto no tenía nada que esconder y todo era natural y normal para todo el mundo. Hugo en su casa, rey de las sonrisas que intentan decir «todo va bien». Eva de aquí para allá, alternándose como cojín emocional para su hermana y para el exnovio de esta, al que había cogido un cariño que apenas me podía explicar.

Y empezamos nuestras rutinas. La oficina. El Club. Las cenas. Hubo días que quedamos los cuatro. Volvieron las risas. Las bromas. Pero todo estaba contagiándose de una desidia infecciosa que ponía raíces allí donde se posaba. Era fácil ver que ninguno de los dos sentía ya ninguna ilusión por su proyecto empresarial, por ejemplo. Pero fingimos. Todos fingimos, porque al final en la vida se aprende que de tanto fingir a veces uno se cree el papel que interpreta. Y si eso ocurría, todo estaría bien. ¿No?

Hugo se volcó con su trabajo en la oficina y empezó a ocuparse de muchas más labores de El Club, tratando de dejar más libre a Nico para que viviéramos nuestra propia historia de amor. Pero algo fallaba. Algo…

2

LA VIDA

Sonó el despertador y se conectó la radio a volumen moderado. Una machacona canción de discoteca invadió la habitación e hizo que Nico gruñera y se tapara la cabeza con la almohada.

—Puta música de los cojones —rugió.

—Si quieres programo Radio3 —le dije mientras me levantaba de la cama—. Llegaremos todos los días tarde. No hay Dios que no se duerma escuchando Radio3.

Él me lanzó un cojín que se estrelló en la puerta del baño y a mí me dio la risa. Abrí el agua de la ducha y esperé a que saliera caliente, además de encender la calefacción. Hacía un frío de pelotas, como bien constataban la piel de gallina y mis pezones erectos. Nico entró en el baño mientras se frotaba los ojos y me apartó un poco para usar el baño.

—Ni se te ocurra mear delante de mí —me quejé.

—Joder...

Se giró de nuevo hacia la puerta y fue a salir, pero atolondrado volvió, me besó y se fue. Mientras me duchaba, escuché cómo se marchaba hacia su piso. Recibí el agua caliente con un gemido de satisfacción.

Nos encontramos cuarenta y cinco minutos después en el portal. Iba bien abrigado, con una chaqueta gris oscura y una bufanda un poco más clara. Nos besamos y fuimos andando hacia la parada de autobús. Solíamos ir juntos casi todas las mañanas; alguna incluso nos marchábamos en coche con Hugo, pero él tenía por costumbre ir bastante antes a la oficina, así que eran las menos.

Hicimos el trayecto casi callados, como siempre, conmigo apoyada en su torneado hombro. Ya me daba igual que nos viera alguien de la oficina; creo que todos imaginaban que salíamos juntos, pero no había nada raro allí que tuviéramos que esconder. Sin Hugo, lo nuestro se convertía en una relación decente. Lo que los demás definirían como decente, que nadie me entienda mal; para mí no hubo nada condenable en querernos los tres. Nunca me había sentido más entera y yo que entonces. Pero todo se esfumó. Eran principios de diciembre. Los tres habíamos tenido seis meses para ver evolucionar nuestra relación.

Al llegar a la oficina, él se fue a su cubículo y yo al mío, que por aquel entonces ya había hecho un poco más propio y que tenía un poco adornado. En un alarde de sentimiento navideño, tenía incluso un poco de espumillón que Olivia había traído e insistido en sujetar con celo de la estantería superior. Jou, jou, jou. Odio las Navidades. Soy así de especial (y no en el buen sentido).

De camino a la cocina me encontré con dos compañeras del departamento; ya hablábamos, pero la relación seguía sin ser fluida. Creo que el motivo por el cual al final hicieron un tímido acercamiento fue la sospecha de que Nico y yo salíamos. Ser «amiguita» de uno de los guapos de la empresa debía puntuar y yo era el salvoconducto para conseguirlo. Ilusas. A ver cuándo os dais por enteradas…, Nico es un poco rancio, en eso radica su encanto.

—Qué guapa estás —me dijo una—. Ya nos dirás qué hay que hacer para tener esa cara por las mañanas.

Me dieron ganas de decirles que follar más y cotillear menos era un buen comienzo, pero solo sonreí y les di las gracias. Maestra en el noble arte de las relaciones hipócritas en la oficina. Esa era yo. Me encontré con Olivia en la cocina y puso los ojos en blanco. Le habría tocado charlar con las compañeras con las que me acababa de cruzar.

—¿Qué te pasa?

—Hastío.

—Ya queda menos para que venga tu chico. —Le pellizqué el culo—. Gochona.

Su relación con el chico que había conocido en San Francisco se afianzaba por momentos. Yo temía que llegase el día en el que se cansase de la distancia y se marchase para no volver. Siempre bromeábamos con la idea de que se casaría y conseguiría la Green Card, pero no era tan descabellado al fin y al cabo. Era un futuro previsible. Y acabaría sola en una oficina llena de gente con la que no terminaba de encajar, mi «novio» y nuestro «examante». ¡Bravo!, Olivia, anda, no te vayas…

Charlamos un rato sobre los planes que tenía para los días que la empresa daba por Navidad. Iba a presentarle a su familia a Julian, su chico, y estaba emocionada. Cuando volvíamos a nuestros puestos de trabajo, antes de desviarse para coger el ascensor a la planta de arriba, me preguntó qué tenía yo pensado para las fiestas.

—Nada especial, lo de siempre. —Me encogí de hombros—. Aunque Nico ha dejado caer la posibilidad de ir al pueblo con él y conocer a toda la familia.

—Uhhh… —Olivia subió y bajó las cejas insistentemente—. Planazo.

Me eché a reír.

—Bueno, estas son las cosas que se hacen cuando tienes una relación… convencional

—Convencional. Bonita definición. ¿Todo bien? —preguntó sin querer darle mucha importancia.

—¿Eh? Ah, sí. Claro.

—¿Seguro?

—Seguro.

Le guiñé un ojo y me despedí de ella hasta la hora de la comida.

—Pero ¿qué prisa tienes? —se quejó.

Prisa de no entablar conversaciones sobre cosas de las que no estaba segura. Cuando me senté delante del ordenador y empecé a trabajar, supe que sería un día largo. Gestioné dos viajes a la oficina de Barcelona para dos gerentes. Terminé con la base de contactos para enviar las felicitaciones navideñas y se la mandé al departamento pertinente. Me encargué de unas cuantas facturas y cuando no pude retrasarlo más…, fui al despacho de Hugo. Por trabajo, claro. Llamé y al escuchar su clásico «pasa», abrí. Estaba inclinado en la mesa, ordenando unos dosieres.

—Hola, Hugo. ¿Quieres que meta tus gastos de la quincena al sistema?

Hugo levantó la mirada y sonrió.

—Hola, Alba. No hace falta. Lo haré yo.

—Venga, dame los tiques y yo lo haré. Tienes pinta de estar a tope.

Chasqueó la lengua y se dio cuenta de que no tendría tiempo de hacerlo. Sacó la cartera del bolsillo de la chaqueta y empezó a sacar comprobantes.

—Siéntate un segundo, tengo que anotarte de qué son.

—Lo puedo mirar en tu agenda.

Me miró y volvió a dibujar una sonrisa.

—Joder, *piernas*, eres un *crack*.

Unos nudillos golpearon la puerta abierta y los dos miramos hacia allí. Era el superintendente, sonriente y sonrojado. A ese hombre iba a darle un infarto un día de estos; parecía un cochinillo, el pobre hombre.

—¿Qué tal? —saludó.

—Luego vengo a por eso —dije disculpándome.

—No, no. Toma.

Hugo me pasó un fajo de papeles y me dio las gracias. Pasé al lado del jefe y le sonreí.

—Esta chica es un *crack* —le dijo Hugo.

—Eso dicen.

—Zalameros —bromeé.

No sé por qué, el jefe (al que había apodado «Osito Feliz») me había tomado cierto cariño y, aunque no pasaba muy a menudo por allí, cuando lo hacía siempre tenía un momento para preocuparse por cómo me iba todo. Paloma le hablaba bien de mí y creo que Hugo también. Al fin y al cabo me había adaptado muy bien al trabajo.

Cuando volví a mi sitio me puse con los gastos de Hugo. Debían ser paranoias mías, pero me daba la sensación de que hasta olían a su colonia. Eso me hizo sonreír. Este hombre, siempre tan impoluto...

Nico vino a recogerme sin previo aviso a la hora de comer; Hugo tenía una reunión con un cliente y «mi novio» no quería comer solo o con el resto de compañeros. Evidentemente seguía teniendo cierto recelo por relacionarse con «gente». Por mi parte le dije que había quedado con Olivia y que, como todos los jueves, tocaba nuestra comida semanal en el japonés de El Corte Inglés, pero que podía venirse. Hizo una mueca.

—No voy a dejar de comer con Olivia, Nico. Ya había quedado con ella. Si me hubieras avisado...

—No, no. Lo comprendo. Está bien. Pregúntale si le importa que os acompañe.

A Olivia no le importó. A decir verdad, le gustó que lo llevara porque aprovechó para hacerle un rato la puñeta. A veces, cuando los veía juntos, me acordaba de que entre los dos un día ardió Troya en la cama y me sentía un poco incómoda. No creo que a nadie le guste esa sensación, pero... no eran celos, que conste. Era una especie de cosquilleo que me hacía sentir fuera de lugar, como si el hecho de que Nico estuviera conmigo formara parte de una farsa enorme.

La tarde fue aburrida. Cuando ordené algunos datos en unos documentos de Excel, me quedé sin trabajo y me dediqué a mirar mi perfil de LinkedIn, por si había habido suerte y alguien se había interesado. Pero nada. Todo seguía como siempre: parado.

A las seis me fui a mi clase de yoga con Olivia. Pasamos más tiempo tendidas riéndonos en la colchoneta que haciendo estiramientos. Nos entraba fatiguita enseguida. En realidad aquello era la excusa perfecta para poder tomarnos después un *chai* calentito en el Starbucks que había junto al gimnasio, aunque quizá era una excusa muy cara que yo no podía permitirme.

Después de despedirnos con un beso en la mejilla y un «hasta mañana», Olivia se marchó andando hacia el metro y yo hacia el autobús, en la dirección contraria. Cuando ya cruzaba la calle con prisa para refugiarme del frío en la marquesina del autobús, alguien me llamó a mi espalda. Llevaba un traje gris oscuro, camisa blanca, jersey de cuello de pico granate y corbata del mismo color que el traje. Impoluto, como si terminara de salir de casa. Hugo, claro. Qué rabia me dio compararnos..., yo llevaba el pelo recogido en una coleta mal hecha, unas mallas negras y fosforito, el anorak y zapatillas de deporte. Le hizo gracia.

—¡Mira, *Flashdance!* —bromeó.

—Qué graciosito.

—¿De dónde vienes? ¿De soldar un poco? —dijo refiriéndose a una de las escenas de la película.

—Vengo de yoga, imbécil.

—Voy hacia casa. ¿Te vienes?

Era absurdo decirle que no. Íbamos al mismo jodido edificio pero... ¿solos en su coche? Suspiré. Si quería normalizar la situación, tenía que empezar a ceder. Le dije que sí, claro. Caminamos en paralelo y en silencio hasta el *parking* donde dejaba el coche y una vez dentro, encendió el motor. El equipo de música se conectó y empezó a sonar *Jolene*, de Ray LaMontagne. Le miré con el ceño fruncido.

—¿Eso es de Nico?

—No. —Se rio maniobrando para salir de allí—. Esta vez es mío. Tu novio sigue fiel a Lana.

Me descojoné. A mí tampoco me gustaba mucho Lana del Rey, aunque confieso que tiene un par de canciones que consiguen emocionarme.

—No creas que esto es mejor. Cambia esta música o me tiraré del coche en marcha.

—¿Y qué te pongo? ¿Irene Cara?

Y se puso a canturrear la banda sonora de *Flashdance*. Le aticé en el brazo y él cambió la canción con un toque en uno de los mandos del volante y una sonrisa. Esta vez sonó la guitarra de *Ironic*, de Alanis Morissette.

—Mejor. Me gusta esta canción —le dije.

—Sí, es genial.

—Y no quita las ganas de vivir.

La sonrisa de Hugo se ensanchó, a pesar de tener los ojos fijos en el tráfico. Salimos del garaje y nos deslizamos por el asfalto de la Castellana en dirección a Cuzco. Las luces de las farolas y de los adornos navideños iban iluminando la semipenumbra del interior del coche.

—¿Qué tal todo? Hace días que no hablamos —me dijo.

—Bien. Es que estás echándole muchas horas al curro —me quejé disimuladamente. Eso y viendo películas de animación con mi hermana. Creo que debía saberse ya los diálogos de *Ice Age*. ¿Podrían darme ternura y odiarlos a la vez? Sí, a las pruebas me remito—. ¿Estáis con algún proyecto importante en la oficina?

—Con varias cosas. Y como sigo sin ayudante… —Levantó las cejas—, pues mira, me jodo.

—¿Te pagan las horas extra?

—Sí, pero preferiría que invirtieran ese dinero en el sueldo de alguien que me ayudara todos los días. No es algo pasajero.

—¿Y un becario?

—No quiero becarios. Esos se van. Quiero a alguien que aprenda bien nuestro trabajo y que quiera ser mi mano derecha; alguien en quien confiar.

—¿Se lo has dicho al Osito Feliz?

—Sí. Hoy se lo he vuelto a recordar. Me ha dicho «proooontoooo». Me conozco yo sus «pronto». En fin. ¿Y… qué tal con Nico?

Nos miramos de reojo. No me gustaba hablar de mi relación con él. Hugo formó parte un día de esta y aunque habían pasado tres meses desde que abandonó el barco dejando a mujeres y niños detrás, aún no me sentía cómoda.

—Va bien. —Y asentí para mí.

—¿Irás al pueblo en Navidad?

—No lo sé.

—¿Y eso? ¿Te da miedito? —preguntó burlón.

—No es eso. Es que no sabría qué decirle a mi madre.

—Pues… que te vas a conocer a la familia de tu novio, ¿no?

—Bueno, es más complicado.

—¿Y eso?

—Venga, Hugo —supliqué que no me hiciera explicárselo.

—¿Qué? —Y cuando desvió la mirada de la carretera para centrarse en mí, me di cuenta de que el muy puto no sabía a qué me refería.

Suspiré.

—En septiembre le dije que estaba contigo para poder marcharme de vacaciones con vosotros y..., bueno, aunque le dije que... —empecé a agobiarme—, que tú y yo ya no..., ¿cómo le digo yo ahora que...?

—Ya. Vale, vale —me cortó—. El tema padres es siempre complicado.

—¿Tú irás? Al pueblo de Nico, me refiero.

—Sí. Yo sí. —Hubo un silencio—. ¿Dónde si no? No tengo otro sitio donde ir.

Se me puso un nudo en la garganta.

—Eva me contó que te invitó a cenar en Nochevieja en casa con mis padres.

—Tu hermana está loca del coño.

—Eso es verdad. ¿Cómo va lo de Google?

—Pues está megapreparada para la entrevista, pero aún no la han llamado. Si al volver de las fiestas sigue sin saber nada, llamo de nuevo a mi contacto.

—Gracias. Te estás tomando muchas molestias.

—No son molestias. Eva me encanta.

Tragué el nudo para que me dejase respirar.

—Yo..., esto... Sé que este comentario va a sobrar...

—Ni lo digas —pidió, como si tuviera la certeza de hacia dónde iba a ir la conversación.

—Déjame decirlo y sentirme un poco hermana mayor.

Gruñó como respuesta.

—A esa edad las chicas somos muy impresionables. Tú..., tú eres muy guapo y muy atento con ella. No quiero que se confunda y que lo pase mal.

—Yo tampoco —dijo tajante—. No va por ahí.

—A vosotros siempre os parece que no va por ahí.

—Pero es que no va por ahí. Pregúntale a ella si quieres. Estoy seguro de que ella tiene aún menos intención que yo…, que no tengo ninguna.

La que gruñí entonces fui yo. Él me palmeó la pierna y me pidió que no me preocupase tanto. Sus dedos. Sus dedos largos y masculinos presionando mi piel, por encima de la fina tela de mis mallas. El calor de su palma invadiendo centímetro a centímetro mi carne. Y si viajara hacia arriba…, yo… aparté la pierna violentamente y Hugo se removió en su asiento.

—Lo siento —musitó.

Después no nos dijimos más. Nos despedimos en el ascensor y me preguntó si quería bajar a cenar.

—No. Hoy quiero mandar unos cuantos currículos.

—¿No ha habido suerte con nada? —preguntó apoyado en el sensor para que no se cerrase la puerta.

—Nada. Y estoy empezando a desesperarme, más que nada porque el sueldo que tengo es una basura y apenas me queda margen para vivir.

—Creo que deberías hablar con tu casero, a ver si te rebaja el alquiler.

—Es un cabrón avaricioso, no creo que consiga nada.

—Invítale a un vino. Eso suele funcionar. —Me guiñó un ojo.

Cuando llegué a mi piso me di una ducha, me puse el pijama y lancé por lo menos veinticinco *mails* con mi currículo. También me apunté a varias ofertas de trabajo que encontré en la Red, de esas que sabes que nunca responderán. A la hora de cenar me zampé una sopa precocinada y una hamburguesa de soja y me metí en la cama para leer. Ya se me caían los párpados de sueño cuando Nico usó las llaves del «casero» y se metió en mi cama.

—Hace un frío de pelotas por el pasillo —se quejó sin saludar.

Subía en pijama, con unos pantalones a cuadros y un suéter azul marino de manga larga que no es que abrigara mucho.

—Si vinieras vestido como Dios manda. —Me reí y dejé el libro en la mesita de noche—. Anda, ven, que yo estoy calentita.

Nico se acurrucó sobre mi pecho y metió las manos entre mi cuerpo y el colchón para poder calentarlas.

—Hum..., qué gustito —musitó.

—Cobro por esto, que lo sepas.

—Me ha dicho Hugo que estás agobiada con la pasta. ¿Necesitas algo?

—Un trabajo mejor pagado.

—Hum..., de eso no tengo. —Su nariz fría se rozó con mi cuello y ronroneó.

—¿Tú qué tipo de calor vienes buscando? —bromeé.

—Todo el que me des.

En una maniobra rápida se subió encima de mí, debajo de la esponjosa colcha de plumas, y me abrió las piernas. Yo me reí retorciéndome cuando metió las manos frías debajo de mi pijama.

—Qué calentita estás. Ven, dale calor a este pobre novio.

—Farsante.

Sonrió y su sonrisa iluminó la habitación.

—¿Qué tal un ratito de sexo amoroso para terminar el día? —propuso con cara de pillo.

—Ya decía yo..., mucho mimo viniendo de ti.

—Soy un tío muy mimoso, ¿qué le vamos a hacer? Pero te sobra ropa para los arrumacos que quiero hacerte.

Se inclinó y me besó. El beso se volvió húmedo y profundo y yo gemí al notar su respiración agitada. Nos movimos con premura para quitarnos la ropa. Unos besos en el cuello, un par de roces y aclaradas las intenciones para aquella noche. No estaba muy húmeda aún, pero él se hundió en mí sin mucho protocolo. Los dos gemimos; la sacó para humedecerla con saliva y volver a penetrarme.

—Guarro —me quejé.

—Eso no me lo dices siempre, ¿eh?

Se inclinó de nuevo sobre mí y me arqueó. Colisionamos. Gemí. Él también lo hizo. Me agarré a la almohada y Nico embistió con más fuerza.

—Ah… —gimió—. Mmm, nena.

Cerré los ojos. Se deslizaba dentro de mí con cierta aspereza porque yo seguía sin estar muy húmeda. Ralentizó el movimiento y me preguntó si iba todo bien.

—Claro —le dije—. ¿Por qué?

—Estás…, hummm…, un poco… seca.

Me subió todo el calor del mundo a la cara. ¿Por qué ese comentario me daba tanta vergüenza? Era mi novio y estábamos follando.

—Es que ha sido muy rápido. —*Flashback* de Hugo follándome contra la pared de su piso, nada más entrar, seis meses atrás. Carraspeé—. Espera un segundo.

Nico salió de dentro de mí y yo alcancé un tubo de lubricante del cajón de la mesita. Cogí un poco y lo repartí entre él y yo. Después se volvió a colar dentro con un empujón de su cadera.

—Ah… —repitió—. Ahora sí.

Cerré los ojos. Ese *flashback* cabrón me había descentrado, pero Nico era hábil y sabía cómo devolverme al aquí y ahora. Levantó mis caderas y tiró de mí. Lamió mi cuello, mi garganta, mi barbilla y después se puso a susurrar «cosas sucias» en mi oreja, porque sabía que me gustaba.

—Con el vestido de hoy se te marcaban tanto las tetas…, me he pasado el día empalmado.

No. No se le daba muy bien eso de decir cosas guarras, pero yo se lo perdonaba porque al menos lo intentaba.

—Dime más —le pedí.

—Quiero correrme en tu boca.

Bueno, un poco mejor, pero hoy no es tu día de suerte, vaquero. Aceleré mis caderas y él lanzó un gemido.

—Joder, nena. Joder… —Se cogió a la almohada con fuerza y lanzó un gruñido de placer—. Ponte arriba. Muévete y vuélveme loco.

Dimos la vuelta y me acomodé sobre él, que se enterraba en lo más hondo de mí, sin poder parar de embestirme. Abrí más las piernas y sus dedos se agarraron con fuerza a mis cachetes.

—Dios…Yo… ya… casi… —gemí mientras me frotaba.

Nico se volvió a dar la vuelta hasta acomodarse encima de mí. La colcha terminó en el suelo y nosotros dos, desnudos y sudados, no nos dimos ni cuenta. El golpeteo entonces fue demencial. Dentro, fuera, dentro, fuera. Sin parar ni un segundo. Fuerte. Clavé mis uñas en sus nalgas y se aceleró.

—Córrete… —me dijo—. Córrete con mi polla dentro.

—Sí —gemí—. No pares, no pares, joder.

—¿Monguer?

La voz de mi hermana invadió toda la habitación procedente del salón y antes de que pudiera hacer nada, la vi asomarse a la habitación.

—¡¡Eva, joder!!

—¡¡Hostias!! —gritó.

—¡Mecagüendi…! —se quejó Nico sin poder evitar correrse.

Eva se tropezó con todos los marcos de las puertas y todas las paredes hasta llegar al rellano. Después bajó corriendo las escaleras.

3

REUNIÓN

Yo solo digo que te lo mereces —le comenté a Eva dejándome caer en el sofá entre Gabi y Diana. Isa estaba muerta de risa, toda roja, sentada en un puf en el suelo.

—Fue HÍPER —y le puso mucho énfasis a ese híper— desagradable.

—Más desagradable fue para él que le jodiste el final —respondí—. ¿Qué esperas encontrarte si entras en casa de tu hermana a las once y media de la noche sin llamar?

—En eso tiene razón, Evita —confirmó Gabi a la vez que alcanzaba su taza—. ¿A quién se le ocurre?

—Es la casa de mi hermana. ¿Ahora voy a tener que llamar? —renegó.

—Mujer, pues es lo más lógico —defendió Diana—. Por eso de la intimidad.

—Llevo dos días comiéndome broncas por el asunto. Dejadme ya en paz. No volveré a entrar en esta casa si no es acompañada de un cuerpo de seguridad del Estado.

—Tampoco exageres, que lo único que viste fue un culo.

Y al decirlo no pude evitar sonreír. Aunque a Nico no le había hecho tanta gracia, claro.

—Lo vi todo. Eran como dos pollos desplumados, empujando sudorosos. De verdad. Deberían enseñar estas cosas en los institutos para evitar embarazos adolescentes.

Rebufé. Ahí estaba, Miss Dramas.

—No te quejes tanto; si algo tiene Nico es un culo como un bollo. Por cierto, tengo bizcocho de mi madre, ¿alguna quiere? —Me levanté y fui hacia la cocina.

—¡Yo sí! Tanto hablar de sexo..., me ha entrado hambre —respondió Gabi.

—Oye Eva… ¿y qué hiciste después de encontrártelos? —preguntó Isa antes de taparse la boca otra vez con la mano. A Isa le decías «pene» y se reía. Imaginad lo que suponía para ella esta historia truculenta.

—Pues bajé corriendo a casa de Hugo en busca de asilo político.

Me giré hacia ella sorprendida y me quedé parada antes de llegar a la barra que separaba el saloncito de la cocina. Había dado por sentado que Eva se había marchado a casa de mis padres. Ella me miró de reojo y se puso roja.

—¿Que hiciste qué? —le pregunté en un tono muy hosco.

—No me mires así. No he hecho nada. Solo bajé a su casa y vimos una película.

Me metí tras la nevera y fuera de sus miradas, respiré hondo. No tenía derecho a decir nada, ni a interponerme ni siquiera si de esa relación surgía una historia de amor. Cogí el bizcocho y un cuchillo para partirlo y volví a la sala, donde todas me observaban fijamente.

—Jodo, qué susto —dijo Eva al ver el acero reluciente.

—No seas cría —me quejé—. Dormisteis juntos, entiendo.

—Eh…, no exactamente. —Me miró con pánico—. Deja el cuchillo en la mesa.

—Ni tú deberías meterte en la cama con el ex de tu hermana por muy amigos que seáis ni a tu hermana debería importarle. Aquí lo que hay es un problema —apuntó Gabi muy segura de lo que decía.

—El problema es que mi ex es el mejor amigo de mi novio y…, paradojas de la vida, es algo así como ex suyo también.

—Si es que… —murmuró.

—No volvamos a eso, por favor —pedí, arrepentida de haber sacado el tema—. No me importa que duerma con él o que vean películas. Lo que me da miedo es que…, que Eva se encoñe de él o algo así.

Mi hermana se levantó indignada.

—Parece mentira lo que estás diciendo. ¿Me crees capaz?

—No es nada mío. No estoy hablando de traición. Yo salgo con su mejor amigo y él está soltero. No lo digo por eso. Lo digo porque tiene diez años más que tú, no pegáis ni con cola y…

—¡¡Alba, a mí no me gusta Hugo!! ¡¡Es que me da hasta repelús que me lo digas!!

—Tú haz lo que quieras. Cada uno comete sus propios errores.

—¿Y el tuyo es Hugo? —preguntó indignada, como si le acabase de decir que me avergonzaba ser su hermana.

—El mío es el mío —contesté escueta.

Se hizo el silencio.

—Bueno… y aparte de los *coitus interruptus,* ¿qué tal con Nico? —quiso mediar Diana.

—Bien —respondí. Y me apeteció fumar. Maldita sea.

—¿Bien a secas?

—Bien. No sé. Es una relación normal. No sé qué queréis que os diga.

—¿Qué tal lo de trabajar juntos?

—En realidad no trabajamos juntos, sino en la misma planta. Trabajo mucho más con Hugo que con Nico.

—Qué curioso, vuelve a salir Hugo en la conversación —apuntó mi hermana.

—Es mi amigo, mi casero y casi mi jefe, es bastante común que salga en las conversaciones, pedazo de cretina.

—Tú ahora no te pongas tampoco así. Estabas hablándonos de Nico —intercedió Gabi queriendo que hubiese paz.

—Nico es genial. Es muy dulce. Me lo paso muy bien con él.

—¿Pero? —apuntó Diana mientras alcanzaba un trozo de bizcocho.

—No hay pero.

—Claro que lo hay. Dilo de una vez.

Me quedé mirándolas, dubitativa…

—Bueno, es que… el sexo antes era como…, no sé cómo explicarlo. Era increíble. Creía que un día me desmayaría.

—¿Y ya no lo es?

—Sí, sí lo es. Siempre me corro y esas cosas pero… son más… polvos conejeros.

Isa se atragantó. Gabi asintió y Diana levantó una ceja y el labio superior.

—¿Cómo que polvos conejeros? ¿Se desmaya después de follar? —preguntó Eva.

—No. Es como…, no sé. Un ratito de placer. Antes era catarsis.

—Eso siempre pasa —dijo Gabi—. El sexo va empeorando en proporción a lo que se amplía la confianza.

—El otro día quiso mear conmigo dentro del baño —les dije indignada.

—Problemas del primer mundo —apuntó Isa parapetando su sonrisa detrás de su taza.

—Llamadme rara, pero no quiero. No quiero ver esas cosas.

Todas asintieron y mi hermana hizo una mueca. ¿Hugo habría meado delante de ella? Pero ¡¡por Dios!! ¿Qué clase de pregunta era esa, joder?

—Bueno, cambiemos de tema. Gabi, ¿novedades?

—No. Sigo sin preñarme. —Se encogió de hombros—. Pero así tengo más tiempo para ahorrar.

—¿Para una vaginoplastia? —preguntó Diana que era lo más antiniños que conozco.

—Qué graciosa.

—Dicen que cuando pares lo que estaba arriba acaba debajo y a la inversa. ¿De verdad te quieres arriesgar? —le pregunté encantada de no ser el centro de la conversación.

—¿No te arriesgarías tú?

—No —dije como si fuese una evidencia.

—¿No quieres hijos?

—No sé si los quiero.

—¿Y si te quedaras embarazada?

Las miré como si estuvieran locas.

—No me puedo quedar embarazada. Soy muy cuidadosa.

—La píldora es fiable en un 99,9 por ciento, lo que quiere decir que hay un 0,01 por ciento de posibilidades —explicó Gabi muy repipi—. ¿Qué harías?

—No lo tendría —dije muy segura.

—¿Por qué?

—Porque yo no estoy preparada para ser madre y Nico menos aún.

—Es verdad, para ser madre no lo veo yo preparado. A menos que tenga pechos pero los disimule con sujetadores deportivos —comentó mi hermana.

—¿Tú eres imbécil? ¿Por qué otra vez soy la protagonista de la conversación?

Todas me miraron de pronto un poco serias. Gabi carraspeó. Oh, mierda. *Fuck.* Gabi(nete) de crisis al ataque.

—Alba…, ¿tú quieres a Nico?

—Sí —contesté enseguida—. Mira, no me lo tengo ni que pensar.

—Pero ¿le quieres como a un amigo que te pone o como al amor de tu vida?

El amor de mi vida. Nueva York. Una amatista. Mi cuento de hadas. Aquel secreto. Todo. Siempre. El timbre de casa sonó salvándome de tener que dar más explicaciones.

—¡Voy! —grité mientras me acercaba.

Abrí la puerta y me encontré a Nico arreglado. Y cuando digo arreglado, digo para comérselo. Peinado, con un jersey azul Klein, una camisa azul, unos vaqueros y el abrigo de paño en la mano. Me quedé mirándolo flasheada.

—Se te ha olvidado —dijo con una sonrisa.

—Por completo. ¿Qué teníamos?

—Teatro y cena.

—Joder. Pasa. Me cambio en un segundo.

Nico entró y al verlas a todas se quedó parado en el recibidor. Pude escuchar su «mierda» mental. Me metí en la habitación, segura de que mi hermana se encargaría de hacer de anfitriona social a pesar de haberle visto solamente el culo la última vez que coincidió con él. Cuando salí, todos estaban en silencio y bastante violentos.

—Me voy —les dije—. Eva, cuando os vayáis, cierra con llave.

—Vale.

—Quiero la casa igual que la he dejado —advertí.

Nico me besó antes de salir y sonreí. No podía ser tan mala una relación que me hacía sonreír, ¿no? Por muy extraños que hubieran sido sus comienzos.

La obra de teatro que vimos fue un fracaso absoluto. Era un montaje ultramoderno a partir de *La caída de los dioses*, de

Visconti, pero habían destrozado el guion y hasta la tensión de la trama en pro de la escenografía. Los actores dejaban bastante que desear. Me pareció pretencioso y poco más. A Nico no le desagradó. Me dijo que habían estado un poco sobreactuados, pero que le había parecido una buena obra. Charlando sobre esto fuimos hacia Yakitoro, el restaurante fusión que Alberto Chicote tiene detrás de Gran Vía, donde Nico había reservado mesa. Disfrutamos mucho y pelamos la pava a lo adolescente. Los dos estuvimos de acuerdo en que la comida estaba espectacular. Para terminar nos tomamos un cóctel en Del Diego, donde preparan el mejor *ginfizz* del mundo y después paseamos hasta el *parking* donde habíamos dejado el coche. Hablamos de cine, de arte, de trabajo..., y estuve cómoda, a gusto y él estaba muy sexi.

Al llegar a casa fuimos a mi piso directamente. Era viernes. Tocaba... *tralará*. Y esperaba que tocara un *tralará* mucho más efusivo que el del otro día. Tenía ganas de un rato de catarsis sexual liberadora..., uno de esos polvos que terminas con los ojos en blanco y hasta amnesia. Y debieron notárseme las intenciones, porque entramos en mi piso besándonos ya y quitándonos la ropa. Primero los abrigos y después su jersey, mi blusa, su camisa, la camiseta de debajo. Solo separábamos los labios cuando un pedazo de tela debía pasar por en medio.

Nico me subió a la barra de la cocina y me bajó los pantalones y la ropa interior a la vez. Lo hizo con tanta fuerza que la piel helada me escoció. Después subió mis pies encima y hundió su lengua entre los pliegues de mi sexo.

—Ah, joder... —gemí, agarrándole del pelo ensortijado y tirando un poco de él.

Lamió despacio por encima de mi clítoris y me abrió con dos dedos para meter otro en mi interior. Casi terminé en el fregadero... o desmayada, no lo sé. Mi interior se apretó contra su dedo y palpitó. Combinó a la perfección el movimiento de su mano con el de la lengua y yo empecé a jadear en consecuencia. Cuando mi interior se tensó, él se alejó y se desabrochó el pantalón con manos rápidas. Bajé de la barra y me llevó hasta el sofá, donde me hizo inclinarme hacia delante, apoyada en el reposabrazos. Me penetró sin más preámbulos.

—Así sí —gimió acercándose a mi oído—. Estás empapada.

Fui a contestarle pero me tapó la boca con una mano; con la otra hacía presión para juntarme más a él. Me dio un morbo que no pude soportar y me remató con un empellón brutal que me lo clavó en lo más hondo. Me corrí tan rápido que me dio vergüenza.

—Shhh... —dijo con tono bajo y oscuro—. Aún no hemos terminado.

Nico se sentó en el sofá con los pantalones por los tobillos, a medio desnudar, y yo me arrodillé delante para deshacerme de ellos. Y en aquella postura lo tuve tan al alcance de mis labios que me incliné, agarrándola con firmeza por la base y deslicé mi lengua arriba y abajo antes de hundirla hasta el fondo de mi garganta. Quería más, y a juzgar por los empellones de su cadera y sus gruñidos él también.

—Más..., más rápido —pidió con los ojos cerrados y la cabeza apoyada en el sofá.

Succioné y la humedecí, moviendo mi cabeza, mi lengua y mi boca rápidamente. La mantuve en mi mano y después me deslicé hacia sus testículos, presionándolos con mis labios.

—Abre la boca —dijo antes de llevar su erección nuevamente hacia mi interior—. Así..., así..., nena.

—¿Quieres correrte? —le pregunté en tono sucio.

—Aún no...

Me levanté, me senté sobre él y me penetró otra vez. Mis caderas se movieron arriba y abajo y mis pechos se agitaron frente a su cara; los acercó a su boca y mordió con suavidad mis pezones por turnos, entre jadeos. Sus manos se agarraron con fuerza a mis caderas y ejercieron fuerza hacia él, ayudándome a impulsarme sobre sus muslos. Cerré los ojos y Nico acercó su dedo corazón a mis labios. Lo lamí y él también lo humedeció…, después se puso a jugar con él entre mis nalgas.

—Te gusta, ¿verdad? Dime…, ¿te gusta?

—¡Dios! ¡Sí! —gemí con los ojos aún cerrados.

—Pídeme más.

—Más, Nico. Dame más…

—Quiero correrme en tu culo.

La sacó y moviéndome me colocó un poco más arriba, de manera que su erección lo tuvo mucho más fácil para tratar de introducirse… detrás. Le clavé las uñas en los hombros y paró de ejercer presión. Estaba unos centímetros dentro de mí y dolía un poco. Respirábamos agitadamente.

—¿Ya? —me preguntó.

—Sí.

Se introdujo un poco más y sonrió mientras lanzaba una maldición al aire, que olía a sexo y morbo. Me moví y Nico me tocó entre las piernas, lo que significaba que no iba a durar mucho y quería asegurarse de que yo tampoco. Le ayudé dirigiendo sus dedos hacia mi interior y yo acaricié mi clítoris despacio al ritmo que mi cuerpo iba tensándose. Pegué mi boca a la suya y mi lengua salió en busca de la suya. Nos lamimos y nos aceleramos.

—Estás tan apretada…, me pone tan cachondo follarte así…

—Fuerte, Nico…, fuerte…

Le apreté en mi interior y yo me contraje con sus dedos dentro de mí.

—Me voy…, me corro… —gimió.

—Yo también. Córrete, joder…, córrete.

Tiró de mi pelo con la mano que le quedaba libre y yo me alcé en una espiral de placer que me hizo gritar. Después fue él quien lo hizo, mientras se corría.

—¡Hostia, joder! —gruñó al final.

Nos quedamos quietos unos segundos. Mi interior palpitando con fuerza; él duro dentro. Me dejé caer sobre su pecho desnudo, jadeando y él salió de mí. Nos quedamos así un rato, recuperando el resuello.

—Mierda…, ha sido brutal —susurró.

—Sí —asentí—. Menos mal.

—¿Por qué menos mal?

—Llevábamos unos días raros.

—¿Por el sexo?

—Polvos conejeros —dije crípticamente.

—No es que este haya sido la hostia de romántico —se burló.

—Bah, ha sido genial. Los polvos moñas están sobrevalorados.

Me dio una palmadita en el muslo y me levanté. Él hizo lo mismo, recuperando su ropa del suelo.

—¿Una ducha? —le pregunté.

—Qué pereza —se quejó.

—Una rápida y calentita —le pedí mimosa.

Fui hacia el cuarto de baño y encendí el calentador. Estaba desmaquillándome cuando Nico entró totalmente desnudo y nos sonreímos al encontrarnos en el reflejo del espejo.

—Hola, nena. ¿Eras tú la del sofá? —se burló.

—La misma.

Se colocó detrás de mí mientras se calentaba el agua y besó mis hombros.

—Me gusta follar contigo —musitó—. No se lo digas a mi novia.

—Si lo dices así parece que fantasees con tirarte a otra.

Eso le hizo reír; lo sentí en mi cuello cuando el calor de su aliento alcanzó mi piel.

—Fantaseo con que se me vuelva a levantar y repetir.

—Dicen que si te meto un dedito, se levanta al instante.

Me miró con las cejas levantadas a través del reflejo y se echó a reír. Mi novio tenía una de las sonrisas más bonitas del mundo.

—Me parece a mí que no. Venga…, el agua ya sale caliente.

Nos metimos en la ducha con el agua ardiendo y Nico se llenó la mano de jabón para lavarme. Empezó siendo un mimo, pero cuando su mano se perdió espalda abajo, noté cómo su polla daba un respingo, pegada a mi estómago. Y… confesaré…, yo también me estaba volviendo a poner tontorrona. Dos de sus dedos enjabonados siguieron jugando entre mis nalgas hasta arrancarme un gemido.

—Te gusta… —susurró en mi oído.

—Cuando lo haces con cuidado sí —contesté.

Me dio la vuelta y me apoyé de cara a las baldosas, arqueando la espalda y quedándome en una posición accesible. Noté su erección endureciéndose, tanteando la entrada y pronto me penetró otra vez por detrás. Lancé un quejido y él mordió mi cuello, embistiendo de nuevo.

—Tócame… —le pedí.

—¿Quieres que te folle con los dedos también?

—Dios…, sí.

Su mano viajó por mi vientre en dirección a mi sexo y ya allí, su dedo corazón me exploró, arrancándome un gemido de satisfacción. Mi cuerpo recordó la increíble sensación de estar a merced de dos hombres, de sentir su invasión y sus penetraciones y deshacerse en un orgasmo conjunto que nacía y moría al instante de cien lugares a la vez. El sexo cuando éramos tres siempre fue tan intenso…

—¿Te gusta esto? —me preguntó—. Te gusta estar llena…

—Me gusta mucho. Quiero correrme con todo el cuerpo.

Nico se calló y, aunque no pude verlo, supe que la atmósfera había cambiado. Algo, una idea, había terminado por anidar en su cabeza de pronto. Lo confirmé en cuanto salió de mí, me dio la vuelta y vi su expresión.

—¿Qué pasa? —le pregunté.

No contestó. Solo pasó una mano enjabonada por encima de su erección y levantándome, me obligó a ajustar mis piernas alrededor de sus caderas. Me penetró con rudeza esta vez por delante. Un empellón y otro, mientras jadeaba secamente. Acaricié su pelo y gemí en su oído para hacerle saber que con todo lo que me hacía, disfrutaba. Pero Nico estaba a kilómetros de allí... o a meses, mejor dicho. Cuando le obligué a mirarme a la cara, tenía el ceño fruncido y respiraba trabajosamente.

—¿Qué te pasa? —volví a preguntar.

—Córrete —me pidió—. Córrete...

Cerré los ojos y me dejé llevar. Su boca, entreabierta encima de mi garganta, jadeó. Era una postura incómoda, pero no tardamos en alcanzar el orgasmo a la vez. Nico me dejó en el suelo y atrapándome entre su cuerpo y las baldosas de las paredes, me abrazó casi sin dejarme oxígeno que respirar.

—Dime que me quieres... —exigió.

—Te quiero pero... ¿a qué viene esto?

—Odio que te acuerdes de él..., odio que pienses en nosotros cuando éramos tres. Me hace sentir... incompleto.

Y si él supo que había pensado en los tres..., solo puede ser porque él también lo había hecho.

4

MI VERSIÓN DE LA VIDA
(HUGO)

Me desperté pronto, como venía siendo costumbre incluso durante los fines de semana. Tenía una especie de despertador interno que no me permitía dormir hasta más tarde de las nueve. La casa estaba helada y lo primero que hice fue levantarme a encender la calefacción. Al salir me encontré con la puerta del dormitorio de Nico abierta y la cama perfectamente hecha. Debía estar durmiendo en casa de Alba. Con Alba. Que estaría acurrucada, respirando pausadamente con el pelo revuelto.

Puto ardor de estómago. O de pulmones. O de corazón, no lo sé. Era un sábado cualquiera, de un mes cualquiera, de un invierno cualquiera, de un año cualquiera. Así que hice lo de siempre. Me di una ducha, me vestí y bajé a por el periódico. Me crucé con el vecino del segundo, el que se acababa de mudar con su novia. Venía de comprar el desayuno con cara de enamorado y sentí pena. No sé si por él o por mí. Tiene más sentido la autocompasión. A él simplemente le odié un poco, por memo, por tener algo que yo no tenía.

Estaba sentado en la barra de desayuno con una taza de café cuando Nico entró. Venía muerto de sueño. Era pronto para él.

—Hombre…, ¿quién ha despertado a la princesa Aurora?

—No entiendo a las tías. —Bostezó—. Madrugar para ir a comprar regalos de Navidad. Que alguien me lo explique.

Se sentó pesadamente a mi lado y dejó la cabeza apoyada en la barra.

—¿Qué tal el restaurante de anoche?

—Muy, muy bien. Las raciones un poco escasas, pero para repetir. ¿Qué tal El Club?

—El mismo coñazo sórdido y deprimente de siempre.

—¿Y Paola?

—Bien. Sigue insistiendo en que quiere invertir en la empresa para ser socia.

—¿Y cómo lo ves?

—Pues estoy por venderle mi parte —bromeé.

Nico ladeó la cabeza hacia mí y sonrió.

—Quizá sí deberíamos aceptar. Estamos perdiendo fuelle. No nos vendría mal sangre nueva en el negocio.

—Para eso sería mejor firmar con el tío de los puticlubs.

—No tiene puticlubs —aclaró cansado Nico, que me lo había repetido doscientas veces—. Son clubs con señoritas de compañía.

—Vale, en vez de un chalé pintado de rosa y con neones al lado de la A3, tiene un piso en la Castellana. —Se echó a reír. Me reconfortó su risa—. Dime, ¿qué tal con Alba?

Se incorporó y después fue hacia la cafetera.

—Bien.

—¿Solo bien?

—Muy bien. Ya sabes.

—No, no sé —insistí. Maldito masoquista.

Metió la cápsula en la Nespresso y se giró de nuevo para mirarme. Se mordía los labios por dentro.

—Es raro hablar contigo de esto.

—Pues tendrá que dejar de serlo algún día.

—Es que no sé qué decirte. Va bien. Ella es…, pues ya lo sabes. Dulce. Inteligente. Divertida. —Movió la cabeza para enfatizar sus palabras.

Tragué saliva y desvié la mirada hacia el periódico.

—Me alegro de que os vaya bien.

—Mñe —contestó con desdén.

—¿Mñe?

Se revolvió el pelo.

—Nada. Todo va genial.

—Entonces, ¿a qué ha venido ese «mñe»?

—Bueno, las relaciones son complicadas —dijo y me pareció que quería dejar el tema ahí.

—¿Cómo de complicadas?

—Pues complicadas. No es que partiéramos de la situación más natural del mundo...

El corazón se me aceleró tontamente y me sentí un chiquillo.

—¿Lo dices por algo en concreto o es solo una reflexión lanzada al azar?

—Es que… —resopló—, a veces me da la sensación de que ella…

—¿Ella qué?

Se quedó mirándome. Al principio sentí como si me apuñalara con sus ojos, pero su gesto fue volviéndose más indeciso.

—Como si ella estuviera esperando más de la vida. Como si con esto no fuera suficiente.

Tragué.

—Será por lo del trabajo.

—No. Es otra cosa. Es como si lo nuestro no fuera suficientemente… bueno. No bueno, sino mágico. Me da la sensación de que espera más.

—Dáselo —dije y pasé la hoja sin poder leer ni una palabra.

—No tengo ni idea de qué espera.

—Pues pregúntaselo, ¿no?

—Sí, claro. «Hola, cariño, ¿cómo quieres que te haga feliz?». A las tías no se les preguntan esas cosas.

—Pues ten detalles.

—No es cuestión de detalles. —Se sentó a mi lado con una taza en la mano y me miró—. Para nosotros es todo mucho más simple, ¿no?

No, Nico. No estaba de acuerdo, pero si le contestaba y compartía con él mi opinión, tendría que darle, por necesidad, algunos datos concretos sobre lo que estaba hablando. Y hablaba de un cuento de hadas, de promesas, de volverse completamente loco y hacer cosas que van en contra de todo lo que creíste que sería tu vida. Tendría que contarle lo que Alba y yo nos prometimos. Que me volví loco de amor. Que la echaba de menos. Que no volvería a hacer aquello por nadie. Magia. En eso tenía razón. Alba la esperaba y quería creer que lo hacía porque la había vivido conmigo.

—Pues no sé, macho —respondí despreocupadamente.

—Bah —respetó y dio por zanjado el asunto—. ¿Qué plan tienes hoy?

—Ninguno. Dile a Alba que venga a cenar si quieres.

—Puta necesidad. Yonqui. Eres un yonqui—. Puedo decírselo también a Eva.

—Oye, tío, aclárame una cosa. ¿De qué va lo de Eva? ¿Te la tiras?

Me giré hacia él sorprendido. ¿De verdad mi amigo Nicolás me acababa de preguntar si me follaba a la hermana de Alba? O yo era un actor cojonudo o a él le interesaba bien poco fijarse en las cosas que me pasaban.

—Joder, Nico… Claro que no.

—¿Entonces? El otro día durmió en casa y creo que no lo hizo en el sofá.

Estuve a punto de indignarme, hasta que me di cuenta de que quien me hablaba era la preocupación de Alba en boca de Nico. A Nico todo le habría parecido bien. No pude cabrearme, aunque la insinuación en sí misma me parecía asquerosa.

—Bueno, durmió en casa, pero yo dormí en el sofá y ella en mi cama.

—¿En serio?

—Claro que sí.

—¿Por qué?

—Pues porque es la hermana pequeña de Alba y somos amigos.

—Con Marian sí has dormido en la misma cama —dijo burlón.

—Con Marian he follado —le contesté con malicia. Sé que le fastidiaba recordar que hacía doscientos años su hermana y yo creímos estar enamorados durante un fin de semana y follamos por todo Madrid. Nos duró cuarenta y ocho horas, hasta que terminó con un ataque de risa porque aquello casi iba contra natura.

—Eres gilipollas —contestó.

—En serio, Nico. Eva es… pequeña. Es un puto bebé. Si no dormí con ella fue porque me violentaba y creo que ella también se habría sentido incómoda si se hubiera despertado y me la hubiera visto tiesa. Las erecciones matutinas no son algo que yo pueda elegir tener o no tener.

Asintió, como dándome la razón.

—Le diré a Alba que venga a cenar —sentenció.

Bien. Mierda. No te alegres tanto.

—Vale.

Nico dio un sorbo más a su café, dejó la taza en el lavaplatos y fue hacia su habitación, seguro que a seguir durmiendo. No pude evitarlo.

—Nico, ¿y tú le has comprado ya el regalo de Navidad a Alba?

—Ehm…, sí —asintió frotándose un ojo—. Me tiene que llegar; lo pedí por Internet. Una Leica pequeñita. Le gustará.

Maldito cabrón. Claro que le gustaría. Lanzaría un gritito de alegría, daría un par de palmaditas con las manos pegadas al pecho y después se colocaría un mechón detrás de la oreja y trastearía con ella.

—Eso ha debido costarte una pasta.

—Un poco. Pero conseguí un buen precio. —Se encogió de hombros—. No se me ocurría nada más.

Se despidió con la mano y se metió en su dormitorio. Me pregunté si realmente había elegido aquel regalo porque no se le ocurría nada más. ¿Fue a lo más fácil aunque fuese caro?

Enjuagué mi taza, la dejé en el lavaplatos y después fui a mi dormitorio. Dentro del armario, entre los jerséis, palpé mi regalo para Alba y lo saqué. Lo tuve sobre las rodillas un buen rato, mirándolo y dándome cuenta de que comprarle a la novia de mi mejor amigo un vinilo con nuestra canción no era precisamente buena idea.

5

Me sentía estúpido. Suspicaz. Enrevesado. Me sentía hasta mala persona, vigilando sus detalles, las miradas que compartían. Los gestos. Estaba agotado. Hacer crecer una relación cuando uno está demasiado pendiente de este tipo de cosas es inviable. Me sentía como… congelado. Alba y yo estábamos congelados en un momento de nuestra relación que ya no existía, porque todos los factores que incidían en ella habían desaparecido.

Pronto me di cuenta de que no tenía sentido estar siempre pendiente de lo que uno dijera del otro y viceversa. Hugo se había marchado de nuestra relación, había abandonado, y nosotros, que habíamos decidido quedarnos donde estábamos, teníamos que remar en buena dirección si no queríamos hundirnos. Así que… pensé que fuera lo que fuera lo que había empujado a Hugo a tomar la decisión, ya no era asunto mío. Ya no era asunto nuestro. Y por primera vez en una década impuse una distancia entre Hugo y yo, y a esa distancia la llamé Alba.

Volver a la vida normal fue complicado. Al principio fue como si el sexo cuando éramos tres fuera más apasionado, más intenso, más fiero y el orgasmo más demoledor. Lo acha-qué a estar acostumbrado al morbo de los números impa-res dentro de las sábanas, pero lo cierto es que ni siquiera las fotografías que hacía después me sabían a lo mismo. Hasta que un día…, sencillamente, ella se arqueó debajo de mi cuer-po mientras la penetraba y el movimiento de sus pechos des-nudos me volvió completamente loco. Me di cuenta de que Alba era, por sí sola, el orgasmo de mi vida. Me corría den-tro de ella y… nada más importaba. Solo ella, yo, las hume-dades de los dos mezclándose en un estallido y jadear juntos, abrazados, buscando oxígeno cuando todo terminaba.

Contarle a Hugo qué tal me iba en mi relación ya era otro cantar. No creo que tenga que explicar los motivos por los cuales me resultaba extraño y antinatural decirle a mi mejor amigo, mi compañero de piso, socio y casi hermano, que la chica con la que habíamos estado saliendo era una bomba en la cama, que me hacía sentir sucio y vivo a la vez y que sufría cuando sentía que no alcanzaba a satisfacerla como ella se merecía. Pero seguía siendo él; los años no se borran de un plumazo…, confiaba en Hugo. ¿A quién más podía decirle que ella parecía estar esperando algo más especial que lo que teníamos?

Después de aquella conversación en la cocina me metí en mi dormitorio y me puse la música alta en mi iPod. Me sentí un estereotipo de mí mismo cuando elegí *Young and beautiful,* de Lana del Rey. Hugo siempre se burlaba porque decía que era música para chicas, pero a mí me parecía ab-surdo hacer esa distinción. Si algo te gusta, da igual a quién cojones esté dirigido.

Dormirme hubiera sido una bendición porque al menos hubiera dejado de darle vueltas en la cabeza a la noche anterior. Alba y yo follando en la ducha, desatados, buscando satisfacer un impulso tan animal como el del placer… y de pronto sentir la certeza de que su cuerpo nos recordaba a los dos dentro de ella y que yo jamás podría hacerle sentir un placer que se comparara a eso. Difícilmente se me olvidaría su mirada cuando le dije que odiaba que se acordara de él mientras lo hacíamos, porque en ella se leía «cazada». Y yo la quería y la aborrecía por ello en la misma proporción.

Sé que soy un tipo complicado, tan metido hacia dentro que es difícil hasta para mí mismo saber qué hay en el fondo. A veces es tan solo una sensación, vaga e indefinible, imposible de ser encerrada en palabras. En aquellos momentos lo sentía así, como una mancha de alquitrán, pringosa, asfixiante, cubriendo cosas que nacieron como buenas. Tenía algo dentro, una especie de nube de gas, que convertía todos los sentimientos grandiosos que Alba despertaba en mí en algo deforme y monstruoso. Algo que yo sabía pero que había querido olvidar… y que había conseguido desdibujar hasta dejar solo un eco. Un eco que no me permitía saber de qué se trataba en un principio.

Me quité los auriculares y cogí el teléfono. Marqué, pero tras diez tonos la llamada se cortó. Marian debía estar sumergida en la cama de ese nuevo amante suyo del que decía que sabía hacerla sentir mujer. Me daba un asco tremendo; tenía muy arraigado en mi mente el pensamiento de que Marian no era una mujer: era mi hermana. De todas formas, ¿qué hubiera dicho si me hubiera contestado? «Marian, no encuentro mi voz». Esa era la idea que me rondaba la cabeza. Yo hablaba, pero cada vez que lo hacía encontraba menos de mí en mis palabras. Me iba perdiendo. Me estaba diluyendo. Y Alba terminaría notándolo y sabiendo que…, que había algo allí que fallaba. Ese algo era yo. Y lo que faltaba era Hugo. Joder.

Aquella noche Eva y Alba vinieron a cenar a casa. Hugo cocinó pastel de marisco y se le veía contento, desenvuelto y cómodo. Ellas también lo estaban; parloteaban sin cesar de la lista de los Reyes Magos, de las fiestas y bromeaban entre ellas. No hablé mucho. Me quedé pasmado mirando a Alba, como si fuera la primera vez que la veía y estuviera descubriendo en ella esos detalles que brillaban. Dos ojos enormes, que susurraban lo que deseaban. Unos labios acostumbrados a sonreír. Su mano cogió la mía por debajo de la mesa y aprovechando que Hugo y Eva se reían de alguna de sus bromas, me preguntó si todo iba bien. Le sonreí.

—Claro que va bien. —Apreté sus dedos.

Miró mis ojos y sonrió mientras su mano acariciaba mi pelo. Valía la pena esforzarse. Valía la pena hacerlo funcionar.

Aquella noche Hugo y Eva insistieron en que tomásemos unas copas después. El vino de la cena y la ginebra hicieron que todo se volviera un poco más intenso. A la hora de dormir yo ya estaba ahogado por todas aquellas cosas que mis palabras iban dejando atrás, dentro de mí. Esa voz que no conseguía verbalizar, que se quedaba en mi interior, que me mataba porque no lograba vocalizar y gritaba cosas sin sentido; sentimientos sin ordenar. Cuando me acosté al lado de Alba solo pude abrazarla fuerte.

—¿Me quieres? —le pregunté.

Y ella dijo que sí. Y yo me pregunté entonces qué cojones pasaba allí dentro si yo también la quería. ¿Qué nos faltaba? ¿Por qué sentía que había algo que yo no podía darle?

6

Un lunes cualquiera. Un lunes con mucho frío y el cielo encapotado y blanquecino. Mi madre me había llamado a las siete de la mañana solo para decirme que creía que iba a nevar y que no me pusiera tacones. No le había hecho caso y por poco me había roto la crisma al derrapar sobre un charco congelado cerca de casa. Nico tuvo que cogerme del codo y darme un tirón brutal para no terminar haciendo la croqueta calle abajo.

Colgué el abrigo negro en el perchero que quedaba detrás de mi silla y planché con la mano mi falda lápiz de color verde botella y el jersey de cuello cisne negro. Estaba atusándome el pelo como una tonta frente al ordenador cuando apareció por allí Paloma muy sonriente. Demasiado sonriente. ¿Debía preocuparme?

—Hola, Alba, ¿qué tal?

—Bien. Bueno, casi me mato de camino. ¡Cómo está la calle de hielo! —respondí, porque me puse nerviosa y necesitaba decir algo.

—Ah, sí, tienes razón. Hay que ir con mil ojos, y más si vas subida a tacones como los tuyos.

Muy simpática, pero ahí dejaba su aportación. Opinión personal de la coordinadora de secretarias: Alba, deja de ponerte tacones de furcia. Antes muerta, gracias.

—Dime, ¿en qué te puedo ayudar? —le pregunté cortés.

—El señor Ayala quiere verte.

Me puse en pie de un salto. El súper jefe quería verme. Osito Feliz necesitaba algo.

—Rauda y veloz —le dije con una sonrisa.

—Qué bonito el pintalabios —apuntó—. Muy... apasionado.

Nota mental: a Paloma tampoco le gustaban los colores vino. Fuimos andando hacia allí juntas, pero esta vez no hizo amago de entrar. Solo me dedicó una de sus sonrisas rígidas y susurró un «enhorabuena» que me mosqueó. Llamé con los nudillos y el señor Ayala, cuyo nombre de pila ni sabía, me pidió que pasara. Sorpresa, sorpresa. Sentado en uno de los sillones estaba Hugo, que se sorprendió al verme entrar.

—¿Necesitaba algo, señor Ayala?

—Pasa y siéntate.

—Pero... —se le escapó a Hugo de entre los labios.

Me senté al lado de Hugo y crucé los tobillos. Él repasó con la mirada mis piernas hasta llegar a mis tacones y después desvió la mirada al suelo y se frotó los ojos.

—Te estarás preguntando qué haces aquí, ¿verdad? —dijo «Osito Feliz» con su voz de barítono.

—Eh..., sí.

—Relájate. No es nada malo. ¿Quieres un café?

—No. Yo no. ¿Quieren ustedes? ¿Les traigo algo? —pregunté nerviosa.

—Calma —escuché decir a Hugo entre dientes.

—¡No, mujer! —Se rio como si fuera Papá Noel—. Tranquila. Yo solo quiero ofrecerte algo. Algo bueno.

Respiré. Noté el sujetador presionándome por todas partes. Tamborileé con los dedos en mi rodilla. No quería mirar a Hugo buscando confort porque, además, él parecía un poco desubicado.

—Eres formal. Puntual. Seria. Trabajadora. Tienes un puesto de trabajo para el que no estás formada pero te has preocupado de hacerlo no bien, sino mejor. Estamos muy contentos contigo. Suelo presumir de ser uno de esos jefes que fomentan el talento dentro de su plantilla. Por ponerte un ejemplo, Hugo entró en este departamento como consultor junior hace ocho años y hoy es director comercial porque es el mejor y se lo ha ganado. De la misma manera que tú te has ganado que te ofrezca esto.

Asentí nerviosamente.

—El señor Muñoz…, bueno, Hugo, que sé que vosotros os tuteáis…, Hugo lleva tiempo solicitando que le asignemos a alguien a su equipo. Alguien que le acompañe a las reuniones, que le ayude con el trabajo comercial y que sea su mano derecha. Alguien de confianza y con ganas. No hay mucha gente con ganas aquí dentro.

Tragué saliva. No. No. No. Él siguió:

—Tu puesto como secretaria es un buen puesto, pero tiene un inconveniente: está peor pagado que el de asistente y apenas se puede ascender laboralmente. Sé que os lleváis bien y que Hugo está muy satisfecho con tu evolución. Siempre te propone para cualquier promoción interna que surja dentro de la empresa; supongo que no hizo lo mismo con el puesto de asistente por miedo a que la gente pudiera hablar de más. Sé que es tu casero y eso me dice mucho de la relación de confianza que hay entre los dos.

Quise taparme la cara con una carpeta y gritar.

—¿Puedo hablar? —pidió Hugo aprovechando la pausa de Osito Feliz.

—Claro.

—Alba, de corazón, no quiero que te ofendas por lo que voy a decir…, ¿intentarás entenderme? —preguntó mientras buscaba mi mirada. Asentí—. Alba no está hecha para esto, Tomás; no digo que no sirva o que no vaya a saber hacerlo. Digo que a ella le interesan otras cosas, que esto no le gusta aunque lo hace bien. No quiero encadenarla a un puesto como este en el que no va a poder…, pues eso, hacer lo que quiere. No sé hasta qué punto eso le ayuda.

—¿No la quieres como asistente?

—No he dicho eso. Solo quiero que…, que se lo piense bien. —Me miró intensamente. Sus ondas cerebrales gritaban un sonoro «no lo aceptes»—. Porque creo que su futuro está fuera de esta empresa, por mucho que apreciemos su trabajo.

Hubo un silencio ominoso en la habitación. Quería coger el sillón, tirarlo por la ventana y luego salir yo detrás. Me daba igual la distancia hasta el suelo. Cualquier cosa por salir de allí. El señor Ayala suspiró fuerte.

—¿Hay algún motivo por el cual no queráis trabajar juntos? —Y su mirada fue bastante inquisitiva. Me sentí desnuda. Me sentí como si con solo observarme fuera a averiguar que Hugo y yo nos habíamos acostado muchas veces, que nos habíamos comido los labios a besos y que durante una semana hicimos Nueva York nuestra.

—No —dijimos firmemente los dos.

—Bien, entonces voy a detallar la oferta económica para que Alba pueda pensárselo.

Hasta aquel momento había tenido muy claro que debía rechazar con educación la oferta. Podía decir que estaba centrando mis esfuerzos en buscar algo de lo mío y que ese puesto supondría un aprendizaje y una labor que me alejaría de mis propósitos. Eso era educado. Sí. Y serio. Hugo miró al techo entonces, mordiéndose los labios.

—Tal y como Hugo había detallado, las obligaciones de este puesto supondrían una compensación económica de veinticuatro mil euros brutos anuales repartidos en catorce pagas, más una prima anual de cuatro mil si se alcanzan los objetivos. —Miré a Hugo, que se centró entonces en el suelo enmoquetado—. Además, te facilitaríamos un teléfono móvil de la compañía, un ordenador portátil, tarjeta restaurante, seguro privado, treinta días naturales de vacaciones pagadas y cinco moscosos a elegir...

Cogí aire. Yo cobraba quince mil brutos al año. Eran nueve mil euros más. Más cuatro mil de variable. Era un seguro privado. Las comidas de toda la semana. Más vacaciones.

—Hugo... —dijo el superintendente dándole paso.

—El puesto..., bueno... —Se frotó la cara—. Tendrías que conocer como la palma de tu mano la relación que mantengo con cada uno de los clientes. Ayudarme con las ofertas comerciales y su presentación. Agenda. Eventos. Gestión de los contactos... y —miró a su jefe de reojo— trasladarte a mi despacho. En realidad los dos nos iríamos a la planta ocho, donde tendríamos un despacho contiguo.

—Puedes pensártelo durante un par de días.

Más dinero. Más responsabilidad. Un reto. Crecer. Aprender. A su lado.

—Sí —dije de pronto.

—¿Cómo?

—Que sí, que acepto.

El señor Ayala sonrió y alargó la mano hacia mí para darme un apretón. Me temblaba el pulso cuando se lo di.

—Estupendo. El lunes que viene empiezas en tu nuevo puesto. Esta semana permanecerás en el tuyo, pero puedes ir empaquetando tus cosas.

Cuando salimos del despacho los dos, Hugo me miraba fijamente. Muy fijamente. Parecía enfadado.

—Yo... —empecé a decir.

—¿Podemos hablar un segundo en privado? —Y no me miró cuando me lo preguntó.

Dije que sí y le seguí, armándome de argumentos. No podía echarme en cara que aceptara el puesto, no tenía derecho. Era un sueldo decente. Era la posibilidad de vivir con más desahogo. Era aprender algo nuevo que sí supondría un reto y que podría no gustarme, pero que ampliaría mi currículo. Si me echaba en cara algo, iba a arrancarle la cabeza. Hugo abrió la puerta de su despacho y me hizo pasar. Después entró y cerró con suavidad. Hubo un día en el que después de hacer esto mismo, me folló contra la puerta y el escritorio. Pestañeé nerviosa.

—Prométeme una cosa —me dijo con un hilo de voz.

—¿Qué?

—Prométeme que esto no va a limitar tu vida, que no te va a poner un grillete y que no dejarás nunca de buscar algo mejor.

—Esto ya es mejor.

—Ya lo sé, joder —se quejó—. Ya sabes a lo que me refiero.

—No dejaré de buscar de lo mío, tranquilo.

Asintió. Sus ojos repasaron toda mi cara. Se sucedieron unos segundos en silencio.

—¿Podremos? —preguntó.

—¿Por qué no íbamos a poder?

Nos callamos. Él se frotó la cara. Estaba bastante preocupado; yo en mi interior también, pero fingía estupendamente no estarlo.

—Es que... tú y yo..., todo el día...

No sé si se refería entonces a que nuestro carácter podría hacernos las cosas muy difíciles o al hecho de que compartir la jornada, el trabajo, los proyectos y el tiempo, codo con codo, nos complicaría el hecho de olvidar que un día fuimos pareja.

Y que yo aún pensaba en él cuando me acostaba con Nicolás y la cosa se ponía caliente.

—Somos dos personas profesionales y nos entendemos. Claro que podremos —contesté.

—No es suficiente. No quiero problemas con él.

—¡¡No voy a preguntarle a él si le parece bien que acepte el puesto!! ¿Por quién me tomas? —me cabreé.

—¿Quién te ha pedido que lo hagas? ¡Quiero que tú estés segura!

—Pero ¿por qué narices no iba a estarlo?

Se acercó un paso. Su perfume. Nueva York. La habitación del hotel girando a mi alrededor mientras él me hacía el amor. El anillo. Esa mirada me trasladó a cuando bailábamos en aquel restaurante a las orillas del Hudson. Contuve el aliento. El corazón empezó a palpitarme rápido. Me mareé.

—No te acerques más —le pedí—. Ya te he entendido.

—¿Lo ves, Alba? Sigue estando ahí, aunque no queramos verlo.

Un silencio en el despacho. Respiré hondo y fui hacia la puerta.

—Seremos un equipo —me dijo.

—Haremos las cosas bien. Estaremos orgullosos.

Cuando me senté en mi silla, las piernas me temblaban. Qué complicada se me planteaba la vida.

7

Me sentí bastante estúpida aquella noche. Había pasado todo el día pensando en cómo contárselo a Nico porque esperaba, por su parte, una respuesta explosiva y más después de su breve referencia a nuestro pasado la última vez que nos acostamos. Nico podía parecer muy pacífico y metafísico, pero en el fondo tenía un carácter bastante polarizado. Para él las cosas o eran blancas o eran negras; por mucho que le gustara jugar con las sombras en sus fotografías, no existía la escala de grises.

Y ¿por qué me sentí estúpida? Pues porque le encantó saber que me habían ascendido a *assistant* y que trabajaría codo con codo con su mejor amigo. Y examante. Y examor de mi vida. Y ex «te prometo que me casaré contigo si un día quieres hacerlo». Nico me abrazó, me dio la enhorabuena y quiso que bajáramos a su casa a brindar con Hugo. Juro que el primer pensamiento que me cruzó la cabeza fue un enorme «este tío es tonto». Luego me di cuenta. De tonto nada. Muy al contrario.

Es hora de que pongamos las cartas sobre la mesa. Yo seguía sintiendo algo por Hugo; eso está claro. No creo que nadie haya pensado lo contrario en ningún momento, ni siquiera ellos. Nico y yo estábamos muy bien como pareja, pero yo echaba de menos a Hugo y él…, también. Con el tiempo fui consciente de la verdadera naturaleza de su relación. A lo mejor voy a decir una barbaridad, pero creo que las relaciones de amistad entre chicas son completamente diferentes a como establecen los hombres las suyas. Ellos son más… ¿pragmáticos? No, quizá la definición sea «menos románticos». Nosotras queremos con la fuerza de los mares, a lo canción de Rocío Jurado. Y ellos no. Ellos son el hilo musical de una sala de espera. Fui marcando una equis mental en cada una de las diferencias que localizaba entre los principios sobre los que se basaban mis relaciones de amistad y la suya, y al final llegué a la conclusión de que la primera piedra sobre la que se había cimentado todo lo demás era la dependencia. Los dos dependían enfermizamente el uno del otro hasta niveles que ni siquiera sabían. Para Hugo era una cuestión emocional; necesitaba tener a alguien, agarrarse a ese «no hermano» al que podía abrazar y sentir como algo suyo. Nico era él y toda su extensa familia, pero sobre todo… él. Y…, ojo, diría que Hugo ejercía además un papel de padre postizo.

Nico también dependía de Hugo. La dependencia de Nico me parecía mucho más peligrosa. No soy quién para juzgarlo, pero me daba la sensación de que se había cogido con uñas y dientes a todo lo que tenía en común con Hugo y no con ilusión de construir algo nuevo, sino porque de esa manera no tendría que decidir. No más opciones. Él fingía tomar decisiones, pero no lo hacía. Se dejaba llevar. Se mecía. Trabajo, vivienda, proyectos, futuro y hasta pareja. Durante un tiempo todo estuvo ligado a Hugo, que, seamos realistas, era el fuerte. Nico no era débil…, solo es que no le apetecía ser fuerte por sí mismo. Él cedía el control de sus cosas, fingiendo que no lo hacía. No creo que ninguno de los dos se diera cuenta.

Y un día los tres rompimos…, bueno, Hugo se desligó de aquel proyecto en común, quizá buscando tener algo suyo propio por primera vez en mucho tiempo. O buscando que Nico lo tuviera, no lo sé. Y ya no éramos tres y de pronto Nico tenía que gestionar algo él solo. Una relación. Y nos iba bien, pero porque estábamos en esos primeros meses en los que todo es nuevo y no había caminos que tomar ni opciones entre las que debatirse. Pero ¿qué pasaría en el futuro? ¿Estaba yo en lo cierto cuando pensaba que Nico también añoraba a Hugo cuando estaba conmigo? No hay que infravalorar la costumbre como fuerza de motivación.

Y claro, partiendo de esa situación, que yo volviera a acercarme a Hugo, a Nico le venía estupendamente. Y yo me pregunto…, ¿cómo alguien que había reaccionado tan mal al hecho de que Hugo y yo nos viéramos a solas cuando empezamos con nuestro triángulo amoroso podía ser de pronto tan ajeno a los celos?

Hugo alucinó pepinillos cuando nos vio aparecer y Nico le abrazó para darle la enhorabuena.

—¡¿Cómo no me lo cuentas antes?! ¡¡Es genial!! Por fin te han dado un equipo y… ¡es ella!

No supo ni qué cara poner. Después de unos segundos de incertidumbre, dibujó una sonrisa amplia y amable. Es lo que a partir de la semana siguiente yo conocería como «sonrisa comercial». No había cliente que se le resistiera porque comunicaba aprecio, honestidad y simpatía…, con un único inconveniente: no era del todo sincera. Era una postura. Yo lo sabía porque le había visto sonreír de verdad.

Aquella noche brindamos por el proyecto de equipo que formábamos los dos y el resto de la semana, mientras recogía y cerraba cosas pendientes, tuve que soportar las miradas del resto de la plantilla. Sobre todo de las mujeres. Mucha sonrisita, mucho «vaya, vaya, enhorabuena» bastante envenenado. Lo comprendo. Hacía seis meses que había entrado en la empresa, siempre me habían visto cerca de Hugo y de Nico y ahora me trasladaban a la planta noble. Supongo que yo también habría sido un poco bruja y si fuera otra la que estuviera en mi posición habría considerado el *cum laude* en mamadas como uno de los méritos que la había ensalzado.

El viernes por la mañana Hugo y yo subimos las cajas con archivadores y material a nuestro nuevo despacho. Cuando la puerta del ascensor se abrió, aluciné. Adiós a la moqueta roñosa que había vivido tiempos mejores. Suelo de linóleo brillante y parqué. Paredes de madera. Grandes ventanales.

—¿Por qué Osito Feliz no tiene el despacho aquí arriba? —le pregunté a Hugo.

—Porque tiene fobia a los ascensores y no quería subir tantas escaleras —me explicó—. De todas formas vive a caballo entre Madrid, Barcelona y Bilbao. No le importan tanto estas cosas.

—Pues él se lo pierde.

Nuestro despacho era bastante grande. Estaba dividido en dos estancias, una más amplia, donde se instalaría Hugo, y una un poco más pequeña, en la antesala, para mí. Su habitáculo se parecía mucho a su anterior despacho, pero era todo mucho más bonito. Hasta la luz que entraba era más cálida y acogedora. Mi mesa estaba de frente a la entrada del despacho, de espaldas a la mesa de Hugo. Tenía unas estanterías detrás, un gran armario delante, unos sillones bajos que daban la sensación de formar parte de una salita de espera a la derecha y a mano izquierda una amplia ventana. Luz natural; no me lo podía creer.

Pasamos buena parte del día colocándolo todo. Mis cosas estuvieron en nada, pero Hugo tenía que trasladar una cantidad importante de documentación archivada. Lo tenía todo por duplicado porque, aunque sabía de la importancia de tenerlo todo guardado en el servidor de la empresa, él necesitaba trabajar en papel. Y tenía su propio sistema. Cuando terminé con mis cosas fui a ayudarle y… allí comenzó mi aprendizaje.

Empezamos a hablar de clientes, de relación comercial, de métodos de trabajo. Hugo se ponía muy serio con el trabajo. Muchas de las carpetas sobre las cuentas que llevaba fueron a parar a mi escritorio, porque una de mis labores para los próximos días era aprender todo lo que pudiera sobre ellos. Me dio una clase rápida sobre conceptos económicos que yo no controlaba y aclaró todas mis dudas, lápiz en mano, esbozando esquemas para que yo entendiese de una puñetera vez lo que era el EBITDA, entre otras cosas. Me tranquilizó comprobar que tenía mucha paciencia. Me sentía como una niña de secundaria cuyos padres le asignan como profesor de apoyo a un guapo universitario.

Por último repasamos la agenda para la semana siguiente. Tendríamos reuniones en las sedes de algunos clientes el miércoles, jueves y viernes. Eso me asustaba un poco, pero tendría tiempo de ponerme al día. Cuando dieron las tres, Hugo dio una palmada y así finalizó nuestra primera jornada.

—Ya basta por hoy. Han sido muchas cosas nuevas. El lunes más.

—¿Puedo llevarme las carpetas a casa para leer los dosieres de los clientes? —le pregunté.

—No. Es normativa de la empresa que no se pueda sacar documentación confidencial de la oficina. Y es fin de semana. Tienes que despejarte, la semana que viene va a ser fuerte.

Cogió la americana que tenía colgada en una percha dentro de un pequeño armario en un rincón y se la colocó. Su sonrisa se ensanchó, pero la sincera, no la de trabajo.

—Lo estás haciendo muy bien.

—Sí, ya. Ármate de paciencia. Soy un poco inútil con los números.

—Estoy seguro de que no lo eres, pero te tranquilizará saber que vas a tener que lidiar muy poco con ellos. Además, ¿para qué estoy yo?

Cerramos el despacho con llave y caminamos juntos hacia el ascensor. Nos cruzamos con un par de ejecutivos que saludaron con efusividad a Hugo, que era el más joven de la planta con diferencia. Me hizo sentir un orgullo que hasta me incomodó. Cuando bajábamos me quedé mirándolo mientras se abrochaba el abrigo de paño cruzado, concentrado en palpar que tuviera la cartera, el móvil y las llaves del coche. Ladeó la cabeza hacia mí y se sorprendió al ver que tenía los ojos clavados en él.

—¿Qué pasa?

Que eres muy grande, muy listo, muy guapo y muy... jefe.

—¿Te importaría que pusiera plantas en mi parte del despacho?

—Claro que no. Pon lo que quieras.

—¿Un jardín japonés?

—Bien —asintió con media sonrisa.

—¿Y guirnaldas de colores? —me burlé.

—No te pases. —Las puertas se abrieron y él me cedió el paso—. *Ladies first.*

Insistí en ir en autobús a casa pero él no encontró motivo para que yo tuviera que ir en transporte público teniendo él el coche en un *parking* cercano; sin embargo, el motivo nos encontró a nosotros. Dos compañeras de departamento (aunque debería decir excompañeras) nos vieron andando juntos y nos saludaron entre risitas. Yo agaché la cabeza.

—Nunca bajes la cabeza —dijo Hugo entre dientes, no imponiéndolo, sino como un consejo—. Es el gesto que aprovechan para meter estocada. Siempre barbilla alta. No tienes nada que esconder.

—Yo diría que sí lo tengo... —Pateé una piedra.

—Eso es tu vida privada. No has matado a nadie. Viviste durante unos meses una situación sentimental poco cotidiana que no tiene nada que ver con el trabajo.

—¿Poco cotidiana?

—Alternativa. —Me miró de reojo y sonrió—. No me vas a sonsacar otro adjetivo.

—Bien. Pero no creo que ellas hicieran esa lectura si lo supieran.

—Lo primero es que no lo van a saber, lo segundo es que no debería interesarles y lo tercero y más importante es que a ti no debería afectarte lo que ellas piensen. Creía que eso ya lo teníamos superado.

—Bueno, sí, pero con esto del «ascenso»... —Hice el gesto de las comillas con los dedos y añadí—: He suscitado algún que otro comentario en el corrillo del café.

—No seas suspicaz. Y si lo comentan, que lo comenten. Pero predica siempre con el ejemplo. Que sus vidas privadas no te importen. Mi padre siempre decía que hay que comportarse con los demás como queremos que otros nos traten... o algo así.

—Ah, eso me recuerda una cosa..., «viste siempre como quieres que te traten». ¿Tengo que comprarme ropa más seria?

Llegamos al coche y abrió con el mando y una sonrisa condescendiente en los labios.

—Esa es una pregunta capciosa, *piernas*.

—No entiendo por qué. —Me reí.

—Porque sabes que no, pero una respuesta afirmativa por mi parte justificaría que te dieses un caprichito..., ¿no?

Me senté en el coche y le miré fatal. Me había pillado.

—Cómprate ropa nueva. —Se abrochó el cinturón y puso el coche en marcha—. Ve a hacerte un masaje. Sal a cenar. *Piernas...*, haz lo que quieras, pero nunca te justifiques ni ante ti misma.

Hugo. El maestro.

8

Lunes. Me despedí de Nico en el ascensor. No hubo beso, solo un guiño, pero tuve que convencerlo de que no era buena idea que me acompañara a mi nuevo despacho. No quería suscitar más habladurías. Hacía unas semanas no me hubiera importado decir que Nico y yo salíamos, pero ahora de pronto era mucho más proclive a mantenerlo en la intimidad.

El sábado había ido de compras. Compras serias, de señora ejecutiva. Le pregunté a Hugo si le apetecía venir conmigo, pero me dijo que tenía cosas que hacer. Cosas inexistentes que hacer, para más señas. Iba a molestarme por la negativa cuando me di cuenta de lo absurdo que era pedirle que me acompañara a comprar vestidos. No, Alba. Menos mal que él aún era una persona cuerda.

Y allí estaba yo, con un vestido negro a la altura de la rodilla y manga larga y subida a unos zapatos de tacón que hubieran arrancado gritos de horror a mi madre. Diez centímetros de tacón de aguja y piel color vino, a conjunto con el bolso, que me hacían sentir más segura de mí misma. Al final me dolerían los pies a morir, lo sabía, pero necesitaba la fuerza que me proporcionaba escuchar el sonido que arrancaban mis pasos al brillante suelo de la planta noble. Me sentía un poco insegura. No quería ser un lastre para el trabajo de Hugo; quería ser de ayuda, sentirme realizada y útil. Unos zapatos de tacón pueden parecer una cosa absurda, no eran un casco de superpoderes a lo profesor Xavier de X-Men... pero a mí me servían.

Entré de espaldas, empujando la puerta con el trasero porque llevaba el abrigo doblado en un brazo, el bolso y dos cafés. No me quedaban manos. Escuché el sonido repetitivo de los dedos de Hugo sobre el teclado del ordenador y me sentí mal por llegar a las nueve en punto. Me giré para disculparme por llegar tan justa de tiempo cuando descubrí la repisa de mi ventana repleta de macetas preciosas con flores de colores. Por poco no se me cayeron las cosas al suelo. Dejé los cafés, colgué el abrigo, tiré el bolso sobre la silla y respirando hondo volví a tomar los vasos humeantes y entré en su despacho, no sin antes dar un par de golpecitos a la pared a modo de aviso.

—Buenos días —dijo Hugo sonriendo—. ¿Preparada?

Dejé el enorme recipiente de café caliente delante de él. No me salían las palabras y le hice reír. Debía tener una cara de imbécil de impresión.

—¿Te comió la lengua el gato, *piernas?*

—Son unas flores preciosas —conseguí decir.

—Sí, lo son. —Desvió la mirada hacia su mesa y movió un par de carpetas.

—No tenías por qué.

—No sé de qué me hablas. Un tipo las dejó aquí esta mañana.

—Un tipo... ¿alto, moreno, guapo, así como muy elegante..., un pelín bruto?

—Ehm... —fingió que estaba reflexionando—, no. Era un mensajero de La Ponsetia.

—Ajá. ¿Llevan tarjeta?

—Ni idea. No cotilleo entre las cosas que te mandan.

—Muy considerado.

Empecé a pensar que quizá habría sido Nico, pero no le pegaba nada aquel detalle. Nico era más de mandarme una canción al *mail* personal y escribir un parrafazo sobre sentimientos. Creo que el pobre tenía la creencia de que aquello era lo que yo esperaba de él, como si tuviera que devanarse los sesos para averiguar qué me haría feliz. Hugo me pasó una carpeta y me dijo que era un *briefing* y unos perfiles personales.

—Sé que te dejé mucha documentación que repasar, pero este es el más importante. Es el que veremos el miércoles, ¿vale? Si tienes dudas pásate por aquí. Avísame cuando termines, porque estaría bien que pusiéramos en común las conclusiones y preparásemos algo de material. —Asentí. Estaba muy perdida—. No te preocupes, ¿vale? Una cosa detrás de otra. Y gracias por el café.

Salí hacia mi mesa. La salita estaba preciosa con todas aquellas plantas y flores. Me acerqué y las olí, dándome un momento de calma antes de ponerme en marcha. Sobre mi mesa había un paquete en el que no había deparado cuando llegué. Era una cajita de cartón negra, muy fina, que contenía un pequeño jardín japonés. Me entró la risa. Tenía una tarjeta.

«Las guirnaldas de colores mejor las dejamos para cuando celebremos el Mardi Gras. Bienvenida, *piernas*. Bienvenida al primer día del resto de mi vida».

Cogí aire. «Bienvenida al primer día del resto de mi vida». De la suya. Su vida. Céntrate, Alba. Estuve hasta las once enfrascada en el papeleo. Cifras, índices de colaboración entre nuestra empresa y la del cliente, códigos de expediente, campañas anteriores, servicios que aún no prestábamos..., tenía la cabeza como un bombo. Cuando terminé, pasé al despacho de

Hugo y los dos repasamos punto por punto toda la información. Él fue indicándome cómo enfocar la estrategia, usando para ello las cifras de negocio del cliente para apuntar hacia necesidades que nosotros podríamos cubrir. Me sentía muy torpe, pero Hugo era un gran maestro y me animaba a sacar mis propias conclusiones, aunque al principio fueran muy superficiales.

—Irás viéndolo tú sola.

Después nos centramos en los perfiles personales de las personas con las que nos reuniríamos. Por cuestiones relacionadas con la ley de protección de datos no podíamos archivar esa documentación, sino que debíamos memorizarla. Cosas tan tontas como dónde estudió, cuántos años llevaba en el puesto, cuáles habían sido los problemas con los que se había encontrado, si estaba casado o casada o si le gustaba el golf.

A la hora de comer mi cabeza era un hervidero de datos inconexos. Olivia y yo almorzamos juntas en el *office,* aunque estuve ausente buena parte de la hora. Solo desperté un poco cuando salimos a tomar café fuera de la oficina, así ella pudo fumar como una chimenea y yo atendí a sus nervios ante la próxima visita de su novio, al que hacía dos meses y medio que no veía en persona. Me consta que había mucho Skype con contenido erótico por las noches. Al volver al despacho, Hugo tenía puesta música.

—¿Te molesta? —dijo, y a continuación señaló el equipo de música.

—No. —Entré en su sala—. ¿Qué es?

—Tracy Chapman. *Talkin'bout a revolution.*

—Me gusta. La vida es mejor con buena música.

—Sí. —Sonrió—. La vida es mejor.

Hugo apoyado en su mesa, con un jersey de color azul marino, con camisa azul cielo y corbata a rayas azules. Hugo con la mirada clavada en mi cara, repasándome entera con los ojos. Volví a mi mesa. Suficiente.

Nico se pasó mis recomendaciones por el forro de los cojones y a las seis subió a por mí. Dijo que quería ver dónde íbamos a trabajar y se burló de nosotros en tono jocoso, porque todo era bonito y lujoso y hasta teníamos plantas. Los dos nos miramos pero ninguno dijo nada. Nico y yo nos fuimos a tomar algo. Hugo se quedó un rato más…

Y por la noche, después de cenar, cuando Nico intentó meter su mano debajo de mi pijama, le dije que tenía que venirme la regla y que me encontraba mal. Una mentira a medias, para lo a medias que me encontraba yo. La seguridad con la que Nico había apuntado la otra noche que yo echaba de menos a Hugo en la cama con nosotros, no me había hecho sentir bien. Necesitaba… calma. Pensar. ¿Por qué? Porque yo quería mucho a Nico, pero él estaba en lo cierto. Y no es que añorara tiempos en los que dos tíos como dos armarios me empotraban en cualquier superficie; yo lo que echaba de menos era el olor de Hugo, la presión de sus dedos en mi carne cuando se corría o la sonrisa que le iluminaba la expresión después. Entre la conversación con las chicas y su comentario, yo había llegado a la conclusión de que quizá necesitaba una temporada sin sexo para saber diferenciar si lo que tenía con Nico era una relación de amor de verdad o una amistad con cama. Así que cuando mi novio se fue…, me costó bastante conciliar el sueño. Y me toqué bastante…, en general.

Martes. Pichi gris por la rodilla con camisa blanca. Tacones negros con lacito en el tobillo. Maquillaje perfecto con *eyeliner* y labios rojos. Pelo suelto y ondulado. Llegué diez minutos tarde. Hugo me recibió de pie en el vano de la puerta que separaba nuestros espacios. No me dijo nada sobre el retraso, pero la mirada me valió como aviso. La confianza, dicen, a veces da asco. Y la que daba asco era yo, que conste. Yo nunca llegaba tarde. Daba igual que ahora formara parte del equipo de mi casero, amigo, examante y vecino. No podía remolonear entre las sábanas cuando sonara el despertador o me buscaría problemas.

Parte de la mañana estuve en Babia, esa es la verdad. Con la mirada perdida en el vacío, sin poder leer ni palabra de lo que ponían los dosieres. Las letras saltaban de aquí a allá y era imposible para mí entender qué cojones quería decir todo aquello. En lugar de preguntar me dejé llevar por el agobio y… me empané. Así, dicho mal y pronto. Hugo me llamó para que pusiéramos en común algunas cosas de cara a la presentación, pero lo único que pude aportar fueron balbuceos, «nolosés» y encogimiento de hombros. No había que ser especialista en lenguaje no verbal para saber que a Hugo mi reacción no le estaba haciendo ni pizca de gracia.

—Tienes que concentrarte, Alba, o no podré llevarte a la reunión.

—Siempre puedo ir… y escuchar. Estoy aprendiendo.

Clavó los ojos en mi cara y arqueó las cejas.

—Aquí no hay periodo de adaptación. Los demás no nos amoldamos a tus necesidades; eres tú la que debes hacer un esfuerzo por seguir el ritmo. Y eso no va a cambiar. Mañana no solo tienes que venir a la reunión, tienes que participar y demostrarle al cliente que le respalda un equipo de profesionales en el que puede y debe confiar sus necesidades. Me da la sensación de que has invertido más tiempo en estar mona que en prepararte y yo no quiero una azafata de Fórmula 1, ni una *cheerleader* que agite los pompones ni las pestañas.

Eso me dolió. No era lo que yo pretendía.

—Estás siendo injusto.

—No. Estoy siendo duro. Esperamos mucho de ti, así que no nos decepciones.

Dicho esto se levantó de su propio escritorio y se fue, supongo que a airearse. Me sentí como cuando mi padre se enfadó conmigo por haberme pasado una tarde entera probando mi nueva plancha del pelo y dejé para el último momento el trabajo de Física que tenía que entregar. Y cuando pasó aquello tenía quince años...

Magistral. El tío consiguió lo que pretendía. Me pasé el resto del día esforzándome al máximo. Comí y volví a mi mesa a seguir repasando y revisándolo todo. Me hice esquemas. Había tantas cosas que no entendía..., ¡como para pretender participar en una reunión como aquella! Imprimí la presentación y la memoricé como un papagayo, pero los clientes sabrían leer..., esperarían una aportación con más valor...

Hugo no se mostró enfadado, pero estuvo bastante distante durante toda la tarde. A las seis le mandé un mensaje a Olivia para decirle que no podía ir a clase de yoga, porque tenía cosas que hacer y ella me echó la bronca por inconstante, aunque después me mandó besitos y me dijo que entendía que quisiera ser responsable con mi nuevo puesto. Hugo, sorpresa sorpresa, sí se marchó a las seis y cuarto. Al verme enfrascada entre carpetas y papeles se quedó parado al lado de mi mesa.

—¿No te vas a casa?

—Ehm..., no, voy a quedarme un rato. ¿Puedes decírselo a Nico?

Pensé que se quitaría la chaqueta, que se sentaría a mi lado y me ayudaría, pero solo miró su reloj y asintió.

—Vale, yo se lo digo. Hasta mañana.

Me dejó con dos pares de narices. A las nueve de la noche estaba a punto de llorar, lo juro. No entendía nada. Tenía en el ordenador doscientas pantallas abiertas sobre importaciones, exportaciones e información sobre el sector de la fabricación de envases plásticos. Que alguien me matara. Estaba segura de que aquello me venía grande. Yo servía para escribir, joder, no para convencer a alguien que conocía su negocio al dedillo de lo que necesitaba o no. El aire casi no me entraba en el pecho. Iba a quedar como una cretina y todo el mundo sabría que estaba en aquel puesto porque el aprecio personal que Hugo sentía por mí había mediado en el ascenso.

Toda la planta estaba en silencio y a oscuras. Hacía rato que se habían marchado hasta las señoras de la limpieza. Y yo seguía allí, con la única luz de mi escritorio encendida. Me dolían los ojos y me escocían las lágrimas de impotencia que empujaban para salir. Entonces, entre todo el silencio sepulcral de la planta, se escuchó el pitido de una tarjeta de acceso abriendo la puerta principal. Genial. Ahora alguien vería que la palurda seguía allí, como una mala estudiante que ve que la coge el toro, pero solo la noche anterior al examen. Se escucharon pasos amortiguados y se encendió una luz de sensor en el pasillo. Levanté los ojos del escritorio cuando alguien dio un par de golpes en la puerta entreabierta.

—¿Se puede?

No sé cómo no lloré. Y allí estaba, como un padre que considera que el castigo ya ha surtido efecto. Gemí y él se acercó, sonriendo. Hugo, de vuelta de todo. Se quitó la chaqueta y la dejó tirada sobre uno de los sillones. Se había cambiado y venía vestido de *sport* con unos chinos y un jersey grueso. Se metió en su despacho y salió arrastrando una silla que colocó a mi lado. Palmeó mi pierna cuando se sentó.

—Vamos a ver, *piernas*…

—Por favor, no me digas nada. —Me tapé la cara, muerta de vergüenza.

—No, no. Mírame. Es importante.

Apartó mis manos y me obligó a mirarle. Dos gotas gordas y brillantes me resbalaron por las mejillas, pero él no soltó mi cara.

—En la vida es tan importante querer aprender como ser capaz de pedir ayuda. He estado todo el día esperando que lo hicieras. Tienes que responsabilizarte tanto de tus capacidades y habilidades como yo tengo que hacerlo de tus lagunas. Porque tú puedes enseñarme cientos de cosas que no sé y yo puedo hacer lo mismo contigo. Somos un equipo y eso es lo que hacen los compañeros. Se llama sinergia. Tú y yo podemos ser los mejores, pero tienes que confiarme tus dudas. Yo te prometo que lo haré contigo.

Sollocé avergonzada y él secó con sus pulgares mis mejillas.

—Lo siento… —gimoteé.

—Yo también. Pero no llores. Sabes que no puedo soportarlo; me mata.

Me acerqué a él y apoyé mi cabeza en el tejido mimoso de su jersey; Hugo me acarició el pelo, tratando de calmarme.

—He venido porque soy tu amigo. Como «jefe» no lo hubiera hecho. Tienes que aprender de esto.

—Lo haré —le prometí—. Pero es que me daba vergüenza confesar que… no entiendo nada.

Volví a mi postura y dejé que mi espalda cayese pesadamente sobre el respaldo de mi silla. Él sonrió. A veces me daba la sensación de que sencillamente lo sabía todo de mí.

—Alba, si estás aquí es porque pensamos que lo mereces y que puedes hacerlo. Eso no debe agobiarte, sino motivarte. No dejes que las opiniones de los demás te limiten o te paralicen.

—Pero tú no querías tenerme como ayudante —me quejé.

—¿Crees que dudaba de tu capacidad?

—No lo sé. Tendrías razones para dudar. Soy un paquete.

—No, Alba. Piénsalo. ¿De verdad no sabes por qué no quería que estuvieras aquí?

—Porque crees que debería estar buscando trabajo fuera.

Nos miramos en silencio y él levantó las cejas además de sonreír con sarcasmo.

—¿De verdad? Alba…, los dos lo sabemos.

—Das demasiadas cosas por sabidas. Yo no sé nada.

—¿Quieres que lo diga? Porque entonces es posible que todo se vuelva un poco incómodo. Y he venido con intención de quedarme y ayudarte con esto.

No contesté. Me giré hacia mi bolso y alcancé un kleenex con el que me limpié los chorretones de rímel de mis mejillas.

—Mierda, soy una llorona —dije, tratando de desviar el tema.

Hugo dio la vuelta a mi silla hacia él de nuevo. Se acercó tanto que quise morirme. Miró mis ojos.

—Te quiero —musitó—. Te quiero todos los días. Cuando él te tiene y cuando él no te alcanza. Te quiero cuando te ríes, cuando te equivocas, cuando tropiezas y cuando te levantas sin necesitar ayuda. Te quiero cuando lloras, porque hasta así estás preciosa. Te quiero porque no puedo evitar hacerlo. Puedo fingir con él, pero no contigo. Esa es la razón por la que no te quería sentada a cinco metros de mi mesa. Y sabía que esto terminaría pasando. —Abrí la boca para contestar, pero él negó con la cabeza y se levantó—. Voy a por algo de cena. Cuando vuelva, trabajaremos un rato. Luego iremos a casa y ninguno mencionará nunca nada sobre esto.

9

A las siete de la mañana me presenté en la puerta de casa de Nico y de Hugo en bata. Cuando Hugo abrió, con una taza de café en la mano, el pantalón del traje y una camisa entallada perfectamente metida por dentro, levantó las cejas sorprendido.

—No es que no esté abierto a las nuevas modas. Es que… no lo termino de ver —bromeó al analizar mi atuendo—. ¿Con botas o con zapatos de tacón?

—Necesito que subas un momento a casa —le pedí casi fuera de control.

—¿Qué pasa? —Frunció el ceño.

—No sé qué ponerme. Estoy muy nerviosa. Se me ha olvidado hasta el nombre del cliente.

Puso los ojos en blanco y cara de martirio.

—Cualquier cosa estará bien. —Se encogió de hombros y dio otro trago a su taza—. Pasa de la cafeína hoy, ¿vale? Nos vemos en la oficina.

—Noooooo —gruñí tirando de su brazo—. No te he preguntado si quieres subir. Te he dicho que SUBAS.

Nico apareció con los ojos abiertos de par en par por detrás.

—Coño, ¿qué te pasa?

Hugo se giró, le dio la taza y una breve explicación.

—Reunión hoy con los de los envases. Preataque de histeria.

Me senté en la cama con la cabeza entre las manos, farfullando que toda mi ropa era horrible y que nada serviría. Hugo movía perchas sin ton ni son, de un lado a otro.

—Es que no sé qué decirte, *piernas*. Hace frío y parece que va a llover. Solo… abrígate. Pero no demasiado. En los despachos ya sabes que suele hacer calor y te pondrás a sudar. No queremos parecer Camacho, ¿verdad?

—¡¡¡No me estás ayudando nada!!!

Hugo disimuló la risa tras mi berrido.

—A ver…, ¿este vestido?

—Voy a parecer una furcia.

Puso cara de alucinado y se volvió hacia el armario, donde siguió mirando.

—¿Y este verde botella?

—Es de monja.

—¿Y este gris con una chaqueta?

—¿¡¡¡¡Es que estás loco!!!?

—Vale, ya está. Levántate. —Tiró suavemente de mí y me colocó enfrente de él—. Tienes que tranquilizarte. Mente lógica y pragmática.

—Arggg… —berreé.

Cogió una percha sin mirar, la tiró encima de la cama y después salió de la habitación.

—Eso.

—Pero ¡¡si no sabes ni lo que es!!

—Ni me importa. Te veo en la oficina.

Sentados en la sala de visitas de la empresa cliente, Hugo y yo mirábamos al frente. Me había obligado a mí misma a respirar con tranquilidad, pausadamente, a riesgo de hiperventilar y desmayarme encima de la moqueta del despacho. Hubiera sido un estreno espectacular para mi experiencia como asistente del director comercial, sin duda; pero mejor pasar de los numeritos. Y mientras tanto Hugo parecía estar tan tranquilo.

—Deja de mover las piernas —dijo sin mirarme, pero no paré de golpear mis rodillas la una con la otra—. Y quítate el abrigo, por Dios.

—Tengo frío.

—Para con las piernas, por favor.

—¿Por qué?

—Porque es molesto. Para.

—Pero...

—¡Para! —Su mano apretó mi rodilla derecha.

Paré de golpe. El calor de su palma atravesó las medias y subió arriba, arriba, hasta llegar a mis braguitas de la suerte. Contuve un jadeo y él me soltó. Nos miramos.

—Es solo una rodilla —musitó mientras apartaba los ojos.

—Es mi rodilla.

—En eso tienes razón.

Alguien salió a buscarnos por fin y Hugo sonrió. Sonrisa comercial en funcionamiento. Entramos los dos con paso firme. Tras una mesa de nogal mastodóntica encontramos a un hombrecito ceñudo con unas cejas con las que se podían hacer trenzas. Contuve la risa; en persona tenía un aspecto mucho más cómico que en las fotografías que había encontrado en Internet.

—Señor Montes —dijo Hugo a modo de saludo—. ¿Cómo va?

—No me puedo quejar. —Se puso en pie. Apenas si le llegaba al pecho a Hugo, pero es que él era tan alto…

Se dieron un apretón de manos.

—Ella es Alba Aranda, mi ayudante.

—No sabía que necesitabas ayuda —bromeó el cliente.

—Ni yo. Hasta que la conocí.

Me miró de reojo. Dios, Hugo. No. No hagas esto.

—Encantada, señor Montes. —Le di la mano también, formal.

—¿No tiene calor, señorita Aranda?

Quizá si Hugo me abrazara un poco…, asentí y me quité el abrigo. Además del frío seguía estando insegura sobre mi indumentaria. Dejé a la vista mi vestido negro ajustado a la cintura por un cinturón de animal *print*. Una señorita muy amable recogió mi abrigo y el de Hugo y nos preguntó si queríamos café.

—Yo sí, Cristina. Como siempre —respondió el señor Montes.

—¿Y ustedes?

Un silencio. Me pregunté por qué Hugo no contestaba. Habíamos acordado que siempre empezaría él, rompiendo el hielo. Le miré de reojo, pero estaba muy interesado en sus zapatos Oxford, así que tomé la iniciativa.

—Un cortado, gracias. ¿Y tú, Hugo?

Levantó la mirada y evitó que se cruzase con la mía.

—Solo, por favor.

Se quitó la americana con ademán rápido y se la colocó en el regazo.

—¿Quiere que le guarde también la chaqueta, señor Muñoz? —La secretaria tenía pinta de saber de memoria muchos más datos que el apellido de Hugo, la verdad. Estaba encantada con que se quitara ropa. Y no la culpo, yo también.

—No. No. Así estoy bien.

Le miré de reojo con el ceño un poco fruncido y él desvió la vista hacia el cliente.

—¿Qué tal todo? —preguntó con un tono un poco dubitativo.

—Pues muy bien.

—¿La familia bien?

Le lancé otra mirada. Pues... lo imaginaba más encantador de serpientes, la verdad. ¿Estaba nervioso? ¿Por qué no me miraba? Le hice una seña, pero no desvió los ojos del hombre que parloteaba sobre sus hijos con orgullo. Hugo asentía como un imbécil. Tuve pánico. Dios, no. Hugo, no falles tú ahora o esto será un desastre. Empecé a ponerme nerviosa. Me dieron ganas de tirar de su manga para que me prestase atención, para que me demostrase que estaba realmente allí, porque yo juraría que tenía la mirada perdida. El cliente se calló y hubo un silencio. Mierda. Mis archienemigos los silencios.

—Bueno, señor Montes, me consta que su hija pequeña acaba de licenciarse en Derecho y Relaciones Internacionales con mención de honor. Debe estar muy orgulloso.

—Sí, lo estoy —dijo hinchándose como un pollo—. Y además habla perfectamente tres idiomas. Inglés, francés y alemán.

—Eso es increíble. Una chica con mucho talento —continué antes de carraspear—. Y eso no deja de comunicar que son conscientes de las oportunidades que brinda el entorno internacional. Lo que me sorprende es que no se haya planteado salir al mercado exterior con sus productos. Exportar lanzaría a su empresa a otro nivel, tal y como los idiomas harán con el currículo de su hija.

Hugo parpadeó y se giró un poco hacia mí. El cliente frunció el ceño. Mierda. Mierda. ¿La había cagado? La había cagado, sin duda. Sentí el corazón palpitando detrás de mis ojos, oscureciéndolo todo, bombeando sangre enloquecido. Creí que iba a vomitar. O a desmayarme. O a mearme encima. Hugo carraspeó. Matadme. El señor Montes levantó las cejas entonces y miró a Hugo.

—Nunca me lo había planteado así. Siempre he pensado que no estamos preparados para movernos en ciertos...

—Pero para eso estamos nosotros. ¿Verdad?

A Hugo se le dibujó una sonrisa en la cara que me tiñó las mejillas de rojo. Me miró, ladeando un poco la cara hacia mí. Después levantó las cejas y volvió a mirar al cliente.

—¿Ve usted cómo sí necesitaba ayuda?

La reunión fue un éxito. Aquel cliente contrató un servicio de nuestra empresa que la haría embolsarse un cuarto de millón de euros. Estaba alucinando. Una vez dicho aquello, la presentación fluyó de una manera increíble. Le vendimos casi hasta a mi madre. Cuando salimos tenía un subidón de adrenalina y una sensación de triunfo..., no sé definirlo. Me sentí tan bien...

Nos dieron nuestros abrigos, nos despedimos del señor Montes con un apretón de manos que cerraba el trato y con la promesa de enviarle aquella misma tarde todo el papeleo. Cuando nos metimos en el ascensor y este cerró las puertas, Hugo se giró hacia mí, con cara de alucinado.

—¡Lo siento! —me disculpé por el atrevimiento. No sabía si aquello supondría algún problema para su ego.

—¿Lo siento? ¿Por qué cojones te disculpas? ¡*Piernas!* ¡Eres una jodida bomba! ¿¡¡Tú sabes lo que has hecho ahí dentro!!?

—¿Lo he hecho bien? —pregunté con necesidad de reafirmación.

—Bien no. Has estado increíble. ¡¡Me has dejado alucinado!!

—Es que me he puesto nerviosa. No iba a decir nada, ¿sabes? Iba a esperar a que tú hablases —y lo contaba todo atropelladamente—, pero tú te has quedado callado y yo no sabía qué pasaba..., y oía el tic tac de su reloj y, Dios, ha sido horrible.

He empezado a hablar y… ¡me he pasado! Pero ¿por qué no has dicho nada?

—Yo…, no sé. Me he quedado en blanco. No sé. —Se encogió de hombros, agobiado—. No sabes cuánto lo siento.

Le miré de reojo, sin terminar de creerle.

—¿Lo has hecho para que me soltara?

—No, no. Te prometo que no. Sinceramente, pensaba que aún era muy pronto para ti. Te lo prometo.

—¿Entonces?

—No sé. Se me ha ido el santo al cielo.

—Pero si…

—Que no lo sé, *piernas*. —Y fue tan tajante que me callé—. Yo…, joder. Eres buena. Muy buena. Osito Feliz va a flipar. —Y se echó a reír.

—No se lo digas —le pedí—. Dile que lo has hecho tú o pensará que soy una trepa.

Aquella tarde casi todo el mundo sabía ya que yo le había colado un proyecto de internacionalización de 250.000 euros a una empresa puntera en el sector del *manufacturing*. Y de pronto me dio igual que pensaran que Hugo exageraba y que había sido él quien había cerrado la venta. Me la traía muy floja que opinaran que se me debía dar fenomenal el francés (y no hablo de la lengua gala). Porque aquella tarde me convencí de que uno, si quiere, puede hacer casi cualquier cosa.

10

En blanco
(Hugo)

El abrigo era gris. No decía mucho. Serio, formal. Bueno. Alba me había dicho en el ascensor de nuestro edificio, cuando salíamos hacia la reunión, que era su único abrigo bueno.

—De lana. Me lo compró mi madre.

Estaba tan nerviosa. Creí que terminaría deslizándose de cabeza por las escaleras, rompiéndose la crisma o… por lo menos las medias. Iba subida a unos zapatos negros y sobrios de tacón. Me pregunté qué llevaría debajo. Fantaseé un poco con la idea de que no llevara nada. La falda era un poco más corta que el abrigo, pero confiaba en que habría sido cauta a la hora de escoger indumentaria. Lo sabía. Había pensado demasiado sobre el tema.

—Nada con escote. Nada de cuello alto. Nada ceñido. Nada que parezca un saco —farfulló esa misma mañana mientras la acompañaba a su casa a elegir el modelito de la jornada.

Estuve a punto de decirle que daba exactamente igual lo que se pusiera. Hasta saliendo de su clase de yoga estaba increíble. Yo le habría comprado cualquier cosa que ella intentase venderme, sin importar lo que llevara puesto. El solo movimiento de sus labios gruesos ya me zambullía en un estado de hipnosis.

Cuando se quitó el abrigo, me sentí como un pobre tarado al que el mago ha hecho creer que es una gallina. Desperté de ese estado de hipnosis como si me hubieran dado una hostia con toda la mano abierta. La muy puta… Perdonadme. Es un decir. No me refiero a que ella…, joder, no voy a justificarme. Es una expresión. Yo la adoraba, por el amor de Dios.

Y allí estaba, de tela suave, negra, pegándose a su cuerpo sin ser ceñido, dibujando esa curva que descendía hacia el final de su espalda, de camino a coronar su trasero. No es que se le marcara la ropa interior…, es que yo la miré mucho. Braguitas de cadera baja, liguero. Liguero. Joder. Probablemente llevaría un sujetador de media copa, de esos que le dejaban el pecho en un puto balcón, insinuante, perfecto.

Me volví loco. Loco. Yo y mi polla, que decidió que era el momento perfecto para llenarse de sangre, palpitar y marcarse un «hola» en toda regla bajo la tela del pantalón. Me tuve que quitar hasta la chaqueta.

Saludé al cliente, rígido, acartonado. Mi encanto comercial estaba de camino a la oficina a presentar su dimisión. Mi cabeza en Nueva York, entre las sábanas revueltas, follándose a Alba a lo bestia, zarandeándola, mientras ella fingía que se dejaba hacer porque la verdad es que le excita sentirse usada. Nos usas tú, cielo. Soy tu puto perro faldero. Solo acaríciame y deja que me acurruque a tu lado.

Cuando me di cuenta, llevaba demasiados segundos callado. Me sentía como si me hubiera tragado el palo de una escoba... y parte se hubiera ido a llenar mi pantalón. Traté de buscar en mi cabeza algo inteligente que decir, pero no pude. No me salió nada, joder. Nada. Conocía a ese hombre desde hacía cinco años y me sabía toda su puñetera vida. Era un hombre tradicional que había heredado la empresa de su padre y la había convertido en lo que era. Tenía cinco hijos, pero su ojo derecho era la pequeña, que le recordaba mucho a una hermana suya de la que nunca decía nada más pero a la que suponía que había perdido y que añoraba. Lo sabía todo, joder. Y mi boca abierta como un puto mero.

Y ahí vino ella, la señorita Aranda, a salvar la situación. Lo hiló todo. Joder, que si lo hiló ¡y cómo lo hizo! Yo no lo hubiera planteado mejor. Salió solo de su boquita de fresa; la vergüenza tiñó sus mejillas de colorado y le hizo pestañear más, con lo que agitó sus pestañas maquilladas hasta enloquecerme. Me convertí en un quinceañero pajillero delante de la primera tía en pelotas. No lo sé. Eso es soez. Fue algo más..., algo más trascendental, pero que me la puso como el cemento armado.

Salió rodado. Todo. Desperté después de la sorpresa. Me lo puso tan en bandeja que solo tuve que terminar de convencer al cliente. Y al salir de la reunión ella estaba tan emocionada...

—¿Por qué te has quedado tan callado? —me preguntó.

Y no iba a decirle que no podía dejar de imaginarla cabalgándome encima, llevándome al séptimo cielo. En realidad la fantasía era mucho más cerda. La imaginaba encima, debajo, de lado y a cuatro patas. La imaginaba comiéndomela, dejándomela muy húmeda y recibiendo mi semen entre sus labios con los ojos cerrados. Dios. Me puse a morir. Comimos por allí cerca. A punto estuve de disculparme, marcharme al baño y pelármela. Me dolía. No me había dolido así la entrepierna en la vida. Pero aguanté.

Por la tarde ella seguía tan contenta…, se puso a estudiar como una loca para la siguiente reunión en la que me prometió que me dejaría llevar la batuta. Eso me hizo gracia. No sé cómo lo hacía, pero yo terminaría cediéndole el mando en todo lo que le diera la gana. Era buena y era la jodida mujer más increíble con la que me había encontrado. Si ya era duro tratar de fingir que no la quería, y más después de mi confesión en el despacho, verla desenvolverse terminaba poniéndomelo mucho más difícil. Le hubiera puesto un jodido altar.

Nico se puso como loco de contento cuando se lo contamos de camino a casa, los tres. Quiso que saliéramos a celebrarlo, pero les dije que me dolía un poco la cabeza y que prefería irme a casa. Los dejé en uno de esos locales de la Castellana famosos por congregar a muchos oficinistas de *afterwork* y me fui a casa. ¿A qué? Es de imaginar.

Lo hice en la ducha. Me apoyé en los azulejos y me toqué. Estaba tan dura solo con la perspectiva… Hice memoria. Llevaba mucho sin echar un polvo. La última vez fue con una chica a la que conocí en un bar, una noche que no pude soportar la idea de haberme resignado a dejar de sentir cosas humanas. Me la follé en mi coche y después la llevé a casa. Me dijo que la llamara, pero no lo hice. «Perdí su número» convenientemente en la papelera del garaje. Después de eso, hacía cosa de un mes largo, Paola y yo nos hicimos un apaño. Menuda mierda. Se lo dije. La señalé con el dedo muerto de risa y le dije «esto es una mierda, somos unos cerdos». Pero ella se desnudó, se abrió de piernas encima de una de las camas del Club (con las sábanas recién cambiadas, por el amor de Dios) y me dijo que me la follara.

—A saco, Hugo —dijo al ver cómo me desabrochaba el pantalón—. Y si te apetece…, pégame.

Estaba enamorado, pero Alba se follaba a mi mejor amigo. Soy un tío y estaba enfadado con el mundo. Por supuesto que me la follé. Y a saco, como ella quería. Y se nos fue un poco de madre también. Nos dimos de hostias los dos. Ella no paró de atizarme hasta que cedí. Le di un par de palmaditas en la mejilla y fuerte en las nalgas; no podría sentarse en semanas sin acordarse de aquella noche, pero no paraba de pedir más y más. Le tiré del pelo. Le hablé fatal. Y ella se corrió tantas veces que ni siquiera me preocupé por avisarla de que yo también iba a irme…

Me la sacudí un par de veces más. Pensé que me excitaría acordarme de aquello. En el momento me dio morbo, pero allí, en la ducha, me sentía como cuando volví a casa después de follar con Paola. Aquella noche al llegar escuché a Nico y a Alba despedirse entre risitas en el rellano del séptimo y… no tengo nada más que añadir.

La erección había remitido. Pero ya había empezado y mi cerebro necesitaba descargar. Mi cerebro…, por no ser demasiado cerdo. Respiré hondo y me acordé de su vestido. Negro. Joder, Hugo, es un puto vestido negro, no hay más. Sí, sí había más. Debajo había montañas, valles y páramos que yo había recorrido con los labios, con los dedos, con la lengua. Me acordaba de su sabor y de cómo se retorcía debajo de mí. Era la única mujer del mundo que me había hecho sentir de aquella manera. Devastado de deseo, por muy mal que quede escuchar a un hombre decir algo así. Me acordé de esa vibración con la que se movían sus pechos cuando hacíamos el amor y la manera en la que sus manos los agarraban. Volvió a estar dura. Jadeé. La primera noche, con sus mejillas cubiertas de rubor, me dijo fuera de sí «quiero ser tu puta». Y yo podía fingir, pero hacía mucho tiempo que entre

sus piernas se escondía mucho más que sexo. Era… catárti-
co. Su calor, la presión que su interior ejercía en mí cuando
se corría; esas convulsiones.

Me corrí en menos de dos minutos. Pensando en Alba.
Me corrí en su jodido recuerdo. En mi mano. En mis ganas.
En Nueva York. En quererla. Aquella noche me di cuenta de
que nada, jamás, me haría sentir tan satisfecho como ella.
Y empezó el infierno.

11

CONJUGAR
(NICO)

Pasar de la desconfianza al entusiasmo era demasiado desequilibrado incluso para mí. Intenté entender por qué la cercanía entre Hugo y Alba me hacía sentir así, pero no encontré nada más que serenidad. Ellos dos juntos eran como la personificación de aquello que puede llenar a un hombre y hacerlo real. Un hombre como yo, tendente a vaciarse solo por el simple hecho de pensar demasiado.

Alba volvía de trabajar cansada y satisfecha. Satisfecha por fin. Y yo la miraba y no sabía encontrar el punto en el que terminaba mi amor por ella y empezaba la admiración. Una mujer capaz de estabilizar el universo completo de dos hombres que habrían podido alejarse por el simple motivo de quererlo todo de ella. A veces pensaba que ella era el contrapunto perfecto a la relación que manteníamos Hugo y yo desde hacía una década. Era la medida justa de todas las cosas que quisimos para los dos. A veces… me costaba darme cuenta de que ya no era nada más que una compañera para Hugo, como si aún tuviéramos que hacer malabarismos con el tiempo para compartirnos de manera equitativa.

Verlos juntos era... una inyección de adrenalina en mi sistema nervioso. Y volvía a tener ganas de moverme, de buscarme y seguir haciendo las cosas como lo estaba haciendo, aunque a veces me perdiera en el intento de seguir con algo tan convencional como lo que tenía en aquel momento.

Creo que es peligroso formarse una imagen muy nítida de lo que uno quiere para sí mismo; es peligroso imaginar lo que esperamos de la vida y del futuro, porque rara vez la realidad supera a la ficción. Yo había supuesto que nuestro estilo de vida (el de Hugo y mío, en este caso) sería incompatible con nada convencional. Dos tíos a los que les gusta acostarse con la misma chica y sentirse tan íntimamente ligados…, porque si hiciéramos la autopsia de todas aquellas sensaciones que nos llenaron durante tanto tiempo, las ligadas al sexo a tres, la más importante y la que hacía de motor era la intimidad. Una intimidad con la que no solo aprendimos a vivir entre los dos; sobre ella cimentamos una relación que iba mucho más allá de la amistad que todos presuponían entre nosotros. Hermanos.

El caso es que, a pesar de que siempre sospeché que encontraríamos a la mujer que supusiera nuestro talón de Aquiles definitivo, jamás pensé que ninguno de los dos construiría nada parecido a una relación convencional. ¿Un noviazgo? ¿Nosotros? Cuando mi madre me decía que tenía que empezar a sentar la cabeza y pensar en el futuro, yo le contestaba muy convencido que ya lo hacía, porque durante algunos meses Hugo y Alba supusieron la imagen misma de lo que yo quería. Una relación apoyada en tres pilares: el amor, la confianza y la intimidad. Y lo más curioso es que ese sueño, esa aspiración, no cayó cuando Hugo se alejó…, tardó un par de meses más en descorcharse.

Así que ahí estaba yo, saliendo a cenar con mi novia, llevándola a ver una obra de teatro y planteándola la posibilidad de llevarla a conocer a mi familia. No es que no estuviera cómodo…, ella me haría sentir cómodo en cualquier parte. Es que… era antinatural para mí. Ni siquiera en mis primeras relaciones, cuando aún no era más que un adolescente nervioso y meditabundo, había sido de aquella manera. Yo no servía para relacionarme con su familia, sonreír, estrechar la mano y, rodeándola con mi brazo, dar a los demás esa imagen de pareja feliz que querían recibir. Siempre tuve la esperanza de que Hugo sería quien se encargara de aquella parte, mientras yo esperaba en casa a que volvieran para contármelo todo y hacerme partícipe solo de las anécdotas. Yo quería vivir la parte íntima de una relación sin tener que enfrentarme a los aspectos sociales de la misma. Hugo me haría un buen resumen y yo me encargaría de otras cosas. Podría abrazarla, hablar con ella sobre la vida, escuchar música ponzoñosa y triste y hablarle de lo que nos llenaba el alma. ¡Yo qué sé! Siempre tuve una imagen mucho más romántica que real del amor.

Pero ahora estaba «solo ante el peligro». Tenía que manejarme en todo tipo de situaciones, y algunas no me gustaban. Por eso me sentía tan reconfortado cuando él se acercaba. Hugo era como un… potenciador. Hugo potenciaba todo lo bueno que había entre Alba y yo, pero siempre y cuando estuviera lo suficientemente cerca como para sentirlo. Y desde que Alba trabajaba con él, era como si su influjo nos llegara hasta en la más privada intimidad.

No soy tonto. Puedo ser muchas cosas, entre las que destacaría que vivo en un plano oscuro y apartado de la realidad y que espero que la vida pase solo rozándome, pero no soy idiota. Había que estar ciego para no ver que entre ellos todavía se palpaba aquello que los unió un día. Era más que tensión sexual. Eso es sencillo. Incluso puedes sentirlo con alguien que te cae mal; el sexo puede aislarse de todas las demás facetas de la vida si uno quiere. Nosotros lo habíamos hecho durante años. A lo que me refiero es a que cuando Hugo y Alba se miraban una corriente de algo irrespirable cruzaba la habitación. Era algo que soy consciente de no tener con nadie, pero que sentía porque ellos lo compartían conmigo. Se llama complicidad. O destino, no lo sé. Si te alcanzaba, estabas muerto. Y Alba era la única capaz de volver a insuflarte la vida con sus labios. Por eso sabía que Hugo estaba muerto por dentro si no la tenía.

Algunos pensarán que si era capaz de decir algo así, que si era capaz de sentirlo de aquella manera, es que no la quería. A esos les diré que amar no es algo que quepa en una definición de la Real Academia Española. Es completamente innecesario tratar de ponerle un nombre y dotarlo de unos adjetivos, porque el único que cabe dentro de él es «subjetivo». Me ahogaba de amor por Alba, porque es la forma en la que yo quiero. Y Hugo era mi seguro de vida, mi salvavidas. Porque él dominaba las sensaciones, las hacía más humanas y ya nada me parecía desmedido.

¿Entonces? Ni siquiera fui consciente de haber tomado la determinación de volver a acercar a Hugo a nosotros. Solo me dejaba llevar por impulsos vitales, en busca de aquello que me hiciera sentir bien y vivo. Y el tipo de vida en el que fluía no lo hacía. ¿Adónde cojones iba yo vestido de traje? ¿Por qué pasaba casi todo el día delante de un ordenador, tecleando cifras, esperando recibir por ello un sueldo que me ataba como un grillete? ¿Me servía para ser feliz, salir con mi novia al cine y después echar un polvo de quince minutos? Porque… algo faltaba. Algo me faltaba. ¿Y si era Hugo?

Así que no, no soy un calzonazos ni un imbécil y tampoco estoy ciego. Yo permitía ciertas cosas porque nos acercaban a los tres peligrosamente a la idea de la que partimos. Porque Hugo nos necesitaba, porque Hugo nos hacía falta a nosotros. Porque yo siempre creí en aquel triángulo no como una locura posmoderna que llevar a cabo con tal de provocar. No. Yo estaba dispuesto a conjugar dos vidas por hacerlo posible. Fuera de casa sería su mejor amigo, alguien de la familia. Dentro, una parte más de la relación. Parte activa. Y tendríamos un futuro completo y utópico en el que los tres seríamos felices. Y me daba igual tener que esconderme tras las cuatro paredes de mi casa y dejar que ellos fueran la cara pública, siempre y cuando nuestra parcela privada fuera impenetrable e imperturbable.

No imaginé que podría salir mal. No imaginé que aquello pudiera terminar de otra forma que no fuera con los tres de nuevo juntos. Nunca sentí que peligrara mi papel allí. Nunca me sentí… de más. Solo teníamos que aprender a conjugar. Conjugar de nuevo el plural.

12

COMPAÑEROS

Fui cogiéndole el tranquillo. Una vez roto el hielo todo me pareció más fácil. Y estaba motivada. Ya no me daba miedo enfrentarme a algo nuevo. Era un reto. Y no, no era igual que mi pasión por escribir, pero estaba internándome en una parte de mis capacidades que no conocía, y me gustaba. Era otra Alba, una más seria, más ejecutiva y pragmática, que de pronto sabía manejar cifras, relaciones comerciales y que hablaba en un idioma nuevo. Algo así como un *«spanglish»* de negocios que a veces me daba hasta risa.

Y me acostumbré a las reuniones y las comidas con clientes. A controlar los nervios. A ser más dura. A concentrarme. A las largas jornadas de trabajo en una oficina un poco más gris que el trabajo de mis sueños. Algo que podría hacerme feliz. Y es que nos lanzamos de cabeza a encontrar nuestra vocación y, cuando la encontramos, a veces se nos olvida que la vida da muchas vueltas y que hay demasiadas cosas que pueden hacernos felices como para cerrar las puertas. Con las personas es lo mismo. No somos mitades de naranja que caminan por el mundo tratando de encontrar a nuestra única alma gemela. No. Podemos enamorarnos mil veces, equivocarnos, rompernos, volver a empezar. No hay una única persona para nosotros. Podemos ser felices de muchas maneras, incluso solas…, a veces se nos olvida.

Resumiendo: mi vida iba bien. Tenía una casa preciosa a un precio asequible tratándose de Madrid. Tenía un trabajo mejor pagado incluso que el periódico. Mis amigas y mis reuniones con ellas. Las charlas intrascendentes y las que pueden cambiarnos la vida. Tenía a mi hermana, a mi familia. Tenía un futuro labrándose y la posibilidad de seguir buscando algo «de lo mío». Me sentía activa y capaz. Había despertado. Pero… ¿alguien echa de menos algo en esta enumeración?

Nico. Y que conste que no es que nada fuera mal. Iba bien, como mi vida, pero de pronto había cosas más importantes que cenar juntos o irnos al cine. Y que el sexo, aunque mi cuerpo no se contentara con la sequía y siguiéramos castigando al colchón alguna que otra noche. Siendo completamente sincera diré que teníamos una relación más parecida a la de una pareja que lleva toda la vida junta que a dos personas que comparten la vida desde hace menos de un año. La pasión desmedida del principio y el cosquilleo en el estómago habían desaparecido. Ya solo quedaba placidez y tranquilidad. Y estaba bien, pero si me ponía a pensarlo me asaltaba la duda de si eso era realmente lo que quería. Por eso… no solía reflexionar sobre el asunto. Pensaba que de pronto nuestras tardes de sexo eran tranquilas porque no quería nada que nos recordara que un día hubo una intensidad rozando lo insoportable entre nosotros dos y otra persona. Esa otra persona.

Entre todas las cosas nuevas con las que empecé a lidiar a partir de tomar posesión de mi nuevo puesto, había una a la que todavía no me había acostumbrado y que cada día me turbaba un poco más. Al principio pensé que era el recuerdo y luego que se debía a la cercanía. Al final me confesé a mí misma que Hugo siempre despertaría en mí ciertos instintos que no encajaban en una relación de amistad ni en la de un casero y su inquilina o un director comercial y su ayudante. Malditos trajes hechos a medida. Malditas camisas entalladas. Malditos una y mil veces los jerséis que se ponía debajo del traje ahora que hacía tanto frío.

Y yo me sentaba a su lado, detrás del escritorio siempre limpio y ordenado, tratando de no acercarme demasiado. Pero él tiraba de mi silla sin ni siquiera mirarme, supongo que con la intención de que pudiera participar más de los apuntes y del papeleo. Y allí estaba, como en una nube, el olor de su perfume de Loewe…, sutil, magnético, masculino, sexi…, elegante. Como él. Yo respiraba despacito por no emborracharme demasiado. Y siempre terminaba teniendo que esforzarme de más para no perder la mirada y embobarme en sus manos.

Las manos de Hugo son las manos de un hombre. Menuda obviedad, pensaréis. No, no me habéis entendido. Son las manos de un HOMBRE. Tostadas, grandes, de dedos largos y equilibrados. Sin adornos. En la muñeca izquierda siempre llevaba reloj; debía tener muchos porque le conocía ya unos cuantos. Tenía un Cartier vintage que me dijo que había sido de su tío abuelo. Tenía un Nixon precioso, cuadrado, con fondo negro y metalizado en mate. Aunque mi preferido era el Omega, clásico y muy él, de líneas sencillas. Siempre me quedaba mirando las manecillas, atontada, acordándome del gesto con el que se lo quitaba antes de acostarse. Solía dejarlo sobre la parte alta de la cómoda de su habitación.

Era cuestión de tiempo que no pudiera callarse más y me llamara la atención sobre el hecho de que yo entrara en coma a su lado. Y un día que no disimulé lo suficiente, me pilló con el carrito del helado, se me quedó mirando muy fijamente y me preguntó si le seguía. Se refería al discurso sobre el cliente que teníamos entre manos.

—Sí —le respondí—. Decías que es imposible venderles ningún servicio de asesoramiento jurídico porque tienen una relación muy estrecha con el gabinete legal de Pinto & Menéndez.

—Creía que estabas dormida con los ojos abiertos. Esto es aburrido pero...

—No. Tenía la mirada perdida...

—¿Dónde?

—En tu reloj.

—¿Por algo en especial? —Le echó un vistazo. Llevaba el Nixon y un traje gris marengo, con jersey gris perla sobre camisa blanca. Matadme.

—No. No sé. Es bonito. Simplemente me abstraje.

—Vale, suenas como si se te hubieran tostado todas las neuronas. Vamos a hacer un descanso.

Me levanté de la silla con prisa y él tiró de mí hasta volver a sentarme. Cuando me giré a mirarle, fruncía el ceño.

—¿Estás bien? ¿Pasa algo?

Lo que pasaba era que, de mirar su reloj y sus manos, había terminado por imaginar todo tipo de escenas tórridas en las que esos dedos terminaban enterrados muy dentro de mí, manejándome, sobándome, clavados en mi carne..., pestañeé para concentrarme.

—Estoy bien. Cansada pero bien.

—¿Mala noche?

—No. —Me encogí de hombros. Él seguía con sus dedos alrededor de mi muñeca—. Todo bien, Hugo. Puedes soltarme. Solo voy a por un café.

—Te acompaño. Tengo hambre.

Se levantó de la silla y se estiró. Madre de Dios. Metro noventa de morenazo bien vestido y turgente. Se le levantó un poco el jersey y la camisa y se atisbó un trozo de piel de su estómago; me quedé pasmada observándole hasta que me di cuenta de que se había percatado y se reía de mí, momento en el que aparté los ojos.

—Bueeeno…, tranquila, hija. No hay nada nuevo por aquí —comentó con sorna—. ¿Qué pasa? ¿No te dan alpiste en casa?

—¿Es eso de su incumbencia, jefe? —Salí hacia mi mesa y cogí el monedero de dentro del bolso.

—Oh, sí. Yo a mi equipo lo quiero satisfecho. En todos los sentidos. Voy a tener que amonestarte.

—¿Por follar poco? La culpa es tuya, que me revientas a trabajar aquí y cuando llego a casa no sirvo de nada.

Hugo se unió a mí en la puerta y caminamos por el pasillo.

—Menudas excusas. Si solo tienes que tenderte boca arriba y abrir las piernas.

Me giré y le arreé con fuerza en el brazo. Él frunció el ceño, pero sonreía.

—Menudo brazo de pajillera tienes. No sé por qué te molestas.

—¿«Tenderme boca arriba y abrir las piernas»? ¡¡Pídeme perdón ahora mismo!!

—Peeerdónnnn. Pero acéptalo, somos nosotros los tíos los que siempre acabamos encargándonos de todo el trabajo duro.

—Ay, sí. Ya veo. Pobres. Cómo sufrís.

—Pues no te creas que es fácil. Y cansa —contestó con una sonrisa socarrona.

—Oh, sí, empujar es un arte.

—Puede llegar a serlo.

—Y ahora es cuando me dices que tú eres un artista.

—Yo no diría «artista», pero no se me da mal. ¿O es que tienes queja?

Le miré con el ceño fruncido. ¿Íbamos a hablar de cuando nos acostábamos? ¿De verdad?

—No. No tuve queja —remarqué el tiempo verbal en pasado—. Y ya que lo hablamos, tú tampoco; no sé a qué viene eso de que solo tengo que tenderme y abrir las piernas.

Levanté la mirada justo a tiempo de ver que no estábamos solos en el pasillo y que el señor encorbatado con el que nos cruzábamos me lanzaba una mirada desdeñosa.

—Qué expresiva —murmuró con sorna Hugo.

—Sí, bueno, tú ríete. A estas alturas todo el mundo debe pensar ya que me paso el día lamiéndote el rabo.

—Todo un arte también, por otro lado.

Lo miré con la intención de increparle pero me contagié de su sonrisa; me abrió la puerta de la cocina. Yo pasé primero y fuimos los dos hacia la cafetera. Él se puso a estudiar con ojo clínico lo que ofrecía la máquina de comida.

—¿A ti no te preocupa que piensen que nuestra relación laboral se basa en el sexo? —le pregunté mientras me sacaba un café.

—Nuestra relación laboral y personal se basa en todo menos en el sexo. Dicho esto…, lo que opinen los demás…, ¿a mí qué? Tú y yo tenemos una relación de lo más civilizada que no incluye ni pajas ni felaciones ni sexo animal encima de ninguna superficie. Que digan lo que quieran, no es verdad. Oye…, ¿has comido alguna vez algo de aquí dentro?

Pajas, felaciones, sexo animal encima de…, ¿la mesa de su despacho? Despierta, Alba.

—El otro día me comí eso. —Señalé unas patatas bajas en calorías—. No está mal. Pero tampoco esperes mucho.

Hugo metió las monedas y yo me quedé mirándolo. Pajas. Felaciones. Sexo encima de cualquier superficie…, como la encimera de la cocina… Él retomó la conversación.

—¿Te preocupa a ti?

—¿El qué? —Me había perdido.

—Que piensen que estás aquí porque se te dan muy bien… «los idiomas». —Me guiñó un ojo, socarrón.

—No. No mucho en realidad. Pero… una se pone a darle vueltas y…

—No le des ni media. Al final lo único que importa es que tu novio no crea que follamos en horario de trabajo.

—Ni en horario de trabajo ni en ningún otro horario.

—Era una forma de hablar. Me refiero a que sería el único caso en el que me preocuparía. Los demás no me importan lo suficiente como para que sus opiniones me afecten.

—Ya, claro, porque al fin y al cabo nadie va a pensar que tú eres un cerdo. Dirán que eres un machote y yo la gorrina que te la come.

—Y dale… —Se rio—. Pero ¿qué más te da? No es verdad. Y en cualquier caso, mientras el resultado de nuestro trabajo siga siendo bueno, quien me la coma es asunto mío. Y no eres tú. Insisto en que me supondría un problema solo en el caso de que lo creyera Nico. Al final él está ahí, en el piso de abajo, y nosotros aquí arriba y no tiene ni idea de lo que pasa a puerta cerrada dentro de nuestro despacho.

—Normalmente las parejas no trabajan juntas y no pasa nada. —Me reí—. Se llama confianza.

—Se llama oportunidad —contestó abriendo la bolsa de patatas—. La mayor parte de las infidelidades se perpetran en el ambiente laboral. Se pasan muchas horas en el puesto de trabajo. Somos humanos y el roce hace el cariño. Al final te pones tierno y se te va la cabeza…

—¿Es eso lo que nos pasó a nosotros? —Me apoyé en la pared, sonriente, un poco burlona.

Él masticaba con una sonrisa enigmática.

—No. Y esto, *piernas,* sabe a corcho.

—Pues lámete un brazo —le respondí.

—¿Y si te lo lamo a ti mejor?

Me eché a reír. Dios…, ¿no estábamos pelando un poco la pava?

—A ver, lo primero: no vas a lamerme nada.

—Una pena. —Se metió otra patata en la boca. Sí que tenía hambre…, con lo sibarita que es.

—Lo segundo: si no es lo que nos pasó a nosotros…, ¿qué fue?

—Fueron tus falditas. —Se giró hacia la máquina de bebida y sacó una Coca-cola—. Y tus andares, *piernas*. Que meneas mucho el culito y no pude evitar echar un vistazo.

—La primera vez que me viste estaba sentada.

Bebió un trago y después asintió.

—Es verdad. ¿A quién quiero engañar? Tu boca. Tu boca me volvió loco.

Hubo un silencio allí dentro. Recordé sus labios jugosos diciéndome «qué boca tienes, niña» durante una mamada. La textura de su erección deslizándose por encima de mi lengua. El sabor de sexo en mi paladar. Lo muchísimo que me gustaba ponerme de rodillas delante de él y fingir que me dominaba y que yo estaba a merced de sus deseos. Dejarme llevar por la poderosa energía sexual que emitíamos los dos cuando estábamos juntos, en la misma habitación, con poca ropa.

—¿En qué piensas?

—En nada. —Por hacer algo me acerqué y le robé una patata dc la bolsa. Mastiqué, nerviosa.

—No te preocupes, *piernas*. Soy consciente de que ahora tu boca la goza otro.

—Me la gozo yo —contesté muy chulita.

—Sí, pero habrá *quid pro quo*, digo yo.

—Te repito que eso no es de tu incumbencia. Pero… ¿y tú? ¿Tienes quién te goce?

—Bueno… —Se encogió de hombros—. No me quejo.

Celos. Muerte. Destrucción.

—¿Ah, sí? Déjame adivinar… ¿Paola?

—Paola y yo tenemos algún que otro encontronazo, pero eso no se puede llamar goce. Eso es una paja acompañado.

—Eres muy cruel —dije entornando los ojos, odiándolo a él, a ella y al cosmos...—. Si no quieres, no te acuestes con ella y andando.

—Tienes toda la razón. —Se dio la vuelta y se dirigió hacia el despacho y yo le seguí—. Pero la cabra tira al monte y de vez en cuando...

—El mundo está lleno de tías que querrían hacérselo contigo..., no vayas a lo fácil —comenté amargamente.

—Bueno..., volvemos al tema de la oportunidad. Pero no tienes de qué preocuparte. Procuro tener variedad.

—¿Hay más? —pregunté con una nota chillona en la voz.

—Con Paola solo me equivoco de vez en cuando, pero no me regodeo.

—¿Y entre tanta variedad..., hay alguna especial? —Hugo se partió de risa—. ¿De qué te ríes?

—De lo mal que se te da esto.

—No tengo ni idea de a qué te refieres.

—Me refiero a esa sutil manera de intentar sonsacarme qué hago con mi vida sexual.

—A mí tu vida sexual me da igual.

—Si te diera igual no preguntarías.

—Tu vida de pajillero no me interesa —respondí como una quinceañera.

—Que me la pelo no es un secreto, *piernas*. Todos necesitamos un momento con nosotros mismos. Si no sabes lo que te gusta..., ¿cómo vas a pedírselo a otros?

Pasamos por delante de la recepción y saludamos con la cabeza. Seguimos en silencio hasta entrar en el despacho y cerró la puerta. Yo fui hacia mi mesa, pero hizo un gesto recordándome que habíamos dejado una propuesta a medias. Le seguí, muerta de curiosidad, celos, rabia y morbo. Yo quería saber qué hacía ahora que no pasaba las noches enroscado a mí, que no me gemía en el oído y que se había cansado de compartir pareja en la cama. ¿Con quién lo haría? ¿Tendría amiguitas a las que llamar? No. Tenía pinta de esos hombres a los que le gusta la acción y la adrenalina del directo. Me senté en mi silla, tras su escritorio y él se paró frente al termostato de la habitación.

—¿No tienes calor? —me preguntó y señaló el jersey de cuello alto que yo llevaba.

—No.

Se alejó de la pared y se quitó el jersey. Joder. Matadme. Matadme. Se desabrochó un botón de la camisa y se sentó a mi lado.

—¿Qué? —preguntó, pasándose una mano por el pelo.

—A lo mejor tienes calor de tanto pensar en «la variedad» de tu cama.

—Sigues tratando de sonsacármelo. —Sonrió—. Qué curiosidad más ávida, periodista.

—¡Que me da igual!

—Tranquila, mujer, ya te despejo las dudas. No hay nadie recurrente y tampoco es que vaya cada noche con una. Me pica de vez en cuando y… pues eso. —Se encogió de hombros.

Después se entretuvo en arremangar su camisa…

—¿Y cómo lo haces? ¿Tienes chorbiagenda?

—No. Me parece una ordinariez.

Lo miré alucinada y me eché a reír. El puñetero marqués…

—Me refiero a que no voy a guardar el teléfono de una tía con la que solo me apetece follar y esperar que cuando la llame esté disponible para mí.

—¿Y entonces?

—Entonces si me apetece follar, me voy a un bar como cualquier hijo de vecino.

—¿Y? ¿Qué más?

—Qué morbosa eres… —susurró entre dientes, con los ojos entrecerrados—. Pues me siento en la barra, me tomo una copa, coqueteo con la mirada y después me acerco.

—¿Y les preguntas si estudian o trabajan?

—Eso me lo preguntaste tú a mí. —Levantó las cejas—. Yo voy rápido al grano..., un «perdona el atrevimiento, pero no puedo dejar de mirarte». Si están interesadas coquetean... y yo también. ¿Algo más?

—¿Te las llevas a casa o vas tú a la suya?

—Follamos en el coche.

Miré sus labios conjugar el verbo «follar» y empecé a notar ese calor del que hablaba.

—¿Podrías bajar un poco la calefacción?

—Ah, sí, ¿eh? —Sonrió seguro de sí mismo—. Pero si aún no hemos llegado a la información de valor. Aún no te he contado que echamos polvos rápidos en la parte de atrás, sin quitarnos la ropa. A lo sumo una mamada o mis dedos follándoselas antes. Sexo práctico, sin acrobacias. Ellas encima, casi siempre. Les quito las bragas, me la sacan, me pongo un condón y jodemos. Jadeamos. Gemimos y nos corremos. Cuestión de diez minutos. Después ellas recuperan las bragas con dignidad, las llevo a su casa y nos damos un beso de buenas noches que no se repetirá nunca más. ¿Alguna duda?

La única duda que tenía era si él estaba tan cachondo como yo. Cada frase que había dicho la había imaginado entre los dos. No había chicas sin caras gozando de las manos de Hugo, ni de su boca ni de los empellones de su cadera. Solo era yo. Nosotros dos. Y los cristales del coche se empañaban siempre que follábamos, porque no había manera de follar con nadie que no fuera él. Ojalá él pusiera mi cara a todas aquellas chicas que se corrían en su regazo.

Miré su pantalón y, efectivamente, una erección empezaba a marcarse bajo la tela. Imaginé cómo sería alargar la mano y tocarle, primero por encima, después desabrochando el pantalón y colándome dentro. Hacerle una paja. Me ponía tanto la idea..., cogerla con la mano derecha, acariciarla, sentir el calor y cómo palpitaban las venas bajo la piel suave. Verlo morderse el labio inferior mientras la punta se humedecía, brillando. Y mover la mano suavemente pero con firmeza, arriba y abajo. Ir acelerando poco a poco. Debajo de la mesa. En secreto. Estaba prohibido.

—¿Qué pasa, *piernas?* —susurró. Su tono era oscuro, sexual.

Levanté la mirada a su cara.

—La tienes dura —contesté con un hilo de voz. Cuando me escuché decirlo en voz alta, noté una bofetada de calor en las mejillas. Pero ¿cómo había dicho algo así?

Hugo se miró y asintió.

—Sí. No debe estar al tanto de que hablar de sexo no conlleva hacerlo.

Volví a mirarlo. Sus ojos se deslizaban sobre mis labios.

—Paremos esto —le pedí.

—Empezaste tú —susurró.

—Me has buscado.

—*Touché*.

Puse la palma de la mano en su rodilla y levanté la mirada hacia su cara para estudiar su reacción; su nuez viajó arriba y abajo. Deslicé hacia arriba la mano y se mordió el labio con fuerza.

—Joder…, *piernas*…

Su mano se posó en mi rodilla también y subió. Estábamos tan cerca que podía ver palpitar la vena de su cuello…, hasta aquello me pareció sexi. Creí que nos besaríamos, creí que su lengua iba a llenar mi boca. El corazón me iba a explotar dentro del pecho y yo caería muerta encima de su pecho, de ganas y envenenada por el olor narcótico de su jodido perfume. No pude más y acerqué mi nariz a su cuello para aspirar su olor. Hugo gimió y su nariz se enterró en mi piel, entre mi pelo.

—*Piernas*…

—Dios... —jadeé—. Echaba de menos tu olor.

—Tú hueles como quiero que huela mi cama —susurró—. Siempre.

—Para... —le pedí.

A esas alturas de la situación, los dos jadeábamos. Mis dedos rozaron el bulto de su pantalón y los suyos se metieron entre mis medias y la falda, buscando el inicio de la liga. Las piernas se me abrieron un poco inconscientemente.

—Te juro que si me tocas me corro —se quejó cuando subí un poco más la mano.

Mis dedos se cerraron siguiendo la forma de su erección y gemí mordiéndome el labio inferior. Él también gimió y su mano cubrió mi sexo por encima de la ropa interior.

—*Piernas...*, nos vamos a arrepentir de esto.

Apoyé la frente en su brazo, jadeando. Fuerza de voluntad... nunca haces acto de presencia; huyes a la primera. Las dietas, el ejercicio, la vida sana..., no aguantas nada. Pero esta vez es diferente..., ayúdame. Hagamos las cosas bien.

—Esto no es sexo —susurró en mi oído—. Lo sabes. No lo estropeemos más o dejará de tener solución.

Levanté la cara hacia él y al ver su gesto me di cuenta de que tenía razón. Estallaríamos. Y sí, sería placentero caer encima de su mesa, sobre todos aquellos papeles y hacer el amor hasta que me corriera y él me llenara con su orgasmo. Pero después..., ¿qué?

Me levanté atolondrada y me coloqué la falda con toda la dignidad de la que fui capaz. Después salí murmurando que necesitaba aire, pero nadie respondió. Tardé media hora en volver; treinta minutos que pasé en la puerta, soportando el viento cortándome la cara a cuatro grados, tratando de que bajara así el calor que Hugo encendía dentro de mi pecho. Cuando regresé no hablamos sobre ello. Los dos fingimos que nada había pasado, pero trabajamos cada uno desde su mesa.

Por la noche Nico no pudo esconder su sorpresa cuando metí la mano en la bragueta de su traje antes de cenar y le pedí que me dejara hacerle una paja. Quiso desnudarse, pero le dije que no. Al final terminamos jodiendo encima de la alfombra del salón. Y fue genial. Brutal. Increíble... pero porque con los ojos cerrados... no fue con él. Ahí está, Alba. Ya lo sabes. Los tres lo sabéis.

13

ME MUERO

Fue una mañana en su despacho mientras ultimábamos una presentación de servicios para una cliente de nuestra lista de *targeting*. Yo andaba un poco turbada porque por mucho que Nico y yo hubiéramos reactivado parcialmente nuestra vida sexual…, el episodio del despacho me venía a la cabeza cada vez que ponía un pie dentro. Turbada, bonito eufemismo; lo que estaba era cachonda. Mi cuerpo estaba hambriento.

La empresa cliente que íbamos a visitar después de comer era un negocio de seguridad informática que había pasado de ser una empresita entre colegas a hacerse con toda la cuota de mercado en España. Estaban ganando muchísimo dinero y habían recibido la oferta de compra de una gran multinacional. Era el momento de dejarse caer por allí y hacerles saber la notoria experiencia que tenía un área de nuestro equipo en la gestión de fusiones y adquisiciones de este tipo. Como el CEO era un chico de veintimuchos pensamos que presentarnos allí vestidos de riguroso traje no haría nada bueno por nuestra imagen.

Debíamos comunicar que estábamos al día, que representábamos a un equipo multidisciplinar de jóvenes talentos y bla, bla, bla, no que éramos un eslabón más en una empresa tradicional. Eso les echaría para atrás con total seguridad. Así que habíamos estado comentando cuál sería el atuendo más indicado.

Hugo había elegido un pantalón vaquero oscuro, una camisa azul clara con rayitas blancas, un suéter marrón claro y una corbata azul marino de tejido basto. Encima, una chupa de cuero marrón. Estaba increíble. Absolutamente increíble, con el pelo peinado de manera informal, barba de tres días y como único adorno su precioso Cartier vintage.

Yo, por mi parte, había escogido una falda de tartán escocés rojo, verde y azul marino y una camisa vaquera estrecha metida por dentro. Pelo suelto y liso, labios rojos y un collar joya.

El botón de mi camisa vaquera que quedaba a la altura del pecho no hacía más que desabrocharse y Hugo estaba bromeando sobre el hecho de que fuera un arma de distracción. Yo sabía que solo estaba de coña y que, además, si hacía chiste sobre el asunto era porque éramos amigos. Bueno…, o lo que fuera que éramos. Si no, jamás se hubiera atrevido a decir nada del tema, porque lo hubiera encontrado de mal gusto… y yo también. Pero estábamos riéndonos porque cada vez que movía los brazos el botón se desabrochaba.

—¡Torpedos fuera! —se descojonó él.

—Cretino. Ya está, estoy harta. ¿Tienes un imperdible? —le pregunté sentada a su lado en el despacho.

Abrió un par de cajones. ¿Por qué iba a tener él un imperdible? Me levanté y fui haciendo resonar mis tacones altos hasta la recepción. Allí una chica muy maja y siempre discreta me dio uno y yo volví tratando de ponérmelo.

—¿Has encontrado alguno? —preguntó cuando aparecí.

—Sí. Pero me sudan las manos y se resbala.

Por costumbre entorné la puerta del despacho.

—Espera. Ven.

Me puse frente a él y cogió el pequeño enganche con sus dedos largos y hábiles. Solo el simple movimiento para abrirlo…, me puso cachonda. Pero ¿qué me pasaba? Resoplé y miré al techo.

—Tampoco te ofusques. No pasa nada —me dijo.

—Una mala elección esta camisa —apunté.

—No creas. Nada que no arregle McGiver.

Sentía su respiración caliente en mi cuello. Estaba inclinado hacia mí y su dedo meñique rozó mi pecho izquierdo. El pezón se endureció dentro de las copas de mi sujetador. Joder.

—Ya casi lo tengo —dijo.

Pero en el último momento se resbaló y el botón se abrió, dejando a la vista el escote y parte del sujetador. Sus ojos fueron desde allí hasta mi cara, reptando por mi cuello, mi mandíbula…, al llegar a mis labios casi sentí el cosquilleo. Estaba muy cerca. Y aquel día llevaba el único sujetador de L'Agent Provocateur que había cazado en las rebajas *online* del verano. Negro, poca copa y unas tiras vacías que enmarcaban la piel desnuda hasta convertirse en los tirantes. Era… perverso.

—Joder…, ¿no? —musitó.

Malditas coincidencias. En aquel momento sonaba en la minicadena de su despacho *Ain't no sunshine when she's gone,* de Bobby Blue Band, que si no es la canción más erótica del mundo, que baje Dios y lo vea. Se creó una atmósfera íntima, caliente… como si aún fuésemos pareja y los dos supiéramos lo que iba a continuación. No era la tensión sexual de nuestro último encontronazo. Era diferente. Hugo carraspeó y se alejó un paso.

—Al final voy a creer que ese botón no quiere que nadie lo abroche.

—Al final voy a creer que me lo desabrochas tú con los ojos —le contesté.

—Yo te follo con los ojos. No me contento con un botón.

Di un paso atrás, asustada. ¿Cómo habíamos llegado allí en dos puñeteros segundos? ¿O es que la asfixia de desear al otro, el sexo, flotaba en el ambiente? Respirar a veces era… intenso.

—Perdona —se disculpó frotándose la cara—. Ha sido una broma fuera de lugar.

¿Broma? No, no hagas eso, Hugo. Él siempre era honesto y sincero. Que no se escudara en estar bromeando. La reacción de mi cuerpo a su contestación no había sido una broma. Sentía que me ardía de arriba abajo. Tragué y bajé la mirada al suelo, asintiendo y dejándolo estar. Era lo mejor.

Saqué la camisa, metí el imperdible por dentro y conseguí engancharlo. Después desabroché la cremallera de la falda y volví a colocarme la blusa por dentro. Hugo no me quitó los ojos de encima en todo el proceso.

—¿Te he ofendido? —me preguntó.

—Claro que no, Hugo, por Dios. Con lo que llevamos tú y yo a la espalda necesito un poco más para ofenderme.

—¿Cómo qué?

Levanté la mirada, confusa.

—¿Cómo qué, qué?

—¿Dónde está el límite de esto? ¿Cuándo empezará a ser un problema?

Rebufé.

—Pues no sé, Hugo. Esa pregunta es un poco complicada de responder.

—Pero tiene respuesta.

—¿Qué buscas que te diga? Pues no sé…

—¿Te molesta que te mire así? ¿Te violenta?

Me giré de espaldas a él y recogí algunas cosas de encima de la mesa. Notaba la tensión de una contestación por dar. Al final cedí.

—No me ofende, ni me molesta ni me violenta.

—Estás enfadada —afirmó.

—Claro que no.

—No ahora. Llevas enfadada seis meses.

—Enfadada no es la palabra. —Me giré y levanté las cejas, sorprendida de que sacara el tema en aquel preciso momento—. Lo que más se acerca es «frustrada».

—¿Por qué?

Porque no puedo olerte. Tenerte. Tocarte. Besarte. Sentir cómo entras en mi cuerpo y jadeas en mi oído. Por perder el tacto de tus dedos en mi espalda. Por no poder abrazarte. Por tener que tratarte como si no me importara haber perdido todas esas cosas.

—Hugo, es normal cierta tensión. Hemos sido amantes.

—¿Amantes? —Levantó las cejas y dibujó una sonrisa burlona.

—No se me ocurre otra definición. ¿A ti sí?

—Sí —asintió y cuando lo hizo sospeché que mi afirmación le había ofendido.

—Ilústrame. —Y puse los brazos en jarras.

Él fue hasta su escritorio y abrió un cajón. Revolvió dentro hasta dar con algo y después lo dejó caer encima de la mesa, sosteniéndome la mirada. Eran unas fotos. Un par de polaroids de los dos y un par de Nueva York. Fotos de dos personas felices. Enamoradas.

—¿Te parece buena definición? —preguntó.

Le miré a la cara entre desconcertada y dolida, dispuesta a contestarle, pero no se me ocurrió nada que no fuera a terminar mal. Lo único que pude hacer fue dar media vuelta y marcharme. Joder con aquel despacho. Salí hacia mi mesa, cogí el bolso y el abrigo y me fui sin decir ni esta boca es mía. Demasiado para mí y para cualquier persona en mi situación, creo. Yo no le había abandonado; había sido él quien había decidido marcharse. No entendía aquel comportamiento y, lo peor, me hacía daño.

Le mandé un mensaje a Olivia para decirle que andaba con prisa y comí sola, en un rincón de la cafetería de al lado de la oficina, fingiendo estar inmersa en un montón de papeles pero con la cabeza en mil cosas que no me gustaban. Cosas que sentía y que no quería. Cosas que no entendía.

A las cuatro de la tarde cogimos un taxi en silencio hasta las oficinas del cliente y cuando llegamos nos comportamos como un equipo en el que no había rencillas personales ni tensiones de ningún tipo…, sexuales menos aún. Desde fuera nadie podría sospechar que un par de horas antes habíamos tenido una seudodiscusión sobre nuestro pasado… porque habíamos sido dos de las aristas de un triángulo amoroso que completaba el que ahora era mi novio. Bravo. Olé. Qué bien hecho todo, Alba. Entonces…, ¿por qué no me arrepentía?

La reunión se desarrolló sin imprevistos. Expusimos nuestra oferta, conversamos, abrimos la posibilidad de futuros negocios y volvimos satisfechos. Pero solo con el trabajo.

Al entrar en nuestra oficina ninguno de los dos medió palabra. Él se metió en su despacho y yo me acomodé en mi mesa para cerrar un par de cosas que habían quedado pendientes. No sabría decir si aquello me decepcionó, alivió o cabreó. No sé por qué, esperaba que Hugo cerrara la puerta, susurrara que debíamos hablar, se apoyara en el borde de mi mesa y se disculpara, dibujando con sus cejas ese gesto de arrepentimiento que sabía que me enternecía. Pero solo entró en su despacho y desapareció de mi vista.

Mi cabeza iba a mil por hora. Demasiado rápido, demasiado vértigo, demasiadas cosas mezcladas. Todo lo de mi alrededor desaparecía hasta convertirse en una estela brillante. Y yo en medio recordaba. Maldita empatía. Empatizar con la Alba que vivió Nueva York como si fuera suyo no era bueno.

Me puse a escuchar música, pero de pronto todas las canciones me decían algo de él, de mí, de los dos y de por qué no terminaba de funcionar. ¿Qué sentido tenía todo aquello? Por más que se lo buscaba, no lo encontraba. Él me empujó hasta convencerme de que practicar sexo los tres no nos haría daño, que abriría mis miras. Y yo le creí, porque quería hacerlo, porque nada llegaba a satisfacerme y cualquier relación me parecía sosa y superflua. Después nos implicamos, nos hicimos daño, nos recuperamos y cuando mejor estábamos, en el momento en el que por fin hicimos real lo que ellos habían estado jugando a practicar…, se fue. Demasiado para él. La idea le vino grande una vez se hizo realidad y yo me quedé… en medio. En tierra de nadie. Sin él. Con Nico. Nunca me habría planteado una relación con Nico de cualquier otra forma y la certeza de que estábamos juntos por una carambola del destino pudo conmigo. ¿Era en realidad así? ¿Nunca habríamos salido juntos de no haberse dado aquel triángulo? Porque Nico era dulce, sexi, intenso… pero también oscuro, melancólico y a ratos demasiado torturado. ¿Era lo que me convenía? ¿Tendríamos futuro? ¿Habíamos realmente elegido estar juntos o solo seguíamos por… inercia?

Me agobié. Un peso inmenso me presionó el pecho, como si naciera de dentro de mí y empujara para salir. Pero por más que respiraba hondo, no se marchaba. Tras unos minutos de intentar calmarme, la avalancha de sentimientos retenidos me sobrepasó. Calor. Angustia. Asfixia. Me levanté para bajar la calefacción, pero no sirvió de nada. Como casi siempre dentro de aquellas cuatro paredes, no era problema de la temperatura.

Hugo se asomó y me encontró con la frente apoyada en la ventana, respirando trabajosamente. Vi de reojo cómo se acercaba y lo más curioso fue que no hizo preguntas. Ningún estúpido «¿qué te pasa?», o un aséptico «¿estás bien?». Él ya sabía. Hugo siempre sabía.

Cuando su mano se cernió alrededor de mi brazo, gemí de impotencia. No quería notar todo lo que sentía cuando él me tocaba. Estaba enfadada, tenía razón. Llevaba seis meses capeando un enfado con el que ya no podía más. Me abandonó. Lo eligió a él. ¿Y qué elegí yo? ¿Por qué no me escogí a mí misma entonces?

—Alba... —dijo con calma y cada letra de mi nombre se alargó hasta el infinito.

—Dios... —jadeé y me apoyé en su pecho.

—Respira..., tranquila.

—No puedo.

Sus manos fueron bajando por mis brazos hasta rodear mi cintura y subieron por mi camisa, esta vez sin tocarme. Desabrochó varios botones y creí que las piernas no me aguantarían. Después me quitó el collar y lo dejó caer sobre mi mesa pesadamente.

—Lo importante no es coger aire, sino expulsarlo todo. Respira. Con calma.

—Me ahogo... —jadeé.

—No te ahogas. El aire está entrando, aunque te dé la sensación contraria. Cálmate o te desmayarás.

Apoyé todo el peso en su pecho y dejé que me tocara, aunque me jodiera que sus manos me tranquilizaran. Él era justo el culpable de que estuviera así. ¿O lo había sido yo?

—Joder... —gemí asfixiada.

—Perdóname —susurró.

Y lo que vino entonces me avergonzó demasiado. Dicen que en momentos de tensión el cuerpo siempre reacciona. Ojalá se hubiera comportado de otra manera; hubiera preferido vomitar, pero la respuesta visceral de mi organismo fue echarse a llorar como si me estuvieran matando. Agradecí que la puerta estuviera cerrada porque mis sollozos habrían llamado la atención de alguien con total seguridad.

—Por favor... —La frente de Hugo se apoyó en mi nuca y sentí su respiración en mi espalda—. Por favor, Alba. No llores.

—¿Qué hemos hecho? —gemí.

—Lo único que podíamos hacer.

Sus brazos me envolvieron con fuerza y su respiración dejó de ser regular y tranquila para volverse trabajosa. Acarició mi pelo, mi cara, mis hombros, mis brazos y sus labios terminaron buscando mi cuello. Dejó un beso sobre mi piel, justo en el valle que se creaba detrás de mi oreja. Después bajó un poco más hasta el arco en el que se unía a mis hombros. Sus dedos se crisparon sobre mi ropa y su pantalón se tensó. Noté el bulto de su entrepierna presionándome desde atrás. Podría haberme enfadado, porque no era momento para eso; no estábamos hablando de sexo ni de calor ni de ponernos a follar como animales. Y el motivo por el cual no me ofendió fue porque me acordé de algo que dijo una tarde en su bañera: «Mi cuerpo me pide estar dentro de ti como si eso fuera a salvarme la vida». Sollocé otra vez. Eso que sentía, ESO que me llenaba y que me hacía sentir desgraciada porque era intangible y se alejaba en el mismo momento en el que acercaba mis dedos, eso no me pasaba con Nicolás.

—No quiero seguir con esto —le dije.

—No volveré a mencionar el tema. No sé por qué lo he hecho. Lo último que quiero es ponerte las cosas difíciles.

Me volví. Tenía el ceño fruncido pero sonrió un poco cuando secó con sus pulgares mis lágrimas teñidas de maquillaje.

—Lágrimas negras —musitó.

La canción de sus padres. ¿Nuestra canción? ¿Estábamos condenados a teñirlo todo con aquellas lágrimas negras? Me abracé a él, olí su perfume mezclado con el del suavizante de la ropa que también me olía a Nicolás.

—Dios…, no puedo. No puedo —gemí, agarrándolo.

—Sí podemos.

Le miré, levantando la vista hacia sus ojos. Trató de sonreír, pero ni siquiera acudió a su boca su clásica sonrisa comercial. Solo una mueca en sus labios. Me abracé a él y respiré hondo su perfume mientras su mano mesaba mi pelo suelto en un intento por calmarme. Ese gesto me recordó la manera en la que sus brazos me envolvían cuando nos besábamos. Ya casi no recordaba su sabor y… lo necesité. Solo lo necesité. Me encaramé, poniéndome de puntillas y giré la cara para encajar mis labios con los suyos, pero antes de que pudiera besarle, Hugo me apartó con suavidad.

—No, *piernas*… no lo compliquemos más. Busquemos nuestro punto y final o seremos desgraciados toda la vida.

14

Le di muchas vueltas a aquello. Y no a la sensación de asfixia ni al hecho de haberme dado la oportunidad de aceptar que lo que Hugo y yo sentíamos estaba muy vivo. Lo que llenó mi cabeza, mi pecho, mis miedos y mis inseguridades fue la certeza de que, en el final de lo nuestro, en el momento de inflexión que supuso la ruptura de Hugo, yo no me elegí a mí misma.

Me había tenido por una de esas chicas que saben más o menos lo que quieren, pero que siempre tienen claro que lo primero son ellas mismas. Yo, que me llenaba la boca poniendo en duda la viabilidad de dejar que un hombre dominara la vida de una mujer…, yo había olvidado tomar una decisión que me tenía a mí como fin último. Porque Nico y yo estábamos bien y le quería, pero lo cierto es que debíamos habernos tomado un tiempo entonces, cuando Hugo se desligó del proyecto, para cerciorarnos de que estar juntos era lo que realmente queríamos. Y saberlo…, me pesaba.

Al principio pensé que era una tontería echar por la borda una relación que funcionaba por la creencia de haber necesitado un tiempo para mí antes de empezar, pero la sensación de inseguridad hacia lo nuestro se intensificó. Y allí estábamos...

Era consciente de estar a punto de ganarme el título de «pedazo de hija de perra» del año. Víspera de Navidades y yo con aquello por decir. Era el Grinch. El jodido Grinch. Pero hay certezas que no son aplazables; en cuanto se tienen hay que actuar si lo que una quiere es ser consecuente, feliz y dueña de su vida. Era necesario.

Nico estaba haciendo la maleta para irse a casa de sus padres. Jersey de lana, vaqueros. Tan guapo como siempre. Si seguía pareciéndome tan mono..., ¿de verdad podía aquello no ir bien? ¿No debería provocarme rechazo estar con él? Imposible. Nunca lo haría. Era demasiado guapo. Levantó la mirada hacia mí con una mueca.

—¿Qué te pasa a ti que me miras con ojillos de gacela?

Cogí aire para contestarle, pero para cuando yo aún estaba buscando las palabras adecuadas, él ya había salvado la distancia entre los dos y me estaba recostando en la cama.

—Ya sé lo que te pasa...

—No..., no... —musité, con sus labios recorriéndome el cuello—. Yo quería hablar, Nico.

—Yaaa..., y yo también —contestó con las manos enredadas en los botones de mi blusa—. Me encanta escuchar cómo dices mi nombre. Dilo otra vez.

Gemí cuando me abrió las piernas y se acomodó. Se meció y la costura de su pantalón vaquero se me clavó en ese punto justo que me producía latigazos de placer. Joder.

—Con eso es suficiente. —Sonrió confiado.

Cerré los ojos. Ya no estaba tan segura de lo que quería hablar con él. Ya no estaba nada segura. ¿Y si...? ¿O es que no tenía cojones para sacar el tema? Y ahora, lo que estaba a punto de sacar…, no era nada de lo que conversar, la verdad.

El cuerpo es el cuerpo. Nicolás era un chico joven, guapo, hábil. Llevaba saliendo con él medio año, si contamos esa época en la que fuimos tres. En resumen: conocíamos el cuerpo del otro lo suficiente como para saltarnos todo el papeleo y ponernos a follar como animales. Y lo cierto es que…, joder, me apetecía. Aunque no debía. ¿Cómo podía apetecerme si estaba planteándome muy seriamente hablarle sobre nuestra relación? Y no en plan «te quiero tanto que creo que deberíamos vivir juntos» sino más bien un «esto no funciona como debería». ¿Y si me había obcecado con la idea de Hugo y lo único que me pasaba es que añoraba tiempos más divertidos? ¿Y si me estaba complicando yo sola la existencia? Tenía una relación sana, tranquila y… normal. ¿De verdad no me satisfacía? Me dejé llevar, claro. Pensé que quizá lo único que necesitaba era follar más y pensar menos. Le quité el jersey. Se le quedó enganchado en la cabeza y tiré de él con fuerza hasta que terminó encima de la lamparita de su mesita de noche. La puerta estaba entreabierta.

—Cierra —le pedí.

—Está en El Club, no va a venir.

Le quité también la camiseta con tanta prisa que no sé cómo no le dejé la marca de mis dedos. Él no me lo puso fácil, porque ya tenía uno de mis pechos fuera del sostén y el pezón entre sus labios. Me retorcí y le pedí que se desnudara. Se levantó, se arrancó la camiseta, que llevaba enganchada al cuello, y después se desabrochó el pantalón. Dios…, qué bueno estaba. Tiré de su ropa interior hacia abajo y él se lo quitó todo. Después me desnudó a mí. Mi sujetador pereció en el proceso, descosiéndose de entre las copas por los tirones. Me abrió las piernas y tanteó con su mano hasta encontrar mi entrada. Después empujó con sus caderas.

—Oh, joder… —gemí, arqueándome.

Él se movió dentro y fuera con rapidez. Buscó mi boca y nos besamos, pero no sé si podría llamarse beso. Más bien fue… un lametón. Empujó más fuerte aún con sus caderas, hasta que se clavó entre mis piernas. Lo espoleé para que acelerara. Quería correrme ya.

—Joder —bufó.

Me dio la vuelta en el colchón y levantó mis caderas, dejándome a cuatro patas. Después volvió a hundirse en mí. Apoyé la mejilla en la colcha y cerré los ojos. Estaba húmeda y se colaba en mi interior con facilidad, golpeándome el sexo en el proceso. Tiró de mi pelo, palmeó una de mis nalgas y aceleró. No me hizo falta tocarme para acelerar el orgasmo. Era un polvo rápido. Un aquí te pillo aquí te mato. Un apaño. Era… un «me pica, me rasco». Era… de lo que había estado huyendo. Era algo que no tenía nada que ver con la catarsis que sentíamos unos meses atrás. Era una paja en compañía.

Nico se dejó caer jadeante encima de la colcha y yo me quedé acurrucada a su lado, pero sin tocarle. Había follado más y pensado menos y el problema seguía allí. Ahora, además, me sentía peor y me parecía más claro aún que el sexo se había convertido en algo ordinario y poco especial. Volvía a tener una de esas relaciones que no me aportaban nada, esas de las que hablaba antes de cruzarme con ellos. Habíamos terminado convirtiendo la Coca-cola en un vaso de agua. ¿Quitaba la sed? Sí. ¿Era especial? Según la situación… y yo no me encontraba en medio del desierto. Rebufé agobiada.

El Grinch versión mantis religiosa. Primero follártelo y después arrancarle el corazón y comértelo en vísperas de Navidad. Bien, Alba. Cada día un poco mejor… Nico levantó la cabeza, la apoyó en su mano y suspiró.

—Vale, nena. Vamos a hablarlo.

—¿Qué quieres que hablemos?

—Esto. Lo que te pasa.

Vaya. Me sorprendió. Jamás pensé que fuera a darse cuenta. Creí que si llegaba el día en el que yo tuviese el valor suficiente como para confesarle que ya no sentía lo mismo, él lo negaría todo y lo achacaría a estrés. Pero allí estaba, aunque había dicho «lo que te pasa», como si no fuera con él. Yo tenía que sacar definitivamente el tema; me lo debía a mí misma.

—No sé lo que pasa, pero es verdad que no estamos bien —le contesté—. Algo no funciona entre nosotros.

Nico frunció el ceño y luego negó con la cabeza.

—No, Alba.

—Claro que sí. ¿Es que no lo ves?

—No. No lo veo. Estamos muy bien.

—Estamos, lo que no significa que lo nuestro vaya bien.

—¿Qué quieres decir?

—Que nos comportamos como si fuéramos una pareja que lleva media vida y que no se plantea romper porque es demasiado trabajoso. Eso digo.

—Pero…

—Nico... —Alcancé la ropa. No quería hablar de aquello desnuda. Me puse las braguitas, recogí el sujetador roto y… lo metí en el bolso. Me coloqué el jersey sin nada debajo.

Él me miraba con el ceño fruncido, desnudo (gloriosamente desnudo, cabe añadir), como si no pudiera creer que lo que le estaba diciendo fuera cierto. Y podía ser cierto o no para él, pero para mí era verdad y con eso me bastaba. Dar el paso nunca es fácil, pero una vez que has tomado la decisión es absurdo alargar el momento. A veces lo aprendemos demasiado tarde. Se levantó, alcanzó su ropa interior y empezó a vestirse también.

—Es que no te entiendo, Alba. No sé qué quieres de mí.

—No es eso.

—Y entonces ¿qué es lo que nos pasa? —preguntó, conciliador, abrochándose los vaqueros.

—¿Qué crees tú que es?

—Vale…, quizá…, estoy de acuerdo en que hay algo que no acaba de encajar. Pero por más que busco y que pienso, nunca sé lo que es. No sé si soy yo, si eres tú o si...

—¿O si qué?

—O si el que falta es Hugo.

Si aquello hubiera sido una escena de una película y yo una espectadora, hubiera alucinado con el giro. Como estaba allí metida aluciné, pero tuve que disimular.

—Vas a tener que ayudarme, Alba, porque estoy perdido —añadió cuando se dio cuenta de que yo no iba a contestar a aquello.

Era, con diferencia, la conversación poscoital más absurda que había tenido en mi vida. Y tenía dos opciones; parapetarme detrás de una excusa que retrasara el momento para cuando los dos estuviéramos más preparados o aprovechar el trampolín y saltar. Y saltar... por mí.

—Somos más amigos que amantes y los dos estamos decepcionados, aunque no lo digamos. Esto no funciona…, bueno, sí funciona pero no como debería hacerlo el amor.

—A lo mejor esperas más del amor de lo que el amor va a darte, Alba. La vida no es una película romántica.

Me sentó fatal. Yo no era una niñata con sueños rosas. Yo…, yo sabía lo que se sentía cuando se quería tanto que crees que te has vuelto loca. Sentía cosas muy reales e intensas con otra persona. Ese no era el problema.

—Lo que insinúas no me deja en muy buena posición, ¿no crees?

—Lo que insinúas tú tampoco me deja en la mejor posición del mundo a mí.

—Esto no es una guerra para señalar un culpable —contesté secamente—. Esto es una relación sin magia. Y llegados a este punto creo que deberíamos…

—Espera... —Se colocó la camiseta y se me quedó mirando con el ceño fruncido—. ¿Romper? ¿No te estás pasando un poco?

—No.

—Piénsalo un segundo, Alba. Quizá él..., bueno, quiero decir...

¿Él? ¿Estaba hablando de Hugo? ¿Por qué siempre estaba presente? ¿Por qué lo mencionaba?

—Él nada —le dije tajante—. Esto no va con él.

—¿Cómo que no va con él? ¡Él es justo el problema!

—El problema es que tú y yo como pareja no funcionamos.

—Claro que no. Tú y yo jamás nos planteamos ser una pareja al uso, Alba, seamos realistas. Y eso es lo que nos pasa.

—Entonces estamos de acuerdo, Nico. —Me encogí de hombros, sin saber qué más decir.

—Estamos de acuerdo en las razones, no en la solución. Quizá como dos no alcanzamos lo que fuimos los tres.

Oh-my-god.

—Tienes que estar bromeando —le dije riéndome, aunque no me hacía gracia.

—Lo digo completamente en serio. No había problemas cuando estábamos los tres.

—¿Es que no aprendimos nada del experimento?

—Sí, que funcionaba hasta que Hugo se asustó.

—Hugo no se asustó. Es que era una locura.

—¿Por qué? —y me lo preguntó completamente convencido.

—Porque éramos tres, porque no se puede repartir equitativamente el amor y no todos estamos preparados para ver a la persona que queremos con otra.

—¿Qué quieres decir con eso? Que yo crea en aquello no hace que te quiera menos —refunfuñó.

—No estoy diciendo eso. Y la verdad es que no quiero hablar de él. Tú y yo…, Nico. Esto no…, no va bien. Aquello ya terminó.

—Y ahora quieres terminar con esto.

—Es que… —miré al techo—, piénsalo. Tú y yo…, tú mismo lo has dicho: nunca nos lo habríamos planteado de no habernos visto metidos en la relación que tuvimos. Él se fue y tú y yo seguimos por inercia. No nos preguntamos si estábamos…, si queríamos…

—¿Cómo no íbamos a querer? —Y a juzgar por la intensidad de su respuesta le había sentado como una patada en los cojones.

—Vamos a ver. —Me senté y me froté la cara—. Tú y yo nos queremos, pero no como se quiere una pareja.

—¿Entonces? Porque hermanos no somos.

Por el amor de Dios. Si aquella no hubiera sido una discusión de ruptura le hubiera soltado alguna bordería del tipo «nos queremos como la trucha al trucho, no te jode». Pero esperé a que se le pasara un poco y atendiera a razones. Llegados a aquel punto, no me iba a retractar. Yo sabía lo que quería del amor y no era conformarme. Era mejor estar sola.

—Vale…, vamos a hablarlo.

—Es lo que he intentado hacer desde el principio —le contesté.

Se humedeció los labios y la mirada que me lanzó no fue demasiado amable.

—Tú y yo nos llevamos bien, no peleamos, en la cama… —Señaló las sábanas desordenadas—. También nos va bien.

—No como antes.

—¡¡Porque antes éramos tres!! —insistió con mal humor—. ¡Tú misma lo estás diciendo!

—La solución no es volver a meterse en una historia sin futuro, Nico. Vamos a ser adultos y a darnos cuenta de que evitar algo no lo soluciona.

—¿Entonces?

—Esto no es amor. Es respeto y cariño.

Levantó las cejas sorprendido.

—¿No me quieres?

—Sí. Mucho. Pero tú y yo somos los follamigos perfectos.

—Entonces ¿lo que tú propones es romper? —preguntó.

—¿Y qué es lo que propondrías tú?

—Hablar con Hugo.

—Ni lo sueñes —contesté tajante—. Yo ya no quiero aquello.

—¿Y qué quieres?

A Hugo. La certeza me hizo un nudo en la garganta y me la apretó. Contesté lo más políticamente correcta que pude entre todas las cosas sinceras que tenía que decirle:

—No sé bien lo que quiero, pero sé lo que no quiero. Y la vida pasa por tomar decisiones. Ahora tengo que tomar la mía y estar sola. No quiero seguir sintiendo que somos una pareja que pierde gas. Yo te quiero pero…, pero lo cierto es que no soy capaz de plantearme contigo ir más allá de lo que tenemos. Creo que esto es cómodo para los dos, pero no es de verdad. Si lo piensas detenidamente…, te darás cuenta de que tengo razón.

—Bien —suspiró—. Entonces… ¿hemos roto?

—Como pareja sí.

—¿Qué significa eso en realidad?

—Somos compañeros de trabajo, amigos y vecinos. Yo no quiero que salgas de mi vida.

—Entonces ¿¡cuál será la diferencia!? —se quejó.

Joder, lo obtusos que pueden llegar a ser los hombres con los temas emocionales.

—La diferencia es que no habrá besos, que no dormiremos juntos y que no habrá más sexo. Y date cuenta de una cosa…, eliminando eso…, lo que nosotros teníamos era una amistad. Dos amigos que se follan.

—Joder, Alba —gruñó—. Pero es que lo hacemos muy bien.

Aunque lo dijo serio, cuando cruzamos nuestras miradas no pudimos evitar sonreír.

—Nico…, dime que estás de acuerdo, que te parece lógico, que…

—¿Cambiaría en algo tu decisión?

—No, pero sigue importándome tu opinión.

Se revolvió el pelo y después se frotó la cara con vehemencia.

—No lo veo como tú. Yo sigo pensando que…

—No me hables de él. Háblame de ti y de mí.

—No puedo hacer nada si ya has decidido que no quieres seguir conmigo.

—Por favor…, Nico.

—A ver, no me estás diciendo que me dejas porque soy de otro planeta; suena cuerdo y muy pensado. —Se encogió de hombros—. ¿Es eso lo que quieres oír?

Yo qué sabía… Estaba rompiendo con él, que era guapo, atento, dulce, sexi, que me quería y con el que me llevaba bien. ¿De verdad no podía ser? Claro que no. No había dramas ni llantos ni gritos ni reproches y si no los había era porque los dos sabíamos que lo que nos unía solo era el eco de lo que un día fue… y él no era el motor que lo hizo posible.

—Ven… —susurró mientras me acercaba—, despidámonos.

Pensé tontamente que lo haríamos con un abrazo y al principio fue algo así. Una ruptura amistosa, pensé con alivio. Pero en aquel momento Nico agarró mi cara entre sus manos y me besó en los labios. Me cogió por sorpresa tanto el acto en sí como la pasión con la que lo hizo. Separamos los labios y le miré jadeante, sorprendida.

—Sigue aquí —susurró—. Y si Hugo estuviera dentro de esta habitación, los tres podríamos volver a…

—No. No, Nico. —Me aparté.

—¿Es por él?

—Es por mí.

—Vale.

Apreté mis brazos a su alrededor durante unos segundos para dar un paso atrás después.

—Ya está —le dije.

—¿Y si…?

—No. —Le pasé el pulgar sobre los labios y negué con la cabeza—. Aquí acaba el experimento.

15

Me hubiera gustado mucho que aquella ruptura extraamistosa hubiera terminado con un acercamiento entre Hugo y yo, pero no. Cuando se lo contamos, como si fuésemos dos padres que deciden separarse tras años de hastío y que tratan de hacérselo entender a sus hijos, él nos miró serio y asintió. Solo dijo que esperaba que pudiéramos seguir siendo amigos. Sí, querido, si yo puedo seguir viéndote la cara todos los días en la oficina, es posible seguir manteniendo esta extraña relación que nos une.

Al principio pensé que estaba disimulando. Esperé después en casa a que se presentara a lo oficial y caballero para llevarme en brazos por todo el barrio, pero nada. Los dos se marcharon a pasar las fiestas en el pueblo y yo fui a casa de mis padres para hacer lo mismo.

En realidad yo era consciente de que estar sola era mi prioridad. Nada de dejarme llevar por los demás. Solo yo. Las opiniones de quienes quisieran hablar de aquello darían igual.

Solo mi voz se escucharía para poder tenerla en cuenta. Ya estaba bien de verme arrastrada por pasiones, opiniones, miedos y exigencias. Había descubierto a una nueva Alba, ¿verdad? Pues lo único lógico era pararse a conocerla.

Cuando llegué al piso de mis padres y después de besar a mi madre, que terminaba un cuello de punto para Eva, encontré a mi hermana sentada en la mesa de la cocina comiendo nueces como una ardilla. En lugar de un cascanueces, como era de esperar, estaba machacándolas con el puño en un alarde de fuerza a lo marinero de aguas bravas. Levantó la mirada hacia mí y antes incluso de que pudiera ir a darle un beso preguntó:

—¿Ya lo habéis dejado?

Bien…, pues era evidente que a mi hermana no le extrañaba que Nico y yo hubiéramos roto.

—¿Cómo lo sabes? ¿Te lo dijo Hugo?

Negó con la cabeza, soltó las nueces y, como siempre, agarró el paquete de tabaco de liar.

—Era cuestión de tiempo. ¿Estás bien?

—Sí. Si en el fondo fui yo quien rompió. —Me encogí de hombros—. Era necesario. Hemos arrastrado esto. Tengo que estar sola.

—Es un chico muy mono pero no te pegaba nada, Alba. Crónica de una muerte anunciada. Siempre tan metido en su mundo… —Negó con la cabeza, con el cigarrillo entre sus dedos—. Te metía hacia dentro. No como Hugo, por cierto.

—No como Hugo, con el que no me une absolutamente nada —ratifiqué yo.

—Nada más que el piso en el que vives, el puesto de trabajo que tienes y un montón de sentimientos profundos de amor. Quitando esto…, nada de nada. Porque claro, futuro tampoco. Así sois vosotros.

Y ahí decidí que aquella situación era demasiado extraña como para que ocupara mi cabeza el día de Nochebuena.

Había tenido dos novios a la vez. Hugo había roto el triángulo porque no soportaba compartirme. Me quedé con Nico por simple inercia y seis meses después, mi hermana pequeña se había convertido en la mejor amiga de mi ex y yo rompía con mi novio sin lágrimas ni pena, porque no lo quería más que como se quiere a un amigo. Estaréis de acuerdo conmigo en que había demasiadas cosas ahí metidas como para vivir aquello como una ruptura cualquiera. Adiós llorar. Adiós ponerme *El diario de Noa* todas las noches. Adiós a los botes de helado. No, estaba muy lejos de ser algo… normal.

Eva salió de marcha aquella noche. Yo no, aunque Diana me llamó para invitarme a una fiesta hawaiana en el piso de un amigo suyo que yo conocía de vista. No tenía ganas de juerga y muchísimo menos de ponerme pedo y terminar lanzándome a los brazos de cualquiera para superar eso a lo que no sabía darle nombre y que me tenía tan… confusa. Me conozco; hubiera terminado cagándola por quitármelo de dentro aunque fueran cinco minutos; y a la mierda con ese trato que había hecho conmigo misma.

Al parecer, Eva sí tenía ganas de juerga. Se marchó a las doce con las que habían sido sus amigas íntimas en el instituto y a las que cada vez veía menos, para aparecer a las nueve de la mañana con una merluza de miedo y disfrazada de mapache. Bueno, no exactamente, pero es que toda vestida de negro y con el maquillaje corrido parecía más animalito que humana. Mis padres le echaron la bronca; les escuché decir que necesitaban que empezara a ser más adulta y responsable, que ya había terminado la universidad y que tenía que centrarse, pero ella lo único que hacía era aguantarse la risa y preguntar constantemente si podía irse a dormir. Al final la dejaron por imposible delante de mi divertida mirada y ella no se levantó hasta que la mesa no estuvo puesta para comer. Me hacía gracia esa manera suya de divertirse, tan aparentemente irresponsable. Mis padres y yo sabíamos que se estaba preparando duro para la entrevista en Google que tendría seguramente después de Navidad, pero a ellos les hubiese gustado verla enfrentarse a la vida adulta con otra actitud. A veces se nos olvidaba que Eva tenía veintitrés años.

Lo único que me jodió fue que tuve que hacerme cargo sola de darle conversación a mis dos abuelas, que, como no se aguantaban entre ellas, tuvieron que buscar un tema externo en el que ponerse de acuerdo que terminó siendo, cómo no, querer verme vestida de blanco en un altar. Y no hablo de mi primera comunión. Eso les había valido solo de aperitivo.

Estuve dándole vueltas a aquello. No a los comentarios maliciosos al estilo abuela («cuando quieras casarte ya no vas a lucir, hija» o los «yo quiero tener el gusto de verte casar de blanco, aunque muchos novios has tenido tú como para merecértelo»), sino al hecho de si yo quería casarme. Respuesta rotunda: no.

Recordaba la boda de Gabi hacía unos años. Fue la primera de la pandilla que se casaba y fuimos tan ilusionadas. Hasta lloramos en la misa. Fue difícil resistirse, la verdad, porque la acústica de la ermita y el coro cantando junto al cuarteto de cuerda…, joder. Impresionante. Isa se fue a casa convencida de que TENÍA QUE CASARSE. Nosotras…, pichí pichá. Mientras nos fumábamos un puro sentadas en el jardín del restaurante, Diana bromeaba acerca de su futuro como mujer casada.

—Me casaré si hay pasta de por medio. Pero mucha…, cantidades aberrantes. Entonces sí que lo engancho pero bien.

Yo esa noche apenas opiné. Pensaba a pies juntillas que una no puede decir esta boca es mía en lo concerniente al matrimonio si ni siquiera está enamorada. Y ahora…, lo estaba. Sabía que lo estaba. Y seguía sin tenerlo claro.

Cuando la comida/bacanal terminó y redujimos a mis abuelas antes de que sacrificaran una vaca más para deglutirla con buena cantidad de vino, empezamos con la sobremesa navideña clásica: darse los regalos (bufandita de abuela número 1, monísima; guantecitos de abuela número 2, horrendos, pero con tique regalo; dinerito contante y sonante dentro de un sobrecito con dibujos de ositos de la tía Pepi y una botella de ginebra de importación de parte del tío Perico, que todo el mundo sabe que es el más *crack* de la familia) y sumirse en un estado de semiinconsciencia porque toda la sangre del cuerpo se concentra en el estómago, donde se tiene que digerir comida para sobrevivir en el Himalaya un mes. Lo jodido hubiera sido que quedara alguien en pie después de semejante comida. Aunque cuando me retiré, mi abuela estaba comiéndose un último polvorón...

Me metí en la que había sido mi habitación a dormitar como una boa que acaba de tragarse un ñu sin masticar ni nada, que eso es de mariquitas. Eva vino poco después con una botella de pacharán con la maligna idea de que nos emborracháramos y después saliéramos a vacilar al «frente de juventudes», pero se durmió a mi lado intentando convencerme, abrazada a la botella de pacharán y con el pulgar dentro de la boca, para más señas. A veces es jodidamente adorable, sobre todo jodidamente.

No pude evitar la tentación. Era demasiado fuerte. Cogí el móvil, le hice una foto y se la mandé a Hugo. «Si sabe que te he mandado esto me mata, pero creo que mereces verlo. ¿Qué tal todo?».

Vale, no era confusión lo que sentía. Era que había dejado a mi novio porque sabía que estaba tremendamente enamorada de su mejor amigo. Estar sola no cambiaba nuestra situación, pero era necesario. Si lo tenía tan claro no sé por qué estaba tan necesitada de saber de él, de tocarle, de estar cerca... Y ahora era como una adolescente pegada al teléfono cuando hasta yo sabía que lo mejor era pasar un tiempo sola.

Hugo tardó tanto en contestar que me vi a mí misma a la desesperada, mirando su conexión en WhatsApp cada quince segundos. Cuando por fin se iluminó la pantalla se me olvidó eso de hacerme la interesante y abrí la conversación enseguida.

«Joder, *piernas*, ¡qué mona es tu hermana! ¿Podemos adoptarla? Como a un perrillo».

Me reí. Seguía *online*. No había contestado y se había despedido al momento para quitárselo de encima. A él también le apetecía charlar.

«Yo paso de adoptarla, que luego hay que sacarla a pasear y es una movida».

«Qué mala eres. Dime, ¿qué haces, *piernas*?».

«Intentar digerir. ¿Y tú?».

«Más o menos lo mismo, pero con dos niñas encima».

Recibí una foto que me hizo gemir. Hugo haciéndose un *selfie* con una niña como de dos años encima del pecho y otra de unos cuatro o cinco, disfrazada de princesa, dormida en su brazo, agarrada como si tuviera miedo de que se escapara. Ay, pequeñas..., qué jóvenes para tener un gusto tan exquisito. Volatilicé ya no las bragas que llevaba puestas, sino todas las que seguro que mi madre iba a regalarme por Reyes.

«Lo siento, tengo que decirlo: eso es muy sexi».

«¿Por qué crees que te lo mando?».

«Cretino. ¿Se te dan bien los niños?».

«A juzgar por lo jodida que tengo la espalda a estas horas yo diría que sí. Me gustan las sobrinas de Nico, aunque quieran jugar a princesas conmigo».

«¿Quieres ser padre?».

Después de escribirlo me arrepentí. Cuando estaba pensando alguna salida de tiesto que le quitara importancia, él contestó:

«A ratos, como todos, supongo. ¿A qué vienen estas preguntas?».

«Me aburro», mentira.

«¿Has hablado con Nico?».

«No. No sé si es positivo. Hemos roto, ¿recuerdas?».

«Seguís siendo amigos, ¿recuerdas?».

«Ya, pero unos días de desconexión nos irán bien. A la vuelta lo cogeremos con más naturalidad».

«Y… ¿no es posible que a nosotros también nos vengan bien esos días?». Me quedé muy cortada, él siguió escribiendo. «Quiero decir…, vivimos en el mismo edificio, trabajamos juntos (muy juntos), soy tu casero, hemos sido pareja y soy el mejor amigo de tu más reciente ex… Igual hay demasiados puntos de conexión».

Me pensé mucho qué contestar, pero al final fui clara.

«No pienso dejar el piso ni el trabajo, así que lo único que puedo hacer es dejar de ser tu amiga. ¿Te gusta la idea?».

«Claro que no».

«Entonces no te entiendo».

«Me entiendes perfectamente».

No sé si me equivoqué pensando en ello, pero me vinieron a la cabeza los dos momentos que habíamos vivido en nuestro despacho en las últimas semanas. Tensión sexual y después sencillamente tensión. El siguiente capítulo de nuestra radionovela había sido que yo lo había dejado con Nico. Creo que Hugo tenía miedo de que se nos terminara de ir de las manos y la historia entre él y su mejor amigo acabara mal. Y… volvía a alejarme. Para Hugo volvía a ser más fácil pedirme espacio que arriesgarse. ¿Hay alguien en la sala que no se hubiera sentido molesto?

«Hasta mañana, Hugo. No quiero discutir y mucho menos por mensajes y sin saber con quien lo hago, si con el casero, el jefe, el amigo o el examante».

«Me repatea que me llames eso».

«¿Examante? Es lo que somos».

«Vale, venga. Hasta mañana».

Y dicho esto bloqueé la pantalla del móvil. Putas Navidades. Puto todo desde que me los crucé en la vida. Ahora sé que fui injusta al pensarlo, porque lo cierto es que habían sido algo así como el catalizador para darme cuenta de que me empeñaba en acomodarme en un sitio en la vida que no era el mío. Pero en aquel momento me sentí con el derecho de patalear, enfadarme y desear con todas mis fuerzas no haberlos conocido.

Me acosté al lado de Eva, cogí mi iPod y me lo puse. La primera canción que sonó fue *Everyday is like Sunday,* de Morrissey. Y por poco no sollocé. Mi hermana se giró y medio dormida, me quitó un auricular, se lo puso y me abrazó.

—Confía en el destino —balbuceó.

—No creo en el destino. Creo en las señales.

Y me acordé, demasiado tarde, de que estaba parafraseando a Hugo durante nuestro viaje a Nueva York.

16

ESPACIO
(HUGO)

D ejé el móvil violentamente encima de la mesa y una de las niñas se removió asustada por el sonido que hizo este sobre la madera. Me miró con el ceño fruncido y, como muchas veces pasa con los niños cuando acaban de despertarse, hizo un puchero y se echó a llorar. Intenté incorporarme con la otra niña en brazos para aplacar el llanto de la primera. La madre de Nico ya se acercaba a mí con una sonrisa para ayudarme cuando alguien cogió en volandas a María, que era la que berreaba.

—¿Qué te pasa, pajarito? —le preguntó Nico con una sonrisa.

La niña no contestó, solo se frotó los ojos con desgana. La madre de la niña apareció de la nada probando la temperatura de la leche de un biberón en su mano.

—La siesta más corta de la historia, Inés. La he despertado sin querer. ¿Conseguiste dormir?

—Ay, Hugo. —Se hizo cargo de la niña y le enchufó el biberón—. Cásate conmigo.

Me incorporé con una sonrisa. La madre de Nico me quitó a Claudia de encima, que iba disfrazada de princesa, llevándola a la cocina para servirle la merienda. Nico se quedó mirando cómo nos dejaban solos en el salón y después fingió una sonrisa.

—¿Qué te pasa?

—Le preguntó su marido gay —se burló.

—He pensado que deberíamos adoptar y llevar nuestra relación a la siguiente fase —le seguí.

Una mueca le cruzó la cara.

—Venga, ¿qué pasa?

Se sentó a mi lado y se frotó la mejilla.

—Nada.

—¿Le estás dando vueltas?

—¿Es posible no hacerlo?

Nico miró al techo. Delante de Alba había fingido que todo estaba bien, pero yo sabía que no era cierto. Llevaba pensando en ella desde que salimos de Madrid; casi podía escuchar los engranajes de su cabeza. Quizá reconocía tan bien su estado porque yo estaba igual.

—No hago más que pensar qué es lo que hice mal.

—Esas cosas pasan. No hiciste nada mal.

—Quizá en eso tengas razón. Yo no he hecho nada mal... —Chasqueó la lengua contra el paladar y se revolvió el pelo.

Tragué saliva. Sabía hacia dónde iba aquella conversación, así que traté de atajarlo.

—Piensas que fui yo el que me equivoqué, ¿no?

—Estábamos bien —rumió entre dientes—. Todo estaba en equilibrio.

—Nico, es imposible mantener una relación a tres. Es lo único que deberíamos aprender de esto.

—¿Por qué? —Me miró fijamente entonces—. Dime algo que no tuviéramos cuando éramos tres. Todo cuanto deseábamos.

Resoplé y palmeé su rodilla.

—Deja de darle vueltas. Tenemos que superarlo.

—Me sorprende que me digas eso cuando es más que evidente que tú tampoco has podido pasar página.

—Sí lo he hecho, Nico. Estoy concentrado en otras cosas.

—Como en el trabajo, ¿no? —respondió en tono sarcástico.

—Vale, Nico. Voy a ser claro y espero que no tengamos esta conversación nunca más. Yo no quiero volver a intentarlo. No quiero volver a ser tres. Jugamos a algo peligroso y yo me retiré antes de que la situación fuera irreversible y, la verdad, no me arrepiento de haberlo hecho. Os quiero a los dos, pero no puedo volver a formar parte de aquello y ella tampoco. Si buscas dentro de ti terminarás encontrando los motivos por los cuales no es buena idea. Piénsalo.

Asintió en silencio y me levanté.

—¿Quieres café? —le pregunté encaminándome hacia la cocina.

Nico me alcanzó antes de traspasar el umbral de la habitación y me sujetó por la muñeca.

—¿Soy yo el que sobra en la ecuación, Hugo?

—No he dicho eso.

—Si lo soy, dímelo.

—No creo que ese sea el problema —le mentí, porque en el fondo no lo era. El problema era que decir sí a Alba significaba cambiar definitivamente la relación que habíamos establecido los dos.

Él sonrió.

—Puedo arreglarlo —me dijo.

—Tengo que pedirte que no lo intentes.

—Tienes miedo —afirmó.

—Tengo miedo de terminar sin nada. ¿Puedes entenderlo y dejarlo estar ya? —Y confieso que fui rudo al decirlo.

El modo en el que sus labios dibujaron una sonrisa me dijo que no, que no pensaba dejarlo pasar. Si no era lo suficientemente duro intentar aislar dentro de mí lo que sentía por Alba, tendría que lidiar también con los intentos de Nico de volver a algo que no podía ser. ¿En qué momento de locura creímos que podríamos hacerlo posible? Es lo que tiene el amor…, pero era duro darse cuenta de que, habiendo vivido lo que significa querer de verdad, yo sabía que Nico no tendría cabida en la ecuación. ¿Terminar con todo lo que yo consideraba mi familia o alejar la tentación? De todos modos, ¿quién me aseguraba que aun arriesgándome lo mío con Alba podría salir bien? No. No me compensaba. Que me perdone Dios, el amor, el cosmos o lo que quiera que fuera que regía este tipo de cosas, pero no me compensaba.

De lo que no me di cuenta aquella tarde fue de que no elegir no soluciona nada, solo aleja las dos opciones y te sitúa en un limbo en el que todo se para. Y tú dejas de crecer y de vivir. No era una tregua. Era el purgatorio. Ni cielo ni infierno a mi alcance. Solo… la nada, devorándonos a los tres. Pero ¿por qué debía ser yo quien hiciera aquella elección? Sentía aquella responsabilidad quemándome en las manos y no la quería.

Cuando nos sentamos junto al resto de su familia para tomar café en la cocina, miré bien a mi alrededor. Las hermanas de Nico bromeaban entre ellas, burlándose con cariño de sus padres, que babeaban de una manera tierna con sus nietos. Allí nunca me sentí un invitado sino parte de todo, de las alegrías, los conflictos, las penas, la confianza, el cariño y la esperanza. Son cosas que una persona como yo debe apreciar; a los dieciocho años perdí la oportunidad de sentirlos en mi propia casa. De algún modo volver a verme inmerso en un ambiente como aquel era un regalo.

A veces me daba por pensar que todas las cosas que iban a pasarnos ya estaban escritas antes incluso de que naciéramos, como una especie de telar que, cuando se termina el hilo, dibuja una vida. La madre de Nico me despertó de los pensamientos en los que estaba sumido y me pasó una taza blanca de porcelana rebosante de café.

—¿Qué estarás pensando?

—Estoy dando gracias —musité.

Ella cogió aire y sosteniéndolo dentro de su pecho me dio un beso en la sien.

—Ay, mi niño —suspiró—. Dios me dio un hijo más.

—Y a mí una madre —le respondí.

«¿Crees en el destino?», me preguntó Alba aquella tarde mientras escuchaba una versión en directo de *Lágrimas negras*. «No, pero sí en las señales». O mucho me equivocaba o todo apuntaba a que perdería mucho más de lo que estaba en juego de darse el caso de ganar. No, Alba..., necesito espacio.

17

Mi madre siempre fue de esas madres que intentan que sus hijos aprendan muchas lecciones siendo pequeños para que de mayores no deban sufrirlas. Era mamá moraleja, como la llamaba en ocasiones mi hermana Carmen, mientras ponía los ojos en blanco. Yo, como el pequeño de la familia que era, debí estar entretenido en otra cosa cuando contó el cuento de por qué uno no puede tener todo lo que desea. Tampoco atendí mucho al cuento de la lechera. Y ahora yo era como esa lechera que iba haciendo cálculos mentales, cábalas fantasiosas y que había terminado tropezándose y perdiendo la base sobre la que se construían sus aspiraciones.

Cuando Alba me dejó, me costó bastante reaccionar. ¿Cómo era posible que me estuviera pidiendo aquello? ¿Cómo podía ser que no se diera cuenta de que lo único que nos hacía falta para ser la pareja perfecta era Hugo? ¿Qué había pasado para que rompiera conmigo después de hacer el amor?

Fácil. Mi cabeza no tardó en encontrar la solución. Una vez dejé atrás la sorpresa, pude pensar con claridad y darme cuenta de que muchas veces uno toma algunas decisiones buscando guarecerse del miedo. Hugo y Alba tenían miedo. Pero ¿por qué yo no tenía miedo?

El abatimiento vino después, dándome una bofetada de realidad. ¿Y si se querían demasiado entre ellos para dejarme espacio a mí? ¿Y si en la intimidad de su despacho las cosas sucedían de un modo distinto e intenso? ¿Preferirían aquello? ¿Habría pasado algo a mis espaldas? ¿Había tomado Alba la decisión de romper conmigo con el fin de alejarse del todo de nosotros dos? Porque Hugo, la verdad, parecía entenderla mucho mejor que yo. Y si yo no la entendía, ¿puede que estuvieran actuando por algo tan íntimo y personal que ni siquiera me rozara más que como un daño colateral?

Y entonces… sentí el miedo. Pasé unos días un poco más introspectivo de lo normal. No podía dejar de pensar que nada había sucedido como yo esperaba que pasase y, lo peor, me sentía estúpido al haber creído que ni siquiera necesitaba un plan «b». En realidad me avergonzaba haber trazado un plan. Yo no era así. El amor no era así. El amor lo azotaba a uno y lo hacía capaz de las mejores y peores cosas. El amor abría tus ojos o los cerraba, pero nunca se quedaba a medias. No podías manejarlo y tratarlo como un arma arrojadiza. Definitivamente, mi idea me había tragado y ahora me vomitaba. Así me sentía. Escupido al mundo con treinta y tres años y sin saber qué quería. ¿Dónde me veía en cinco años? No me veía.

Mi madre intentó sonsacarme qué era lo que me estaba torturando, pero al preguntarme si había alguna chica me cerré como una ostra.

—Yo seré de pueblo, pero no estoy ciega. Y a Hugo y a ti os pasa algo. Y ese algo tiene nombre de mujer.

Madres. Clarividentes. ¿Cuáles eran las opciones? Bueno, existía la posibilidad de que lo que uniera a Alba y a Hugo hubiera llegado a una fase en la que no necesitara a nadie más. O creara la falsa sensación de que no hacía falta nadie más. Eso me provocaba un vacío en el estómago porque… ¿qué iba a ser de mí entonces? Ya, ya lo sé. Es un pensamiento casi vomitivo. Uno no necesita de los demás para encontrarle sentido a su vida; uno debe encontrar su propio sentido en el centro de sí mismo. O quizá es que siempre he sido muy oscuro, incluso para el amor.

Alba me dijo aquello. «Eres oscuro hasta para una declaración de amor». Y yo le contesté que sabía decir te quiero. Y se lo dije. Te quiero, Alba. Te quiero porque me llenas y completas mi vida. Ella, con sus piernas carnosas enrolladas en mis caderas, haciéndome tangible. Y ya no importaba que yo no encontrara el sentido a lo que estaba haciendo con mi existencia. Joder…, Alba, que se había asomado tanto a mí que había visto qué cosas ocupaban mi vida pero no la llenaban. Ella me lo dijo una mañana en Bangkok: «¿Qué haces en una oficina como la nuestra?». Y a mí me dio pánico cuando me paré a pensar en ello, bastante tiempo después. Porque lo que tenía dependía demasiado de otras personas y no de mí mismo.

En resumen: estaba cometiendo todos los errores que criticaba en otros. Porque jamás pensé que el amor se basara en la dependencia, pero ahora que no los tenía a ninguno de los dos, lo que sentía era que todo se venía abajo.

Y Hugo me pedía que no hiciera nada, que no intentase volver a lo que tuvimos. La voz volvió a perderse en mi garganta pero ahora no era porque huyera de mis palabras. No, no volví a sentir que lo que decía no me pertenecía. Solo me tragué cada sílaba hacia dentro, porque era mejor digerirlas antes.

Entonces fui consciente de que me diluía cuando me alejaba de ellos dos. El Nico que creía ser iba deshaciéndose en jirones de humo, porque no encontraba la materia de la que estaba hecho. Solo ideas. Y las ideas solo son eso…, ideas. No había más. Ni menos. Si ellos se alejaban, yo ya no estaba. Y necesitaba… SER. No valía solo con estar.

18

Cuando Hugo llegó al despacho el día después de Navidad, me encontró sentada ya detrás de mi escritorio. La oficina estaba parcialmente vacía porque parte de la plantilla había cogido la primera semana de las fiestas de vacaciones; allí quedábamos los que tendríamos días del 31 al 8.

Yo llevaba unos vaqueros tobilleros, un jersey *oversize* color camel y unos zapatos de tacón con estampado de leopardo que conseguí rebajadísimos en Bimba y Lola hacía un par de años. Hugo, por su parte, había aprovechado que no habría demasiada gente en la oficina para olvidarse del traje y enfundarse unos vaqueros y un jersey color arena de ochos a través de cuyo cuello se adivinaba una camisa de cuadros. Estaba guapo a reventar, el muy cabrón.

—Buenos días —me saludó. Dejó un vaso de té con leche en mi mesa y se quedó mirándome—. *Chai.*

—No tenías por qué. —Desvié la mirada y me concentré en redactar un *mail* donde quería ordenar, punto por punto, todos los temas pendientes para la vuelta de vacaciones.

—¿Puedes mirarme?

—Ya te he dado las gracias por el té, Hugo. ¿Qué quieres?

Se sentó en el borde de la mesa y giró mi silla hacia él.

—Discutir no tiene sentido en nuestra situación, ¿eres consciente? —dijo muy serio.

—Ni siquiera sé si discutimos. Fue un cruce de mensajes.

—Te jodió que te dejara entender que quizá deberíamos darnos un poco de espacio porque consideras que he vuelto a ponerlo a él como prioridad. Yo creo que fueron un par de mensajes que dieron para mucho, ¿no?

Casi me quedé con la boca abierta. No esperaba que de pronto Hugo supiera mirar a través de mí como quien lo hace por una ventana abierta.

—Tienes razón en una cosa…, no tiene sentido discutir en nuestra situación.

—Vale —asintió—. Fue un comentario desafortunado y no estaba poniéndolo a él en primer lugar. Me estaba poniendo yo.

Tragué saliva y asentí.

—No era buena idea trabajar juntos —musité.

—Ni es buena idea ni es mala idea. Es la situación en la que estamos y creo que lidiamos muy bien con ella, así que dejemos de hacer dramas por todo. Lo único que no quiero es… que esto se vuelva demasiado intenso para los dos. Tenemos que encontrar el punto de encuentro.

—Vale. —Cogí el té, le di un trago y después me giré hacia mi ordenador.

Le escuché suspirar, probablemente porque le desesperaba mi actitud pasivo-agresiva. Hugo es de coger las cosas por los cuernos, eso está claro. Yo era más como un recortador…

—¿Tienes planes para Nochevieja? —me preguntó levantándose.

—No. —Negué con la cabeza también—. Odio la Nochevieja. No sé por qué estamos obligados a salir por cojones porque sea la última noche del año.

Eso le hizo sonreír.

—Nico y yo solemos pasarla en su pueblo. Me ha dicho que va a preguntarte si quieres venir. Te pongo sobre aviso para que no te pille *in albis* y tengas tiempo de preparar la respuesta.

—Que evidentemente va a ser no.

—Predica con el ejemplo, *piernas*. La boca te pierde…

Cuando desapareció hacia su despacho no pude sino quedarme pensando en su respuesta. ¿A qué venía? Como una hora después lo entendí. Yo no podía llenarme la boca diciendo que seguiríamos siendo amigos y después ponerme en ese plan y decir «NO», así, como una imbécil. Pero es que…, ¿qué hacía yo pasando la Nochevieja con mis dos exnovios en un pueblo perdido de la mano de Dios?

Diana me llamó un rato después, sabedora de que tendría poco trabajo en esas fechas. Me dijo que se le había jodido el plan para el 31 porque al parecer el viaje a la nieve que había planeado se había caído porque no había suficiente gente apuntada.

—Tía…, ¿tú no te vendrías? —suplicó.

—Odio la Nochevieja, ya lo sabes.

—Tu hermana dice que no tenéis plan, que igual te arrastraba a Malasaña a algún garito pero es un poco…, no sé. ¿No te apetece venir a la nieve?

—No sé esquiar. Y no me apetece aprender, que es la siguiente frase que va a salir de tu boca. «Venga, Albita, vente. Ahora que estás soltera mirarás con mejor ojo a los monitores». No.

—Joder, vale. Pues…, no sé. Si se te ocurre algo que te apetezca…

—Si se me plantea algún súper plan para la noche del 31 te llamaré, pero yo no concentraría todas tus esperanzas en mí.

No sé si me entiendes. —Un carraspeo me avisó de que Nico estaba en la puerta. Le sonreí y le pedí con un gesto que pasara—. Te dejo, Diana.

Nico llevaba un jersey grueso de color gris humo con cuello chimenea y unos vaqueros. En la carita, una sonrisa tímida.

—Eh... —dijo como cortado. Era la primera vez en bastantes días que nos veíamos. Desde que le contamos a Hugo que no seguiríamos juntos—. ¿Qué tal la Navidad?

—Pues bien. Mucha comida y muchas abuelas diciéndome que estoy jamona. —Me reí—. ¿Y vosotros?

—Pues bien. Bien. Ya sabes. Toda la familia. Aquello es como la tribu de los Brady. Niños corriendo por todas partes y polvorones por los aires. Es divertido.

Nos quedamos callados sin saber qué decir y él se asomó a saludar a Hugo.

—Hola, tío. ¿Puedes cerrar la puerta un segundo? Tengo que llamar —le pidió.

Qué hábil..., ¿dejándonos intimidad, Hugo? Nico cerró la puerta y se me quedó mirando otra vez.

—¿Tienes plan para Nochevieja?

—Pues..., no. La verdad es que no.

—Ya escuché que..., bueno, no es que estuviera escuchando tus conversaciones como un exnovio acosador..., es que..., bueno, pues eso, que escuché que no tenéis plan y... nosotros solemos pasar esa noche en el pueblo. Mis padres se van a pasarla con mis tíos y la casa se queda vacía hasta el dos. No hacemos gran cosa en realidad. Viene Marian y he pensado que a lo mejor a Eva y a ti os apetecería.

—Yo..., es que...

—Puedes decírselo a tus amigas. A las que quieras.

Ahí me ganó un poco. Sabía el esfuerzo que supondría para una persona como él, al que no le gustaba la gente, invitar a unas tías que no conocía de nada y cuya referencia más directa era que no habían reaccionado demasiado bien cuando les confesé lo de nuestro triángulo amoroso. Suspiré y me mesé el pelo.

—¿Crees que es buena idea? —le pregunté a bocajarro.

—¿Por qué no? Tú eras la que decía que lo nuestro era una amistad con cama esporádica. No cambiará mucho, ¿no? Nos beberemos unas copas, Marian se encaprichará en jugar a algo absurdo y nos acostaremos de día después de tomar chocolate. Poco *glamour*, pero es…, hum…, reconfortante. Yo en realidad odio la Nochevieja.

—Pues…, no sé. Déjame que se lo pregunte a estas…, ¿vale?

—Vale. Dime algo cuando te decidas. No hay prisa.

Asentí y me quedé mirándolo para ver si quería algo más. Él se inclinó hacia mí y susurró:

—No me gusta que estés distante. Me haces dudar de la decisión que tomamos.

—No dudes. Es que no me gustan las Navidades, es solo eso.

Cuando Nico ya se marchaba por la puerta, el móvil me sonó con una retahíla de wasaps. Era mi hermana.

«¡¡Oye!! ¡¡Planazo para Nochevieja!! ¡¡¡Nos piramos al pueblo con Hugo y con Nico!!! ¿Te parece? ¡¡Es guay!! Chimenea, musicón y calimocho. Uooooooo». «Di que sí».

«A Diana le gusta esto», como si fuera un aviso de Facebook.

—Hugo… —dije a voz en grito.

—Dime —contestó él. Los pasos avisaron de que se acercaba a abrir la puerta que separaba mi espacio de su despacho. Se asomó.

—Muchas gracias por darme tiempo de pensarlo y eso…

—Eva me lo sonsacó.

—Eso no hay Dios que se lo crea —me burlé—. Eres una jodida portera.

Sonrió. Una sonrisa preciosa, perfecta, sincera.

—Lo pasaremos bien. Haremos las paces. Será genial.

Sí. Genial. A continuación descolgué el teléfono y llamé a Olivia para invitarla al sarao, pero como contestación solo recibí carcajadas. Muchas carcajadas. «Ni hablar del peluquín», me dijo. Ella tenía un fiestón en casa de un amigo. Iría con su chico, que había venido a verla desde San Francisco. Follaría como una descosida. Lo pasaría bien y... mientras tanto yo daría la bienvenida al año metida en el infierno.

El día 31 quedamos con Diana, Isa y Eva en la puerta de la oficina para repartirnos entre los dos coches. Era poco más de hora y media de camino y ya teníamos el maletero lleno con nuestras cosas y algunas botellas de bebida, como unos adolescentes que se escapan a una cabaña a emborracharse y morrearse. Pero yo no pensaba morrearme con nadie.

Al final, voy a dejar de hacerme la dura, hasta me hacía ilusión. Marian, que le había pedido mi número a su hermano, me mandó un mensaje para decirme lo mucho que se alegraba de que fuéramos a vernos. Quise ser buena chica y le contesté con una llamada breve y educada, agradeciéndole la invitación.

—¿Qué quieres que llevemos?

—Bueno, ya estaré aquí porque me he cogido unos días libres en el curro, así que yo me encargo de casi todo. Es eso o aprender a hacer encaje de bolillo con mi madre, no te preocupes. Traed..., hum..., ron. En cantidades ingentes. Y algún juego si quieres. Yo tengo el del palo, pero la última vez que jugamos Hugo terminó con un ojo morado. Dicen que soy muy competitiva, pero se me escapó la mano, lo juro.

Me reí.

—Vale. Ron y algún juego poco competitivo. ¿Algo más?

—Ropa de abrigo. Aquí hace mucho frío. Pero va a ser guay, de verdad. Te prometo que va a ser una buena Nochevieja.

Eso esperaba. Cuando tuve que elegir entre un coche y otro me sentí buscando el mal menor. Finalmente me dije a mí misma que lo más normal era que fuera con Nico, por eso de asentar las bases de una noche normal. Normal. Sin rencores tipo «soy la zorra de la tía que te echó un polvo y luego te dejó porque está confusa y cree sentir demasiadas cosas hacia tu mejor amigo». Isa se vendría con nosotros y Diana con Hugo y Eva. Estaba segura de que el coche divertido sería el otro...

Isa pasó parte del viaje explicándonos por qué pasaba las Nocheviejas separada de su Berto del alma. Ella decía que era para que cada uno cultivara el arte de dedicar tiempo a sus propios amigos, pero la verdad es que no aguantaba a los de su novio. Decía de ellos que eran ruidosos, frikis y gilipollas. Y sus novias, unas zorras amargadas. Pero lo de zorras lo decía bajito, como si decir palabrotas estuviera permitido si bajabas los decibelios. Nico me miraba de reojo, con una sonrisa en los labios, viendo como yo capeaba el temporal, tratando de que nos contara algo más interesante. Hasta las historias del periódico parecían poco apasionantes si era la tranquila Isa la que las relataba. Eso o que ya había dejado de torturarme la idea de volver a formar parte de ese mundo. Me daba la sensación de que hacía años que había dejado el periódico. No sentía prácticamente nada hacia esa parte de mi currículo; quizá mi trabajo actual me tenía lo bastante motivada como para no echar de menos lo que tuve en mi anterior vida. Así me sentía. Como muerta y vuelta a nacer. Descubriendo el mundo con otros ojos. Había más colores en este, en el que ahora me movía.

La banda sonora del coche no nos animó demasiado tampoco, aunque al final la música que Nico eligió nos sirvió de conversación y fue el pie para pasar el resto del viaje haciendo bromas sobre su gusto por Lana del Rey.

—¡Oye! A ti te gusta Justin Timberlake y no me meto contigo —se quejaba él entre risas.

—¡Tengo una canción suya en el iPod! ¡Una! Decir que me gusta es un poco pasarse, ¿no?

—¿Ves? Hasta tú te avergüenzas de ello.

Y en esas estábamos cuando llegamos. Los padres de Nico vivían en un pueblo a unos cincuenta kilómetros de Toledo. No era muy grande; una gran avenida lo partía por la mitad, dejando campos amarillos y algo secos a los dos lados en la entrada y la salida de la localidad. Apartado de esa arteria principal, metiéndonos de lleno hacia el campo, el coche de Nico aparcó frente a una casa grande de la que se adivinaba desde allí las tejas rojizas de la techumbre, el blanco de la pared encalada y las piedras que remataban las esquinas. Eso y mucho verde, muy cuidado, del que solo sobrevive con mucho mimo en una zona con temperaturas tan extremas y con la presencia de muchos nietos.

Hugo había aparcado justo frente a nosotros y cuando bajaron del coche lo hicieron desternillándose de risa. Hugo se tuvo que apoyar en la carrocería del coche y todo. Eva era la que menos se reía, pero aun así se escuchaba su hablar jadeante, demostrando que probablemente ella era el motivo de tanta carcajada. Diana estaba doblada sobre sí misma.

—Mira qué bien se lo pasan —dijo Nico apagando el motor.

—Si no hubieras puesto a Lana del Rey... —bromeó Isa.

Y no pudimos más que reírnos también los tres. Marian salió a la puerta como un perrillo, pero en lugar de mover la cola movía el culo de aquí para allá, sin parar quieta un segundo. Me dio dos sonoros besos en cuanto me vio y se puso a enumerar todo lo que íbamos a hacer para después aplaudirse ella sola y anunciar que sería nuestra mejor Nochevieja. Hacía un frío horrible. El cielo estaba muy gris y Hugo no dejaba de decir que iba a nevar, a lo que Diana contestaba siempre lo mismo:

—Pero si nieva que nos deje aislados. Y tú y yo en la misma habitación.

Y cada vez que lo decía, yo tenía ganas de vomitar y de darle guantazos. Eché de menos a Gabi, que iba a preparar su primera cena de Nochevieja en casa para la familia de su marido y que, seguro, a esás alturas desearía estar con nosotras y no rellenando una pava de cuatro kilos y vigilando que no se le quedara seca. Ella hubiera metido a Diana en vereda porque es una fiel creyente de la norma de «no codiciarás al ex de tu amiga».

Una vez descargamos los coches nos metimos dentro de la parcela. Un labrador color canela apareció trotando enloquecido hacia nosotros y se puso a hacernos monerías a todos, con la lengua fuera. Los padres de Nico se habían marchado un par de horas antes y eso de alguna manera me alivió. No me apetecía mucho tener que pasar por el protocolo social. Los meses saliendo con Nico me habían hecho un poco más huraña de lo que era. Dicen que todo se pega menos la hermosura. Marian nos dirigió a todos a la cocina, donde tenía ya media cena preparada y el perro nos siguió jugando con mi hermana.

La casa era acogedora. Una cocina alicatada con azulejos blancos impolutos, con una cenefa de bodegón a media altura; tenía una gran mesa de madera con seis sillas a conjunto y un reloj redondo, grande y blanco que relucía. Contiguo a esta, se encontraba el salón, que era amplio y cuadrado. Dos sofás a cada lado de la chimenea, una gran mesa y un mueble con muchas fotos de bodas, bautizos, bebés y demás. Todo estaba impoluto y no había ni un trasto por en medio. Solo marcos de fotos por todas partes sobre los que no se posaba ni el polvo. Encima de los sofás, unas mantitas dobladas y unos cojines de los que

tienen pinta de estar hechos a mano, y en un rincón, una máquina de coser.

En la misma planta había un dormitorio de matrimonio
(el de sus padres) y dos baños, además de una alacena que daba
gusto ver, llena de tarros organizados y limpios. En el piso de
arriba había cuatro habitaciones, una de ellas con dos camas
pequeñas; el resto con camas de matrimonio. Eva y yo nos acomodamos en la de las dos camas, pero Hugo no tardó en entrar
con su bolsa de mano de cuero (preciosa, por cierto, maldito
mamón con buen gusto) negando con la cabeza.

—No queridas, vosotras a la de matrimonio. Paso de compartir cama con Nico. —Y plantó sus cosas sobre la cama en la
que yo estaba dejando las mías.

Lo miré con desdén y antes de salir hacia la conquista de
un nuevo dormitorio dejé en el aire un:

—Como si no lo hicieras habitualmente.

No le fastidió. Solo le arrancó un par de carcajadas. Secas. Sexis. Masculinas. Pues bien andábamos para terminar el
año. Nos reunimos todos en la cocina, nos bebimos unas cervezas y picamos algo antes de ponernos a ayudar a hacer la
cena. A decir verdad, Hugo no pudo soportarlo por mucho
tiempo y terminó inmiscuyéndose y capitaneando la opera-
ción «Cena de Nochevieja». Diana se puso a ayudarle muy
colaboradora (la muy zorra) y aunque la miré con fuego en los
ojos, ella no se dio por aludida. Eva se quedó con ellos con la
excusa de vigilarla. Lo que quería era seguir pasándoselo tan
bien como en el trayecto en coche.

Marian y Nico estaban discutiendo en el salón, como buenos hermanos, mientras preparaban el fuego. Que si se hacía
así, que si se hacía asá, que si «quita que tú no sabes». Yo no
tenía ni idea de cómo preparar la chimenea, pero me arrodillé
con ellos para poner paz y tratar de ayudar. Isa también trató
de ayudarnos.

Un ratito después todos teníamos la tercera cerveza en la mano, el salón estaba calentito e iluminado por la luz danzarina del fuego y toda la casa olía a pizza casera, quiche y tartaletas calientes. Además, habían preparado entrantes fríos y doscientas mil mariconadas a lo «hola, soy Hugo y reino en los fogones».

Marian y yo estábamos hablando de sus tatuajes sentadas en el sofá, Eva y Hugo se burlaban de todo en un rincón y Nico y Diana habían encontrado un tema al parecer apasionante del que hablar. Isa nos miraba sonriendo; era su manera de pasárselo bien.

Abrimos unas botellas de vino espumoso, que cayeron casi en minutos y después otras tantas. A las ocho y media íbamos todos medio entonados y Hugo decidió que si queríamos llegar conscientes a las doce de la noche, lo mejor era ponerse a cenar ya.

Sorprendentemente, no le hizo falta engalanar la mesa. Sirvió con un mantel de los años setenta, servilletas de papel y platos de loza blancos que seguramente habían pertenecido a la dote de la señora progenitora de Nico. Pero lo cierto es que dio igual. Todo olía genial, teníamos hambre y no hubo ni un silencio; si querías decir algo debías conseguir que tu voz se escuchase sobre todas las demás. Después de elegir el canal donde veíamos las campanadas, estuvimos contándonos historias sobre otras Nochevejas infernales, como aquella en la que mi hermana se tragó una uva entera sin masticar, tosió, le salió por la nariz y cayó dentro de mi plato. Como no quise seguir comiendo uvas, mi hermana dijo que aquel año tendríamos mala suerte las dos… y no se equivocó.

—Me rompí un brazo, me dejó mi novio, suspendí tres asignaturas y se me cayó un zapato a la vía del tren —dijo Eva con aire grave.

Entre el calor del alcohol calentándome las venas y la calidez del fuego, las mejillas me ardían, pero estaba tan a gusto…

Pensé entonces que pasar aquella noche con ellos había sido una decisión acertada.

Nico y Hugo se miraban y se reían pero no soltaban prenda de cuál había sido la peor Nochevieja de su vida. Yo intuía que se trataba de alguna odisea sexual que los tenía a los dos de protagonistas masculinos y que por eso no querían contarlo en la mesa, aunque a esas alturas todas las mujeres que les acompañábamos éramos bastante conscientes de las cosas que les gustaban.

Aquel año Ramón García no presentaba las campanadas y nos quedamos sin la broma fácil que suscitaba la puñetera capa de vampiro que le ponían todos los años. Mientras la voz de dos famosetes de nueva generación explicaba un año más la diferencia entre los cuartos y las campanadas, yo me entretuve en pelar y quitar las pepitas de todas mis uvas. Hugo se levantó y trajo dos cuencos pequeños con agua. Dejó uno delante de mí y se llevó el otro a su mesa.

—Para que las uvas no se oxiden —me dijo. Y me guiñó un ojo.

Nicolás se quedó mirándome unos segundos de más y me sentí más estúpida de lo que tocaba intentando que una sonrisa tonta no se dibujara en mi boca.

Eva dio la nota como todos los años atragantándose con la tercera uva y lanzando como en aspersor trozos de fruta a diestro y siniestro mientras intentaba seguir tragando y toser a la vez. Los demás no hacíamos más que mirarnos entre nosotros, muertos de risa al ver la táctica que tenía cada uno para no ahogarse; Diana las tragaba sin masticar, yo me las dejaba todas en el carrillo esperando cada una su turno para ser masticadas una detrás de otra y Hugo se las metía de dos en dos en la boca. No sé cómo no terminamos todos muertos por asfixia. Nota mental: aprender a hacer la maniobra Heimlich y ya de paso memorizar cómo se escribe.

Cuando fue oficialmente un nuevo año todos nos lanzamos a besarnos y abrazarnos. Yo me tiré encima de Eva, aplastándola un poco contra Diana, que se quejaba de los besos de abuela de Isa. Marian agarró a su hermano y a Hugo. Después fuimos dando vueltas, en una especie de juego de la silla, deseándonos todos un feliz año. Cuando terminamos la ronda, Nico apareció con unas botellas de ron, hielo y nos pusimos a hacer unos combinados.

—Oye —le dije a este mientras servía en un vaso—. Aún no nos habéis contado la peor Nochevieja de vuestra vida.

—Es que no es para menores. —Me guiñó un ojo—. Dejemos las cosas escatológicas para cuando Eva decida volver a gritar a los cuatro vientos que...

—¡No termines la frase! —pidió ella.

—Estos dos se guardan mucha información —dijo Diana levantando una ceja.

—Pues yo tengo una idea —contesté malvadamente—. ¿Jugamos a...?

—¡¡¡Sí!!! —respondió Marian contenta. Llevaba una mierda como un piano y estaba simpatiquísima.

—Pero ¡si no me has dejado ni decir a qué!

—A lo que sea. A lo que sea. Vamos a jugar. ¡A lo que diga Alba!

—Al «yo nunca».

Mis amigas se miraron entre ellas y después miraron a Hugo y a Nico.

—¿Y a eso cómo se juega? —preguntó Hugo pasándome un *gintonic*. Menos mal, porque el ron me sienta fatal de los fatales.

—¿No has jugado nunca? Pero ¿tú qué tipo de adolescencia has tenido?

—En mis años mozos se jugaba a la botella.

Marian se levantó como si se acabara de acordar de algo tan importante como una sartén llena de aceite al fuego. Volvió dando saltitos con una cosa verde en la mano; era una especie de ramita con un lazo rojo.

—Hugo, ven —le dijo—. Ayúdame a colgar el muérdago. Si pasáis por debajo tendréis que besaros en la boca. La única norma es que no vale entre hermanos.

—Menos mal —escupió Eva asqueada.

Hugo se estiró y colgó el muérdago con un alfiler. Cuando los dos volvían hacia la mesa, Nico les silbó.

—Se predica con el ejemplo.

Estuve a punto de girarme para no tener que verlo pero decidí que parapetarme detrás de la copa era suficiente. Hugo agarró a Marian de la cintura y la echó hacia atrás, como en un beso de película, pero sus labios se rozaron escuetamente.

—Sigamos —dijo volviendo a sentarse en la cabecera de la mesa—. Normas del «yo nunca». Informadme.

—Por turnos y siguiendo la dirección de las agujas del reloj, cada uno dice un «yo nunca...» y los que sí lo hayan hecho, beben un trago. Pero tiene que ser un trago de verdad.

—¿El que dice «yo nunca» tiene que haberlo hecho o no? —preguntó Hugo.

—Hay quien dice que sí, hay quien dice que no. Yo digo que si lo ha hecho que beba y si no, que no beba —dijo Eva preparándose. Era una verdadera marrana jugando a ese juego. Conseguía sonsacarle al más pintado las más variopintas historias truculentas—. Empiezo yo..., «yo nunca he besado con lengua a nadie de mi mismo sexo y me ha gustado».

Hugo y Nico tuvieron que esconderse para no carcajearse... y se estaban riendo de mí. Lo sé. Claro..., el episodio de Paola estaba fresco en sus memorias. Bebí yo, bebió Diana, Isa casi se santiguó, Marian dio un buen sorbo y, sorprendentemente, Nico bebió. Hugo no paraba de reírse.

—¡Pero...! ¿A quién? ¡Mejor no me lo digas no vaya a ser yo!

Nico le enseñó el dedo corazón erguido.

—Pues eso debe ser digno de ver… —Jugueteó Diana mientras se toqueteaba el pelo—. Si queréis repetir yo cronometro.

—Te toca —insistí.

—Yo nunca he vuelto de casa de un ligue con una ropa interior que no era mía y no me he dado cuenta hasta que me la he quitado.

—Perra —murmuré.

Bebió ella, bebí yo y bebieron Hugo y Nico. Me puedo imaginar de quién serían los calzoncillos que llevaban…

—Yo volví una vez sin bragas —dijo Marian con desparpajo—. Había tantas en el suelo que me dio asco la posibilidad de equivocarme.

Todas nos quedamos alucinadas y Nico le tiró un cojín.

—¡No me cuentes estas cosas, joder! Eres mi hermana. ¡Qué asco!

—Como si no supieras que folla —contestó Hugo—. Venga, me toca. A ver qué tal lo hago… Yo nunca… me he comido dos pollas.

Hijo de perra. Lo miré. Él me miró. Aún lo recordaba preguntándomelo al oído, en su casa, sentados en el sofá. Después follamos como locos.

—¿Quieres decir en la vida o en la misma noche? —preguntó Isa que, a ese ritmo no iba a beber ni gota.

—No sé para qué preguntas, hija, si la única que tienes el honor de conocer de cerca es la de Berto —comentó maliciosa Diana.

—¡Oye! —se quejó.

—Ni caso —le contestó Marian pasándole el brazo por encima del hombro—. Es precioso encontrar el amor verdadero tan pronto.

—Me refería a la vez —dijo Hugo—. ¿Nadie? ¿Seguro?

Cogí el vaso y bebí de mala gana. Los demás me aplaudieron y Diana murmuró entre risas algo que sonó a «perra con suerte».

—Venga, Nico… —le dijo Hugo dándole un codazo.

—A ver… yo nunca he dicho que follar es de pobres, que prefiero que me la chupen.

—Serás mamarracho —se quejó Hugo bebiendo un buen trago.

Las demás no pudimos más que aplaudir.

—Fue una broma —se excusó—. ¡Y además es mentira!

—Pero ¡lo dijiste! —Se carcajeó Nico.

Diana los miraba como si se hubiera encontrado la tienda de Louis Vuitton abierta de par en par y sin seguridad en mitad de la noche.

—Me toca —dijo Marian emocionada—. Yo nunca he soñado que me lo montaba conmigo misma.

Cuando Isa bebió hasta Hugo se levantó a ovacionarla. Pero bebió. Él, Nico, Diana, Marian e Isa. Eva y yo fuimos las únicas que no teníamos ganas de acostarnos con nosotras mismas.

Y me llegó el turno. Se me ocurrían tantas cosas… pero todas eran calientes, oscuras y llevaban adheridas el recuerdo del placer que sentía entre Hugo y Nico. Orgasmos. Gritos. Jadeos. Gemidos. Clímax. Sudor. Semen. Piel desnuda. Después estaban todas esas otras cosas que no pertenecían a los tres, sino que pasaban a oscuras, a escondidas, reptando en un despacho para que nadie las viera.

—Yo nunca me he follado a alguien pensando en otra persona.

Bebimos todos, pero la única mirada que cacé fue la de Hugo.

—¿Unos chupitos? —pregunté levantándome de golpe.

Marian se entusiasmó. No dejaba de gritar «¡tequila!» por toda la casa. Bebimos el tequila. Hugo y Nico me miraban fijamente. La última vez que bebí chupitos de tequila fue en mi antigua casa, acompañados de naranja, canela y sus lenguas.

—Yo nunca... —empezó a decir mi hermana—. Yo no estoy cachonda o cachondo ahora mismo.

Diana bebió con tanto descaro que tuve ganas de ponerle un embudo y hacerle tragar lejía. Marian bebió y se puso a decir que deberíamos salir a dar una vuelta, que seguro que había discomóvil en el pueblo. Isa bebió disimuladamente y Hugo le dijo con un guiño:

—Te he visto.

Eva también bebió y después se marchó a la cocina a por más hielo. Nico levantó la copa en un brindis lejano conmigo y también bebió. Hugo y yo fuimos los últimos. Allí había demasiada feromona en el aire. Íbamos a terminar haciendo alguna tontería. Marian y Diana se engorilaron de pronto.

—¡Vamos a bailar! ¡¡Vámonos a bailar!!

Y mi hermana, como siempre, se unió, tirando del brazo de Hugo para que se levantase.

—¡Yo quiero ir a bailar!

—Muy bien, bebé. Te doy permiso.

—¡No! Yo quiero que tú vengas conmigo.

A mí me daba pereza, pero si los demás querían..., iría. Hugo y Nico se lo pensaron un poco más. Las chicas estaban ya corriendo escaleras arriba para retocarse y cambiarse de ropa y ellos seguían dudando.

—No era el plan —dijo Hugo.

—Discomóvil —contestó crípticamente y con cara de acelga Nico.

—¿Y si vamos un rato y luego volvemos? —propuse.

—¿Y si vais vosotras y nosotros nos quedamos?

—¿Y qué hacemos, tío? ¿Aquí los dos mano a mano? —preguntó Hugo—. Venga. Vamos un rato y ya está.

Serví otro chupito y los tres lo bebimos sin pensarlo. ¿Sabéis esa sensación de euforia y calor cuando has bebido un poco de más? Yo la sentía recorriéndome las venas y concentrándose en forma de presión en la zona más baja de mi vientre. Estaba cachonda, no podía hacer nada por evitarlo. No sé cuándo había empezado a notarlo, pero era ese tipo de quemazón casi doloroso que clama por ser tocado. No podía hacer más que apretar los muslos fuertemente el uno contra el otro, esperando que se calmara.

—¿Otro? —dije y señalé la botella.

—Venga.

Llenamos los vasitos de nuevo y lo bebimos de golpe. Hugo pestañeó.

—Oficialmente, estoy mamado —contestó.

Escuchamos estrépito de pasos por el piso de arriba y después a las chicas precipitándose escaleras abajo entre gritos de júbilo y demás banda sonora de una borrachera como un piano. Cuando pensábamos que iban a entrar al trote en el salón, escuchamos la puerta de casa cerrarse con dos vueltas de llave. Los tres fruncimos el ceño.

—¿Tienes llaves? —pregunté.

Nico acercó su copa, con las cejas arqueadas, y negó con la cabeza.

—No.

—¿Las llamo?

—¿Tienes muchas ganas de ir a la discomóvil? —me preguntó—. Con un poco de suerte ponen Paquito el chocolatero.

Acerqué mi copa también.

—¿Y ahora qué hacemos aquí los tres solos?

—Podemos seguir jugando al «yo nunca» —propuso Hugo.

—O a verdad, beso o atrevimiento —se burló Nico.

Dios…, qué calor.

—¿Podemos abrir un poco las ventanas? —pedí.

—Yo las abro. Ven, siéntate aquí. Allí estás muy cerca del fuego… —sugirió Nico.

Me acerqué con la copa y Hugo me dijo que me sentara en medio. Para pasar tuve que rozarme con él y saltar por encima de sus rodillas. Cuando me giré, copa en mano, él se mordía el labio inferior con fuerza. Miré su pantalón. Ahí estaba otra vez. Tentadora, prieta contra la tela de sus vaqueros, una erección. Estaba borracha y tan caliente…

—Pues a ver con qué nos entretenemos ahora —dije de soslayo.

—Algo encontraremos —contestó Nico mientras maniobraba con la ventana.

Se me escapó un suspiro muy sentido.

—¿Qué pasa, *piernas?* —susurró Hugo a mi lado.

—¿Lo notas? —le respondí muy bajo.

—¿Tú qué crees? —Y en su tono estaba mezclada la rabia, el calor y las ganas.

Nico volvió y se sentó a mi izquierda. Durante unos segundos solo se escuchó el crepitar del fuego. Entraba un poco de viento frío a través de la ventana entreabierta y era de agradecer. Me ardían las mejillas…, entre otras cosas.

—Entonces… ¿seguimos jugando? —dijo.

Su mano se posó en mi rodilla izquierda. Miré a Hugo, que casi jadeaba de rápido que respiraba.

—Estoy borracha —contesté—. No creo que deba beber más.

—¿Entonces?

—¿Eso es una peana para el iPod? —pregunté y señalé algo al lado de la televisión.

—Sí —asintió Nico.

—¿Ponemos música?

—Espera, voy a por mi iPod.

Hugo se levantó y anduvo deprisa para salir de la habitación, donde el ambiente rebosaba tensión sexual. Miré mi copa vacía con ojos turbios.

—Voy por una Coca-cola. ¿Quieres algo?

—No —respondió Nico mientras bebía un poco más de su ron.

Me levanté y entré en la cocina, donde pude respirar un poco hondo. «No hagas nada», me dije. «Nada de nada», me pedí en voz baja.

—¿Hablas sola, *piernas*?

Salí con el refresco en la mano y le sonreí. Nico nos silbó y señaló hacia arriba de nuestras cabezas, donde colgaba el ramillete de muérdago.

—Las normas son las normas.

Mierda. Vete a dormir, Alba. Vete a dormir tan rápido como te funcionen las piernas.

—Nico… —se quejó Hugo.

—Es Nochevieja —respondió este.

Hugo chasqueó la lengua contra el paladar y se giró hacia mí. Me cogió de la cintura y me besó en los labios muy rápidamente. Casi no sentí ni la presión de su boca sobre la mía.

—¡Eso no vale! —gritó Nico.

—Claro que vale —le respondió Hugo en tono infantil.

Nico se levantó, dejó la copa sobre la mesa y se acercó. Oh, oh. Tiró de mi cintura hacia él y se inclinó hacia mí hasta que sus labios y los míos estuvieron pegados. No pude evitarlo…, mi boca se abrió sin pedir permiso a la razón; la lengua de Nico respondió entrando y acariciando la mía. Gemí. Nico aún sabía cómo hacer que me deshiciera entre sus labios. Se separó de mí con una sonrisa de suficiencia y miró a Hugo.

—Así. Seguro que te acuerdas de cómo se besa. Seguro que te acuerdas de cómo le gusta que la besen.

—Nico…, para —le pedí.

—No me hagáis esto —suplicó Hugo en cuyos pantalones se había despertado mucho más que la curiosidad.

Nico me besó el cuello y yo cerré los ojos notando su respiración pegada a mi piel. Su lengua fue lo siguiente. Joder. No sentía aquello desde hacía muchos meses. Eran los mismos labios que me habían besado hacía una semana, antes de que yo rompiera, pero no era la misma sensación. Creo que Hugo servía como amplificador. Todo se notaba más y mejor si él estaba a mi lado. Cogí su muñeca cuando fui consciente de que se alejaba y de un tirón lo acerqué a mí. Joder. Ya se me había apagado el raciocinio.

—Mierda… —gimió—. No.

Nico me giró hacia Hugo y le miré los labios entreabiertos. Fui hacia ellos, pero ladeó la cara en el último momento y besé la comisura de su boca.

—No. —Volvió a negarse.

—¿Qué diferencia hay entre hacer las cosas que uno desea y solo desearlas? —le preguntó Nico.

—La diferencia es… ser consecuente.

Nico volvió a girarme hacia él y sus manos fueron directamente hacia mi culo. Besó mi cuello de nuevo, dejando huellas húmedas sobre la piel. Gemí. Otra vez aquella corriente eléctrica. Hugo no se movió de donde estaba y Nico cogió una de sus manos y la puso sobre mi pecho. Me arqueé cuando sus dedos ejercieron un poco de presión. Se acercó hacia el lado contrario de mi cuello y deslizó su nariz sobre mi piel.

—Estoy borracho —se quejó Hugo.

—Hagámoslo. Mañana lo olvidaremos —contestó Nico a sabiendas de que no era cierto.

Nico dio dos pasos hacia atrás, hasta el sofá que quedaba más cercano y se dejó caer en él. Tiró de mí y yo me acerqué a sus labios. Nos besamos, todo lengua, saliva, ganas.

—Hugo… —jadeó Nico cuando nos separamos.

Este se acercó dubitativo hasta sentarse a mi lado. Subí la mano por su muslo y Nico siguió besándome el cuello de una manera lenta y tortuosa. Gemí y llegué a la entrepierna de Hugo, que recibió mi caricia con un gemido muy hondo. Nico me quitó el jersey y yo hice lo mismo con él. Hugo mordió mi hombro, colocándose de rodillas detrás de mí, sin que mi mano soltara el bulto de sus pantalones. Gemíamos los tres. Las manos nerviosas de Nico se desabrocharon el vaquero y ocupó con su erección mi mano libre.

—¿Cuánto tiempo llevas deseando esto, Alba?

Cerré los ojos. Mucho. Me giré hacia Hugo, que tenía los ojos cerrados y tragaba con dificultad.

—Vamos a dárselo, Hugo —volvió a decir Nico, con voz caliente.

—No. —Pero mientras tanto no dejaba de acariciar la curva de mi cuello con su nariz.

—Tócala.

Nico agarró el brazo de Hugo y acercó su mano derecha a mi cintura. Los dedos se aventuraron por debajo de la cinturilla de mi pantalón y cuando ya estaba a punto de traspasar el tejido ligero de mi ropa interior, Hugo se levantó. Lo hizo tan rápido que se tropezó contra una silla que alguien había dejado de cualquier manera. Era evidente que estaba borracho, pero no era el único.

—No. —Cerró los ojos—. No puedo.

—Hugo… —suplicó Nico—. ¿Cuántas veces me dijiste que pensara menos?

—¿Y luego qué? ¿Qué haremos, Nico? No —negó vehementemente—. No quiero. Acabaremos jodiéndonos la vida, jodiéndosela a ella y odiándonos. Y no tenses más la cuerda, Nico. No siempre me apetece hacer las cosas que más te convienen a ti.

Dicho esto se alejó airado hasta desaparecer. Escuchamos sus pasos cansados subir al piso de arriba. Miré de reojo a Nico y después me aparté.

—Dios mío… —Cogí el jersey y me lo puse—. Pero ¿qué hacemos?

—Lo que queremos hacer —contestó.

—¿Por qué te empeñas?

—Porque los tres nos queremos.

—Crece. Un día tendrás que enfrentarte tú solo a la vida y te darás cuenta de que te has escondido detrás de él para no tener que tomar ni una puta decisión jamás.

No miré atrás. Subí las escaleras enfadada conmigo, por haber estado a punto de volver a acostarme con los dos, porque si Hugo no hubiera parado, yo tampoco lo habría hecho. Enfadada con Nicolás, que vivía el sueño de Nunca Jamás en el que no hay que crecer. Enfadada con Hugo, por no ser más débil y por no estar en aquel mismo momento abrazándole. Enfadada por una cantidad desorbitada de alcohol dentro del cuerpo. ¿De qué otra manera hubiera podido decirle yo a Nico todo aquello que pensaba sobre su cobardía?

Entré en mi habitación y di un portazo. Di vueltas como un león enjaulado hasta que no pude más y salí. Abajo no se escuchaba nada. En el dormitorio contiguo tampoco. No llamé. Entré directamente. Hugo se cogía la cabeza entre las manos, sentado en el borde de la cama. Cerré la puerta; no había pestillo, pero arrastré una silla y bloqueé el pomo. Él ni siquiera me miró hasta que aparté sus manos y me senté a horcajadas. Le cogí la cara y lo obligué a mirarme.

—Perdóname —le dije—. Era la opción más fácil. No pensé.

—Alba…

—No. Escúchame como un día te escuché yo a ti. Te quiero. Quiero abrazarte, besarte, tocarte. Quiero desnudarme todas las noches para meterme en la cama contigo…, solo contigo. Quiero ver cómo te quitas el reloj y lo dejas en la cómoda. Cómo sonríes y me miras porque sabes que vas a hacerme el amor. Hugo…, yo quiero mi cuento de hadas. Devuélvemelo…

Me miró triste y sonrió. Las yemas de sus dedos dibujaron el perfil de mi boca.

—Yo quiero dártelo. Es tuyo, nena… —Los ojos le brillaban de una manera especial con el reflejo de las farolas blancas de la calle.

—Nuestro cuento, Hugo.

—Todo.

—Siempre.

Incliné la boca para besarle pero él se apartó. Le agarré de la camisa y tiré de él. Pero no quiso.

—No —dijo resuelto—. No ha cambiado nada.

—¿Me quieres?

—Como solo se quiere una vez en la vida.

—Pues entonces… solo esperaré.

19

AHORA NO

Nico me despertó metiéndose en la cama a mi lado a las cuatro de la mañana. Estaba como una cuba. O le había pegado el pelotazo después o había seguido bebiendo. Al principio creí que quería arrimar cebolleta y ya estaba pensando en cómo poder hacerle comer la mesita de noche, pero cuando se abrazó a mí y me pidió perdón…, solo pude abrazarle.

—Tienes que olvidarte de eso, Nico. Quieres una cosa imposible. Y eres el único que lo quiere.

Nico se acurrucó más aún y me abrazó. Cuando noté que estaba llorando…, no supe qué hacer. Soy así. No sé reaccionar a las lágrimas de los demás. Y… seré sincera…, soy un poco machista. No voy a culpar a la sociedad ni a la forma en la que me educaron mis padres, ni siquiera a esa canción de los ochenta que decía que «los chicos no lloran, tienen que pelear». Lo único que puedo decir es que ver llorar a un hombre me bloquea. Y me siento torpe, como si de pronto tuviera las manos enormes y la habitación en la que estoy se fuera haciendo más pequeña y estuviera llena de cosas frágiles. Siento que no puedo moverme o romperé algo. O que me romperé yo.

Al final la vida nos da la oportunidad de mirarnos en el espejo y vernos de verdad. Sucede pocas veces. En algunos casos se trata de situaciones grandilocuentes en las que uno supera la adversidad. Otras, solamente nos vemos, como me vi yo en aquel momento. Era una persona fuerte; mis padres me habían educado para serlo. «Sé independiente», «sé tú misma». Y lo era, con las cosas buenas y las cosas malas, pero incluso en las malas había aprendido. El último año me había servido para quitarme del todo ese cascarón que me impedía llegar a ser quien realmente soy. Ni mejor ni peor. Menos autoexigente porque, ¿qué problema había en no ser perfecta? Nadie puede serlo y correr detrás de ese objetivo la hace a una sumamente infeliz. A pesar de ello, me empeñaba en verme a mí misma a través de un cristal distorsionado, porque creo que era mucho más fácil creerme a pies juntillas que necesitaba desesperadamente ciertas cosas para regir mi vida que ver que a nuestro alrededor (por norma general) solo tenemos lo que elegimos. Y hay que elegir siempre por uno mismo. Así que en aquel momento hice lo único que podía hacer: lo abracé. Lo abracé fuerte y le dije algo que era para los dos, no solo para él.

—Te has escondido dentro de ti mismo y de una elección que hiciste hace años. Tienes que darte cuenta de que vivir así es vivir a medias, Nico. No puedes aferrarte a cosas que quisiste porque son cómodas. Yo te conozco. Tienes sueños, inquietudes, tienes ganas de viajar y de crecer como persona. Ya no quieres quedarte al lado de Hugo para que él tome las decisiones y tú puedas vivir siguiendo la corriente. Y las cosas que se quieren… solo se alcanzan cuando uno corre tras ellas.

Me miró con ojos desvalidos y me besó.

—¿Y qué hago ahora que te quiero a ti?

—Aprender a dejarme ir.

—¿Le quieres?

—Sí —le dije con honestidad.

—¿Y él a ti?

—Sí —repetí.

Nico se hizo un ovillo y lloró más. Sé cómo se sintió en aquel momento. Solo. Estaba solo. Nosotros nos teníamos, pero él..., ¿qué tenía? La mitad de un negocio y un trabajo que no le gustaba. No me miró cuando dijo:

—No voy a renunciar a esto. No puedo.

Pero no era de mí de la que estaba hablando. Me despertó la luz que entraba a través de los cristales de la ventana. Nico seguía a mi lado, acurrucado en una de esas posturas imposibles en las que dormía. Salí de debajo de la manta con cuidado de no despertarlo y me dirigí al pasillo. Todo estaba en silencio, así que mis pisadas sobre el suelo me parecieron sumamente ruidosas y el chirrido de la puerta de al lado más. En una de las camas estaba Eva, boca abajo, vestida y con los zapatos aún puestos. Alguien le había echado una manta por encima..., el mismo alguien que dormía en la cama de al lado. Hugo.

Me acerqué a mi hermana y le quité los botines arrancándole un quejido. La calmé acariciándole la cabeza y ella se metió el pulgar dentro de la boca, succionando con ganas. Sonreí.

—Eva... —murmuré.

Hugo se giró hacia mí con cara de dormido. Sus ojillos estaban hinchados por el sueño, pero sonrió con tristeza.

—Se ha acostado hace un par de horas, no creo que consigas despertarla.

Me acerqué a su cama y no hizo falta decirle nada, porque él se movió y me dejó sitio a su lado, donde me acurruqué. Nos tapó a los dos y me envolvió con sus brazos. La almohada olía a una mezcla entre jabón y su perfume.

—He soñado que se incendiaba la oficina —le dije.

—Yo, que alguien fumaba dentro de la habitación. Era tu hermana. Parecía un cenicero andante. Se dio con el marco de la puerta en la cabeza, rebotó y se comió el perchero.

Me reí y me volví hacia él.

—Nico se metió en mi cama.

—Lo sé —confesó.

—¿Qué vamos a hacer?

—Lo estamos haciendo muy bien. —Me acarició el pelo.

—A mí no me lo parece.

Sonrió. Allí estaba, otra vez, ese gesto…, ese «yo ya lo sé, pero tú debes llegar sola a la conclusión». Me sentí incómoda. ¿Qué hacía metiéndome en su cama si sabía que no me quería lo suficiente como para superar que su mejor amigo no aceptara que lo nuestro se hubiera terminado?

—¿Sabes? Creo que debo estar sola un tiempo. Por mí.

—Yo también lo creo.

—¿Y tú?

—¿Yo, qué?

—¿Qué harás? ¿Estarás solo?

—¿Con quién quieres que esté? —Se rio.

—Tú sales por ahí y… follas con otras.

—Cuando te conocí te costaba horrores conjugar el verbo follar.

—Cuando te conocí nunca me había acostado con dos tíos.

—*Touché*.

—No me has contestado.

—¿Qué quieres que te conteste? Es que no sé, Alba.

—Me mata pensar que vas a seguir saliendo y follando con otras en la parte de atrás de tu coche.

—¿Y qué quieres que haga?

—Hacerme el amor a mí. —Y le acaricié la cara.

—Pero es que eso no puede ser.

Me acurruqué un poco más y él me abrazó. No podía ser, porque él no quería tomar la decisión de dar la espalda a aquello que le daba Nico. Nos despertó Eva un par de horas más tarde, con todo el rímel corrido y cara de estar sufriendo una resaca infernal. Me sentí como si Hugo y yo tuviéramos una hija de veintitrés años.

—Me encuentro mal. ¿Podemos irnos a casa? Por piedad…

A las doce salíamos de allí. Nico se despidió de nosotros abrigado hasta la barbilla y con expresión taciturna. Necesitaba pensar, nos dijo. Así que lo dejamos con Marian y nos metimos todas en el coche de Hugo y marchamos de camino a Madrid. Isa nos pidió que la dejáramos en casa de sus padres; no tenía cuerpo para comer cocido, pero necesitaba dormitar donde nadie la molestase y con «nadie» se refería a Berto. Otra que se pasó con los chupitos, me temo. Eva iba dormitando apoyada en la ventanilla y con una bolsa de basura vacía en la mano, por si le daba por vomitar. En mitad de la frente tenía una marca tirando a morada, donde se había golpeado con la puerta. Una pinta lamentable la suya. Diana, versada en esto de las resacas, dormía plácidamente entre las dos…, bueno, quien dice plácidamente dice roncando como un oso. Hugo y yo íbamos callados. Yo miraba el paisaje que se deslizaba tras el cristal, quedándose atrás. Cruzábamos la carretera con el BMW negro de Hugo y él, con el ceño un poco fruncido, no quitaba los ojos del camino.

—¿Dónde vas a comer hoy? —le pregunté de golpe.

—En casa. —Pulsó el mando del volante y empezó a sonar suavemente *Tribute,* de John Newman. No sé si le incomodaba el silencio o la conversación—. ¿Te dejo donde tus padres?

Iba a decirle que prefería comer con él, pero entonces él me diría que no era buena idea. Yo replicaría, porque siempre lo hago, por deporte. Discutiríamos un poco y él terminaría cediendo. Y después…, después no sé qué pasaría. A lo mejor yo volvería a tratar de besarlo y él me rechazaría de nuevo. O no pasaría nada y me quedaría vacía al volver a casa. No. Predicar con el ejemplo; eso era lo que tenía que hacer.

—Pues sí, porque pensaba decirte que me gustaría comer contigo, pero seguramente a ti no te parecerá buena idea y no me apetece saber cómo terminaría la conversación. Prefiero que me dejes en casa de mis padres y decirte que si quieres, estás invitado. —Sonrió—. ¿Qué te hace tanta gracia?

—Tú. Gracias por ser sincera. Y por la invitación, pero tengo cosas que solucionar.

—Vale.

Asentimos los dos y el paisaje siguió cambiando a nuestro alrededor. Mi hermana gimoteó.

—Eva…, ¿quieres que pare? —le preguntó mirando por el retrovisor central.

—No. —Lloriqueó—. Quiero morirme y sopa con estrellitas.

—Noches de desenfreno, mañanas de ibuprofeno, bebé.

Ella se envolvió con la chaqueta sin soltar la bolsa y siguió dormitando. Hugo devolvió los ojos a la calzada. Tan… Hugo. Al notar mi mirada me preguntó:

—¿Qué pasa, *piernas*?

—Lo hice una vez. Puedo volver a hacerlo.

—¿El qué?

—Recuperarte.

—Esta vez es diferente. Esta vez no hay nadie que no quiera. Es que no podemos.

—Ahora no, en eso tienes razón.

20

Fueron unos días de vacaciones aburridos. Desde que volvimos del pueblo no vi ni a Hugo ni a Nico. Tuve la tentación de llamar o de acercarme a su piso (que no estaba muy lejos del mío, todo hay que decirlo) pero me resistí. Estaba segura de que imponer cierta distancia mejoraría algo la situación. Al menos un poco. Dicen que no sabes cuánto quieres a alguien hasta que no lo pierdes, ¿no? Pero tampoco quería llegar a extremos. En realidad no sabía ni lo que quería, porque yo en mi fuero interno sabía que debía estar sola.

El día cinco sucumbí a la presión materno filial y me fui a casa de mis padres a hacer roscones con mi madre…, tradición familiar. Mi hermana entró en la cocina mientras nos contaba que en la calle hacía un frío de la torta. Dicho esto, se quitó los guantes y empezó a meter las manos en la masa cruda para chuperretearse los dedos después. Mi madre la miró quieta durante unos segundos, sin decir nada, y después se giró hacia mí y preguntó realmente confusa:

—¿De dónde la sacamos? Yo estoy segura de que me la cambiaron en el hospital.

Eva se sentó a la mesa de la cocina y se puso a liar un cigarrillo.

—¿Dónde has estado? —le preguntó mi madre.

—Pues tomando chocolate con Hugo en San Ginés.

No me pasó inadvertida la mirada de soslayo de mi madre. Los imaginé sentados en una de sus mesitas redondas, pequeñas, riéndose de alguna de sus bromas propias y me puse celosa.

—Yo no sé hasta qué punto me hace gracia que andes arriba y abajo con el exnovio de tu hermana. Es raro —apuntó mi madre.

—Es mi mejor amigo —dijo orgullosa.

—Es un buen chico, mamá. Y la trata como a una hermana pequeña —ratifiqué yo.

—¿Puedes volver a explicarme por qué..., bueno, no sé cómo lo decís ahora..., por qué no salís?

—Por cosas —contesté crípticamente.

—La tiene pequeña —dijo mi hermana. Después le enseñó el dedo meñique y se descojonó ella sola.

Mi madre le tiró el trapo a la cabeza.

—Cafre, más que cafre. —Y mentirosa además.

—¿Le compraste algo para Reyes? —me preguntó mi hermana.

—Sí. Una tontería. Me da hasta vergüenza dárselo.

—Qué coincidencia. Él dice exactamente lo mismo.

Deseé tener otro trapo a mano para tirárselo también.

Fue una noche bonita, como todos los años. Cenamos los cuatro, nos pusimos finos a gambas y después de unos cafés y unas copitas de pacharán, comimos un trocito de roscón recién hecho y abrimos los regalos. A mi madre aquel año le tocó un vale por una *manipedi* en My Little Momó, porque siempre se quejaba de que nunca nos la llevábamos a ese tipo de sitios. Iríamos las tres y disfrutaríamos como enanas. Le encantó. A mi padre, un puzle en tres dimensiones de Notre Dame (padre jubilado…, ya se sabe, hay que mantenerlo ocupado). Y nosotras recibimos el clásico paquetito de bragas de algodón de Oysho con dibujitos (esto…, mamá…, igual me da una vergüenza brutal que alguien me quite esta ropa interior en un momento dado y prefiero ir en plan comando), unos calcetines primos hermanos de las bragas, un par de libros y un neceser muy mono con cuatro productos de maquillaje. Parecíamos niñas pequeñas enseñándonoslo todo la una a la otra.

Cuando mis padres se acostaron, Eva me preguntó si quería salir un rato a tomar una copa, pero mientras decidíamos qué hacer y adónde ir…, nos quedamos dormidas en mi habitación.

El día siguiente desayunamos chocolate y roscón y después volví a mi hogar dulce hogar a leer con una manta en el regazo. Era un día muy gris y frío. De camino a mi casa me tropecé con un montón de niños dispuestos a probar sus regalos. Iban tan abrigados que apenas podían moverse. Vamos…, que las rodilleras y los cascos para los paseos en bici, patines y patinetes… casi ni hacían falta. Los Reyes Magos habían llevado a los niños un montón de juguetes y los padres habían acolchado a los niños con ropa de abrigo para que jugaran en la calle.

Llegué helada, me di una ducha caliente, me puse el pijama y me senté en el sofá. Ni siquiera había abierto el libro cuando sonó el timbre. Tras la puerta me encontré con Nico sosteniendo nervioso un paquete envuelto.

—Hola —le dije con una sonrisa—. ¿Eso lo han dejado los Reyes Magos para mí en tu casa?

—Eh… —Miró el paquete como si fuera la primera vez que lo veía—. Pues sí. Sí. Te has debido de portar muy bien.

—No sé. ¿Lo he hecho?

—A ratos. ¿Puedo pasar?

—Claro. ¿Qué tal en casa de tus padres?

—Muchos sobrinos. Demasiados. —Puso cara de agobio—. Creo que sumo los niños de seis a nueve años a la lista de cosas que no me gustan.

—Ya será para menos. Dame un segundo.

Me metí en mi habitación y salí con un paquete mucho más pequeño que el suyo y se lo tendí.

—¡Tarán! —canturreé.

Sonrió y nos intercambiamos los regalos. Los dos rompimos el papel y nos miramos sonrientes, como dos niños. Cuando vi lo que era el suyo por poco no salí corriendo y me tiré por la ventana. Una cámara de fotos Leika, que le habría costado un pastón. No pude evitar sonreír con miedo. Me senté sobre mis talones encima de la alfombra y la saqué de la caja, metiendo detrás de mi oreja un mechón de pelo.

—Madre mía, Nico..., te has pasado un montón.

—¡Qué va! Sabes que conozco a gente que me las deja más baratas. ¿Te gusta?

—¡Me encanta! ¿Sabré utilizarla?

—Seguro que sí. En Tailandia apuntabas maneras. Seguro que le sacarás partido. Yo..., bueno, la compré hace tiempo y pensaba que... saldríamos a hacer fotos... los dos, nosotros...

—Podemos hacerlo. —Le sonreí—. Somos amigos, ¿no?

Nico se mordió el labio y suspiró. Después acabó de abrir su paquete, en el que descubrió un objetivo para su cámara que sabía que no tenía. Cuando lo compré aún estábamos juntos y había pensado que me gastaba una pequeña fortuna. Pero nada como el regalo que me acababa de dar a mí...

—Me siento fatal. Tú te has gastado mucho dinero y...

—Me encanta. —Sonrió—. Me gusta porque..., bueno, quería comprarlo y... es especial que hayas acertado tanto.

Me levanté y me acerqué para darle un abrazo, pero Nico se adelantó y me besó en los labios. Fue un beso breve pero certero y él esperó una reacción con sus bonitos ojos azules bien abiertos.

—Nico…

—Piensa en las cosas y aparta el miedo. El miedo existe para que podamos hacerle frente y nos sintamos mejores después.

—No es miedo. Es que quieres un imposible.

Pestañeó. Tocado.

—Bueno. —Suspiró—. Me bajo a casa. Si quieres venir Hugo ha preparado no sé qué gaitas al horno y está como loco porque no le ha quedado seco. Nos encantaría que vinieras.

—Yo… he desayunado tarde y un montón. Me tomaré una sopa y me echaré a leer un rato. Pero gracias.

Sonrió y dándome las gracias otra vez por su regalo se marchó. Me daba pánico que pudiera llegar a convencerme de que volver a intentarlo era buena idea. Yo sabía que no. No lo era. Yo solo quería… mi cuento de hadas.

Serían las ocho de la tarde y no había podido separarme del libro que había empezado tras marcharse Nico. Había vuelto a las andadas e ingerido a toda prisa una de esas sopas con *noodles* orientales a las que solo tienes que añadirles agua hirviendo y ya me dolían los ojos de leer tantas horas seguidas. Tan metida estaba en la historia que me había olvidado de la visita que esperaba. Bueno, no habíamos quedado, pero estaba claro que bajaría como había hecho Nico. Me pregunté por qué no había bajado con su amigo si lo que quería era imponer distancia. Una visita en *pack* mucho más protocolaria que sentimental, aunque Nico hubiera podido interpretarla como que nos acercábamos un paso hacia lo que él quería que intentáramos.

Pero no, allí estaba, con tres golpes suaves de sus nudillos sobre la tabla de madera. Cuando le abrí me miró de arriba abajo. Llevaba unos de los calcetines gruesos que me había regalado mi madre, a rayas blancas y rojas y con Hello Kitty en todo su esplendor, por encima de unas mallas negras y un jersey que había sido de mi padre. Vamos…, unas pintas de impresión.

—Los calcetines son…, no tengo palabras.

—Cuando las encuentres llama a mi madre y compártelas con ella, son idea suya.

—Hum… —murmuró con los ojos bien abiertos. En la mano llevaba una bolsa de cartón bastante grande.

—Pasa.

—Qué oscuro tienes esto.

—Estaba leyendo en el sofá. Con la luz de la lamparita me bastaba.

Le di la espalda y me marché hacia mi habitación a buscar su regalo. Era una tontería… o eso creía yo. Me daba vergüenza haberme tomado la libertad de comprarle un reloj a un hombre con el que me unía… ¿qué? El trabajo, el piso y un montón de recuerdos. Y de ganas. Y un cuento de hadas.

—Bueno, bueno, señorita Aranda. Los Reyes Magos me han encargado hacerle llegar un regalo de su parte.

—Vaya, vaya. Qué coincidencia. A mí también me han encargado que le entregue uno a usted de su parte, señor Muñoz.

—Interesante. —Se acercó a la ventana, apartó la cortina y se puso a acariciar su barbilla con la mano derecha, mientras la izquierda sostenía la bolsa a su espalda.

—Qué cretino eres. Venga…, dámelo.

—Menudos modales.

—¿Quieres un café?

—Sí, gracias.

Fui a la cocina y preparé la cafetera. Yo no tenía una Nespresso porque soy de las que prefieren las antiguas cafeteras *oroley*. Me tomó un par de minutos y cuando salí, lo pillé agitando la cajita de su regalo para intentar averiguar qué contenía.

—Eres un tramposo.

Sonrió.

—¿Qué es?

—No sé, ábrelo. Aunque me da vergüenza dártelo.

—Ya somos dos.

Sacó un paquete cuadrado y plano y otro muy parecido al que yo le había dado. Nos miramos.

—Tú primero —le dije.

Despegó el celo con cuidado y abrió el papel como si fuese parte integrante del regalo. Me dio risa ver su minuciosidad.

—¡Quieres abrirlo de una vez!

—Qué poca paciencia tienes, querida…

Cuando pudo ver la cajita en la que se leía «Nixon» le entró la risa.

—¿Soy muy previsible?

—Para nada. Ya lo entenderás.

La abrió y sonrió.

—Si no te gusta puedes cambiarlo. —Y me sentí tan torpe y avergonzada…

—Me encanta. —Y se murió de risa después de decirlo.

Era muy parecido a ese reloj suyo que tanto me gustaba, el cuadrado. Tenía la correa plateada, al igual que las manecillas que destacaban sobre el fondo verde botella. Cuando lo vi me lo imaginé a él llevándolo con ese jersey de cuello de pico del mismo color y yo embobada mirándolo. Creo que me puse hasta roja. Lo sacó y se lo colocó con dedos ágiles. Tal y como lo había imaginado, aunque llevara puesto otro suéter mucho más grueso y de color gris.

—¿De verdad te gusta? —pregunté.

—¿No lo ves? —Me sonrió—. Muchísimas gracias…, cuánto me conoces.

Sonreí y los dos nos quedamos como tontos mirándonos. Él carraspeó pasados unos segundos y me suplicó que abriera uno de los paquetes.

—Primero el pequeño.

Rasgué el papel y vi que se ponía nervioso. Recogió los jirones del envoltorio e hizo una pelotita con ellos para girarse hacia mí después y ver mi cara de estupefacción.

—¿Lo entiendes ya?

Era un reloj exactamente como el suyo, pero en dorado. Todo dorado y más pequeño. Le miré sonriendo y se tapó los ojos, como si él también estuviera avergonzado. Tiré la cajita sobre el sofá y me apresuré a ponérmelo, pero no acertaba a cerrar la correa. Él se acercó y me pidió permiso antes de ayudarme.

—Ni siquiera te diste cuenta de que te medí la muñeca con los dedos un día en la oficina. Y no hacías más que mirarme como si fuera un tarado. «Puedes soltarme, Hugo, que solo me voy a por un café» —repitió con voz burlona.

El reloj cerraba a la perfección. Y era tan bonito que creí que lloraría.

—¡¡Es precioso!! —Me lancé a sus brazos sin pensarlo y me abrazó—. ¡Me encanta!

Y lo dije con la voz amortiguada por el tejido de su jersey. Sus brazos me ceñían la cintura y hasta me levantó un poco. Estaba contento. Y yo también.

—Tienes que abrir el otro.

—Te has pasado.

—Tú también.

Me separé un palmo y alcancé el otro paquete, plano y cuadrado. Repetí la ceremonia de romper el papel y él volvió a recogerlo al momento. Cuando vi lo que tenía en las manos sí creí que iba a llorar. Levanté los ojos, triste, y él se encogió de hombros.

—Partimos de la base de que no tienes tocadiscos. Fallo de principiante.

—Da igual —musité.

Me senté en el sofá y acaricié la portada del vinilo. Fondo blanco y un dibujo que representaba un ojo negro y una lágrima. En letras rojas, «Bebo Valdés y El Cigala. *Lágrimas negras*».

—En realidad ha sido una estupidez —dijo—. Pero… me acordé de aquel sitio en Nueva York…, el 55 bar, ¿te acuerdas?

—Te pregunté si creías en el destino y me dijiste que no, pero sí en las señales.

Levanté la mirada hacia él. Tenía el ceño fruncido.

—No sé qué hacer con esos recuerdos —confesó honesto.

—Yo tampoco.

—Supongo que… son bonitos a pesar de todo.

—Claro que lo son.

Se sentó a mi lado. El salón estaba en semipenumbra y las luces de las farolas de la calle refulgían a través de las cortinas abiertas. Suspiró y yo hice lo mismo.

—Sé que a veces no soy coherente. No consigo serlo con esto. Es como si me estuviera volviendo loco. —Se revolvió el pelo—. Quiero hacer las cosas bien y dejarlo pasar, pero no puedo. De pronto es como si nada tuviera el mismo sentido que antes. Y es horrible no saber hacia dónde quiero ir. El Club no me interesa. Ni mi música, mis chicas de fin de semana, mi cocina, mis chorradas…, solo quiero ir a trabajar.

Ladeó la cabeza hacia mí y me miró. Sonreí con pena.

—¿Qué quieres que te diga, Hugo? A mí me pasa lo mismo.

Un hombre que lucha contra lo que siente y lo que necesita. No creo que fuera cómodo para él encontrarse en la disyuntiva de elegir, pero no por el hecho en sí de tener que hacer una elección, sino por tener que hacerlo entre lo que quería y lo que tenía. Suspiró, como si diera por perdida la batalla y desvió la mirada de nuevo hacia la ventana. Su gesto fue cambiando hacia una sonrisa y se levantó.

—¡Mira…!

Le seguí hasta allí y me sorprendió que abriera la puerta corredera que daba a la terraza. Me azotó una bofetada de frío y me puse a temblar. Estaba nevando. Caían unos copos grandes y gordos que estaban cubriéndolo todo de blanco. Hacía años que no veía nevar así y mucho menos en Navidad. Me hizo una ilusión muy tonta y salí un poco más para poner una palma boca arriba y que se posaran los copos.

—¡¡Está nevando!! —y lo dije como una niña pequeña, aunque fuera una obviedad.

—Ven. Hace frío.

Hugo me envolvió por detrás. Su calor me puso triste. Era una de esas escenas estúpidamente románticas que hacen sentirse especial a una pareja. Una de esas tonterías de película que hacen que te revoloteen las mariposas en el estómago y te sientas morir de amor. Pero él no quería morirse de amor y yo sí. Sus labios se posaron en mi sien y sus brazos me asieron de la cintura.

Me sentí como si tras unos puntos suspensivos demasiado largos, el cuento de hadas se reescribiera de nuevo. Si el primer capítulo lo cerramos besándonos frente al Hudson, bailando baladas anticuadas, el segundo empezaba con nosotros en una terraza, tiritando de frío y cubiertos de copos de nieve. Era demasiado bonito como para obviarlo. Me giré y levanté la cabeza hasta encontrarme con sus ojos. Tiré de su jersey para que se agachara y me acerqué a su boca. Se resistió.

—No me robes este momento —susurré a escasos milímetros de sus labios.

Se contuvo. Lo sé. Luego solo contestó…

—No lo voy a hacer.

Fue un beso casto, casi de película de Disney. ¿Dónde habían quedado esas sensaciones que casi nos dejaban devastados? Fue tierno. Tranquilo. Hugo me envolvió con los brazos para protegerme del frío porque yo solo llevaba un jersey de lana fina y temblaba. Pellizqué su labio inferior suavemente con mis dientes y su lengua acarició la mía; lo que me explotó dentro solo podía ser amor. Del que se siente una vez en la vida. Un beso, saboreándonos. Y otro, con los ojos cerrados. Y otro, acariciándonos la cara. Y la nieve cayendo encima de nosotros hasta que él se separó de mí.

—Vamos a morir de una pulmonía.

Y si no contesté que íbamos a morirnos de amor fue porque me dio vergüenza. Cuando entramos y cerró la ventana me acerqué de nuevo, pero dio un paso hacia atrás.

—No, *piernas.* Por favor.

—Pero…

—Si insistes terminaré cediendo…, quiero hacerlo, pero no está bien. Solo déjame ser un buen tío. Déjame hacer las cosas como creo que deben ser.

—Si estás tan seguro, ¿por qué soy yo la que tengo que permitirte hacerlo de ese modo?

—Porque podrías hacer conmigo lo que quisieras y no estoy seguro de que el resultado nos hiciera felices.

Después se acercó, me besó la mejilla izquierda y acarició con su pulgar la derecha.

—Me encanta el regalo.

—Y a mí.

—Te veo el lunes en la oficina.

Y la magia tal y como apareció… se fue. Se fue andando por la puerta hasta el cuarto piso.

21

Abrigo negro acampanado. Coleta ondulada. Falda midi capeada. Blusa blanca con cuello de bebé y puños negros. Zapatos negros de tacón alto. Medias de liga. Liguero negro. Braguitas poderosas de encaje negro. Sujetador a conjunto. Preparada para la vuelta a la oficina. Entré pisando fuerte en el pasillo. Saludé a la chica de recepción y seguí hacia el despacho, donde ya se escuchaba ruido. ¿A qué puta hora le sonaba el despertador a este hombre? Entré como un torbellino mientras me quitaba el abrigo y dejaba las cosas.

—Espero que no hayas tomado café porque te he traído uno. A decir verdad, si te lo has tomado ya, finge que no y dame el gusto. Es el primer día después de vacaciones y esto no lo arregla ni llevar bragas poderosas.

Me giré hacia la puerta y allí estaba Hugo, de pie, con un traje gris nuevo, entallado, camisa blanca, jersey verde botella. Me jugaba la mano derecha a que en la muñeca lucía cierto reloj nuevo…, y estaba increíble, que conste, pero el problema y lo que me dejó sin habla era que no estaba solo. Allí, de pie en mitad del despacho, estaba Osito Feliz, flipando en colores por la mención de mi ropa interior.

—Hola —dije con la boquita pequeña—. Yo... no sabía que estaba aquí. Disculpe.

—No pasa nada, Alba. —Sonrió—. Yo ya me iba.

Hugo se despidió con un gesto. Tenía una cara de circunstancias que no le había visto en la vida. Cuando el súper jefe salió, se frotó la cara.

—Joder...

—¿Ha pasado algo? —pregunté alarmada.

—No. No te preocupes.

—Sí que me preocupo. ¿Qué pasa?

—Tengo que ver a un cliente.

—¿Dónde está el problema?

—El cliente es el problema. —Le tendí su café y me dio las gracias.

—¿Voy a tu mesa y me cuentas?

—No. Tú no vienes.

No sé qué me dejó más helada si la rotundidad con la que lo dijo o la afirmación de que no contaba conmigo.

—¿Por qué?

—Te estoy haciendo un favor, créeme.

—Pero... dijiste que siempre iría contigo a las reuniones.

—A esta no.

—¿Por qué?

—Porque no.

—«Porque no» no es una respuesta.

Se mordió el labio con saña y volvió hacia su mesa café en mano.

—El «porque no», en este caso, está sustituyendo una conversación muchísimo más larga y tediosa y está evitando que tú te pongas combativa y yo de mala hostia.

—¿Me quieres decir ya qué pasa?

Se dejó caer pesadamente en su silla.

—La última reunión que tuve con ese hombre fue en un puticlub. Es machista, misógino, casposo y rancio.

—¿Y eso a mí qué más me da? Es trabajo; no pretendo adherirlo a mi círculo de amistades.

—¿Quieres venir a la reunión y escuchar cosas sobre tus pechos sin parar? Porque lo he visto tratar a su secretaria y da asco.

—Sé defenderme.

—Pero es que no quiero que tengas que hacerlo.

—¿Osito Feliz qué dice?

Me sostuvo la mirada. Conté hasta cinco. Hugo desvió la mirada y me pidió que cerrara la puerta al salir.

—¿No me lo vas a contar?

—No. Ese día te quedas en casa y dices que tienes fiebre.

—No me da la gana, Hugo —le contesté indignada—. Y ni muchísimo menos me voy a quedar en casa escondiéndome. No tengo de qué.

—Haz lo que te plazca. Total, siempre lo haces. Cierra la puerta al salir.

Humor de perros. Pasó toda la mañana con la puerta cerrada y cuando le pedí un rato para revisar la lista de tareas pendientes, me dijo un escueto «mañana». No sé qué le habría puesto de tan pésimo humor. Si no estuviera tan segura de su sexo pensaría que estaba ovulando y le hubiera llevado un *muffin* después de comer.

A la hora de comer Olivia y yo decidimos quitarnos la depre posnavideña comiendo en un italiano que había frente a la oficina. Nos dieron una mesita junto al ventanal que daba a la calle, así que no fue demasiado complicado ver llegar a Hugo andando a toda prisa por la calle.

—Madre mía, ¿qué le pasa a este? —me preguntó Olivia—. ¿Migraña?

—No. Creo que tiene un ataque de testosterona.

—Folla poco. Este tipo de tíos tiene que pasarse el día follando para equilibrar las fuerzas de su cosmos interno.

La miré con el ceño fruncido.

—¿Tú has estado hablando con mi hermana?

—No. —Se rio—. Solo estaba bromeando. ¿Qué tal la Nochevieja?

—En resumen: infernal. Empezó bien, nos emborrachamos y al final jodimos la marrana.

—¿Jodisteis los tres?

—No. Creo que si lo hubiéramos hecho por lo menos no estaría de ese humor tan rancio.

—Huevos de avestruz, lo que yo te diga. Acumulación de amor en los testículos, como dice Julian.

—Tu novio está versado en gramática parda.

—No lo sabes bien.

Hugo pasó de largo de nuestra mesa sin vernos. Eso o estaba aún de peor humor del que pensaba.

—Es susceptible como una dama victoriana —apuntó Olivia mientras alcanzaba la carta—, pero cómo le sientan los trajes al guaje…

Me concentré en la carta por no pensar demasiado en cómo le sentaban ciertamente los trajes, pero alguien dio dos toquecitos en mi hombro para llamar mi atención. Al girarme me encontré con Marian, muy sonriente.

—¡Bombonaquer! —me dijo alegremente—. ¡Qué bien verte!

Me levanté y me abracé; yo me quedé un poco flasheada con la muestra de cariño pero le devolví el gesto.

—¿Qué haces por aquí? —le pregunté, aunque sabía la respuesta.

—He quedado a comer con Hugo. Hola, soy Marian.
—Le dio la mano a Olivia.

—Encantada…, aunque me suenas un montón. ¿Nos conocemos?

—No. —Se rio, qué guapa era la muy hija de puta—. Pero seguro que conoces a Nico, mi hermano; debe ser eso.

—Oh, Dios, sí. Es eso. ¡Cómo os parecéis!

—No sé cómo tomármelo —se burló—. Oye, ¿queréis comer con nosotros? Pediré que nos cambien a una mesa más grande.

—No —dije enseguida—. El jefe hoy no está de humor.

—Será la pitopausia. —Se rio de su propia ocurrencia y después adoptó una expresión mucho más grave—. Oye, en realidad me viene genial verte porque quería hablar contigo. Se me había ocurrido…, tengo un amigo guapísimo y…

—Ni se te ocurra —le dije—. Si me estás proponiendo una cita a ciegas, no termines la frase.

—Escúchame, no seas rancia. Este asunto está siendo un poco… endogámico. —Miró con desconfianza a Olivia porque no sabía si estaba al tanto. Carraspeó y siguió hablando—. Esto no tiene solución. Ya sabes a lo que me refiero. Y te juro que he sido defensora de esta historia, pero creo que Nico está perdiendo la cabeza. Tenéis que salir y conocer más gente. Venga…, solo una copa a la salida un día de estos.

—No tengo ganas, Marian —me quejé. Me molestaba que la solución a lo que yo consideraba mi complicada vida sentimental fuera expuesta con simplicidad en medio de un restaurante.

—Piénsatelo.

—¿Tienes foto? —preguntó Olivia con desparpajo.

—¡Creo que sí!

Sacó de su bolso un Smartphone y se puso a trastear con él. Se le iluminó la cara con una sonrisa y giró la pantalla hacia nosotras. Allí estaba la foto de un chico bastante guapo, con el pelo brillante y castaño claro un poco largo. Se parecía al exmarido de Halle Berry. A Oli los ojos se le abrieron como dos persianas, hasta arriba y me miró ceñuda.

—Como no quedes con semejante Dios para tomarte una copa te hago tragar el plato, hija de perra.

—No quiero —protesté.

—¿Puedo darle al menos tu teléfono? —pidió mimosina Marian.

—No.

—Venga…, es una copa.

—¿Vas a seguir insistiendo?

—A muerte.

—Pues dale el número, pero no prometo ni siquiera contestarle.

Sonrió, dio un saltito y se inclinó a besarme en la mejilla.

—Me voy. Hugo está a punto de arrancar la madera de las paredes y fabricarse una lanza con la que empalarme.

Me giré hacia él y le saludé con la mano; su gesto de respuesta fue casi imperceptible.

—Si te enteras de lo que le pasa me lo dices.

—Ignóralo. Son como chiquillos.

—¿No viene Nico?

—Sí. Se está retrasando. Será convenientemente empalado por ello.

Cuando se marchó, Olivia me miró, como queriendo comunicarse directamente con la parte más débil de mi cerebro e implantar una idea allí.

—No —le contesté.

—¿Qué vas a hacer? ¿Quedarte sola porque lo de Hugo no ha salido bien?

Y dijo Hugo, no Nico. Está claro que no sirvo para jugar al póquer.

—Es que quiero estar sola.

—Haz lo que quieras, insensata.

Después comimos hidratos (ingratos) de carbono como para parar un camión.

El amigo de Marian me escribió raudo y veloz. Joder. Otro con ataque de testosterona impaciente por esparcir su semilla en el mundo. Era un mensaje simpático y educado en el que hacía un poco de burla a las citas a ciegas y proponía una copa después del trabajo el día que mejor me viniera. Yo no tenía intención ninguna de contestar, así que lo olvidé nada más leerlo. Y así hubiera seguido si no fuera porque…

Eran las cinco de la tarde y Hugo había salido a por un café. Ni siquiera me había preguntado si quería uno y estaba tan adolescentemente mosqueada que me planteaba muy en serio hacerle la zancadilla cuando regresara. Empezó a sonar el teléfono de su mesa, pero pensé en no cogerlo. Después de demasiada insistencia pensé… ¿y si era algo importante? Me levanté, rumié maldiciones y lo cogí.

—Despacho de Hugo Muñoz, ¿dígame?

—Hola, buenas tardes… —Una voz femenina desconocida, algo trémula—. ¿Podría por favor hablar con Hugo?

—Pues ahora mismo no se encuentra en el despacho. ¿Quiere dejarle algún recado? —Y recé porque aquella zorra (que de zorra probablemente no tenía nada pero yo tenía un mal día con derecho a odiarla por tener una voz sexi) fuera cliente o similar.

—Bueno…, era un tema personal. No querría molestar. ¿Puede decirle que le ha llamado Sonia? Amiga de Marian.

Me *cagüen* su alma. Respiré fuertemente por la nariz. Pero ¿qué coño le había hecho yo al cosmos?

—Claro. Déjame un número de contacto, Sonia.

En ese momento, cuando buscaba un boli por el escritorio, Hugo entró con las cejas arqueadas de sorpresa.

—¿Qué pasa?

—Dame un segundo, Sonia. Acaba de entrar. —Le pasé el auricular, estampándolo contra su pecho—. Toma. Es un tema personal.

Y sí, lo dije con rintintín. Volví andando muy digna sobre mis zapatos de tacón pero cuando le escuché saludar a su interlocutora me quise morir. Joder. Joder. Joder mil y una vez.

—¿Qué tal? Sí… —Se echó a reír—. Es una lianta. ¿Qué le vamos a hacer? Hay que quererla así. —Silencio—. Eh…, pues… bueno, tienes que saber que yo tampoco suelo hacer estas cosas. Creo que eso nos tranquiliza a los dos. Buena señal. —Pausa para risitas odiosas—. Claro. ¿Te paso a buscar el jueves? —asentimientos guturales tipo «ajá» mientras la zorra parloteaba—. Sí…, por ejemplo. Por allí se puede aparcar y conozco un sitio decente para tomarnos algo.

Y follar en el coche.

—Adiós. Sí, yo también. —Y colgó el teléfono.

—¿Tú también qué? —Y no sé de dónde cojones salió aquella pregunta. Bueno, salió de mi boca, pero no entiendo qué me empujó a decirlo.

Hugo se dirigió al vano de la puerta que separaba nuestros «despachos» y se quedó mirándome anonadado.

—¿Perdona?

—¿Que tú también qué? —preferí no desinflarme y seguir en mis trece, aunque ya me había arrepentido de abrir la bocaza.

—¡«Yo también» lo que me salga del rabo, *piernas,* que era una llamada personal y que yo sepa lo único que me une contigo, además de un jodido millón de cosas absurdas, es una relación a tres fallida y doscientos mil problemas porque mi mejor amigo vive en un mundo multicolor en el que los tres nos casamos y tenemos hijos! ¿Contesta eso a tu pregunta?

Su estallido de ira me pilló por sorpresa. Casi no pude ni cerrar la boca. Me quedé mirándole como un besugo hasta que una llamarada de dignidad encabronada se abrió paso hasta mi lengua.

—Sí, sí me contesta a la pregunta, porque en realidad Hugo solo eres un rabo con patas cansado de no meterse en caliente. ¡¡Estoy harta!! Eres un cobarde de mierda. Y que sepas que estás pagando conmigo el darte cuenta de que interpones la felicidad de tu mejor amigo a la tuya. Y, por cierto, a la mía. ¡¡Vete a tomar por el culo!!

El sorprendido entonces fue él. Y el portazo suyo también. Y la gilipollas que le contestó el wasap al amigo de Marian, yo.

22

CAGARLA
(HUGO)

C on dos cojones, tío. Si la cagas, que sea bien cagada.
Me había puesto a aletear como un gallo de corral en
el despacho, queriendo evitar que Alba se viera en el mal trago de tener que reírle las gracias al gilipollas del presidente
de la empresa Aguilar que me llevaba a mí por la calle de la
amargura desde hacía tres años. Estaba harto de terminar las
negociaciones en un garito cutre del centro oliendo a whisky,
a tabaco y a sexo. Eso y el… «venga, campeón, que te pago a
la rubita que te la coma para que te relajes». Qué puto asco.

Pero tenía que entender que Alba era adulta, independiente y que no me necesitaba para salir airosa de una reunión con semejante imbécil. En realidad creo que ya me levanté cabreado. El resto del día fue una concatenación de
absurdeces que solo consiguieron ponerme de peor humor.
Y ella tenía razón. Estaba cabreado porque había dado prioridad a la felicidad de Nico frente a la mía. A ratos pensaba…
«¡que le jodan!» y cogía mentalmente las llaves del piso de

Alba. En mi cabeza yo subía, la besaba, la desnudaba y después me corría dentro de ella. Y al final, después de la paja, me daba cuenta de que todo era mentira. Alba o el resto de mi mundo. Esa era para mí la elección, aunque ella quisiera estar conmigo y Nico quisiera retomarlo con los dos.

A la mierda el mundo. Y fue así como terminé diciendo que sí a la proposición de la pesada de Marian para una cita a ciegas con una compañera de su oficina. Me enseñó una foto mientras me hablaba de lo muy interesados que estaban en ella todos los tíos que la conocían. Me ahorré los sarcasmos del tipo: «Pues entonces no entiendo por qué cojones me la quieres encalomar a mí». Pero dije que sí. Ella me llamó. Alba cogió el teléfono y se encabronó. Discutimos a gritos. Di un portazo. Lancé una patada a la mesa. No me rompí el pie de puro milagro.

El resto de la semana fue más de lo mismo pero con frialdad. Trabajamos juntos, pero como si fuésemos dos desconocidos. ¿Lo peor? Que el jueguecito me ponía como un puto mono en celo. Ella tan tiesa, tan digna, fingiendo ignorarme para después recorrerme con los ojos. Joder, Alba, quiero follarte hasta que nos desmayemos en un charco de sudor. Gracias a Dios me lo callé. O no. Quizá debía habérselo dicho.

El jueves tenía la jodida cita a ciegas. Pensé en fingir una enfermedad tropical para no ir, pero después escuché a Alba reírse al teléfono, coqueteando y confirmando una cita con alguien. Me *cagüen* tu alma, Marian, eres lo puto peor. Y es que Marian estaba convencida de que muerto el perro, se acabó la rabia. Si los tres nos poníamos a follar con otros, se nos pasaría y todos podríamos volver a ser amigos en el reino multicolor del arcoíris y las ganas de vomitar.

A las siete recogí a la tal Sonia en la puerta de su trabajo. Ella se acercó dubitativa a mi coche mientras yo le mandaba un mensaje a Marian con amenazas de muerte que se harían efectivas si me había citado con una loca. La chica tocó en el cristal dos veces, abrió la puerta y me preguntó con una sonrisa:

—Eres Hugo, ¿verdad?

Aquello parecía el maldito Baddoo. Le dije que sí, aunque tuve la tentación de fingir indignación y decirle que me llamaba Ramón. Ella se sentó en el asiento del copiloto y se inclinó para darme dos besos. Era guapa. Una chica rubita, alta, delgada pero con curvas y dos buenas tetas. Se había puesto un vestido color burdeos que se le marcaba bastante, pero eso no lo vi hasta que no entramos en el bar y se quitó el abrigo. Y allí estaban sus nalgas y la insinuación de una ropa interior casi inexistente.

Nos sentamos a una mesa y hablamos de lo típico. ¿Te gusta tu trabajo? ¿Qué haces con tu tiempo libre? ¿Cuánto hace que no sales con nadie? Cuando me descubrí a mí mismo diciéndole con pena que mi última relación no había funcionado, me di asco y decidí que yo a esa chica me la follaba sí o sí. Si ella estaba por la labor, vaya. Y todo porque en una cadena de pensamientos funestos acabé imaginándome a Alba follando con otro en ese preciso instante. Y conociendo a Marian no le habría arreglado un plan con cualquier fulano. Sería un tío de los de anuncio. Me esforcé mucho en parecer encantador pero cuál fue mi sorpresa al encontrarme con su mano en mi paquete y sus labios pegados a mi oreja:

—¿Vamos a follar o qué?

Tócate los cojones. Y yo hablándole de arte a lo tío sensible. Pagué la cuenta, cogí las llaves y me la llevé a mi coche. Apoyados en la carrocería me metió la lengua hasta la garganta. Jamás me habían besado así. Creo que podría considerarse violación de boca. Aunque me dejé un poco, debo confesarlo. Y de tanto refregón al final se me puso… contenta.

A ella no le apetecía hacerlo en mi coche y a mí no me daba la gana llevármela a mi casa, aunque hubiera estado bien un encuentro en el ascensor «amiguita rubia» versus «Alba». O no. Irremediablemente terminamos en el piso de mi ligue, que compartía alquiler con su hermana. Me acordé de Alba. Como Eva se enterase de aquello, iba a darme hostias con su mano de bebé hasta en el carné de conducir. Eva seguía llamándome «cuñado» cuando estábamos solos y algo así la decepcionaría tanto…

Mi acompañante se desnudó a la velocidad del rayo, antes de que pudiera decirle que me lo estaba replanteando. Bueno…, se dejó las braguitas, pero fue como si no llevara nada porque la poca tela que llevaban era medio transparente. Estaba buena, la verdad. Pero era uno de esos cuerpos… como prefabricados. No tenía ni una imperfección y lejos de ponérmela dura me pareció antinatural. Las tetas me miraban directamente a los ojos no porque fueran perfectas sino porque las había pagado.

Se arrodilló delante de mí y me desabrochó el cinturón y el pantalón. Cuando me la sacó…, estaba tontina, pero no dura. Le dio igual. Para dentro que fue. Y mientras ella chupaba yo pensaba que aquella era una de las mamadas más surrealistas de mi vida, apoyado en la puerta de un piso desconocido, con un póster de *Charlie y la fábrica de chocolate* pegado a mi espalda. Tuve que cerrar los ojos y pensar que era la tremenda boca de Alba la que estaba engulléndome. Aunque Alba lo hacía mejor…, mucho mejor.

Me quité la americana, el jersey, la corbata y la camisa. Ya la tenía dura y ella estaba encantada. Yo empezaba a estar… medio asqueado. No sé explicarlo. Me estaba poniendo cachondo pero por las razones equivocadas. El único erotismo que encontraba allí era el más brutal. Era como hacerse una paja con la película porno más cerda y explícita que encuentras porque a tu novia le ha venido la regla, no le apetece follar o se ha negado a chupártela.

Sacó un condón y me lo puso con la boca. Me pareció la mayor marcianada que me había ocurrido jamás, hasta que lo mejoró diciendo que le gustaba jugar en la cama.

—¿A qué? —le pregunté asustado por si a Marian le había dado por decirle que Nico y yo jugábamos algunos partidos en pareja.

—Inventémonos algo. Vamos a actuar…

Oh, Dios. Que no me pidiera ser el médico.

—¿Indios y vaqueros? —le pregunté con sorna, abriéndole las piernas y colocándome entre ellas.

—No…, qué tal si… jugamos a que eres mi hermano. —Mi cara debió ser un poema pero ella ni pestañeó—. Corre o nos pillará papá.

Joder, tía. Estás fatal. Y aun así…, se la metí. Ella gemía y gemía y yo no dejaba de preguntarme qué coño estaba haciendo allí. Me pasó lo mismo la última vez que follé con otra en mi coche. ¿Por qué no aprendía con la experiencia y me ahorraba aquellos saraos? Por inercia seguí empujando entre sus muslos, sin pensar mucho en lo que estaba haciendo, ni sentirlo. De vez en cuando un cosquilleo me recorría la espalda pero… nada más. Y cuando quise darme cuenta, mi compañera se corrió, tocándose como una loca a la vez que la penetraba. Pensé que podría marcharme, pero… ¿desde cuándo es normal que un tío se pire sin correrse? Ella se puso a cuatro patas, me pidió más y yo seguí…

—Ay, sí, hermanito, dame. Dame más fuerte. Dame por donde quieras.

Me vi reflejado en un espejo y por poco no me descojoné. Pero ¿qué coño era eso? ¿Una cámara oculta? La empujé contra la almohada y esperando que surtiera efecto le dije:

—Calla o nos oirán y terminarás castigada.

Coño. Eso la puso como las cabras. ¡Qué gritos! Creo que se corrió dos veces más. Eso o es una grandísima actriz. Como lo vi venir, decidí que ya que estábamos actuando, iba a fingir mi orgasmo para salir de allí por patas.

—Coge mi móvil y haz una foto —me pidió frenética.

Pasé de todo. Gemí ronco un par de veces y paré. Ale. A casa a ducharme. Y después a matar a Marian con mis propias manos. Y a suicidarme por gilipollas. Cuando salí de su habitación, su hermana estaba con unos amigos en el salón. Tendrían como veintidós años y se despollaron de la risa. Los entiendo, yo también me hubiera reído de ver salir a un tío con mi pinta del dormitorio de una loca.

—¿Hiciste la foto? —me preguntó envuelta en una bata de raso negro, apoyada en la puerta.

—No. Me pudo la emoción.

—A la próxima.

—Seguro.

No le di ni un beso. Le dije que ya la llamaría yo y cuando crucé el rellano ya la tenía bloqueada en wasap. Lo siguiente que hice fue escribirle a Marian para cagarme en su alma. «Eres lo puto peor. Por favor, ¿con qué tipo de dementes te relacionas?». Ella contestó pronto: «Pues mira, con las mismas dementes a las que tú te follas, subnormal». Sí, me lo merecía.

23

Por si todo no fuera un asco por sí solo, tenía que venir Marian a tocar los cojones. Tener una hermana mayor que sirve de mediadora familiar es una putada, sobre todo cuando ha interiorizado tanto su papel que ya lo hace hasta donde no se le invita a participar. Cuando nos sentamos aquel día a comer los tres y salió con el tema de las citas, me repateó. Hugo me miraba como si yo tuviera algo que ver.

—Tío…, no me mires así, no ha sido idea mía.

—Ya lo sé. Pero es tu hermana. Mándala a la mierda o algo.

—Estoy delante. Puedo oíros, ¿sabéis? —se quejó ella.

Sé perfectamente lo que repateó a Hugo. Le fastidió el discursito moral que a mí me la sudó totalmente. Cuando estás en la situación en la que me encontraba yo, la opinión y los consejos moralinos resbalan por encima de ti como si llevaras un chubasquero a prueba de juicios de valor. Pero vi cómo Hugo caía en cuanto Marian se expresó como suele hacerlo ella, como si los que se ofendiesen fuesen culpables de ello.

—Yo solo os digo que esto no tiene salida. Llega a ser bastante enfermizo. Me dijisteis: oye, Marian, estamos colgados de la misma tía. Y lo solucionasteis, por muy difícil que pareciera. Luego la cosa se complicó y…, joder, ella tuvo más cabeza que vosotros. Así que alejaros. Dejad que tenga una vida normal, mierda. Es una chica normal. No es como vosotros.

—¿Qué mierdas quieres decir con que nosotros no somos normales? —preguntó Hugo de mal humor.

—Pues la verdad.

—¿Quién quiere ser normal? —respondí yo.

—¡Arg! Joder, ya me entendéis. Vosotros estáis habituados a un estilo de vida poco convencional y seguramente ella quería niños y bodas antes de conoceros. Le estáis trastocando la existencia.

Hugo la miró como si sus ojos pudieran ver más allá de ella, y se marchó de viaje a algún recuerdo que debía albergar de Alba. O eso fue lo que imaginé. Lo único que sé es que cuando reaccionó, dijo:

—Vale.

—¿Cómo que vale? ¿Vale, qué? —le corté.

—Nico…, ¿qué es lo que quieres hacer? Dime. Porque si tienes una idea mejor que la de intentar hacer nuestra vida para que ella haga la suya, me encantará oírla.

—Sabes perfectamente cuál es mi idea.

—Una que sea viable, por favor.

Arrojé el cubierto sobre el plato de malas maneras. Me sentía tan adolescente, tan incomprendido…

—No podrás decir que no funciona si no lo pruebas, Nico —añadió con maldad mi hermana—. Es solo una copa después del trabajo. Conocer a más gente. Salir.

—Yo no quiero conocer más gente. Ya conozco demasiada.

Hugo puso los ojos en blanco y llamó al camarero. Alba, ya no estaba en su mesa cuando salimos. Había vuelto a la oficina junto a Olivia. Hugo murmuró de mala gana que echaba de menos fumar. Siempre le pasaba cuando estaba de mal humor o hastiado. Echaba de menos un cigarrillo; sé que a Alba le pasaba lo mismo cuando se ponía nerviosa. En el fondo hacían buena pareja, me dije. En el fondo…, se llevarían bien y podrían hacer de lo suyo algo duradero. ¿Pasaría lo mismo conmigo? ¿Podría nuestra relación tirar en los buenos y malos momentos de todo lo demás para hacerlo funcionar? Bueno, quizá por eso me seducía tanto la idea de que los tres volviéramos a formar parte de lo mismo. Ellos llevarían su parte y Alba y yo la nuestra. Eso es lo que demostramos poder hacer con nuestros viajes en verano. Ellos se marcharon y luego lo hicimos nosotros. Con él cenó en grandes restaurantes, paseó, folló como una bestia al ritmo duro que les gustaba y se dejó llevar por ese halo de…, no sé cómo llamarlo, Marian lo llama *glamour…,* que lleva consigo Hugo. Después recorrimos medio mundo para ver las puestas de sol más bonitas y nadamos en un mar turquesa. Perseguimos peces de colores, viajamos en viejos trenes y conocimos otras culturas. Volvimos siendo algo más sabios, como dijo ella nada más embarcar en el avión de vuelta. Y yo me sentí más completo cuando regresé. Pero debo admitir que… hubo una parte de Hugo que no volvió. Algo sucedió en Nueva York, algo que no atisbé a ver entonces, cuando volvieron. ¿Y si ellos…? Hugo me despertó de las cavilaciones haciendo chasquear sus dedos delante de mí.

—¿En qué piensas?

—En que quizá tenéis razón. Tengamos esa maldita cita y que salga el sol por donde quiera.

Y ahora muchos dirán que no me entienden. Es fácil si alguna vez has formado parte de algo y luego te has sentido apartado. Si alguna vez has estado enamorado, pero enamorado del amor, a lo loco, desmedido, sin pararse a pensarlo ni a canalizarlo. Porque… si había pasado entre ellos algo que lo había hecho más intenso y difícil, era sumamente sencillo explicarse la razón de que Hugo terminara dejándonos y el motivo por el que Alba hiciera lo mismo conmigo meses después. Ellos se amaban y habían vivido momentos especiales que yo no compartía con ellos. Que me apartaban. Secretos. Prometimos no tenerlos; todos estábamos de acuerdo en que una relación que se sustenta en un secreto jamás puede llegar a ser sana. Pero ellos tenían algo guardado para sí mismos, entre los dos, algo que no me pertenecería jamás, ni como recuerdo compartido ni como nada en lo que yo pudiera comulgar.

Aislado. Alejado. Solo. Sin un lugar al que pertenecer. Sin sentirme parte de nada. Todo se movía sin parar y yo no encontraba dónde sujetarme. Pues… ¿qué más daba aguantar una cita de la que sabía que no sacaría nada si podía suceder que Alba o Hugo encontraran algo que les interesara? Esto no es un «o conmigo o con nadie». Esto es un… «volvamos a la normalidad». Tantos años huyendo del término «normal» y ahora lo necesitaba como el aire. Solo quería volver a sentirme en casa, no en casa de Hugo. Solo quería volver a sentirme su hermano, no su rival. Solo quería que tuviéramos más cosas que nos unieran entre nosotros que con el resto del mundo, porque siempre nos hizo sentir especiales.

Como ya vaticiné, mi cita fue un desastre. Los dos estuvimos más pendientes del móvil que de otra cosa. Nos tomamos dos cervezas, hablamos de los últimos viajes que habíamos hecho y algunos festivales de música. Creo que entendió que nunca podríamos encajar cuando, al preguntarme si había ido al… —ni siquiera recuerdo el nombre de ese festival tan moderno— yo le contesté:

—No me gustan esas cosas. No me gusta la gente.

Así era yo. Rancio. Frustrado. Triste. Melancólico. Oscuro. Egoísta. Pero no quería estar solo. No quería nadar entre gente. No quería alejarme de ellos. Comprendí, al fin, que la única manera de no hacerlo era… no hacerlo.

24

Era guapo. Mi cita a ciegas se llamaba David, era ingeniero aeronáutico y trabajaba para la empresa Boeing. También era simpático, divertido y muy educado. Marian no lo había hecho mal. Pero… como que no. Fui sincera muy pronto. Le dije que en realidad había aceptado la cita por razones equivocadas y que me arrepentía.

—Me puse celosa. Mi ex iba a quedar con otra chica y pensé que debía hacer lo mismo. Pero lo cierto es que no. No es con él o con cualquier otro que me cuadre…, es con él o con ninguno, por más que me pese.

Él agradeció mi sinceridad y aunque insistió en que volviera a llamarle si me lo pensaba mejor, me invitó a esa primera copa de vino y me acompañó a casa. Me deseó suerte.

—Que se cure o que se arregle, pero no sufras demasiado. Eres joven para quedarte esperando a que la vida suceda —me dijo. Y me pareció una gran frase.

Mientras esperaba el ascensor le daba vueltas a cómo le habría ido a Hugo con la tal «Sonia». Si le había ido bien, igual mataba a Marian y luego me suicidaba. Por imbécil. Todo por no entrar en su despacho y decirle que era el mayor gilipollas de Madrid y del resto de la península, pero era mi gilipollas y yo le quería. Suspiré profundamente. Las puertas del ascensor, que subía del garaje, se abrieron y... allí estaba Hugo. Me miró como un cordero de camino al matadero y después se giró y se dio con la cabeza en el espejo. Todo sin mediar palabra.

—¿Qué haces? —le pregunté.

—Soy un gilipollas.

Vaya. Me leía la mente.

—Sí, lo eres. —Le di la espalda—. ¿Qué tal tu cita?

—Un puto infierno. —Y seguía de cara al espejo, detrás de mí—. ¿Y la tuya?

—Genial —mentí—. Igual le vuelvo a llamar para el fin de semana.

Escuché dos golpes sordos contra el cristal. Esperamos en silencio en aquella extraña postura hasta que el ascensor abrió sus puertas en el cuarto piso. Nadie se movió.

—Es tu piso —escupí.

Vi su mano estamparse contra los mandos del ascensor y pulsar el botón de cerrar la puerta. El ascensor siguió subiendo y él se precipitó sobre mí. Juro que iba a asestarle un bolsazo en la cara, hasta que vi que no quería besarme como un asqueroso celoso que no soportaba que yo quedase con otros a pesar de no estar conmigo porque no quería. Lo que hizo fue casi acurrucarse y abrazarse a mí. Existe una diferencia muy grande entre abrazar a alguien y que te abracen. Y allí estaba él, apoyado en mi pecho, agarrado a mi cintura.

—Joder. Lo siento.

Cerré los ojos con cansancio.

—¿Cuánto más va a durar esto, Hugo? —Lo aparté un poco de mí—. Yo no estoy aquí para cuando tú flaquees. Yo estoy aquí porque quiero estar contigo, pero bien. A mí las cosas a medias no me valen. Y ahora vete a casa y piensa sin creerte Kant y no termines moralizando, por favor. Y date una ducha, apestas a recién follado.

Abrió los ojos y me miró sorprendido. No sé exactamente qué es lo que esperan los hombres de nosotras, pero no me daba la gana averiguarlo. Ya tenía suficiente con preocuparme por saber lo que quería y esperaba yo de la vida.

Y sí, me jodió como un petardo en el culo el hecho de que oliera al perfume de otra y a sexo. No soy de piedra. Pero quizá estaba en lo cierto cuando me dijo que necesitábamos distanciarnos. Hay ciertas cosas que no estoy por la labor de tolerar.

Al día siguiente me costó un poco más que de costumbre levantarme de la cama, con lo que fui con retraso. Me acercaba a grandes zancadas a la parada del autobús cuando vi a Nico apoyado en la marquesina, esperando. Iba abrigado y sin afeitar; el estómago me dio un vuelco. Creo que era el chico más mono con el que me había cruzado en la vida. Era guapo, dulce, atento, me quería…, ¿cuál había sido nuestro problema? Ah, sí. Que cuando lo nuestro perdió la magia se hizo evidente que el ingrediente secreto de la relación era una persona que ya no estaba. Un gilipollas, por cierto, pero lo de gilipollas lo pensaba en aquel momento. Le saludé con una sonrisa, que él me devolvió con sus ojos azules bastante somnolientos.

—¿Sueñito? —le pregunté con sorna.

—Cuando ha sonado el despertador no me lo podía creer —me contestó.

—Ya, te entiendo.

—¿Mi hermana te lio también a ti para una de sus estúpidas citas a ciegas?

—Sí, claro. —Puse los ojos en blanco—. Es una chanta-jista emocional *cum laude.* Yo pensé que tú te salvabas, por eso de ser su hermano.

—Ah, qué va. A mí me insistió con más fuerza. Y me amenazó con un tenedor.

—A las hermanas hay que quererlas por obligación. ¿Qué tal fue la cita?

—Bueno... —Puso cara de circunstancias—. Marian me dijo que estábamos hechos el uno para el otro y al final lo único que teníamos en común es que a los dos nos gusta Lana del Rey.

—Qué lamentable —me burlé.

—Mucho. Era una tía así como oscura, con el pelo teñido de negro y un tatuaje enorme en la espalda. Me lo enseñó, no es que tuviéramos oportunidad de vernos con poca ropa.

—¿Y qué era?

—¿Qué era el qué?

—El tatuaje...

—Ah. Una rueca. Me dijo que el papel de la mujer está manipulado por la visión que Disney nos había inculcado y que ella entendía que a la princesa Aurora se la condenara a dor-mir eternamente.

—Hostias..., no es que no tenga razón en parte. Pero nunca hubiera elegido ese tema para una primera cita.

—¿Y el tuyo?

—Pues el mío... —El autobús llegó y los dos subimos—. Era majo y muy guapo, pero la verdad es que no estoy prepa-rada para conocer a nadie ahora. He conocido a demasiada gente en los últimos meses —bromeé.

—Ya —asintió con una sonrisa—. Oye..., fuera citas. ¿Quieres ir esta tarde a sacar algunas fotos? Podemos ir al te-leférico.

Lo miré como si estuviera loco.

—Hace mucho frío y más en esa zona. Y será de noche.

—Sí. Es verdad. —Se encogió de hombros—. Dime entonces si te apetece un día ir a probar la cámara.

—El otro día hice unas fotos. Sube luego si quieres y te las enseño —le respondí, queriendo ser amable.

—¿Por qué no bajas a cenar tú? Seguro que a Hugo le hará ilusión.

Pues, la verdad…, tal y como lo había visto yo el día anterior y a juzgar por su humor cambiante, no sé si me hacía especial ilusión.

—La semana que viene es su cumpleaños —dijo de pronto.

—Ah, vaya. Lo había olvidado. ¿Quiere celebrarlo?

Se encogió de hombros y puso gesto mortificado.

—Bueno, dice que ha llamado a unos amigos de la facultad y que a lo mejor es una buena ocasión para juntarnos de nuevo.

—Y a ti no te apetece —me aventuré a decir.

—No mucho. Me parece gente bastante imbécil. Si dejamos de tratar tanto con ellos por algo sería.

Me hizo pensar mucho aquella conversación. Y en ninguna de mis hipótesis Nico salía precisamente bien parado. Sonaba demasiado a aislarse del mundo llevando a Hugo con él… y ahora también a mí. No sé si Hugo se había dado cuenta o si había sido coincidencia, pero aplaudía su iniciativa de verse con más gente. Aunque fuera un poco gilipollas.

Cuando entré en el despacho, Hugo ya estaba allí y sonaba música, pero la puerta estaba entrecerrada. Dejé el abrigo en el armario y el bolso sobre la mesa. No llamó mi atención la nota hasta que no encendí el ordenador. Estaba colocada en el teclado, escrita de su puño y letra.

«Me he dado cuenta, mirando el reloj que me regalaste, de que ya no tengo ni ganas ni tiempo de comportarme como un imbécil. Perdóname. No soy así. Ojalá todo fuera más fácil para nosotros. Pero no lo es».

Era una bandera blanca. La petición de que hiciéramos las paces. Bufé. Estaba tan harta, tan cansada... pero lo cierto es que tenía que aceptar que si yo estaba a menudo confusa y frustrada, él también tenía derecho a estarlo. Me levanté y llamé a la puerta.

—Pasa.

Cuando entré lo encontré detrás de su escritorio, bien peinado, arreglado. Impoluto. No quise hacer mención de la nota. Sé que a los hombres, por lo general, no les gusta hablar de sus sentimientos y más cuando han hecho el tremendo esfuerzo de ponerlos por escrito para nosotras. Así que solo le sonreí.

—¿Ya se nos ha pasado? —le pregunté.

—Espero que sí. Tenemos mucho trabajo.

—Me pongo a revisar la documentación de Aguilar, si te parece bien.

Suspiró. No le hacía gracia que me tuviera que ver con ese cliente, pero es que la vida es así. Asintió.

—Claro —cedió.

—Oye, me ha comentado Nico en el autobús que vas a celebrar tu cumpleaños. ¿Solo chicos?

—No. —Sonrió—. Iba a decírtelo hoy. Quizá podríamos comer juntos.

—He quedado con Olivia —le dije. Se mordió el labio superior y asintió, aceptando la negativa—. Oye, Hugo. Quería preguntarte una cosa sobre Nico... y sobre ti.

—Dime.

—Me da la sensación de que..., ¿quizá estás diversificando tus amistades? —Quise ser lo más neutral posible en la pregunta. No deseaba que se pusiera a la defensiva ni que sintiera que me estaba inmiscuyendo en su relación.

—No es eso. Supongo que lo dices por lo de mi cumpleaños. Solo es que me apetece ver a mis amigos de la universidad y pegarme una juerga. Ya sabes.

—A lo mejor me meto donde nadie me llama pero... tengo una hipótesis.

—¿Y cuál es?

—Que te estás dando cuenta de lo dependiente que es Nico y quieres imponer distancia.

—No creo que sea dependencia. Es complicado, *piernas*. Quiero ver las cosas con perspectiva, sobre todo porque tengo que tomar una decisión importante en la que él me polariza.

—¿Sobre qué?

—Sobre El Club. Pasa —me pidió.

Me senté en uno de los sillones que había frente a su mesa y me acomodé. No me pasó inadvertida su mirada a mis piernas.

—¿Qué decisión?

—Estoy pensando en vender mi parte del negocio.

—¿Y él... no quiere?

—No se lo he dicho aún, pero sé lo que contestará. Me dirá que venderá si yo quiero hacerlo, pero que no se explica cómo he podido perder tanto interés en unos meses. Y yo no se lo puedo explicar porque no tengo la respuesta; solo sé que ya no me llena. A decir verdad, me crispa bastante los nervios.

—Cuando te conocí querías hacer de eso tu vida. Esta oficina...

—Esta oficina sigue siendo lo que era: un medio para un fin. El fin es mi nivel de vida y el medio es el dinero que me pagan al mes. Ahora, además, te tengo a ti como ayudante y...

—Se ha vuelto más interesante —me burlé.

—Quizá.

—¿Puedo darte mi opinión?

—Claro.

—Creo que deberías vender. A decir verdad, los dos deberíais vender, pero él tiene que decidirlo solo.

—¿Por qué?

—Porque durante estos años le has ahorrado tener que tomar ningún tipo de decisión. Tú le has dado un sitio en el que vivir, un trabajo, un amigo, casi una familia. Hasta compartiste con él tu vida sentimental. —Le hice un gesto, dándole énfasis a lo que quería decir—. Es hora de que Nico vuele.

Supongo que Hugo no fue consciente del gesto de pánico que se adueñó de su expresión. Él no quería que Nico se marchara. Es posible que hasta aquel momento no hubiera tenido ni siquiera una motivación para desear que su amigo tomara sus propias decisiones. Así les era cómodo a los dos. Cómodo y normal. Pero... ¿qué hacer ahora que un agente externo formaba parte del juego?

—No creo que sea así —dijo mientras recuperaba su expresión serena.

—No quieres verlo, pero tiene toda la pinta.

Es más, tenía pinta de que inconscientemente Hugo quería desligarse de cosas que le unieran con él, como si compensase así el hecho de que nosotros no nos diéramos una oportunidad porque Nico estuviese en medio. Pero eso no lo dije.

—Lo tendré en cuenta —dijo escueto.

—Entonces, ¿estoy invitada a tu cumpleaños?

—Claro. Díselo también a las chicas. Cuantos más mejor.

—¿Y cuál es el plan?

—No sé. Me da igual. Yo solo quiero agarrarme un pedo y volver a casa cantando. Uno de mis colegas dijo que él lo organizaría, así que... ya os diré.

—El sábado que viene, ¿no?

—Sí. Voy a llamar a Aguilar para cerrar la reunión.

Y ahí terminó nuestra conversación personal. No estaba mal. Al menos habíamos enterrado el hacha de guerra.

Volví a mi mesa, guardé su nota en el primer cajón y me puse a trabajar. ¿Por qué las cosas con él siempre eran tan fáciles? Excepto hacernos felices del todo... porque Nico se encontraba en medio.

25

La verdad es que no nos apetecía cenar con ellos. Era una buena excusa para hacer una de esas cenas de chicas en las que una termina afónica de tanto reírse y llamar al camarero para que traiga más vino. Cenamos en Makkila, en Diego de León con Príncipe de Vergara. Ellos estaban en la misma calle, pero casi en Serrano, en un restaurante que se llama Éccola. Nos veíamos al terminar la cena en una discoteca muy pija donde uno de los amigos en cuestión tenía mano. Odiaba aquel tipo de garitos, pero una vez al año, dicen, no hace daño. A ver qué pensaba cuando terminara la velada. Muy probablemente volvería a casa como si hubiera tenido que pasar por Mordor a destruir el anillo de poder.

No podíamos parar de reírnos de cómo Gabi decía «sashimi», dándole mucha intensidad al «shhh». Y Eva y yo enganchábamos cualquier broma con eso. Maldito vino blanco, qué bien entraba. Todas habíamos elegido de nuestros armarios lo más escandaloso que teníamos. Queríamos llamar la atención, de eso no había duda; las casadas o pseudocasadas tenían ganas de que les regalaran los oídos y las solteras... ganas de marcha.

Isa llevaba, muy en su línea, un vestido que no decía nada. Era de color hueso y con las mangas de encaje, y apenas le cubría las rodillas, pero se había tomado muchas molestias para pintarse algo más que la raya del ojo. A su lado, Gabi estaba absolutamente espectacular con una blusa negra y una minifalda de *pailettes* negros y dorados. En los pies llevaba unos salones con plataforma altísimos. Diana se había puesto un vestido negro muy corto (indecentemente corto, como le dijo Gabi) con escote en la espalda y unas tiras doradas en el cuello y en los bordes del vestido. Los zapatos eran también como para despeñarse de ellos y no contarlo, pero no voy a criticarla porque los míos tampoco es que fueran planos. Yo había encontrado en el fondo de mi armario un mono negro bastante sobrio pero con un escote descarado en la espalda. Como me pareció que quedaba un poco soso, lo complementé con un cinturón dorado rígido a la cintura. Y luego estaba mi hermana, que no llevaba ni una pieza de ropa suya. Mi minifalda de lentejuelas negra, mi camiseta negra de algodón orgánico, mi americana negra y mis Merceditas con plataforma. Hasta las medias eran mías...

Fue una cena mágica en la que todas nos pusimos al día y pudimos sentirnos más cerca, como cuando las obligaciones no ocupaban el noventa por ciento de nuestra vida. A Isa le preocupaba su boda, seis meses más tarde y la implicación de su suegra en la organización de la misma. Gabi se preguntaba por qué no se quedaba embarazada; tiene muchas virtudes pero ninguna de ellas es la paciencia. Diana estaba cansada de que su esfuerzo en el trabajo no se viera recompensado pero sí el de sus compañeros hombres. Y mi hermana tendría (por fin) su primera entrevista con Google la semana siguiente. Yo, por mi parte, compartí con ellas lo que me preocupaba de la situación en la que nos movíamos Hugo, Nico y yo. Estaba segura de que Nico empezaba a estar nervioso; todo lo que tenía como seguro se iba alejando. Y lo entendía, yo en su situación me sentiría como si me quitasen el suelo bajo mis pies. Su mejor amigo, del que dependía casi la totalidad de su día a día, se distanciaba. Daba igual lo que dijera Hugo…, lo estaba haciendo. Era como si inconscientemente castigase a Nico por no poder tomar ciertas decisiones. Era como si fuera soltando lastre, considerando que era demasiado pesado saber que las cosas entre nosotros siempre serían complicadas por Nico. Pero, al fin y al cabo, todo aquello no eran más que hipótesis mías. También podía ser que no se acercase demasiado cuando yo estaba por medio para no dar alas a la idea de retomar nuestro triángulo amoroso.

Cuando llegamos a la puerta de la discoteca, estábamos bastante contentillas. A la cena le siguieron unas copas, a las copas unos chupitos y cuando nos dimos cuenta eran casi las dos de la mañana. Mi móvil rebosaba llamadas perdidas y mensajes de Hugo y de Nico. Este último me suplicaba que fuera pronto. Hugo solo había mandado las indicaciones para poder entrar sin pagar la entrada.

Anduvimos unas cuantas manzanas sobre nuestros tacones y un par casi terminaron en el suelo. No estábamos borrachas, pero nos lo estábamos pasando muy bien…, no sé si me entendéis. Desinhibidas. Riendo a carcajadas. Ruidosas. Con ganas de marcha. Un cacareo continuo y una Gabi desatada que enarbolaba el puño en lo alto jurando que no se iba a casa sin coquetear con alguien. Coquetear inocentemente, aclaro…, ella no es muy salvaje que digamos.

Estábamos apuntadas en lista, lo que nos hizo sentir muy importantes. Dejamos los abrigos en el ropero y nos indicaron que el resto del grupo estaba en el reservado. El maldito Hugo no podía estar apoyado en una barra; no, él tenía que tener un reservado.

Abrirnos paso entre la masa que llenaba el local nos costó un poco, sobre todo porque cada tres pasos una caía presa de algún pijo a lo Borjamari y Pocholo, que quería pagarle una ronda. Creo que todas nos arrepentimos de querer llamar la atención. Me suele fastidiar mucho, además, que me entren en un garito bajo la promesa de invitarme a una copa. Hola, pequeños bastardos, puedo pagarla sin vuestra ayuda. Gracias.

Localicé la zona del reservado porque un guardia de seguridad calvo y gordo vigilaba, delante de una catenaria, que nadie traspasara la línea que separaba a la prole del cumpleaños de Hugo. Cuántas molestias se había tomado el amigo para organizarlo; y el caso es que no estaba demasiado segura de que todo aquel tinglado le gustara al homenajeado. Hugo, el hombre tranquilo y apasionado del vinilo, el que disfrutaba con las cenas en su terraza, metido en un antro con música *house* a todo trapo. No sé qué decir… Nos acercamos y fuimos a pasar, pero nos cortaron el paso.

—¿Puedes decirle que se gire? —le pedí señalando a Hugo—. A él o al rubio que está en el rincón.

—No —me dijo.

—Es que estamos invitadas —insistí.

—Eso me lo han dicho ya cinco tías en lo que va de noche.

Pues vaya. Tenían público. Hugo se giró y le saludé con la mano. Se levantó como un resorte, desordenó los mechones de su pelo, se rascó la barba incipiente, arregló sus pantalones, se subió las mangas de la camisa tanto como pudo y… por fin llegó hasta donde estábamos. ¿Le había dado el baile de San Vito o me lo parecía?

—Pasad.

Mi hermana le dio un golpecito en el hombro al de seguridad.

—Así me gusta. Tú vela porque no nos molesten.

Qué cara más dura.

—¡Feliz cumpleaños! —Todas, borrachas perdidas y muy sobonas, nos cernimos sobre él para darle abrazos y besitos.

Eva se le encaramó tanto que terminó subida a mochila encima de él mientras cantaba «cumpleaños feliz» (versión Parchís) con cara de loca. No se quitó el top y lo tiró al público porque la paramos. Diana, Isa y Gabi fueron después hacia el alcohol, como si no les hubieran dado de beber en la vida. Me hubiera gustado mucho poder grabarlas para que se vieran. Golum a su lado era un aficionado. Hugo me dedicó una sonrisa borracha y señaló a mi hermana, que seguía subida a su espalda canturreando una canción que nada tenía que ver con la que estaba sonando ni con el «cumpleaños feliz».

—¿Me la quitas?

—Eva, quítate de ahí, pareces un mono tití.

—¡Soy un mandril de culo rojo!

Se bajó de un salto, le dejó el pintalabios marcado en la mejilla y se fue corriendo hacia Nico, que, sentado en un rincón, parecía estar esperando que se le cayera el techo encima para tener una excusa convincente que le permitiera irse.

—¡Felices treinta y cuatro! —le deseé y me acerqué todo lo que pude para hacerme oír.

—Gracias, *piernas*.

—Menudo sarao…, nunca hubiera pensado que te gustaran estas fiestas.

—Me horrorizan. —Sonrió mucho al decirlo, como si quisiera que cualquiera que lo viera creyera todo lo contrario—. Por el amor de Dios, sácame de aquí.

Me eché a reír y él me acompañó en las carcajadas. Después se inclinó para decirme:

—Haz como yo. Bebe como si se te fuera la vida en ello. Es la única manera de soportarlo.

—Nico tiene pinta de querer morirse.

—Ya, ya lo sé. Pero… solo un rato más. Se han tomado muchas molestias y no quiero parecer un desagradecido.

Asentí y me pasó su copa.

—Bebe. Ya te he avisado, esto no hay manera de aguantarlo si uno no está borracho. O colocado. Voy a ver si venden heroína en la barra.

Se marchó hacia uno de los lados y le escuché pedir más hielo a una de las camareras, que perdió el culo por cumplir sus deseos. Sospecho que no tenía nada que ver con que fuera su cumpleaños.

Me acerqué a Nico y le di un beso en la mejilla. El resto de los invitados al sarao empezaba a cercar a mis amigas como buitres leonados cerniéndose sobre sus presas. Y ellas encantadas, porque eran educados, atractivos y simpáticos. Lo de atractivos lo juzgo yo con mis ojitos; lo de simpáticos lo digo porque ellas no dejaban de echarse risitas. Y si no fueran educados Gabi les hubiera dado un bolsazo en la boca.

—¿Qué tal? —le pregunté a Nico.

Puso los ojos en blanco.

—Esto es horrible. Tengo ganas de tragarme un hielo y morirme.

—No es para tanto.

—Han puesto tres veces la misma canción. Creo que era Enrique Iglesias —y lo dijo con la misma gravedad con la que me hubiera contado que iban a hacer sacrificios humanos.

—Si no puedes con el enemigo, únete a él.

—No sirvo para esto. No tardaré en irme.

Los dos miramos a Hugo que estaba de pie bebiéndose de un trago una copa junto a la barra donde estaban colocadas las botellas.

—Mira a Hugo; mimeticémonos con el medio como él —bromeé.

—A veces parece que lo hace por fastidiar.

Fruncí el ceño.

—No es eso, Nico. Quería celebrar su cumpleaños y agarrarse un pedo. A él como que le daba igual.

Nico asintió y bebió de su copa. Eva se acercó representando una danza que se parecía demasiado al baile del pañuelo de Leonardo Dantés. Hugo me miró, levantó su copa a modo de brindis lejano y se la terminó. Yo hice lo mismo.

—Que Dios me asista —susurré.

Eva tardó en subirse a la mesa y agarrarse a la barra como una *stripper,* lo que tardó en beberse la segunda copa: nada. A los amigos de Hugo iba a darles un ictus. Creo que no se habían visto en una de esas en la vida. De pronto aparecían cinco tías todas emperifolladas y medio borrachas con ganas de «socializar». Bueno, luego estaba Diana que tenía ganas de otra cosa. Se acercó tres veces a mí para decirme que le había dado envidia y que quería montarse un trío. Y allí estaba, intentando gestionárselo con dos colegas de Hugo.

No me gustan las discotecas y no se me da demasiado bien bailar, así que me limité a beberme (despacio) mi siguiente *gintonic* y a disfrutar del espectáculo. Nico se acomodó a mi lado, con la mirada perdida, como si fuera Kurt Cobain a punto de pegarse un tiro. Traía la misma expresión torturada.

—A ti tampoco te gusta ese sitio —me dijo.

—Claro que no —le contesté con una carcajada—. Pero es como ver un documental en Discovery Channel.

Hugo se acercó con sonrisa comercial y apretando los dientes nos dijo con cara de loco feliz que quería morirse. Nunca lo había visto tan suelto. Debía llevar ya una mierda como un piano. Se sentó a mi lado y palmeó mi rodilla, como si yo fuera un colega de piernas peludas.

—¿Por qué no nos vamos a casa? —propuso Nico.

—No puedo, tío —contestó Hugo. Su lengua sonó muy torpe—. Es mi cumpleaños. El del cumpleaños se va el último.

—Pero si estos sitios te horrorizan.

—He bebido tanto que empiezo a no saber dónde estoy. —Sonrió—. Deberíais hacer lo mismo. Además, míralas.

Eva seguía bailando como si le fuera la vida en ello. A decir verdad, bailaba como si tuviera que recolectar billetitos de dólar debajo de su ropa interior para dar de comer a una familia entera. Hugo se descojonó y se volvió a marchar para azuzarla al grito de: «chupito».

Chupito. Tequila. Naranja. Canela. Los dos. Su cuerpo. Me estremecí entera. ¿Soy la única que se pone tontorrona cuando bebe unas copas? No. Creo que no. Nico se levantó también y me tendió la mano.

—Yo ya he cubierto mi cupo. ¿Te vienes?

—Quédate un rato, venga —le pedí, tirando de su mano.

—Este sitio no me gusta.

—Pero es el cumpleaños de Hugo... —mendigué.

Resopló y me soltó la mano. Mi hermana corrió hasta mí y me arrancó del sofá de un tirón.

—Vamos a tomarnos un chupito de algo infernal que sabe a culo... pero no sabes cómo sube. ¡¡Otro!!

Hugo, apostado en la barra, pidió con un gesto otro chupito para los tres. Cuando me giré, Nico ya no estaba. Lo busqué con la mirada, pero no lo encontré. Cuando saqué el móvil para llamarle, vi un wasap suyo: «No puedo más. Lo siento, nena. No estoy hecho para estos sitios. Si te lo piensas mejor estaré en casa».

—Hugo..., Nico se ha ido.

—Que sea feliz —contestó antes de tragar el líquido ambarino y deslizar el vasito por la barra—. ¿Bailas?

—No. —Me reí—. Ni de coña. ¿Estás borracho?

—Como una cuba.

Me giré hacia donde estaba Eva, pero allí no había nadie. Mi chupito estaba vacío. No es que lo quisiera pero..., joder con

Eva, que se bebía lo suyo y lo de los demás y después huía como una rata. En aquel momento volvía a estar encima de la mesa creyéndose Jessica Alba en *Sin City*. Un amigo de Hugo se nos unió y él hizo una torpe presentación. Tendría que haber saludado como las demás, pero me había limitado a quedarme en un rincón y observar.

—Esta es mi ayudante —le explicó—. Y mi inquilina. Y mi ex. Me dejó ella.

Me tapé la cara avergonzada.

—No le hagas ni caso —le dije y girándome hacia Hugo le pedí—. Vale, dame las llaves del coche.

Su amigo siguió con la fiesta y yo me dediqué a palpar a Hugo en el pecho y a buscar en los bolsillos y él se dejó levantando los brazos con gesto perverso.

—Las tengo más abajo.

—Cállate, marrano. ¿Dónde tienes las llaves del coche?

—He venido en taxi.

—No te lo crees ni tú.

Metí la mano hasta el fondo del bolsillo de su pantalón y empezó a reírse a carcajadas. Me contagié porque me imaginaba por dónde andaban los tiros.

—¿Has visto la película *Borjamari y Pocholo*? —me preguntó llorando de la risa.

—Como me saques la chorra por el bolsillo me la pongo de llavero.

Agarré las llaves y me las guardé en el bolsito que llevaba cruzado.

—Esta noche conduzco yo.

—Humm… —Apretó los labios—. Eso me gusta.

—¿Te gustan las chicas conduciendo? —le pinché.

—Tú conduciendo…, me gusta. Y eso que llevas puesto también. ¿Por qué no te gustará ponerme las cosas más fáciles?

—Porque entonces, ¿qué lo haría interesante?

—Eres masoquista. —Sonrió.

—¿Quieres decirme algo en concreto o solo estás metiéndote conmigo? —me burlé.

—Pues quiero decirte que ese escote en la espalda es un castigo.

—¿No te gusta?

—¿Tú qué crees?

—Estás muy suelto. Deja de beber.

—Es mi cumpleaños y estamos en un garito infernal. Deja que me emborrache.

—A lo mejor deberíamos irnos —le dije.

—Creo que nos vendría fatal.

—¿Por qué?

—¿Los dos metidos en un coche y yo borracho? Soy humano, Alba.

—Pasamos más de cuarenta horas semanales metidos en el mismo despacho y no pasa nada.

—Pero aún no me ha dado por beber en la oficina.

—¿Empiezas a dudar de tus decisiones?

—No —respondió—. Por más que quieras castigarme por ellas.

—Estamos los dos castigados, me parece —gruñí.

—Castigados sin jugar. —Se mordió el labio.

Llevé mi dedo índice hasta su barbilla y tiré un poco de él hasta que lo soltó.

—No me provoques —le pedí.

—¿O qué?

—O voy a demostrarte que no tienes fuerza de voluntad y que lo que pasa es que yo me estoy portando demasiado bien.

Volvió a morderse el labio inferior y yo me acerqué hasta pegar mi pecho al suyo. Le quité la copa, la dejé en un saliente de la pared y después me giré, dejando mi espalda casi al descubierto sobre su camisa y mi trasero encajado a su entrepierna.

—¿Bailamos? —pregunté moviéndome ligeramente.

—Creía que no sabías ni querías bailar.

—Pero me he cansado de estar castigada.

—No juegues. En realidad…, no juguemos. Saldremos perdiendo —y lo dijo con sus labios pegados en mi oído.

—Solo quiero bailar.

—Alba. No-po-de-mos.

—Solo bailemos. Eso podemos hacerlo.

Tiré de la mano de Hugo. Vigilamos nuestro alrededor para que nadie nos viera perdernos entre la gente. Eva, sentada encima de la mesa sobre la que había estado bailando, se reía a carcajadas de alguna gracia de uno de los amigos de Hugo. Casi gruñí. Mi hermana era demasiado pequeña para vérselas con tíos tan versados como esos. Seguro que alguno ya estaba casado. Sentí los dedos de Hugo trenzándose con los míos y mi hermana desapareció de mi cabeza. Él. Yo. La oscuridad. La música alta. El rumor de las conversaciones ajenas. Su perfume.

Paramos casi al fondo de la sala, en la parte opuesta a los baños. Allí varios grupitos de chicas y chicos coqueteaban entre ellos. Se respiraban feromonas. Aquello era hasta narcótico, como una de esas demostraciones animales para ver quién es el macho alfa. Y justo en ese momento, después de haber sonado toda la «morralla» musical del momento, el DJ decidió poner una canción que me gustaba mucho. Mucho. Casi nos iba como anillo al dedo. *Blame*, de Calvin Harris con John Newman. No pude más.

Sus manos me agarraron de la cintura y me enrosqué, moviéndome sutilmente. Me encaramé a él y dejé que mi nariz se arrastrara por su cuello; sus dedos contestaron recorriendo la piel de mi espalda. Cuando llegué al lóbulo de su oreja y lo mordí con cuidado, Hugo gimió.

—No me hagas esto.

—No me lo hagas tú a mí —le pedí.

Busqué su boca. Cerró los ojos y se apartó un poco. No me niegues un beso por tercera vez. Nuestro despacho. Nochevieja. Otra vez no. Se resistió.

—*Piernas*...

—Hasta apestando a alcohol me apeteces —le dije sonriente.

Abrió los ojos sin poder disimular su sorpresa.

—¿Cómo puedes acordarte de eso? —Y una sonrisa fue dibujándose en su boca.

—Porque después me besaste —le susurré—. Y Hugo..., esas cosas no se olvidan.

Cedió. Todo su cuerpo lo hizo. Sus hombros se relajaron y su pecho también. Me acerqué de nuevo y le besé. Fue solo un roce. Sus labios y los míos. Los apretamos y después nos separamos. Breve. Intenso. Electrizante. Hugo jadeó y cogiéndome de la cintura volvió a acercarme. Estampamos las bocas de manera brutal y mis dedos se adentraron entre los mechones de su pelo espeso. Lenguas, labios, dientes. Volví a besar por fin a Hugo después de tantos meses y fue como si el tiempo no hubiera pasado por nosotros, como si siguiéramos en nuestro Nueva York, prometiéndonos un cuento de hadas que no era real. El beso bajo la nieve en mi terraza no puede compararse a besarle de verdad.

Fuimos a apoyarnos en la pared del fondo, a tientas, como adolescentes. De pronto todas las prisas, las ganas y el calor de los primeros besos me llenaron la boca y el cuerpo por completo. Necesitaba que me tocara. Necesitaba tocarle. Necesitaba escucharle gemir, jadear, gruñir. Me separé a duras penas de su boca. No me llegaba el aire a los pulmones. Él tiró de mí de nuevo, pero negué con la cabeza. Sonaba otra canción, de vuelta a la música machacona y vacía. ¿Cuántos minutos llevaríamos besándonos desesperadamente?

—Vámonos —le dije.

—A casa —musitó.

Y no dijo ni «mi casa» ni «tu casa». Solo casa, como si hubiera algún sitio que los dos pudiéramos llamar hogar. Iba a marcharme sin decir nada, pero decidí que lo mejor era asegurarme de que mi hermana seguía viva. La había visto beber demasiado. Le pedí a Hugo que fuera recogiendo las chaquetas y que me esperara fuera y él no hizo preguntas.

Me repetí mentalmente doscientas veces el deseo de que mi hermana estuviera en buenas condiciones para no tener que hacerme cargo, pero no debía tener las cuentas claras con el cosmos, porque como era de esperar me la encontré más allá que acá. Estaba tirada en uno de los sofás del reservado, mirando por el culo de un vaso de tubo como si fuera un catalejo. Rezongué y me acerqué. Me dolían los pies de tanto tacón y mi hermana me acababa de estropear el plan de sumergirme entre los pliegues de la ropa de Hugo y no pensar, solo sentir.

—Eva, levántate.

—¿Por qué? —Quiso saber con el ceño fruncido.

—Porque nos vamos a casa.

—No quiero.

Me agaché a su altura y la cogí de las solapas de la americana, que se había vuelto a colocar. La acerqué de un tirón:

—No te he preguntado.

26

Eva se levantó del sofá trastabillando. El de seguridad me pidió que la sacara, que estaba demasiado borracha para seguir dentro de un local como aquel. Muchas gracias, señor, gracias por su inestimable ayuda. Me abrí paso a trancas y barrancas hasta la salida con ella a cuestas..., iba saludando a todo el mundo, la muy pedorra.

—¡¡Eh!! ¡¡Hola!!

Eva es el mal. Ya lo decía la Biblia… Hugo se sorprendió al verla aparecer a mi lado, haciendo eses. Iba borracho, pero no tanto como ella, evidentemente.

—¡Hombre! *¡¡Cuñaooooo!!*

Me dieron ganas de arrearle con el bolso y dejarla inconsciente.

—Hombre…, bebé. ¿A ti también te levantaron el castigo?

Eva le dio unas palmaditas en el pecho, pasando de todo.

—Nos vamos de *after* —le dijo—. ¿Me invitas a una hamburguesa?

—Hugo, ¿dónde aparcaste el coche?

Me miró entrecerrando los ojos.

—Creo que en el *parking*.

«Creo que en el *parking*» se convirtió en una odisea de una hora para encontrar, primero el *parking* correcto, después el tique, luego suelto para pagar y por último la maldita plaza en la que había aparcado. Cuando me senté en el asiento del conductor estaba cabreada, sobre todo porque me dolían los pies a morir y porque tenía ganas de llegar a casa. Vale, lo admito, y porque estaba cachonda y mi hermana me había jodido el plan y ahora los dos se reían como gilipollas de cualquier chorrada. Me quité los zapatos de tacón y los eché en el regazo de Hugo que los miró con el ceño fruncido.

—*Piernas...*, ¿para qué quiero yo esto?

—Te combinan con la camisa, no te jode. ¡Para sujetarlos mientras conduzco! —rugí—. Eva, levántate y ponte el cinturón.

Eva gimoteó, tirada en la parte de atrás. Desde donde yo estaba se le veía una patata inmensa en la costura de las medias y unas bragas del Capitán América que vete tú a saber dónde se las había comprado.

—Eva, ponte el cinturón —repetí en tono cansino.

—Yo..., dormir —balbuceó. Y juraría que le chorreaba la baba por la barbilla.

—Eva —dijo Hugo—. Siéntate bien y abróchate el cinturón.

Se incorporó y le obedeció.

—Pero... ¿quién coño eres? ¿El flautista de Hamelín?

—Se me dan bien las mujeres —respondió petulante.

—Todas menos yo.

—Yo no lo hubiera dicho mejor.

Salí como alma que lleva el diablo de aquel *parking*. Cómo corría aquella bestia. Las calles despejadas del centro a aquella hora me permitieron disfrutar un poco del coche; llevaba bastante tiempo sin conducir…, casi no recordaba lo mucho que me gustaba hacerlo. Era una maravilla. Hugo me miraba con media sonrisa.

—¿Qué? —le pregunté más relajada.

—Te queda bien. Conducir este coche. Te queda bien.

—¿Me combina con los ojos? —me burlé.

La cara le cambió al momento, no supe por qué. Fue como si se hubiera acordado de algo intenso y con un regusto amargo, que le hizo concentrarse en la ciudad que se deslizaba por la ventanilla.

—¿Qué pasa?

—Nada, *piernas*.

—¿Y en qué piensas?

—En que Nueva York debe estar nevado…

Bajamos el *parking* despacio, maniobrando con cuidado. Me deslicé entre las columnas con un «ay» en el pecho. Cuando apagué el motor, suspiré con alivio. Eva gimoteó, abrió los ojos a duras penas y Hugo fue rápido al salir del coche y ayudarla a bajar. Tenía bastante mala cara.

—¿Estás mareada? —le pregunté.

—Solo quiero dormir.

—Come algo antes.

—No. Dormir.

Hugo sonrió mientras la cogía por la cintura y se hacía cargo de ella, que arrastraba su abrigo a medio poner. Subimos en el ascensor con aquellas pintas: Eva semiinconsciente, Hugo borracho y yo descalza. Fuimos directos al séptimo y en lo que tardamos en llegar, planeé con astucia la manera de arreglar aún la noche. Eva, a mi cama; nosotros, al sofá. Mi hermana estaba fuera de combate y no se iba a despertar por escuchar gemidos. Y si lo hacía me daba igual, que conste. Solo quería desnudarlo, volver a besarlo, tocarlo. Lo miré, apoyado en la pared del ascensor con mi hermana encima de su pecho. Me devolvió la mirada sonriente.

—La dejo en la cama y me voy a mi casa.

—Sí, ya —me burlé.

—Es lo que voy a hacer, *piernas*.

Lo que iba a hacer era besarme y dejar que mis manos volvieran a recorrerle la piel del estómago en dirección descendente. Dios…, me moría por cumplir esa fantasía adolescente de masturbarlo despacio, con tiempo, sintiendo cada uno de sus estremecimientos.

Entramos en el piso cargándola entre los dos. No nos lo puso fácil. Iba arrastrando los pies, sin andar. Necesité ayuda hasta para desvestirla, porque no dejaba de hacer la croqueta por encima de la cama, tratando de acurrucarse.

—Hugo, ¿puedes ayudarme con esto? —pregunté.

—No grites —se quejó Eva.

Hugo entró y le pidió que se incorporara…, ella, cómo no, obedeció. Cuando conseguimos quitarle el top, no pude evitar lanzar una mirada hacia Hugo para ver si las dos prominentes pechugas de mi hermana (herencia de mi madre, que también iba bien cargada como nosotras) embutidas en un sujetador rojo básico le llamaban la atención, pero él las ignoró. Yo le quité los pantis rotos, los tiré a la basura y después le di un pijama, pero ella se abrazó a él y volvió a enroscarse como un bicho bola. Maldije entre dientes.

—Me voy a cagar en tu alma inmortal—seguí diciendo.

—Paciencia —pidió Hugo risueño.

¿Paciencia? Si no fuera porque la muy estúpida se había bebido todos los chupitos sobre la faz de la tierra, yo estaría entregada al placentero acto del amor encima de mi cama. Eso por no decir que estaría follándome hasta su carné de identidad. Cuando cerré tras de mí la puerta de la habitación con Eva acostada y arropada, Hugo se quedó plantado en el salón con las manos en los bolsillos. Eran las cinco y veinte de la mañana.

—Buenas noches, ¿no?

Lo agarré de la camisa y lo atraje hacia mí de un tirón. Hugo abrió la boca antes incluso de estamparla contra la mía. Enrollamos las lenguas de una manera demencial, respirando con fuerza, cogiéndonos del pelo y andando hacia atrás hasta encontrar el sofá.

Caímos encima de todos los cojines, tiramos algunos al suelo y enrollé mis piernas alrededor de sus caderas. Se rozó…, ya estaba duro. Me encantaba tener ese efecto en él, excitarle de aquel modo tan loco. Sus dientes atraparon con cuidado mi labio inferior para dejarlo escapar poco a poco; después su lengua y la mía se lamieron. Le desabroché un poco la camisa y mi boca fue bajando por su barbilla rasposa, su cuello, el valle de su garganta. Gruñó. Todo me olía a su perfume de Loewe mezclado con su piel.

—Esto está fatal —gimió.

No lograba explicarme cómo podía pensar que aquello estaba mal. ¿Cómo podría estar mal algo que me hacía sentir tanto alivio? Bueno, cuando fumaba la primera calada de un cigarrillo después de horas deseándolo, también me aliviaba y nunca fue un vicio sano. ¿Pasaría lo mismo con nosotros? No quise pensarlo, porque por mucho que me dijera no pararía. Muy al contrario, mi cadera se movía instintivamente en busca de su cuerpo, de chocarse, rozarse. Él también necesitaba cierto alivio y yo quería dárselo y dármelo. En realidad no pensé en él, solamente en mí.

Hugo se incorporó en el sofá y empezó a quitarse la camisa. Yo también me incorporé y paseé mis labios húmedos y entreabiertos por todo su pecho; mis manos desabrocharon su cinturón. Estaba tan excitado, tan prieto debajo de la tela basta de sus vaqueros… Ejercí fuerza en su hombro y cayó sentado.

Nos acomodamos conmigo a horcajadas y bajó los tirantes de mi mono hasta dejar a la vista mi sujetador. Maldición. Si lo hubiera sabido me hubiera puesto uno mejor. Hundió la cabeza entre mis pechos y los sobó a manos llenas.

—Joder, *piernas*. Joder...

Metí la mano dentro de su pantalón y saqué su erección. Gimió cuando moví la mano despacio de abajo arriba, ejerciendo más presión con el pulgar, que pasé por encima de la punta con delicadeza.

—Enséñame cómo te gusta.

—Dios... —gimió—. Así.

—¿Así? —seguí.

Se acercó a mi boca y nos besamos. Mi mano, entre los dos, empezó a coger ritmo. Separó los labios húmedos de mi boca y agarró mi cara con la mano derecha.

—¿Qué hacemos? ¿Qué estamos haciendo?

—Voy a hacerte una paja porque no dejo de pensar en ello desde hace semanas.

Echó la cabeza hacia atrás y me dejó tocarle. Tenía los ojos puestos en mi mano derecha. Arriba y abajo, sobre la piel suave que envolvía el músculo tenso. Húmeda. Mía. La mano izquierda tiró de mi sujetador sin tirantes hacia abajo y sacó un pecho. Gruñó y lo amasó.

—Estoy borracho, joder —confesó.

—¿Y qué?

—No sé si me voy a correr.

—Claro que te vas a correr —le aseguré—. En mis manos y en mis pechos.

—Ahh —volvió a gemir.

Estaba tan caliente..., mucho. Y me sorprendió que manosearle, pajearle como si fuésemos críos, me pusiera de ese modo. Era como redescubrir su placer y aprenderlo poco a poco. Quería saber cómo le gustaba exactamente. Quería hacerlo mejor que nadie. Era como si me diera placer y no dejaba de pensar en que, cuando terminara, él me devolvería el «favor».

—Dime cómo te gusta —le pedí.

—Así, *piernas*. No pares.

—Dime exactamente cómo te gusta.

Puso su mano sobre la mía y ralentizó el movimiento de mi mano, haciendo que apretara más. Fue acelerando poco a poco, casi de manera imperceptible, hasta que empezó a dolerme la muñeca y el antebrazo. Jadeaba. Se incorporó.

—Quiero ver cómo me corro encima de ti —me dijo.

Me dejé caer de rodillas al suelo y ya me acercaba a él cuando se escuchó un estrépito en la habitación.

—Albiiii… —balbuceó Eva desde mi dormitorio.

—Ahh…, no, joder —se quejó Hugo.

—Joder.

Los dos soltamos su erección en el justo momento en el que mi hermana salía a trompicones hacia el salón. No vio nada, porque no pudo en sus condiciones, pero si hubiera estado sobria, me habría encontrado con un pecho fuera, el otro dentro del sujetador, de rodillas frente a Hugo, mientras lo masturbaba. Y él con la camisa abierta y el pantalón desabrochado. Pero dio igual en qué circunstancias nos hubiera interrumpido. Ella corrió hacia la cocina, creo que sin saber dónde iba, y se puso a vomitar allí.

27

Juro que la quiero. No sé qué tiene esa niña que se hace querer. Quieres abrazarla todo el rato, porque es algo así como la pequeña de las hermanas de esa película…, ¿cómo se llama? *Gru, mi villano favorito.* Ella ahí, con esas manos de bebé y esas gafas que se pone cuando quiere parecer más seria. Había pasado mucho tiempo con ella en los últimos meses, desde que rompí con Alba. Y con Nico, claro. Porque teníamos una relación a tres y cuando uno lo deja, lo deja con ambos. El caso es que juro que adoro a esa cría, pero aquella madrugada la hubiera matado con mis propias manos.

De entre los recuerdos que guardo de mis padres, rescaté, mientras bajaba en el ascensor, el de una noche en la que irrumpí en casa con una melopea de medalla de oro. Casi no pude ni abrir la puerta pero después de muchos intentos, lo conseguí, armando un jaleo de impresión. Debía tener diecisiete años. Mi madre me esperaba en bata, apoyada en el quicio de su dormitorio con gesto grave.

—¿A ti te parece bien venir con semejante borrachera?

—Me sentó mal la cena —me excusé.

Mi padre salió detrás de ella. No recordaba que me hubiera pegado en la vida, pero no se lo pensó antes de darme una colleja con la que casi me arrancó la cabeza.

—¡Si no sabes mear, no bebas!

Me dieron ganas de hacer lo mismo con Evita. Y que conste que me tendría que dar pena, porque cuando Alba me dijo que ella se encargaba y que me marchara, ya había vomitado tres veces agarrada al fregadero. Por una parte me apiadaba de ella porque su hermana mayor, con la que la había dejado, era lo más parecido a una dama de hielo que conocía. No porque fuera insensible. No, Alba tenía sensibilidad para dar y tomar, pero una mano izquierda más grande que yo. Joder…, era increíble. Mi valquiria…

Cuando me senté en mi cama, seguía teniéndola como el cemento armado. No puedo explicar por qué me había puesto tantísimo verla masturbarme con aquella concentración. Joder. Pidiéndome con la voz cargada de morbo que le dijera cómo me gustaba más. ¿Cómo podía explicarle que con que la sujetara entre sus dedos yo ya me moría?

Me decidí a desvestirme y en ropa interior volví a sentarme en la cama. Vale. O descargaba aquello o iba a saber lo que es un buen ataque de priapismo. Así, hablando mal y pronto, me la saqué y empecé a tocarme. Fuerte. Sin medias tintas. No estaba tontorrona y no hacía falta que la despertara. Estaba en pie de guerra; recibió los zarandeos muy bien. Me imaginé corriéndome encima de sus pechos. Después fantaseé con ella en el sofá desnuda, con las piernas abiertas, y yo acariciándola hasta llevarla al límite y dejar que se corriera en las yemas de mis dedos. Ni siquiera llevaba dos minutos concentrado a lo mío cuando la puerta se abrió de par en par y Nico entró en la habitación.

—¡Joder! —se quejó y dio dos pasos hacia atrás.

—Pero ¡¡¿por qué cojones no llamas antes de entrar?!!

—¿¡¡Quién iba a pensar que te iba a pillar cascándotela!!?

—¡Como si tú no lo hicieras! ¿Crees que las paredes de esta casa son como las de los refugios nucleares o qué?

Pero no salió. Yo ya me la había metido en la ropa interior, claro. Si él se hubiera quedado dentro de la habitación donde estaba yo con la chorra fuera, sin una tía en la cama, me habría asustado.

—Además, ¿qué quieres? ¡Son las seis de la mañana!

—¿No triunfaste y vienes a descargar? —se burló. Parecía muy espabilado para terminar de despertarse.

—Ja, ja, ja. Me parto —le contesté muy serio—. ¿Has dormido?

—Me puse a escuchar música y me desvelé. ¿Qué tal ha ido?

—¿Esto es una charla incómoda o me lo parece?

—Acabo de pillarte con la polla en la mano. Es incómoda.

—Me refiero a si quieres decirme algo en concreto o si esto va de fiesta de pijamas.

Puso los ojos en blanco y apoyó la cabeza en el marco.

—¿Y Alba?

—En su casa.

—¿Vienes de allí?

—Vengo de allí porque Eva se ha agarrado el pedo de su vida y la he tenido que ayudar a subir.

—¿Y tú no vas pedo?

—Se me ha pasado cuando has entrado —refunfuñé.

—¿Condujiste tú?

—No. Ella.

—¿Ella, Alba?

—Sí. Alba.

—¿Tu coche?

—No. Una carroza del día del orgullo gay. ¿A qué viene este interrogatorio? ¡¡Claro que mi coche!! —Hice una pausa en la que me froté con vehemencia la cara. Empezaba a entrarme la típica modorra post borrachera—. Nico, no ha pasado nada. No hemos follado. Puedes dormir tranquilo, ¿vale?

—Vale —asintió.

—Pero de todas maneras, déjame que te dé un consejo, aunque aún vaya mamado y esos chupitos infernales me hayan soltado la lengua. Tenemos que superarlo.

Me sentí un perro. La había besado. Y ella había estado acariciándome casi hasta el orgasmo. Dios. Esa chica podía hacer de mí lo que le diera la gana.

—Es que no puedo —dijo con los ojos cerrados y la frente aún apoyada en el marco—. Es nuestra chica…, Hugo. Es nuestra.

—No es de nadie más que de sí misma. Buenas noches.

Y le invité a irse porque no soportaba estar mintiéndole por más tiempo. Yo no quería olvidar a Alba tampoco. Y no…, no iba a dejarlo como había quedado.

Menudo domingo. Me desperté con un dolor de cabeza brutal, a las dos y media del mediodía. Para colmo, Nico había hecho la comida. Y diréis, pues menudo gilipollas, encima que te la había hecho… Vale, le agradecí el intento, pero entre la humareda que había montado, los cacharros para lavar y el tomate frito que llegó al techo, costó la torta un pan. Macarrones con queso. Eso comimos. Y entró bien, que conste, hasta que a los chupitos les dio por querer salir y me pasé veinte minutos arrodillado delante del váter.

—Joder, Hugo, que no tienes edad —me dije muy indignado conmigo mismo.

Adiós a las discotecas. ¿Por qué me metía yo en esos follones? Si lo único que de verdad deseaba era una taza de café humeante en la mano y Alba y yo abrigados en la terraza, comiéndonos a besos. Bueno. Miento. En ese momento mi único pensamiento tenía que ver con mis vergüenzas en su mano.

A media tarde apareció por allí Marian, como siempre, como un puñetero ciclón. Nico se encontraba bien y acabó de ella hasta las narices. Yo que estaba que me moría, hasta las pelotas quedé. No contenta con contarnos con pelos y señales todo lo concerniente al tío con el que salía (por favor, Marian: haz amigas hembra o cómprate un loro), saqueó nuestra nevera y cuando no le dimos más conversación, anunció que se iba a hacerle una visita a Alba. «Ve tú que puedes», pensé. Nico y yo la vimos salir de casa y sé que los dos deseamos ser ella aquella tarde.

No. No me toqué más. Dolor de cabeza. Mal cuerpo. Cuando quise darme cuenta, estaba sonando el despertador para ir de nuevo a trabajar. Me quedé dormido pensando en desahogar todas las ganas acumuladas y soñé con que ella lo hacía. Maldita Alba; no sé cuándo le di la llave para que entrara también en mis sueños.

Lunes por la mañana. Alba llevaba un vestido cruzado de color gris y estaba espectacular. Brillaba. Su pelo resaltaba encima de la tela y la falda se movía con sus caderas. Subida a unos tacones…, joder, los tacones. Me gustan las chicas con tacón alto, no puedo evitarlo. No es una cuestión de fetichismo, es que se mueven diferente. Su culo.

No pude pensar en otra cosa. Me vais a disculpar pero, me dolía la entrepierna a morir de imaginarme mis manos estrujando sus gloriosas nalgas. Y allí estaba ella, profesional, entera, digna, sonriente, sin hacer ninguna mención a esa madrugada en la que a mí el placer se me había quedado a medias en su sofá. Dentro de nuestro despacho, la noche del sábado no había existido. Aunque pensé en un primer momento que eso me tranquilizaría, no lo hizo; todo lo contrario, porque sí había pasado. Y yo era un enorme interrogante…, un eterno: «¿Qué voy a hacer ahora?». Querer y no poder impregna al deseo de una fuerza descomunal. No hay nada más poderoso que necesitar algo que tú mismo te niegas.

A eso de las cinco de la tarde ya no podía más. Llevaba la mayor parte de la jornada pensando en Nico para tener presente la razón por la que el supuesto Alba y yo era un caos en el propio planteamiento. Estuve a punto de ponerme una foto de él encima de la mesa. Pero, como en ese capítulo de los Simpson donde Homer intenta pensar en cosas poco eróticas y la visión de uno de sus amigos en biquini se transforma en la de la una mujer, yo acababa con la mirada perdida y el recuerdo de sus tetas en la cabeza. No soy un cerdo. Es que ella era mi diosa. Mi valquiria. El centro de todos mis jodidos deseos. Alba entró en mi despacho haciendo resonar sus tacones y apartándose la melena hacia un lado. Cabrona.

—Hugo. Necesito que me firmes estos papeles. —Firmé sin mirar y ella arqueó las cejas—. ¿Qué te pasa?

—¿Qué me tiene que pasar? —contesté un poco a la defensiva.

—Pues algo, porque acabas de firmar algo que no sabes ni lo que es.

—Confío en ti. Eso es lo que pasa.

Pestañeó con cara de circunstancias.

—A ver. —Se sentó en el borde de la mesa con un solo muslo. La abertura de su vestido se abrió un poco y me dejó ver un pedazo de la liga de sus medias. Dios. ¿Por qué me castigas?

—A ver, ¿qué?

—¿No quieres saber qué has firmado?

—Ah, sí, es…, ¿es el presupuesto de lo de los envases?

—Sí. —Asintió y apretó los labios pintados—. Venga, ¿qué te pasa?

—No me pasa nada. —No pude evitar sonreír. Ya la tenía dura. Entrecerró los ojos en un gesto de suspicacia.

—Yo sé lo que te pasa.

—No. No creo que lo sepas.

—¿No decías que no te pasaba nada?

—Manipuladora. —Me reí.

Jugueteó con sus labios y se rio. Cabrona. Me estaba castigando.

—¿Estás jugando a algo y no lo sé, *piernas?* Porque si participo al menos me gusta saber las normas.

—No —fingió que no estaba disfrutando—. Solo pensaba que si necesitas algo de mí, deberías pedirlo.

—No te lo voy a pedir. —Me reí.

—¿Qué no me vas a pedir?

—¿Y dices que no estás jugando?

—Eres espabilado, Hugo. Seguro que encuentras la manera de solventar este problemilla antes de que se te gangrene.

—No sé a qué te refieres.

—A eso.

Señaló el bulto de mi pantalón con frialdad. Después cogió los papeles y caminó hacia su mesa; junto a la puerta que separaba su espacio y el mío se giró y me preguntó si quería la puerta cerrada.

—Déjala abierta —pedí.

Tortura milenaria china. Ni astillas debajo de las uñas ni potros. Alba sabiendo más que yo de mis propios deseos. Dolía. Abrí uno de los cajones y saqué algunas fotografías. Pensé que ponerme ñoño me quitaría el calentón y me devolvería a las razones por las que Alba y yo no podíamos pasar de tontear. Ya había sido demasiado aquel conato de masturbación interrumpida. Polaroids. Fotos de cuando éramos los tres felices, en ese invento de vida amorosa que habíamos construido sin cimientos. Nico…, siempre soñando. El problema de mi mejor amigo era que vivía en el mundo de las ideas, como la teoría de Platón. La realidad para él era tosca y no valía su atención; de ahí a enamorarse de la idea de nosotros tres como «pareja» no había nada. Y se cegó. No vio que no funcionaba, que le faltaba estabilidad, que yo me cansé de tenerla entre los dos. La quería para mí solo, como esas noches en Nueva York.

Recordé ese restaurante, The River Café, donde habíamos bailado. Ella llevaba en su mano izquierda el anillo que le regalé. Y después las sábanas de nuestra habitación bailaron con nosotros encima. ¿O no fue aquella noche? Ya no me acordaba, ni me importaba. Ojalá pudiera condensar todos esos recuerdos, apretados, ligados y mezclados, en una píldora. La tragaría y viviría como Alicia, al otro lado del espejo.

La añoraba. Añoraba permitirme el lujo de meter la mano dentro de su espesa melena y notar cómo las fibras de sus cabellos se iban deslizando de entre mis dedos. Y su olor. Y el tacto de su piel encima de la mía. El peso de su cuerpo en mi regazo. Su boca en mi cuello, en mi pecho, en mi polla. No era calentón. Era amor y en el amor a veces el cuerpo dice más que las palabras.

Me levanté dispuesto a condenarme. ¿Qué más daba? Cualquier cosa sería mejor que aquello. Pasé por su lado sin ni siquiera mirarla y fui hacia la puerta pero lejos de salir, cerré y pasé el pestillo. Al girarme sus enormes ojos marrones me miraban y una sonrisa tiraba de las comisuras de sus labios.

—Solo hoy. No puedo soportarlo —le dije.

Ni siquiera sé cómo llegué a mi mesa de nuevo, pero ahí estaba, sentado en mi silla, con ella entre las piernas, de pie. Toqué sus muslos por debajo de la tela del vestido y creí que la piel se me deshacía.

—Hugo, esto es como la picadura de un mosquito. Crees que rascar te aliviará, pero lo único que consigues es que te pique más.

—¿Por qué me dices esto después de lo del sábado?

—Porque quiero que, al menos, lo escuches de mi boca antes de meternos de cabeza en esto. Sé consciente de que necesitaremos más. Y más. Te estás engañando.

—Pero es que no podemos, Alba.

—¿Por qué?

—Porque Nico…

—Nico tiene treinta y cuatro años y sueños adolescentes. Y por si no te has dado cuenta, lo sabe perfectamente, pero si lo admite no tendrá más salida que aceptar que tiene que tomar una decisión. Y no quiere.

—Eso es muy frío.

—No digo que no te quiera, Hugo. —Se arrodilló entre mis muslos en un movimiento elegante y paseó sus manos sobre mis piernas.

Gemí. Gemí solo con notar sus dedos sobre mi cinturón.

—Dios… —rebufé.

—Y Hugo…, esto no lo hago por ti. Lo hago porque me muero de ganas.

Ahí estaba, la dama de hielo. La valquiria. Y yo su esclavo. Darme placer porque ella quería. A mí me valía. Cuando desabrochó el pantalón del todo y la sostuvo en su mano derecha, eché la cabeza hacia atrás. Si la miraba, me correría con la primera sacudida. Arriba, abajo. Cosquilleo. Placer en la base de mi espalda, recorriéndome hasta el cuello. La presión de su dedo pulgar más intensa, el recorrido del resto de dedos sobre mi piel, el ritmo. Arriba, abajo. Su otra mano acariciándome con cuidado los testículos. Latigazo de placer.

—Alba…, voy a correrme —gemí.

—Acabo de empezar.

—Llevas tocándome desde el sábado, pero no lo sabes.

Ella sonrió y siguió acariciándome. Lo hacía tan bien que era difícil no pensar que esas manos estaban hechas para tocarme a mí y que las mías eran ya de su propiedad. Noté calor…, ese calor que nacía de lo más profundo y que me revolvía entero. Ella me soltó un momento y deshizo el lazo del cinturón de su vestido. Un botón a la izquierda, casi en su cadera; otro botón dentro. Abrió la tela, descubriendo su ropa interior de color gris y volvió a agarrarme con decisión. Subió el ritmo y yo empecé a jadear.

—Dios, nena…, Alba…

Se pasó mi erección entre los pechos y todo me ardía, me cosquilleaba. Gruñí y no pude evitar correrme cuando volvió a bajar y subir la mano a lo largo de mi polla. Así de rápido. Como un adolescente.

—Ah… —gemí.

No paró. Siguió moviendo la mano con suavidad y yo seguí corriéndome abundantemente sobre su escote, entre sus pechos, con los ojos clavados en las perlas de semen que brillaban en su piel. Manché su ropa interior y ella se miró con el labio inferior atrapado en medio de sus dientes. Puse mis dedos en torno a los suyos y la paré. Eché la cabeza hacia atrás.

—Dios…, *piernas*. —Cerré los ojos.

Los volví a abrir unos segundos después. Alba se había sentado encima de mi escritorio y había encontrado un kleenex en uno de los cajones. Se limpió como pudo y después, sin cerrar su vestido, cogió sus braguitas por el elástico, lo bajó y las dejó caer al suelo. Abrió las piernas y susurró:

—Y ahora... tú.

Aún jadeaba. Iba a tardar en recuperarme de ese orgasmo, porque después de haberlo almacenado durante casi dos días, había cobrado más fuerza de la que pensaba. Pero no me lo pensé. Yo quería su placer en mis dedos. Me acerqué en la silla y subí su pie a mi mesa. Se abrió delante de mí..., todos sus pliegues rosados.

Los hombres solemos abandonar inmediatamente después de corrernos el estado de excitación. Es automático y natural. Una vez hemos eyaculado, perdemos el interés sensual. No hay impulso eléctrico que nos obligue a lanzarnos entre sus piernas. Ya está todo en calma dentro de nosotros. Pero aquella tarde..., yo quería, QUERÍA, ahogarme en ella. Intenté acercar mis labios a su sexo que brillaba húmedo, pero ella me paró.

—No. Con tu mano.

Obedecí. Froté su clítoris y después metí dos dedos dentro de ella. Me levanté. No pude más y la besé con fuerza. Mucha lengua, mucha necesidad, mucha demanda. Necesitaba tenerla al menos hasta que ella se corriera. La follé con dos de mis dedos y con el pulgar acaricié el nudo de nervios que coronaba sus pliegues. Estaba tan húmeda..., le había excitado tocarme hasta el orgasmo y a mí me excitaba saberlo. Me aceleré.

—Más, Hugo, más... —pidió.

Sus labios estaban hinchados y húmedos. Se le había corrido un poco el pintalabios y probablemente yo tenía más maquillaje en la barbilla y alrededor de mi boca que ella. Empezó a gemir.

—Más…

—¿Qué más? —le pregunté.

Se acercó más al borde de la mesa y movió sus caderas, frotándose con la palma de mis manos. Metió los dedos entre mi pelo y tiró de mí hasta que nos besamos.

—Quiero más —exigió.

—¿Qué quieres?

—A ti.

—Todo.

—Siempre.

Nuestras lenguas se enrollaron tan húmedas como mis dedos deslizándose hacia su interior. Siguió frotándose, moviendo sus caderas de atrás hacia delante y… sin más, se corrió. Aspiré sus gemidos como si fueran la última posibilidad de conseguir oxígeno para mis pulmones. Y cuando separamos los labios, supe que tenía razón. Yo ya era suyo. Ya había decidido entre la lealtad y el amor. Yo solo la quería a ella. Pero… ¿cómo hacerlo?

28

L o sabía. No lo imaginaba. Lo sabía. Había que carecer de todos los sentidos para no enterarse de aquello. Hugo olía a ella. Olía a haberla tenido más cerca de lo que dos personas, que no comparten nada más que una historia pasada y un trabajo, deben estar jamás. Y yo casi podía oír los engranajes de su cabeza moverse a toda velocidad pensando en ella. Yo oía su nombre, Alba, por todas partes. Casi podía tocarla en el recuerdo de Hugo. Joder. No sé si me halagaba o me cabreaba que él mirara hacia otro lado e imaginara que yo haría lo mismo. Quería decir tantas cosas que me asustaba.

Solos en un despacho, haciendo un trabajo que parecía gustarles, forjando algo que no tendría jamás que ver conmigo. ¿Cómo pude ser tan tonto? Y yo quería desesperadamente formar parte de aquello. Lo necesitaba.

Nunca me había pasado aquello. Siempre fui de ese tipo de personas que rechazan todo lo que a los demás les gusta. Así, como si fuera un mecanismo de defensa que me alejara de esa gente que yo no quería convertir en personas. Siempre fui muy selectivo, quizá demasiado, porque no pensé que las personas que se habían terminado convirtiendo en alguien importante para mí, lo eran por cuestiones aleatorias, no porque el destino nos hubiera unido. ¿Estaba dejando de creer también en que todos tenemos un sino al que nos vemos avocados? Joder, me costaba creer en nada por aquel entonces. Solo quería… no estar solo. No alejarme. Aquella era mi vida. Podía gustarme más o menos, pero Hugo y yo la construimos.

Una vez, cuando yo era adolescente, mi hermana Marian llegó llorando del instituto porque decía que dos de sus amigas la dejaban de lado. Mi madre le dijo que tenía que aprender a ser menos celosa con la gente, porque las personas necesitaban evolucionar y eso a veces las llevaba a juntarse con otras personas diferentes.

—Cada uno tiene que seguir un camino, que ellas se lleven ahora mejor porque les guste el mismo tipo de música no tiene nada de malo. No quiere decir que a ti vayan a quererte menos. Lo importante es que nunca cambies tu forma de ser por gustar a alguien.

Me pareció absurdo en aquel momento y miré a Marian como si fuera extraterrestre. Yo no entendía por qué esa necesidad de agarrarse a otras personas. Por aquel entonces mi entorno se reducía a dos amigos del colegio, tan independientes como yo y mi novia, la chica que vivía en la casa de al lado, con la que escuchaba música, me corría y soñaba con irnos lejos del pueblo. Yo sería fotógrafo y ella sería cineasta. Nos encontramos años después de romper, cuando ya habíamos terminado la universidad. No, no era cineasta. Al final había vuelto al pueblo, trabajaba en la empresa de su padre que tanto había criticado y se había casado con el encargado.

Tenía dos niños. Y yo me fui a casa con una mezcla de decepción y orgullo, hasta que me di cuenta de que yo seguiría en Madrid, pero… tampoco era fotógrafo. No sé si me explico.

El caso es que yo sabía que Hugo estaba luchando con sus propios demonios en lo referente a Alba. Y sabía que uno de ellos era yo. Por una extraña razón… no quería ponerle las cosas fáciles. No quería entrar en su habitación y decirle: «Hugo, si la quieres, la quieres, no hay más vuelta de hoja. Si ella te quiere a ti, yo no tengo nada que decir. Me iré. Podréis vivir lo vuestro desde cero y yo me daré así la oportunidad de reconstruir todas esas cosas que no me gustan de mí». Pero es que no podía. No podía, joder.

Por el contrario, había entrado en su dormitorio después de escucharle llegar de la celebración de su cumpleaños y, aun pillándole con la puta polla en la mano, me había quedado para decirle que Alba era nuestra chica. Nuestra. Jamás me imaginé utilizando esa palabra para definir a Alba. Lo que más me gustó de ella, lo que me cautivó, fue ese modo de ser tan suya, tan libre. Dicen que solo amas de verdad a aquello libre de marcharse en cualquier momento, de la misma manera que solo vives de verdad cuando eres consciente de que un día morirás.

¿Qué había pasado con todas aquellas certezas? ¿Dónde habían ido a parar? Me sentía más perdido que a los quince años. Eché de menos esa seguridad estúpida de entonces porque, aunque ahora era plenamente consciente de cuánto me faltaba por aprender y había aprendido a disfrutar de aquella sensación, mis sueños se habían evaporado y me sentía incompleto. Perdido entre las cosas que quería. Ahogado en aquello que codicié. La normalidad. La rutina.

Asco de Nico. Asco de persona a la que no reconocía en el espejo. Cada día el traje, la corbata, el yugo de un trabajo que no me daba solo dinero, sino que me encadenaba para que no pudiera hacer las cosas con las que había soñado, porque era totalmente aterrador volar solo. Ahora lo sé, entonces le di otro nombre: necesidad. No era necesidad, era miedo. La vida asusta cuando uno se da cuenta de que debe hacerse cargo de todas sus equivocaciones y las consecuencias de las mismas. Nada es gratis. Nada pasa sin más. Y yo, que un día me llené la boca hablando de vivir en un eterno viaje, sin casa fija, sin ser de ningún sitio porque eso no nos deja crecer…, estaba encadenado por propia voluntad y el carcelero no era otro que el miedo.

Así que me senté y esperé. Esperé que volviera de trabajar. O de besarla. O de correrse dentro de ella. Yo me senté y esperé, porque, total, ya no había nada que perder. Aquella seguía siendo mi casa y como parte de ese hogar que compartíamos, le esperaría. Y cuando entrara no le obligaría a mentir. Solo… miraría a otra parte. En aquel momento pensé que me empujaba el amor. Ahora ya sé lo que había detrás y no me deja en buen lugar porque era amor también, pero lo que lo acompañaba y lo volvía cegador me convertía en un cobarde.

29

Volvimos a casa casi sin hablar. Hugo apretaba los dientes y su mandíbula se marcaba bajo la piel rasposa de su mentón. Hubiera podido entablar conversación, pero lo único que me salía decirle era que le quería. Yo no jugaba por placer. Y sí, vale, mi cuerpo se sentía muy necesitado de él, pero si había tanteado, provocado y tocado, era porque quería... estar cerca. Hugo sabía que me quería y yo sabía que nos queríamos los dos. Pero Nico era la única persona en el mundo que él consideraba tener a su lado incondicionalmente. ¿Cómo apartarlo de lo que un día fue también suyo? Porque una cosa era romper, dar portazo, adiós muy buenas y tan amigos. Pero es que no era el caso. Yo había roto porque estaba enamorada de Hugo. Enamorada como la tonta que casi lloró cuando se arrodilló delante de ella con un puñetero anillo en lo alto del Rockefeller Center. Hugo me había devuelto la capacidad de discernir lo que quería y lo que creía que debía querer. Y no porque él, por ciencia infusa, fuera la solución para mis problemas; solo es que yo había ordenado mi vida hasta darle el espacio que merecía. Y no era él, él, él, él. Nada de Hugo, Hugo, Hugo, Hugo. Solo él y yo. Él y yo y la convicción de que Hugo era esa persona junto con la que yo podría construir algo que me llenase de verdad. Apagó el motor y me di cuenta, sorprendida, de que ya habíamos llegado. Él se giró a mirarme y yo le sostuve la mirada.

—No me quiero meter en casa —me dijo.

—¿Por qué?

—No quiero mirarle a la cara y ser consciente de que he elegido otra cosa.

—¿Lo has elegido?

—¿Tengo en realidad elección? —Sonrió.

—Claro que la tienes. Siempre se tiene la posibilidad de elegir.

—Es como mi hermano. Los hermanos no se hacen estas cosas —rumió casi para sí mismo.

—Hugo, lo que él quiere es imposible.

—Pero él está convencido de que es la única opción viable para llevar lo nuestro.

—Tú tienes que tomar tus propias decisiones, él las suyas y yo las mías. Lo que no podemos hacer es dejar de hacerlo porque lo que Nico quiere interfiere en lo que nosotros… —Hugo no me miraba, miraba sus manos agarradas aún al volante. Suspiré, dejando la frase en el aire—. Da igual. No quiero discutir contigo hoy.

Negó con la cabeza y después de un suspiro dijo:

—Solo estamos hablando.

—Es que lo nuestro no se habla.

—¿Y qué entonces?

—Hugo, para querer bien hay que ser un poco egoísta. Primero tú y yo. Lo demás vendrá después.

—No sé si puedo hacerlo.

—Es algo que yo no puedo hacer por ti.

Se frotó la cara y después asintió.

—Vamos.

Salimos del coche y anduvimos hasta el ascensor. Dentro de este, no hablamos. Él pulsó el cuarto y yo el séptimo; cuando llegamos a su piso, nos quedamos sin saber cómo despedirnos.

—Joder. No quiero bajar —me dijo en una especie de tono de queja infantil.

—Pues no te bajes.

Tragó. Vi cómo su nuez iba arriba y abajo y después negó.

—Tengo que bajar.

—¿No hay beso?

—No debería haber beso.

—Creía que ya habías tomado una decisión.

Pero no hubo respuesta. Salió del ascensor con los ojos fijos en el suelo y se fue. Me dieron ganas de terminar de ayudarle a llegar a casa con una soberana patada en el culo. Una a veces se pregunta por qué narices se creyó durante tanto tiempo que las mujeres éramos el sexo débil. ¿Es que ellos no se miran hacia dentro nunca?

Cuando llegué a casa me fui directa a la ducha; todo me olía a él, a mí, a sexo. A mis manos tibias tocándole y a él corriéndose encima de mí. Lo peor es que solo con recordarlo me calentaba y no quería. No señor. Esperaba un empuje más valiente por su parte. Al final, aunque nos lo neguemos a nosotras mismas, esperamos que ellos aparezcan con el corcel blanco, aunque a la hora de la verdad nos resistamos a pensar en que las riendas las lleven otros. Malditos cuentos de Disney. ¿Dónde están las historias de verdad en las que ellos no se atreven y nosotras tenemos que esperar a que se den cuenta? Nosotras, que lo tenemos claro, que no nos avergonzamos y que aceptamos nuestros sentimientos de la manera más honesta que conocemos. Y eso me hacía pensar…, ¿cabía la posibilidad de que nunca se diera cuenta, que nunca fuera sincero consigo mismo?

¿En relación a qué?, puede que alguien se pregunte. Pues a que Nico estaba alargando algo que empezó a desmoronarse en el mismo momento en el que nos planteamos querernos los tres. Estaba convencida de que a Nico lo que más le gustaba de aquella idea era el *statu quo* sobre el que se cimentaba. Llevaba años sin tomar una decisión por sí mismo. ¡Nuestra relación se basó en el abandono de Hugo a aquel experimento! Yo también, lo admito. Pero es muy posible que Nico ni siquiera se lo planteara de esa manera, que no se diera cuenta de lo que había detrás de su empecinamiento porque los tres volviéramos al país de Nunca Jamás de las orgías en la cama. Era fácil verlo: Nico tenía un vacío en el pecho que se agrandaba cada vez que nosotros nos alejábamos de ese idílico final a tres, porque nunca se había planteado dónde quería estar. Solo… se había dejado llevar.

Como es de esperar, dormí de culo. Para terminar de arreglarlo Eva llamó borracha perdida porque «se había ido a tomar unas birritas» para celebrar que la entrevista con Google había sido un éxito. Por un agujerito me hubiera gustado a mí haberla visto. Pero el caso es que le habían dicho que la llamarían para la siguiente ronda y… la avisaron esa misma tarde. No creo que Hugo estuviera detrás de aquello, sería menospreciar a mi hermana, cuyo proyecto de fin de carrera sobre los posibles usos de la imagen holográfica en las telecomunicaciones había dejado al tribunal sin habla. Pero quizá…, quizá la estaban tratando con más cariño. Me tuvo hasta las doce de la noche con su «bla, bla, bla» etílico en el que solo me dejaba mediar para decir: «Qué bien», «genial» y «ajá». Para rematar, se despidió con un:

—Estoy muy cansada. Ya hablamos mañana.

Aún estoy esperando a que me pregunte qué tal yo… Después de una noche de perros soñando con pelotas de golf, mi hermana y Hugo (todo mezclado y sin sentido) me esperaba un día de los de agárrate y no te menees. Por fin había llegado la cita con ese cliente que Hugo no quería que conociera. Creo que si le hubieran dado a elegir entre que yo asistiera a la reunión o sodomía con una calabaza (de las alargadas, no de las redondas, tampoco vayamos a pasarnos) hubiera elegido lo segundo.

Ni siquiera pensé en lo que me ponía. Ya no me preocupaban esas cosas. Con ir sobria y transmitir una imagen profesional me valía, así que tampoco puedo decir que eligiera una prenda de mi armario buscando ni taparme frente a los ojos de un supuesto asqueroso machista ni lucirme en plan provocación. De verdad que esa no era mi guerra. Era la de Hugo, que tendría que darse cuenta de que uno demuestra la caballerosidad y la valentía siendo coherente con su vida personal, asumiendo los riesgos que sean necesarios, no gruñendo ni blasfemando si otro mira a tu chica. Esas cosas me ponen bastante enferma. ¿Qué tipo de demostración de amor es que alguien te diga que no puedes ponerte algo porque es demasiado corto? Nosotras somos las que debemos juzgar si estamos cómodas con el largo de nuestras faldas o con lo pronunciado de nuestro escote. Para gustos, los colores. Así que... agradecía que Hugo no hubiera hecho alarde de ese tipo de arranque «testosteronil» para no tener que vérmelas con mis ganas de hacerle comer el teclado del ordenador.

Cuando entré en el despacho haciendo resonar mis tacones altos, Hugo levantó la vista de los papeles que estaba revisando y me miró de arriba abajo. Había elegido uno de esos *outfits* recurrentes; lo típico que te pones para ir a trabajar cuando no sabes con qué vestirte: pantalones negros de traje ceñidos y tobilleros, blusa blanca y americana. Nada especial. No me había dado tiempo a arreglarme el pelo, así que lo llevaba recogido en una coleta con la raya al lado. De maquillaje solo *eyeliner* y labios rojos.

—¿Vamos? —le dije nada más recoger algunas carpetas de encima de la mesa.

—¿Qué prisa tienes? —le escuché preguntar a regañadientes.

—No he desayunado. Invítame a un café antes de la reunión.

Hugo llevaba la chaqueta del traje gris marengo, jersey de color granate, corbata negra y camisa blanca.

—¿No puedo convencerte para que te quedes, verdad?

—Ni lo menciones.

Chasqueó la lengua y con un portafolios bajo el brazo salió del despacho. Demasiadas cosas mezcladas allí dentro, pensé viéndolo arrastrar el abrigo. Nos unían demasiadas cosas. «Alba…, búscate otro trabajo, otro piso u otro amor de tu vida, porque así… no».

Tomamos un café al lado de las oficinas del cliente. Era un edificio bajo; uno de esos bloques de los años setenta que se habían quedado obsoletos en cuanto a equipación y aspecto. Lo que ahora era Aguilar, S.L. había empezado su andadura con un par de perfumerías en Madrid durante el franquismo, que se convirtieron en paradigma del estilo y la sofisticación. Al parecer traían el género desde París, e incluían en su catálogo cosméticos, perfumes y medias de seda. El negocio había prosperado y también evolucionado y el señor Aguilar era ahora dueño de una de las cadenas con más renombre. Tampoco es que estuvieran montados en el dólar; su negocio tenía asociada la expresión «rancio abolengo» en todo su esplendor. Habían tenido que cerrar una de las tiendas que habían puesto en funcionamiento en los últimos años y estaban viendo que el negocio no tiraba como antes. Hugo les había planteado un plan de acción el año anterior que incluía la necesidad de subirse al carro de la modernidad y dejar los brocados y dorados para las fotos del «cómo era este local hace cuarenta años». Habían cumplido paso por paso la propuesta de servicios: modernización de los sistemas informáticos de la empresa, aprovechamiento de sinergias entre departamentos, revisión salarial, revisión en el catálogo…, todo menos lo que más beneficio les supondría: remodelación de las tiendas. Y no es que Hugo pudiera hacer mucho, porque si no atendieron a este punto fue porque el señor Aguilar no quiso «mancillar» su imagen. Hasta ahí el trabajo del director comercial. No podíamos hacer más. Pero…, y aquí viene uno de los motivos por los que Hugo lo odiaba con toda su alma, el dueño había considerado que le habían mandado a un muchacho demasiado joven cuyas propuestas no eran más que humo (y que encima era reacio a cerrar los tratos como antaño, con un puro y una pilingui en el regazo). Hugo puede ser muchas cosas, pero en el trabajo destaca por su profesionalidad. No lo veía riéndole las gracias a alguien que le obligaba a poner un pie en un club chusco de moral distraída.

Esta vez volvíamos a sus oficinas con una propuesta en firme sobre el cambio de su imagen, con una presentación comparativa entre su marca y otras del mercado y estimaciones sobre costes y demás. No era nuestro trabajo. Nuestro departamento de diseño se encargaba de *branding,* sí, es verdad, pero nunca se había metido en un proyecto de remodelación de establecimientos. No éramos interioristas, pero habíamos pringado a todo un equipo de diseñadores para llevar algo que sostuviera nuestra hipótesis de que la propuesta de servicios profesionales anterior no había dado sus frutos porque Aguilar seguía anclado en el siglo pasado. Bueno, historias aburridas del curro.

La cuestión es que la primera impresión ya no fue buena. Hasta la recepción enmoquetada apestaba a tabaco rancio, como si no se hubiera ventilado aquella planta desde la ley antitabaco. ¿Hablamos de la moqueta marrón? Mejor lo dejo. Y las lámparas de los setenta, los sillones de «terciopelo» de la recepción…, hasta el uniforme de la pobre chica que atendía tras el mostrador. Mientras esperábamos que la secretaria del señor

Aguilar nos recibiera, Hugo se puso a repasar como un loco el protocolo de la reunión:

—Yo os presento, expongo mi opinión educada de sus quejas, planteas la posible solución y le doy el presupuesto.

—Lo has dicho ochenta veces. ¿Qué te pasa?

—Que este tío me cae fatal —rebufó arreglándose la corbata.

—Vale, ¿y qué? ¿Es que toda tu cartera de clientes es íntima amiga o qué?

—Es muy maleducado, Alba. No estoy seguro de cómo va a reaccionar cuando te vea.

—Pues tú por eso no te preocupes, que padre ya tengo uno y hace muchos años que me valgo por mí misma.

Gruñó. Y no le dio tiempo a decir más porque nos hicieron pasar al mastodóntico despacho de aquel señor, que tenía enmarcado un póster simulando el cartel de una tarde de toros con su nombre entre los de los toreros. Sentado en un sillón de piel que había vivido tiempos mejores nos esperaba él. Tenía una espesa melena negra brillante (no sé si por grasienta o por usar aún brillantina), un bigote recortado y una de esas bocas como pequeñas y babosas. Me dio asco a rabiar, pero supongo que estaba contaminada por lo que Hugo me había contado de él. No se levantó para recibirnos. Se quedó hundido en su trono de piel falsa mientras Hugo se inclinaba para darle la mano. Yo hice lo mismo y cuando sus dedos estrujaron los míos, una mueca parecida a una sonrisa se dibujó en su cara.

—Vaya, vaya —dijo.

Escuché los dientes de Hugo rechinar.

—Señor Aguilar, le presento a Alba Aranda, es mi ayudante.

—Encantada —repetí.

—Encantado yo. Madre de Dios, lo lozanas que salís ahora de la escuela.

—Yo ya hace años que salí de la universidad —contesté escuetamente, haciendo hincapié en mi formación.

—No mientas —dijo zalamero—. Tú aún estás en edad de merecer.

Él sí que se merecía un par de hostias. Tomamos asiento y seguimos con lo programado. Hugo entabló primero la típica charla de cortesía, preguntándole por «su señora» y por sus hijos y cuando su interlocutor contestó con monosílabos sin quitarme la mirada de encima, se metió de lleno en el trabajo. Hablaba, hablaba, hablaba, pero el señor Aguilar no le prestaba ninguna atención. Y que conste que lo estaba haciendo brutalmente bien: era profesional, claro, ejecutivo. Terminó con un gesto de evidente frustración y yo tomé el testigo para seguir.

—Señor Aguilar, lo que le proponemos es que considere la idea de redirigir la imagen de su marca al público que más le conviene y que le traerá mejores resultados. —Me incorporé y le pasé un dosier—. Hemos realizado algunas pruebas con nuestro equipo de *branding*.

—¿De qué?

—Marca. Diseño de marca —contesté—. Como verá…

Sus ojos solo veían la piel que mi blusa dejaba al descubierto. Carraspeé.

—Como verá, creemos necesario un lavado de cara para sus tiendas…, ha hecho un gran trabajo renovando el catálogo de productos, pero la imagen tradicional de sus establecimientos supone en muchos casos un impedimento para que la clienta media se acerque. Incluso el uniforme de la gente que se encuentra tras el mostrador…

—No les voy a poner pantalones —dijo sin venir a cuento—. No me gusta que las mujeres no enseñen las piernas, que para algo las tienen. Esa moda de vestirse como hombres…, no me gusta. Y no estoy de acuerdo. Los pantalones para quienes los llevan en casa. Las faldas para ustedes. —Miró mis piernas—.

Antes en la escuela de secretariado les daban buenos consejos sobre cómo vestir en el trabajo.

—Yo no he ido a una escuela de secretariado —contesté con firmeza.

—Falda —impuso—. Me gustan las rodillas de las chicas. Y las medias. ¿Usted usa medias, señorita? Mi padre las traía de París, de las de seda y encaje, ¿sabe usted? No esos pantis horribles. Las de media pierna…

Miré a Hugo de reojo. Estaba rojo y apretaba los puños sobre las piernas.

—Bueno —sonreí falsamente—, que use o no medias no creo que sea una cuestión importante. No quiero entretenerle con ese tipo de datos que seguro son secundarios.

—A mí no me lo parecen. Y seguramente a su jefe tampoco.

Hugo abrió la boca para contestar, pero me adelanté.

—A mi jefe le importa más mi currículo. Y mis ideas. Si le parece, en las siguientes páginas puede ver varias propuestas de…

—Pequeña… —dijo con tono condescendiente—. Estaré encantado de que pases por algunas de mis tiendas a probarte unos cuantos pintalabios. Esto mejor que me lo explique el señor Muñoz.

Hugo y yo nos miramos.

—¿Por qué?

—Prefiero tratar los temas profesionales con un caballero. Así mantengo la mente más fría —se burló.

—No entiendo por qué no iba a mantenerla fría conmigo.

—Pues porque soy un hombre y usted una señorita con bonitos atributos… —Sus manos insinuaron la forma de unos pechos.

Supongo que tenía que habérmela sudado todo y haber pasado el testigo a Hugo. Supongo que tendría que haberme mordido la lengua, porque no valía la pena malgastar energía en discutirle nada a aquel gañán. Pero... no me pude aguantar.

—Señor Aguilar, antes de estar en esta empresa fui redactora en uno de los periódicos más importantes de este país. He trabajado con muchos hombres, hombres..., de los de verdad, y cuando trabajan no piensan en si llevo medias de seda ni en mis pechos —carraspeé—. Dicho esto, me gustaría que tuviera la amabilidad y la educación de dejarme hacer mi trabajo.

Abrió la boca indignado.

—Señor Muñoz, ¿tolera usted ese tono?

—¿Qué tono? —Y Hugo se acomodó en su asiento con una sonrisa.

—Haga el favor de dejarnos hacer negocios —me dijo con firmeza—. Siéntese, sonría y a la próxima, si quiere vender algo, póngase un buen escote. Esa blusa no se transparenta lo suficiente como para que queramos escuchar su opinión.

—Si vuelve a hablarme en ese tono me marcho de aquí y le pongo una denuncia por acoso sexual y trato vejatorio. Así, de primeras. Porque resulta que una de mis amigas, de las que llevan pantalones en lugar de falda, es una de las mejores abogadas de España. Así que guárdese la chorra en los pantalones, deje de mearse en la boca y cállese. A nosotros nos da igual, porque al fin y al cabo, su negocio tiene los días contados. Echará la cortina en cuanto entierren a las cuatro momias empolvadas que siguen entrando en sus tiendas, que, por cierto, dan tanto asco como este despacho.

Dos horas después Hugo y yo estábamos sentados con la mirada gacha en el despacho de Osito Feliz, que no tenía pinta de ser demasiado feliz entonces. Llevaba diez minutos recriminándonos el encontronazo con Aguilar y, aunque fingíamos mucha seriedad, nosotros llevábamos diez minutos descojonándonos internamente.

—... porque no contentos con olvidar que el cliente siempre tiene la razón, le habéis dicho no sé qué de su chorra, de mearse en la cara y de que va a morirse como una momia.

—No ha sido exactamente así —empecé a decir.

—¡Me da igual! —contestó—. En esta empresa no se trabaja así. ¡¡Me da igual cuántas películas americanas hayáis visto!! ¿¡Quiénes os creéis que sois!? ¿Los Vengadores?

A Hugo le dio la risa y se escondió, mirando hacia el suelo.

—¿Y encima te ríes? Pero ¿es que estás borracho?

—No, no. Claro que no —contestó aguantándose las carcajadas—. Pero lo cierto es que haber permitido que el señor Aguilar siguiera tratando a Alba así, hubiera rozado la ilegalidad. Ella solo se ha defendido.

—¿Y tú qué hacías mientras ella «se defendía», si se puede saber?

—Disfrutar —le respondió.

La reprimenda duró cosa de cuarenta minutos. Fuimos «castigados» bastante más severamente de lo que hubiera esperado, porque se nos congeló un porcentaje importante de nuestro variable, que no cobraríamos al final del año fiscal. Osito Feliz se declaró de acuerdo en no tolerar el trato que había recibido pero condenó totalmente las formas. Y lo entiendo, pero no hay dinero en el mundo que pague la sensación de triunfo con la que salí de aquel despacho. De los dos. No me sentía regañada. Me sentía... bien. A veces una se tiene que poner chulita porque hay gente que no merece otra cosa.

Así que con la cabeza bien alta volví hacia nuestro despacho, pensando que si mi padre se enterara diría exactamente lo mismo que Osito, que hay miles de maneras de tratar el tema sin tener que hablarle así a un cliente. No sé ni por qué lo hice, pero me dio gustito hacerlo. Y a juzgar por la expresión de Hugo..., a él también le había gustado la sensación.

Cuando llegamos al despacho y cerramos la puerta, Hugo se apoyó en ella y se descojonó. Nos dio la risa tonta a los dos. Había sido una niñería reaccionar así. Lo más maduro hubiera sido levantarnos de aquel despacho e irnos; rechazar la cuenta de ese cliente y esperar que aceptaran la renuncia y le encalomaran el marrón a algún otro rancio de nuestra empresa, con el que seguro que aquel señor encontraba la horma de su zapato, pero no pude evitarlo. Tengo el genio muy corto cuando me tocan las gónadas repetidas veces. Hugo se tapó los ojos y se encogió sobre sí mismo sin poder parar de reírse. Y yo me carcajeaba delante de él como una boba.

—Para —le pedí.

Pero él no dejaba de reírse. Solo respiraba hondo y volvía a estallar en carcajadas.

—Joder. ¡Eres más chula que un ocho, *piernas!*

—Es que... —Me reí—. ¡Me dio mucho asco!

—¡Te lo dije! —pero contestó con una sonrisa enorme, preciosa, contento de haber visto cómo me desenvolvía.

—Pero ¡no me vale con que me lo digas, Hugo! —le contesté con una sonrisa—. ¿Qué voy a hacer, esconder la cabeza para evitar tener un problema? Hay problemas demasiado divertidos.

El gesto le cambió. Su sonrisa se volvió algo insegura y sus ojos se concentraron en los míos.

—Tienes razón. Siempre la tienes.

—No, no siempre. No te dejes engañar por mi pinta de chica lista.

Lanzó una carcajada.

—Maldita descarada —murmuró con una sonrisa—. Qué guapa eres.

—¿Te gusto porque soy guapa? —pregunté con sorna—. Qué superficial.

—Me gustas por ser quien eres. Y porque nunca dejas que otros te pasen por encima.

Sonreí como una tonta.

—Bah... —Me giré y fui hacia mi mesa—. No me gusta que un hombre me hable mal.

—Mmmm... —murmuró con guasa.

—¿Qué quiere decir ese «mmmm»?

—Que no estoy del todo de acuerdo. En algunos momentos sí te gusta que un hombre te hable mal.

—¿De qué estamos hablando exactamente? —le pregunté levantando una ceja.

—Bueno, creo que ya lo sabes.

Me reí y me dejé caer en mi silla. Hugo me guiñó un ojo y se metió en su despacho mientras se quitaba la chaqueta. Tenía razón. Había una única situación en la que sí me gustaba que un hombre me tratara mal. Un hombre en concreto, él, tratándome mal porque yo se lo pedía bajo su cuerpo o con su erección enterrándose en mi boca. Respiré hondo. Por el amor de Dios, Hugo. Desbloqueé el ordenador y traté de concentrarme en lo que el día anterior había dejado a medias por hacerle una paja. Una paja..., con su polla caliente y pesada palpitando en mi mano. Recordé la sensación de recibir su semen encima de mi piel y sus jadeos adornándolo todo a nuestro alrededor. Mierda, volvía a estar cachonda. Me había sabido tan a poco. Una ventanita apareció en mi ordenador, parpadeando. Era Hugo.

—¿Desde cuándo prefieres mandarme un chat a darme dos gritos desde tu silla? —le pregunté.

—Impertinente —me contestó divertido.

Lo abrí.

Muñoz, Hugo:

Estoy tan orgulloso de ti...

Aranda, Alba:
Y yo de que tú no hayas saltado como un perro rabioso.

Muñoz, Hugo:
Creí que a las chicas os gustaba que os defendiéramos.

Aranda, Alba:
Quizá en el siglo pasado. Sé hacerlo sola.

Muñoz, Hugo:
Lo sé. Lo he visto. Y lo has hecho mucho mejor de lo que lo hubiera hecho yo de haberme metido.

Aranda, Alba:
¿Y cómo lo hubieras hecho, si es que se puede saber?

Muñoz, Hugo:
A lo vikingo. Me he imaginado lanzándome encima de él, apuñalándole con el abrecartas y después...

Aranda, Alba:
¿Y después?

Muñoz, Hugo:
Después... Huir. No sé.
Le escuché reírse desde su mesa.

Aranda, Alba:
Y después... ¿haciéndome el amor encima de la alfombra?

Muñoz, Hugo:
Sí. Pero encima de la alfombra no..., que daba bastante asco.

Aranda, Alba:
Y ¿entonces?

Muñoz, Hugo:
Y ¿entonces qué? Deja de pincharme. Estamos trabajando. No voy a mantener contigo cibersexo en la oficina.

Aranda, Alba:
Eres tú quien ha propuesto lo del cibersexo, que conste en acta. Y... que no quieras mantener conmigo una de esas charlas en la oficina..., ¿significa que sí querrías en otro sitio?

Muñoz, Hugo:

Quizá. Necesito que me mandes por favor el PowerPoint con las cifras de la aseguradora. Gracias.

Bonito cambio de tema. Menudo fastidio. En el momento en el que empezaba a divertirme, cuando sentía que mi interior se estremecía, como si estuviera sintiéndolo metiéndose en mí… Llevaba demasiado tiempo sin ver a Hugo deshacerse en un orgasmo dentro de mi cuerpo y hay pocas cosas más deseables que aquello que te niegan.

El día siguió normal. Trabajamos. Comí con Olivia. Tomé un café con Hugo frente a la máquina. Nico vino a vernos (creo que esperaba abrir la puerta y encontrarnos follando como descosidos encima de la mesa de mi escritorio) y la revisión de unos textos para una propuesta comercial se llevó el resto de la tarde por delante. Pero nada se pudo llevar esa sensación cálida, algo húmeda, que colonizaba por completo mis sentidos. Necesidad, le llaman. Necesitaba más de Hugo.

30

La clase de yoga fue un suplicio, y eso que Olivia estuvo más graciosa aún de lo habitual. Mientras el monitor, un calvo cabrón que pretendía que algún día yo consiguiera enlazar mis tobillos detrás de la cabeza, exigía aguantar más en cada postura, ella me contaba en susurros todo lo que pensaba hacerle a Julian (en inglés, que nadie se atreviera a decirle a Olivia que su novio se llamaba Julián) en cuanto lo viera. Y sí, era regraciosa la tía, pero eso no es que me ayudara a despejar la mente y pensar en otra cosa que no fuera lo mucho que necesitaba tener a Hugo empujando encima de mí. A la salida del gimnasio, sin ducharnos ni nada (porque una vez Olivia se encontró un moco en una de las duchas y le cogimos asco a los vestuarios del gimnasio), nos sentamos abrigadas en la terraza del Starbucks a tomarnos un té *chai* mientras ella se fumaba un Chesterfield.

—¿Estás rucada? —me preguntó.

Y yo que ya conocía sus expresiones sabía que «estar rucada» significaba si algo me estaba carcomiendo la cabeza.

—Un poco —le respondí.

—¿Hugo?

—¿Quién si no?

—¿Avanza la cosa?

—Bueno…, algo.

—No seas rancia y cuéntamelo. —Y después dio una honda calada a su cigarro.

—Ayer le hice una paja en su despacho.

Olivia se giró hacia mí con sus ojos claros abiertos de par en par.

—¿Qué dices, gochona?

—Pues eso. Y él a mí, no te creas.

—Cuéntame eso bien.

—¿Qué quieres que te cuente?

—¿Dónde?

—Pues en su despacho. Me arrodillé entre sus piernas y le casqué una paja como si fuéramos adolescentes —y al decirlo en voz alta me entró hasta la risa.

—¿Y él a ti?

—Encima de la mesa de su escritorio.

—¡¡Joder!! Pero ¡¡qué morbazo!! —dicho esto se empezó a reír—. Y ¿entonces?

—Pues yo estoy como una fragua, a decir verdad. Quiero más.

—Me refería al estado sentimental de lo vuestro, pero bueno, acepto que estás suelta como gabete.

—Suelta es decir poco. Estoy como un pajillero de quince años. No pienso en otra cosa. Y no creas, me pareció que él cedía un poco, pero al volver a casa empezó a rayarse con lo de Nico.

—Dale tiempo.

—Me parece injusto lo que está haciendo. No solo conmigo, que conste. Con Nico tampoco está siendo honesto. En el fondo lo que está haciendo es alejarnos a los dos, pero con Nico surte más efecto que conmigo.

—¿Y eso?

—Pues porque yo lo tengo muy claro y voy a por todas. Pero Nico anda haciéndose el despistado y Hugo lo evita. Es como si fueran un matrimonio viejo y yo la amante de turno.

—Mánchale con carmín las camisas. ¿Te imaginas a Nico oliendo la ropa de Hugo y diciéndole como una loca «¡¡huelen a hembra!!»?

La miré y estallé en carcajadas.

—Dime, Alba, ¿tienes clarísimo que quieres estar con Hugo?

—Lo tengo todo lo claro que una puede tenerlo. Al fin y al cabo estos saltos se hacen sin red.

—¿Qué es lo que te da miedo?

—Pues… que no funcione y que hagamos el sacrificio de alejar a Nico en balde. Sobre todo él.

—La vida está llena de elecciones, Alba. Y al fin y al cabo…, no se puede andar por dos caminos a la vez. Uno de ellos no es el tuyo.

Me quedé mirándola y sonreí.

—Qué sabia eres, Sensei.

—Pues deberías escucharme después de un canuto de maría.

Le di un trago al *chai* humeante y después suspiré.

—Esta mañana monté un numerito en el despacho de un cliente. Era uno de esos cerdos asquerosos que creen que las mujeres estamos para adornar y darles placer. Le dije cuatro cosas bien dichas y no sé cómo Osito Feliz no me ha despedido.

Frunció el ceño dándole un trago a su bebida y me instó en un gesto a que siguiera contándole.

—Me puse en plan película americana. Me faltó chasquear los dedos delante de su cara a lo negra del Bronx.

—¿Y Hugo?

—Pues ese es el tema. Que se quedó allí viendo cómo yo me defendía, diría que hasta disfrutando. Y me gustó tanto que no fuera como…, ya sabes…, el típico ataque de testosterona a lo: que nadie toque a mi hembra. Él…, joder, me da la sensación de que él me admira.

—Dicen que toda buena relación se basa en la admiración.

—Yo también lo opino. —Suspiré y me miré las manos—. Vámonos a casa o tendrán que amputarme los dedos. Hace un frío de pelotas.

—Oye, a lo mejor te baja el termostato…

Cuando llegué a casa seguía pensando en Hugo. Qué rabia me daba no poder quitármelo de la cabeza. Hacía mucho tiempo que no me colgaba así por nadie y se me había olvidado lo que es tenerlo siempre en la cabeza. Bueno, hacía ya muchos meses que no me quitaba ese asunto de encima y dudo mucho que me hubiera pasado algo parecido en toda mi vida. Primero fueron los dos y ahora Hugo, como un todopoderoso imaginario sensual en el que terminaban todas mis fantasías. No podía ni ver porno. Sí, así lo digo. Y no podía porque al final todos los actores eran él y ellas yo. Y yo nunca gemía como una gata en celo, pero quería hacerlo con él.

Me di una ducha, me puse el pijama y le di una vuelta más de tuerca. La conversación con Olivia había sido desestresante, como siempre. Recordé vagamente que mi amiga también había saboreado las mieles de follárselos como una loca y me desagradó. Yo ya sabía que ellos tenían un pasado muy sexual pero… pasaba de imaginarlos con otra. De imaginarlo con otra. Borraría en mi cabeza las caras de cada una de sus compañeras sexuales hasta implantar la mía, como un animal marcando territorio. Me sentía como el tío posesivo típico de las novelas. Esos tíos que me darían un poco de alergia de encontrármelos en la vida real.

Y en esas estaba, tratando de concentrarme en algo que no fuera Hugo, Nico y todo aquel maremágnum de sensaciones, cuando sonó el timbre de mi casa. Me dije a mí misma que si al abrir encontraba a mi hermana iba a ahogarla con mis propias manos; no tenía ganas de tenerla saltando por el salón de mi casa, creyendo que clavaba el salto de la gacela como si fuera la primera bailarina del ballet ruso. Eso y contándome sus aventuras y desventuras desvergonzadas y surrealistas entre risitas. Yo la quiero, lo juro, pero a ratos me gusta desconectar el papel de hermana mayor y ser más persona. Abrí sin ceremonias con cara de moco, porque en el fondo estaba segura de que ahí iba a estar ella, pero donde tendrían que estar sus ojos solo encontré el tejido suave de un jersey de lana buena de color granate. Levanté la mirada y me encontré a Hugo con el ceño fruncido.

—¿Me dejas pasar?

Eran las nueve y cuarto de la noche y él seguía con el traje puesto, sin la americana. ¿Qué había estado haciendo que ni siquiera había tenido tiempo de ponerse cómodo? Le dejé abierta la puerta y lo seguí con los ojos hasta el centro del salón, donde se quedó parado mirándome.

—¿Qué ocurre?

Negó con la cabeza y suspiró antes de frotarse la cara con ahínco.

—Yo qué sé —terminó diciendo.

—Y en qué puedo ayudarte con tu «no sé qué».

—Ponme una copa. Algo fuerte.

Extrañada por su comportamiento me metí en la cocina y saqué una botella de Martini del altillo. No tenía nada más fuerte en casa, así que iba a tener que conformarse con aquello. Estaba sirviendo las copas cuando noté que se colocaba justo detrás de mí. Su respiración llegó cálida hasta mi cuello y pronto besó esa porción de piel que quedaba bajo mi lóbulo.

—No dejo de pensar en ti. —Y por su tono cualquiera creería que era un castigo.

Me di la vuelta.

—No te puedo dar las respuestas que buscas, Hugo, porque ni siquiera sé las preguntas correctas.

—Odio esta situación. —Suspiró y cerró los ojos en el proceso.

—No voy a pedirte que elijas entre él y yo, porque si no sale bien me culparé siempre.

—Lo sé —asintió.

—La decisión tienes que tomarla tú. Yo ya tomé la mía.

—¿Y cuál es?

—Eres tú.

Se mordió el labio inferior y miró hacia el techo.

—Toma. Martini. No tengo nada más fuerte.

Eso le hizo sonreír. Alcanzó la copa y se lo bebió de un trago, después arrugó la nariz.

—Pero qué asco, *piernas*.

Sonreí y dejé mis manos apoyadas en su pecho.

—Hagamos algo normal, ¿vale? Quédate a cenar.

Hugo respondió con un asentimiento y los labios torcidos en una de sus sonrisas. Con la intención de estar un poco más presentable (no me gusta mucho que la gente en general y el tío del que estoy enamorada en concreto me vean con un pijama marinero manchado de lejía), me metí en la habitación mientras Hugo abría y cerraba armarios con la intención de encontrar algo con lo que preparar la cena. Cuando salí con un jersey *oversize* y unos *leggins,* él ya se había arremangado y, con corbata y todo, estaba amasando.

—¿Qué haces? —le pregunté.

—Algo rápido. Espero que no te importe cenar hidratos.

A su espalda puse los ojos en blanco e intenté ayudarle.

—A ver, ¿qué hago?

—Pon unas copas de vino. Pero de vino, ¿eh? La mierda esa que me has dado antes déjala para cuando hagas un botellón adolescente en casa.

—Pero qué pijo eres —me quejé—. Además de servir alcohol, puedo ayudarte.

—Me consta que odias cocinar y que, además, te niegas en redondo a aprender a hacerlo.

—Bueno, hoy tengo el capricho. Venga…, ¿por dónde empiezo?

Me lanzó una mirada de soslayo y yo me arremangué el jersey.

—Corta ese tomate y esa cebolla en dados.

Cogí un cuchillo del taco que tenía sobre la encimera y él me paró la mano con la suya manchada de harina.

—Por el amor de Dios, *piernas*, que ese es para el pan.

—¿Y qué?

Se echó a reír.

—Déjalo estar. Ya me apaño yo —dijo echándome.

—¡Que no!

—Vale, pues amasa tú esto. No quiero verte asesinar hortalizas.

Cambiamos nuestros puestos en la cocina y me pidió que me quitara el anillo que llevaba a media falange en el dedo corazón. Obedecí y me puse a… mover las manos sobre la harina pringosa.

—Esto se pega en los dedos —me quejé.

—Qué escrupulosa te has vuelto de pronto…

—¿A qué puñetas te refieres?

—Nada. —Se mordió el labio inferior, evitando una sonrisa y siguió cortando la verdura.

—¿Era una guarrada?

—Una marranada total —confirmó.

Lancé dos carcajadas.

—Eres lo peor.

—Pero te encanta.

—Creí que íbamos a comportarnos como personas normales.

—Estamos siendo normales. La Alba normal y el Hugo normal se dicen estas cosas.

—¿Y qué más hacen?

—A ratos se odian, pero en el fondo están locos el uno por el otro.

—¿Y qué diferencia hay entre esos y nosotros?

—Que ese Hugo se sentó en la última fila el primer día de clase en lugar de en la quinta.

Supe que se refería al momento en el que debieron conocerse Nico y él y no añadí más por miedo a que la situación diera un giro y se tornara en nuestra contra.

—No te quedes así de callada —me pidió—. A la Alba normal no le gustan los silencios.

—Y el Hugo normal se burla de ella por ello.

Sonrió, mirándome de lado. Se concentró en cortar rápidamente la cebolla y apartó la cara.

—Arg, joder con la cebolla. —Una lágrima le resbaló por la mejilla.

—No llores, anda. Y mira lo que cortas que no quiero terminar en el hospital.

—La Alba normal se desmaya cuando hay sangre.

—Sí, lo sé. Por eso te lo digo. Oye, Hugo, en serio. Esta pasta no hace más que pegárseme entre los dedos. Es asqueroso.

—En serio, no te recordaba así de aprensiva.

—Es que me da grima la textura.

Se echó a reír.

—¡¿Quieres hacer el favor de dejar de pensar en eso?! —me quejé.

—¿En qué eso? ¿Es que ahora también me lees la mente?

—Está claro que estás pensando en mi «falta de escrúpulos» en otras situaciones.

—Igual tengo que irme y dejar que la masa y tú intiméis un poco.

—¡¡Eres imbécil!! —Me reí—. Ni que yo fuera una cerda.

—No te equivoques, el sexo cuanto más sucio…, más placentero.

Me quedé mirándole y me guiñó un ojo.

—Eso no soluciona este problema. —Y señalé la mezcla.

—Le falta harina. Espolvorea un poco más, pero solo hasta que deje de pegarse, ¿vale?

Lo miré frunciendo el ceño y él dejó el cuchillo sobre el banco y se acercó, rodeándome desde atrás.

—Es una tarea sencilla, *piernas*, sabrás llevarla a término, te lo prometo.

—Mi, mi, mi, mi… —le hice burla.

Colocó las manos sobre las mías y trenzando sus dedos con los míos me obligó a mover la mano correctamente sobre la masa.

—Así. —Y su respiración llegó a mi cuello.

—Vale —contesté.

—Un poco más. —Nuestras manos se llenaron de suave polvo blanco cuando él echó un poco más de harina encima de la mezcla.

—¿Qué lleva?

—Cerveza, aceite, harina y sal —contestó con voz queda.

—¿Y qué va a ser?

—¿Qué quieres que sea?

—Una cena normal, entre el Hugo normal y la Alba normal.

Su nariz viajó entre los mechones de mi pelo y me olió.

—Me gusta —susurró.

—¿El qué?

—Tu perfume. Tú. No sé. A veces estoy en mi mesa y te huelo desde allí. No hay nada en el mundo que huela igual.

—Todas las chicas que usen este perfume huelen igual.

—No. Nada en el mundo huele como tú.

Sus dedos volvieron a trenzarse fuerte sobre los míos y sus labios me besaron el cuello.

—¿Y a qué huelo entonces?

—A…, a ti. A dormir hasta tarde. A darse un baño. A… Nueva York. Aunque creo que es Nueva York lo que huele a ti.

Me giré entre sus brazos y le miré desde allí abajo. Hugo. Mi Hugo. Mi cuento de hadas. No era justo.

—Bésame —le pedí.

—No puedo. —Frunció los labios.

—¿Por qué?

—Porque si empiezo no podré parar.

—¿Y eso debe importarles al Hugo y la Alba normales?

Unos segundos de silencio. Sus ojos deslizándose por mi boca, mi cuello y terminando en las formas redondeadas de mis pechos que se adivinaban bajo el jersey.

—No. Probablemente no les importa lo más mínimo —respondió.

La masa estaba lo suficientemente sólida como para abandonarla sobre la encimera y dejar en nuestras manos un leve resto oleoso. Las suyas fueron directamente a mi cara y las mías a su espalda. Nuestras bocas se encontraron con una violencia que no recordaba y si no lo hacía era porque lo más seguro es que nunca hubiera sentido aquella desesperación por sofocar el apetito y la necesidad. Su lengua entró con fuerza y la mía salió a su encuentro. Sus manos se mantenían quietas sobre mi cara y las mías se deslizaron hacia su culo para empujarle hacia mí y pegar su cuerpo al mío. Su erección presionó mi estómago y no pude remediar palparle y provocar un gemido hondo en su garganta. Arranqué mi labio inferior de entre sus dientes y me acerqué para alejarme después sin llegar a tocar sus labios. Gruñó.

—No juegues —dijo jadeando.

Y su tono firme, su ceño fruncido, sus dedos clavándose en la carne de mis nalgas aún sobre la ropa..., me catapultaron a un estado en el que no me había encontrado jamás. Quería ser suya. Suya. Por un rato, claro. Quería que me cogiera, que cumpliera esa fantasía recurrente con él de fingir por un rato estar a su merced. Quería correrme con su boca pegada a mi sexo y que cuando lo hiciera él, en mi boca, me tirara del pelo.

Tiré de su jersey hacia arriba y él me ayudó a quitárselo. Después se desprendió de la corbata. Los botones de su camisa se resistieron entre nuestros dedos resbaladizos. Mi boca empezó a bajar por su barbilla rasposa, por su cuello para terminar dibujando un camino húmedo con mi lengua hasta su ombligo. Tiró de mí hacia arriba y me levantó, cogiéndome en brazos. Salimos hacia el salón besándonos salvajemente y caímos en el sofá. Me coloqué de rodillas encima de él, lo miré y como hicimos el sábado de su cumpleaños desabroché su pantalón. Su mano derecha se posó en mi cabeza cuando engullí su erección.

—Ah... —gimió apoyándose en el reposacabezas del sofá—. Dios..., Dios...

La saqué y volví a introducirla de mi boca con una lentitud tortuosa para sacarla de nuevo y lamer la punta. Hugo no me quitaba los ojos de encima, totalmente perdido en la visión de mi lengua sobre su polla.

Aceleré el movimiento ayudándome de la mano y le acaricié con suavidad mientras se deslizaba hacia mi garganta. Me paró tras unos minutos para levantarme y dejarme caer entre los cojines del sofá. Fue él quien se arrodilló en el suelo entonces, tirando de mis *leggins* y desprendiéndome de ellos, de los calcetines y la ropa interior. Abrió mis piernas y su lengua se internó entre mis pliegues. Gemí cogiéndole fuerte del pelo y empujándolo hacia mi clítoris, que acarició de manera lenta con movimientos circulares. Creí morirme allí mismo, bajo su boca. Su lengua trepó por todos los valles de entre mis pliegues, saboreándome y acompañó el movimiento con sus dedos que se hundieron dentro de mí. El cuerpo se me tensó en una sacudida brutal.

—Me correría solo con comerte —susurró.

—Hazlo —le pedí.

Volvió a meterse entre mis piernas y a succionar con avidez. Sus dedos corazón y anular me penetraron de nuevo.

—Así —gemí—. No dejes de hacerlo.

Cuando miré hacia abajo, intuí una sonrisa en su boca. Una sonrisa cómplice, sensual, del que sabe que va a hacer volar a la otra persona por el simple placer de verla correrse. Todo se aceleró a mi alrededor, dando vueltas, dejándome caer en una espiral de placer dentro de la cual lo único que podía hacer era tratar de llevar oxígeno a mis pulmones respirando de manera irregular. Su lengua se centró en mi clítoris y sus dedos empapados siguieron follándome hasta casi levantarme del sofá.

—Estoy cerca… —gemí—. Estoy a punto de correrme.

Con sus dedos enterrados en mi interior se acercó para besarme. Sus labios sabían a sexo, estaban calientes y hambrientos. Aquel beso me excitó; el sabor de mi excitación y su saliva eran narcóticos y antes de que pudiera avisarle mi interior se tensó alrededor de sus dedos y empecé a correrme. Me noté muy húmeda y grité con un latigazo de placer que no había sentido jamás. Hugo separó los labios de mi boca al escuchar mi gemido y desvió la mirada hacia su mano. Todo se había contraído con placer en torno a sus dedos.

—Te has corrido —me dijo antes de morderse el labio.

Su mano estaba húmeda y yo temblaba de pies a cabeza. Pero… ¿qué había sido eso?

—Dios, *piernas...*, nada en el mundo puede excitarme como tú.

Hugo se incorporó y me incliné hacia él para volver a lamerle. Estaba tan duro..., mucho. Como nunca lo había notado sobre mi lengua. Duro y húmedo. Casi preparado. Comerme, lamerme, hacer que me corriera podía llevarle al borde del orgasmo. De modo que no hizo falta mucho para que palpitara, avisando que estaba a punto de terminar.

—Nena..., en la boca. En tu boca, nena.

Apreté mis labios alrededor de su erección y succioné. El primer latigazo de su semen me llegó directamente a la garganta. El segundo al paladar y el tercero a mis labios, donde se entretuvo, penetrándolos con cuidado, despacio, para terminar de descargar en el interior. Poco después se derrumbó encima de mí con un gemido.

Cenamos bastante tarde. Él se aseó como pudo y terminó de cocinar mientras yo me daba otra ducha. Nos comimos la pizza en el sofá, viendo un concurso de cocina sin demasiado interés, muy pegados. Hugo se inclinaba continuamente hacia mí para besar mi cuello, mis hombros, el ángulo de mi mandíbula o para acariciarme el pelo y volver a besarnos. Como una pareja normal. Como un Hugo y una Alba enamorados y sin motivos para no arriesgarse. Una noche tranquila y placentera..., ¿verdad?

Cuando sonó el timbre, los dos nos pusimos en tensión. Hugo se levantó en un ademán rápido y recogió su corbata y su jersey de camino a la puerta. Después de echar un vistazo por la mirilla se giró hacia mí. Sin duda quien esperaba a que abriéramos era Nico. Le pedí con gestos que se metiera en mi habitación y cuando cerró la puerta del dormitorio, yo abrí la de casa. Nico me miraba con sus bonitos ojos azules.

—Hola, nena. —Sonrió.

—Hola —respondí—. Dime.

—Vaya…, al grano, ¿no?

—Perdona, Nico.

—¿Puedo pasar?

Cogí aire y él dio unos pasos hacia el interior. Sobre la mesa de centro había dos platos con sobras de comida y dos copas de vino.

—¿Estás con… Eva? —me preguntó dubitativo.

Me froté la cara.

—No, Nico. Yo… no quería que…, bueno, que te enteraras así —musité—. Perdona…

Nico se quedó parado un segundo, sin decir nada. Y a mí no es que me salieran las palabras con mucha fluidez. Despegó la mirada de la vajilla y me miró.

—Perdóname a mí. No tenía por qué haber entrado. Es evidente que…, que has conocido a alguien. No es que esperara que…, bueno…, da igual.

Me quedé boqueando de sorpresa cuando me dio la espalda y fue hacia la puerta. ¿«Es evidente que has conocido a alguien»? Lo que era más que evidente era que el que esperaba dentro era Hugo.

—Nico…

—Da igual. Tienes derecho a…, bueno, ya sabes. Nosotros somos un problema al fin y al cabo. Has hecho bien. Buenas noches.

Cuando cerró la puerta, Hugo se asomó y me miró con el ceño fruncido.

—¿Te ha dicho que…?

—Sí —le interrumpí.

—No puede ser —me dijo muy seguro—. Va a llamarme. Va a llamarme para preguntar dónde estoy. Lo sospecha.

Me quedé mirándole como si acabara de bajar de una nave espacial. ¿Cómo que lo sospechaba? ¡¡Nico no era ningún imbécil!! Nico lo sabía. Lo sabía. Pero estaba interpretando muy bien su papel.

—Hugo… —dije calmada, tras respirar hondo—. Nico no lo sospecha. Nico lo sabe.

—Si lo supiera…

—Si lo supiera tendría que posicionarse, ¿no? Hacer algo. No iba a quedarse tal cual, viviendo contigo, trabajando con los dos. Hugo, abre los ojos…, Nico no quiere hacer nada.

—¿Me quieres decir que la persona que más insiste para que volvamos los tres sabe que tú y yo estamos juntos y va a hacer como si nada por no tener que tomar una decisión sobre esto?

—Sí —asentí.

—Debes estar loca —dijo con tranquilidad—. No conoces a Nico. Es imposible, ¿me oyes? IMPOSIBLE, que eso pudiera pasar.

—Hugo…, Nico lo sabe.

—Llamará. Verás cómo llama.

Sacó su teléfono del bolsillo del pantalón y se quedó mirándolo. Pasaron los segundos y los dos despegamos los ojos de la pantalla que… no se encendía.

—No va a llamar. No quiere saber nada más. ¿Es que no lo entiendes?

—No. —Negó también con la cabeza. Dejó caer el móvil sobre la mesa y se frotó la cara—. Lo que pasa es que no puede creerse que su mejor amigo le esté haciendo esto.

Cogí el teléfono y se lo devolví.

—Vete a tu casa —le pedí en tono rudo.

—¿Y ahora a ti qué te pasa? —contestó levantando el tono.

—Que odio a la gente que no quiere ver las cosas aunque las tenga delante de su jodida cara. Vete.

—Alba, abre un poco las miras. No te obceques. Nico debe haber pensado que…

277

—¡¡Nico debe haber pensado que estabas en mi jodida habitación esperando a que se fuera!! Pero no quiere tener que decidir cuando se destape el pastel. A no ser que opte por boicotearlo y hacerte sentir mal, para no tener que hacerlo jamás.

Hugo se me quedó mirando y su expresión fue mutando de la sorpresa a la amargura.

—Eso que estás diciendo es horrible. ¿Te das cuenta?

—¿Te das cuenta tú de que es verdad?

—Claro que no. ¡¡Claro que no!! ¡¡¿Crees que no conozco a la persona con la que vivo desde hace diez años?!!

—Sí. Eso es justo lo que te estoy diciendo.

—Es tan retorcido que voy a olvidarlo, Alba. —Y se levantó el cuello de la camisa para ponerse la corbata. Evidentemente estaba preparándose para irse.

—No lo olvides, Hugo. Te va a hacer falta acordarte de esto para cuando tengas que hacer algo.

—¿Algo?

—Algo adulto. Una elección.

—Creí que habías dicho que no querías que eligiera.

—No. Dije que yo ya he hecho la mía. Ahora te toca a ti.

Hugo se puso el jersey y fue hacia la salida entre airado y disgustado. No dio un portazo, pero me sentó igual de mal. ¿Estábamos de verdad preparados para lo que venía?

31

Entré en casa entre cabreado y confuso. No entendía nada. Ni a mí ni a Alba ni a Nico. ¿Podía ser verdad lo que afirmaba Alba? ¿Estaba Nico haciéndose el tonto para no tener que tomar una decisión? Porque… si al final Alba y yo dábamos el paso, todos tendríamos que hacer algo con nuestras vidas. Cambios. No es que no me gusten, es que soy de esos hombres que piensan tres veces antes de actuar.

Nico estaba sentado en el sofá cambiando de canal sin dar ni siquiera tiempo a que la imagen se estabilizara en la pantalla. Creí que ahí vendrían los reproches. Incluso lo imaginé lanzándome el mando a distancia a la cara… y Nico tiene buen brazo y puntería. Pero… nada.

—Hola —me dijo—. ¿De dónde vienes tan tarde aún con el traje?

—Del Club —mentí con soltura.

Me quedé mirándole para ver si algo en su cara delataba que sospechaba (o sabía) de dónde venía yo, pero él ni siquiera se fijó en mí. En su rostro no había rastro de emoción ninguna.

—¿Y qué tal? —volvió a preguntar.

—Bien.

Se giró hacia mí.

—¿Qué haces ahí parado?

Como no supe qué responder, cambié de tema:

—¿Has cenado?

—Sí. Me comí un sándwich.

Asentí como un gilipollas y me dirigí hacia mi habitación.

—Oye, Hugo…

Me giré hacia él en el quicio de la puerta y frunciendo un poco el ceño me dijo:

—¿Has hablado con Alba?

—Trabajo con Alba, claro que he hablado con ella. Concreta un poco más.

—Quiero decir…, ¿te ha contado Alba si sale con alguien?

Contuve la respiración y dejé salir el aire muy despacio de dentro de mi pecho.

—No —le dije—. Pero ahora que lo mencionas sería lo mejor para todos.

—Quizá tengas razón —confesó mientras miraba de nuevo la televisión justo en el canal que Alba y yo habíamos estado viendo en su casa—. A lo mejor…, a lo mejor seguir con esto es un error y lo único que puede hacer con nosotros es estropearlo.

—¿Estropearlo?

—Sí. —Me miró de nuevo—. Estropear nuestra relación. La tuya y la mía.

Cuando me metí en la habitación cerré la puerta a mi espalda y me sentí como un perro. Me sentí el peor amigo del mundo. Un hermano de vergüenza. Merecía que me abandonara, que hiciera su vida sin preocuparse de mí y de nada de lo que pasara. Merecía que Alba volara tomando por fin el camino más fácil que le llevara a los brazos de otra persona. Aquella noche no dormí.

Llegué pronto a la oficina y me sorprendió encontrar a Alba ya allí. Llevaba un jersey sencillo, gris muy oscuro, un cinturón negro a conjunto con los zapatos de tacón y unos pantalones grises como de traje, de esos que dejaban sus tobillos a la vista. Estaba de pie junto a su mesa, ordenando los papeles de dentro de una carpeta y cuando se giró hacia la puerta, vi que llevaba ese maquillaje que tanto me gustaba: una sencilla línea negra en los ojos y los labios rojos.

—Buenos días —saludó seca.

—Buenos días.

Entorné la puerta y me acerqué a ella. Cogió una carpeta y me la colocó sobre el pecho.

—El dosier de la empresa de aplicaciones móviles. *Briefing* y perfiles personales.

Cogí la carpeta y le di las gracias. Estaba enfadada. No la culpo, yo también lo estaba y ni siquiera sabía con quién ni por qué. Al menos ella sabía las razones por las que no tenía un buen día y quién era el culpable.

—Esto…, Alba.

—¿Qué?

—Alba… —volví a llamarla. Me había dado la espalda y estaba amontonando papeles y carpetas marrones—. No hagamos esto.

Me acerqué tanto cuanto pude y le besé la sien. Ella cerró los ojos.

—¿Sabes lo que pasa, Hugo? Que trabajamos juntos. Porque si hoy yo acudiera a otra oficina y no tuviera que verte, se me terminaría pasando, pero tengo que estar lidiando contigo todo el día, con el curro y con todo lo que llevamos a rastras. Y así es imposible que se me pase.

—Tienes razón —le dije.

—Bien. Pues ya sabes lo que significa eso.

—No. ¿Qué significa?

—Que deberías ir buscando otra ayudante porque yo voy a terminar aceptando el primer trabajo que me pase por delante.

Suspiré.

—Hagamos las cosas con cabeza. No nos precipitemos.

Se giró hacia mí. Las pestañas, largas y espesas, le tocaban casi las cejas en cada pestañeo. Era… perfecta, pero no porque fuera alta, guapa, sexi, elegante, coqueta, ni porque mis dedos tuvieran carne a la que agarrarse cuando le rodeaba las caderas y la empujaba hacia mí. Era perfecta porque era la puta horma de mi zapato. Curiosa, inteligente, risueña, valiente, independiente y un poco traviesa. Porque no le gustaba cocinar y nunca se planteó tener que aprender a hacerlo para contentarme. Porque no temía ser fuerte y ella misma ni decir abiertamente qué era lo que quería. Yo me había creído muy entero, muy mío, muy YO, pero no fue hasta que la conocí que me di cuenta de que estaría siempre incompleto si no compartía mi vida con alguien como ella. ELLA.

—No sé hacerlo mejor —le dije.

—Pues tendrás que encontrar la manera. Ya me cansé de amoldarme a tu forma de hacer las cosas.

—¿Y qué propones?

—Esa es una pregunta que debes contestarte tú.

Volvió a girarse hacia su mesa, pero tiré de su mano y la atraje hacia mí.

—Tienes razón en una cosa: trabajamos juntos y tenemos que lidiar con muchas cosas. No voy a dar pie con bola hasta que no me des un beso y me digas que me perdonas por ser un cretino.

—Tengo razón en más de una cosa.

—Vale —le respondí.

—No me digas vale. No quieras amansarme sobándome el lomo.

Agarré su cara entre mis manos y la acerqué a mí.

—Dame un beso —le pedí—. Buscaré el modo de hacerlo.

Sus cejas se relajaron y aflojó la tensión de sus hombros. Se arrimó a mí y me dio un beso breve que me supo a nada. Supongo que hubiera tenido otro sabor de haberme quedado a dormir con ella. Recordaba vagamente la sensación de rodear su cintura con mi brazo y notar sus piernas acomodándose junto a las mías… y lo añoraba. Añoraba todo su cuerpo, al completo.

—Habla con Nico —me pidió después—. Habla con él de frente y claro.

—Solo… dame tiempo, ¿vale? Quiero hacerlo bien.

—Esto suena demasiado a tío casado que promete que se divorciará. ¿Y sabes cómo suelen terminar esas historias? Él nunca se separa.

—No siempre termina así. No seas cínica. Siempre pensé que tú creías en el amor.

—Creía. Ahora necesito tener donde agarrarme para poder mantener ciertas creencias.

Y no pude añadir nada, porque tenía razón.

A la hora de comer Alba se marchó con Olivia y yo bajé a por un horrible sándwich. Ojalá tuviera más tiempo, no solo para almorzar. La idea fue mutando, primero partí del recuerdo del último rato que había invertido en preparar una buena cena, por placer, hasta alcanzar el resto de aspectos de mi vida. Siempre corriendo de un lado a otro. El trabajo. Los clientes. El Club. Nico. Entre esas cosas, organizadas con orden marcial, aderezaba mi existencia con sexo e innombrables placeres que hacían la vida más soportable. Pero tenía treinta y cuatro años. ¿Por qué tenían que ser las cosas así? Nadie más que yo había impuesto ese orden y nadie más que yo podría cambiarlo.

Aprovechando parte de mi hora de la comida saqué de mi cartera una tarjeta e hice una llamada. No fue muy larga, pero dio mucho de sí. Nunca pensé que fuera a hacerla motu proprio. Siempre creí que, si algún día me planteaba vender El Club, lo haría harto de que me rondaran con ofertas. Todo el mundo tiene un precio. Pero… ¿y mi vida? ¿Lo tenía?

Aquel señor, por llamarlo de alguna manera sin utilizar las palabras proxeneta de lujo, me dio toda la información que le pedí y conseguí que me hiciera por fin una oferta en firme, con cifras concretas y nada desdeñables. Le pedí que me pasara por escrito punto por punto lo que ofrecía y prometí contestar pronto.

—Tengo que hablarlo con mi socio.

«Con mi parte de la pasta que nos ofrecen podría pedirme una excedencia y darme la jodida vuelta al mundo», me dijo Nico una de las veces en las que tanteamos el tema de vender El Club. Eso quería decir que estaba abierto a vender, ¿no? Lo había dicho muy claro. «Vendemos, sin más».

Un carraspeo me sacó de mi estado de concentración y me di cuenta de que aún sujetaba el teléfono en la mano. Alba estaba de pie en el quicio de la puerta que separaba nuestros despachos, con la cadera apoyada en el marco.

—Hola, *piernas*.

—Hola. —Agachó la cabeza—. ¿Puedo pasar?

—Claro.

Al llegar a mi lado me sorprendió que se sentara en mis rodillas. Me di cuenta entonces de que la puerta que daba al pasillo estaba cerrada.

—Ya se me ha pasado… un poco —me dijo.

—Bien.

—¿Vais a vender El Club?

—Es de mala educación escuchar conversaciones ajenas.

—Al fin y al cabo ibas a contármelo, ¿no?

—No sé si lo haremos. Solo estaba… tanteando el terreno.

—Pero esa oferta la tienes desde antes de verano.

—Sí, aunque no habíamos tocado ciertos temas —afirmé.

—¿Y qué te ha empujado a… tantear?

Me eché hacia atrás, apoyando la espalda en el respaldo de la silla y la miré. Estaba magnífica allí sentada sobre mis rodillas. La querría siempre así, mirándome con sus enormes ojos verdosos, regalándome palabras desde sus dos jugosos labios pintados de rojo.

—El día que te dijimos de qué iba nuestro negocio…, ¿te acuerdas?

—Claro.

—Me avergoncé. Eso me hizo pensar.

—¿Y llevas ocho meses pensando en ello?

—Sí.

—¿Te lo piensas todo tanto?

—Suelo hacerlo, sí.

—No te lo pensaste tanto conmigo. —Sonrió metiendo un mechón de su pelo detrás de la oreja en ese gesto tan suyo.

—Hay cosas que uno no puede controlar.

—La de cosas que te habrías ahorrado si lo hubieras hecho…

—¿Y qué me dices de las cosas que me habría perdido? —Le sonreí.

—Podrías regalarme un poco los oídos y decírmelas.

—Ya las sabes.

Ella sonrió espléndidamente y me sentí morir. Otra vez la asfixia. El amor.

—Entiendo que eres uno de esos hombres que estudian muy bien el terreno en el que ponen los pies y por eso estoy dispuesta a darte un tiempo de reflexión. No volveré a sacar el tema si no lo haces tú antes, pero permíteme sugerirte que tantees el tema de la venta del negocio con Nico.

—¿Por qué?

—Porque si tengo razón en lo que creo que está haciendo, no aceptará.

—Él nunca ha tenido problemas con la idea de venderlo.

—Ahora los tendrá.

Se levantó de mis rodillas y volvió hacia su mesa.

—Me pongo con el comunicado sobre el cambio de la base de clientes.

—Vale —asentí.

—Llévame a casa hoy, ¿vale?

Y lo que ella quisiera, yo lo haría.

Llegamos al garaje a las siete y cuarto. Nos habíamos entretenido con el trabajo y tuve que decirle que eran mucho más de las seis para que despegara sus ojos de la pantalla. El trayecto lo habíamos hecho casi en silencio, aunque a ella no le gustara. Sonaba el disco de Imagine Dragons y se había entretenido en tararear las canciones y mirar por la ventanilla. Y no sé si en ese silencio ella se había planteado lo mismo que llevaba torturándome a mí toda la tarde. Sé que teníamos problemas de los que ocuparnos, pero no dejaba de pensar en volver a sentirla encima, debajo. No podía evitar imaginar que, por fin, después de cuatro o cinco meses, volviera a hacer el amor con ella aquella noche. A decir verdad, lo había imaginado y pensado tantas veces que albergaba en mi cabeza como una docena de versiones. En todas ella terminaba arqueada, sudorosa, conteniendo un gruñido de placer de sus cuerdas vocales en su pecho. Y yo me correría en su interior caliente y palpitante mientras sentía todos sus músculos aferrarse a mí. Lo necesitaba por tantos motivos… y casi todos estaban lejos del alivio de una sesión de sexo completa.

Cuando subimos en el ascensor, ella pulsó el piso de su casa y yo no hice amago de hacer lo mismo con el mío. Iríamos a su casa. Haríamos el amor. La besaría. Entramos y ella colgó las llaves en el perchero que yo había puesto para ella seis meses atrás. Se quitó el abrigo y lo metió en el armario de la entrada. Le di el mío cuando con un gesto me lo pidió. Después entró en la cocina y sacó dos cervezas frías; me pasó una y brindamos en un gesto rápido con el culo de los botellines. Se dejó caer en el sofá y se quitó los zapatos de tacón. Llevaba las uñas de los pies pintadas de rojo también y sonreí.

—¿Qué te hace tanta gracia? —preguntó poniéndome las piernas encima del regazo cuando me senté a su lado.

—Tú.

—¿Qué parte de mí?

—Tus pies.

Movió los deditos y se rio.

—Sé que son horribles —se quejó—. No los mires.

—Son muy monos. —Jugueteé con uno de sus dedos y ella encogió las rodillas.—Siempre tan conjuntadita…, siempre tan…

—¿Tan qué?

—Tan perfecta.

—Me has visto recién levantada. ¿Sigues pensando eso de la perfección?

—Cuando te levantas aún lo estás más.

—Es una cosa que nunca he entendido. ¿Cómo podéis decir eso los tíos? ¿Lo hacéis por quedar bien, verdad? No me explico cómo podéis vernos mejor hinchadas, despeinadas y con restos de babilla seca al lado de la boca. El maquillaje hace mucho por una chica si sabe usarlo.

—Puede, pero hay una cosa que vosotras no entendéis y es que no nos enamoramos de lá perfección absoluta.

—¿Ah, no?

—Claro que no. Todas esas cosas que tú crees que te hacen peor, más imperfecta, son las que sostienen lo enamorado que estoy de ti. ¿De qué serviría tener al lado a alguien que siempre está impecable si es incapaz de provocarte ternura, por ejemplo?

—¿Soy tierna recién levantada?

—Eres un *furby* tierno, sí.

Me dio una patada y se levantó con una sonrisa.

—Dame los zapatos. Voy a ponerme cómoda.

—¿Puedo acompañarte? —le pregunté levantando la ceja izquierda.

Entramos en la habitación tropezándonos con la puerta, el diván, rebotando en el armario y caímos a la cama con las bocas pegadas, compitiendo por quién se comería a besos al otro. Iba ganando yo. Me podían las ganas, lo confieso.

Quería que aquella vez fuera especial. Quería hacerlo despacio, besarla y que cuando termináramos supiera todo lo que sentía hacia ella sin necesidad de tener que decírselo. Pero… me aceleré.

Le quité el jersey con ella tumbada sobre la cama y mi rodilla entre sus piernas abiertas. Seguimos besándonos y sus uñas se deslizaron entre los mechones de mi pelo que a aquellas alturas ya estaba hecho un desastre. Me quitó el jersey, la corbata y la camisa a tirones. Y yo me desabroché el pantalón como un quinceañero impaciente por sentir el calor del interior de una mujer. Jadeaba antes incluso de quitarle el pantalón. Llevaba unas braguitas con el frontal y la parte trasera completamente de encaje negro; en los laterales unas tiras de seda negra.

—Joder —farfullé.

—No las rompas —gimió—. Por el amor de Dios, valen una pasta...

Las saqué por los tobillos con cuidado y me quité el pantalón como pude. Estuve a punto de no quitarme ni los calcetines, pero me volvió la cordura en el último momento. Alba me recibió con las piernas abiertas y flexionadas. La penetré y cerré los ojos en el proceso. ¿Cómo se me podía haber olvidado aquella sensación? Todo mi cuerpo subió unas décimas de temperatura.

—Ah... —gimió cuando me moví—. No hay nada en el mundo como esto, Hugo.

Ni contesté. Me mordí con fuerza el labio inferior notando un calambre de placer en la parte baja de mi espalda. No, no, no. Paré. Ella jadeaba y me miraba.

—No pares, por favor. Hazlo. Quiero tenerte dentro.

Y sin moverme mi polla dio una sacudida dentro de ella.

—Esto... —gemí—, esto va deprisa, nena.

—Sigue...

Mi cadera volvió a empujar y lo sentí..., lo sentí demasiado tarde como para parar. Dos penetraciones más y tuve que agarrarme a la almohada. Grité mientras su interior acogía mi erección con calor y humedad, apretado. Me corrí sin poder remediarlo. Me moví torpe y descargué una y otra vez, vaciándome por completo. Cuando el temblor me abandonó y me atreví a mirarla, Alba tenía los ojos abiertos de par en par por la sorpresa. Creo que había durado dos jodidos minutos. O menos. Es posible que no llegaran a ser más de seis o siete empellones.

—Joder…, nena. —Apoyé la frente en su clavícula, avergonzado.

No me había pasado en la vida. Bueno…, miento. Me había pasado una vez, hacía muchos años. Muchos. No había cumplido aún los veinticinco y conocí a una mujer de treinta y cuatro que me hizo con la lengua cosas que yo no sabía ni que existían. Cuando se la metí…, dos empujones tardé en correrme y eso que me tranquilicé un poco en el proceso de ponerme la gomita. Pero es que habían pasado casi diez años de eso.

—Lo siento —repetí.

Si yo fuera ella creo que estaría mosqueado. Me incorporé un poco, sosteniéndome con mis brazos y la vi sonreír. La sonrisa fue ampliándose y me contagió.

—Si te ríes ahora me haces polvo —le pedí a punto de echarme a reír yo también.

Alba se giró un poco, se tapó la cara con un trozo de almohada y se descojonó. Cuando me apoyé en su pecho a reírme también, supe que era la mujer de mi vida y que nunca, nada, ni nadie, podría cambiar ese hecho. Tendría que buscar cómo hacerlo posible. No había más.

32

Pagué al repartidor con un billete y le pedí que se quedara con el cambio. Estaba de buen humor. Quién lo diría…, mi amante acababa de echarme el polvo más corto y decepcionante de mi vida. ¿Y por qué estaba de tan buen humor? Pues porque él tenía razón cuando decía que aquellas cosas que demuestran que el otro no es perfecto son las que más nos hacen quererlo. Al menos cuando todo es perfectamente sano y normal. Cuando me giré, Hugo me miraba desde el sofá con cara de pedo. Me eché a reír otra vez.

—Si sigues riéndote no sé qué voy a hacer con la poca virilidad que me queda. Dejaré que me hagas trenzas y me depiles las piernas —se burló.

—Es que tendrías que verte la cara. Joder, ¡que no pasa nada!

—No sé qué es peor, que intentes colarme la mentira de que no pasa nada o que vayas a hacerme comer esa mierda para cenar.

—Esta mierda es la mejor mierda del mundo —le respondí señalándole con el dedo—. El dim sum es Dios hecho comida.

—Joder, para rezar en los aviones eres bastante blasfema.

Me senté a su lado y abrí la bolsa aceitosa con la boca hecha agua.

—Estoy incómodo —se quejó como un crío—. Y me voy a manchar los pantalones del traje.

—Pues quítatelos. Si quieres, puedo dejarte unos pantalones de pijama o algo. Tengo unas mallas de leopardo monísimas.

Me fulminó con la mirada y se levantó.

—¡Era broma! —le grité viendo cómo se dirigía hacia la puerta.

—Ahora vuelvo. Capulla.

Me imaginé que iba a su casa a coger algo de ropa, pero no me expliqué cómo se justificaría delante de Nico. Eso sí, se llevó la americana y el abrigo con él, supongo que para disimular. Tardó diez minutos, no más, y yo ya me había comido parte del aceitoso arroz tres delicias. Venía con una bolsa de mano pequeña, que me enseñó. Se metió en mi dormitorio y salió poco después con el pijama y una expresión mucho más serena.

—¿Estaba Nico en casa? —pregunté con la boquita pequeña, con miedo de nombrarlo.

—Sí. Joder…, ¿esta charca de aceite es la cena?

—¿Y qué te ha dicho cuando te ha visto llenar una bolsa con ropa?

—No es que nos pidamos muchas explicaciones, ¿sabes?

Mastiqué mirando hacia la televisión. Estaban poniendo capítulos de *Big Bang Theory* en TNT, pero no estaba enterándome de nada.

—Algo le debiste decir —insistí.

—Le dije que no iba a dormir en casa. —Se encogió de hombros y se metió un tenedor lleno de comida en la boca. Hizo una mueca.

Dejé el plato sobre la mesa de centro y me giré hacia él.

—Vamos a ver. Y perdona que insista…, le dices a tu compañero de piso, examante nuestro, exnovio mío que hace nada seguía peleando por recuperar el triángulo amoroso que tuvimos, que no vas a dormir en casa y… ¿se queda tan pancho?

—¿Tenemos que hablar de esto ahora? —contestó de mal humor—. Menuda noche, joder.

—¿Qué le pasa a la noche?

Dejó el plato y se volvió hacia mí.

—Eyaculo dos minutos después de empezar a follar contigo. Me haces cenar comida china de dudosa calidad y…

—¿Y?

—No me hagas pensar en esto ahora. En serio, Alba.

Se rascó nervioso la barba, cogió el plato de nuevo y clavó los ojos en la pantalla. Apagué el televisor y chasqueó la lengua contra el paladar.

—Le he dicho que estoy con alguien. Que tengo un lío con una tía. Ya está —añadió seco—. ¿Qué quieres sacar de todo esto?

—Hugo. No es normal y lo sabes.

—¿Qué no es normal?

—Ayer llega aquí, ve que estoy con alguien y deduce mágicamente que estoy con una tercera persona que no tiene nada que ver con vosotros. Hoy tú le dices que estás con alguien y… ¿no dice nada?

Se humedeció los labios. Oh, oh.

—Vale, Alba. Le he dicho que me iba a pasar la noche con Paola. No es la primera vez que lo hago, no tiene de qué extrañarse. ¿Contenta?

—Sí —asentí como si fuera una obviedad—. Claro que sí, joder. ¿Crees que me voy a volver loca por saber que tienes un pasado sexual que, además, ya conozco?

—Yo qué sé. Hoy no me está saliendo nada a derechas.

Me acerqué, me senté sobre los talones y le acaricié el pelo de la sien.

—Hugo…

—¿Qué? —contestó.

—Mírame.

Suspiró y me miró. Sus bonitos ojos marrones almendrados se centraron en mi cara.

—Te quiero.

La tensión de su ceño se relajó y pestañeó.

—Y yo. No es eso…, es que… no sé. Imaginé que nuestro… «reencuentro» —dibujó las comillas con los dedos— sería más especial.

—¿Crees que necesito pétalos de rosa?

—No. —Sonrió y puso los ojos en blanco—. Te he visto abrir un jodido botellín de cerveza con los dientes. Sé que los pétalos de rosa te harían vomitar.

—Sí —le di la razón—. Me halaga gustarte tanto que no puedas contenerte. Me gusta lo que significa que estar dentro de mí te supere. ¿No lo entiendes? No hagas de esto un problema que no existe.

Asintió. Hasta yo supe que no era eso lo que le angustiaba. Le angustiaba saber que Nico se había tragado sin preguntas el cuento de que se iba con Paola. Nico lo sabía, me jugaba la mano derecha. Y que nadie me malinterprete: yo entendía las razones que empujaban a Nico a hacerse el ciego, el sordo y el tonto. Imaginaos que toda la vida que habéis planeado se resquebraja en cuestión de dos meses. Tu novia decide romper y sabes que es porque siente demasiado por su expareja, que es tu mejor amigo, con el que vives, trabajas y tienes un negocio. Si esas dos personas finalmente dan un paso…, ¿en qué situación quedas tú? ¿Qué debes hacer?

Quizá otra persona hubiera aprovechado el brete para presionar a Hugo para que abriera los ojos a la situación, pero hacía algún tiempo que me había dado cuenta de que ya había hecho los movimientos pertinentes y debía esperar a que ellos tomaran conciencia del papel que tenían. Así que cenamos y después nos metimos en la cama. Sin más. Ni menos. Dormir de nuevo con Hugo fue una sensación mucho mejor que la de un polvo largo y romántico como el que él había imaginado para nuestra primera vez después de tanto tiempo. Apoyarme en su pecho, que me rodeara con su brazo y olerle…, eso y el calor que emanaba su cuerpo en la cama. Me sentí en casa. Tenía muy claro que Hugo era el hombre de mi vida. Al menos lo sería si todo iba bien. Dormir con él fue… especial. Sentir cómo la fuerza con la que me agarraba iba haciéndose cada vez más débil. Escuchar su respiración sosegada. Mirarle y ver que sus párpados pesaban demasiado como para mantener los ojos abiertos. Verle dormir en mi cama. Saber que el sexo solo era una parte de aquello que nos unía a pesar de conocernos tan poco.

El despertador sonó a las cinco y media. El despertador de Hugo, claro. Yo me levantaba a las seis y cuarto como muy pronto. Abrí un ojo, vi cómo se incorporaba y volví a acurrucarme. Dejé de escuchar sus movimientos y volví a abrir los ojos hinchados.

—Cinco minutos.

—Duerme. Tranquila.

Y me miraba con una sonrisa…, se levantó y salió de la habitación. Me pareció escucharle hablar; seguro que estaba soñando. Me llegó el olor a café. No escuché la ducha. Eso debió extrañarme, pero tenía demasiado sueño. La luz entró en la habitación gris y perezosa, como el día. El cielo estaba cubierto de nubes espesas de un color ceniciento y me desperecé abrigada por el grueso plumas.

—Oh, Dios…, todo mi reino por pasarme la mañana en la cama.

—Pues es tu día de suerte.

Miré a Hugo, que aún llevaba puesto el pijama y después le eché un vistazo al despertador. Eran las ocho. Ya estábamos llegando tarde.

—¡¿Qué haces sin vestir?! —Me incorporé con prisas—. Dios santo. Es tardísimo.

Hugo se acercó y volvió a taparme.

—Calma.

—Es viernes y hay que ir a currar. ¿Te acuerdas?

—He llamado al trabajo. He dicho que estoy con gripe. —Me guiñó un ojo—. Tú me llamaste hace dos horas para decirme que tienes fiebre y que no puedes moverte. Esto de compartir despacho, los virus, el invierno…, un desastre. —Se encogió de hombros.

—¡¡Estás loco!! —Me reí.

—¿Qué es un día? No es nada.

—¿Y Nico?

—Le mandé un mensaje y le dije que voy a hacer pellas.

—¿Y yo?

—Tú…, ¿no me habías pedido el día libre para organizar el cumpleaños de tu hermana? —Me guiñó un ojo.

—Eres un liante, ¿lo sabes?

—Llevas meses diciéndomelo. —Sonrió—. Ahora…

Se giró y cogió de encima de la mesa en la que tenía el ordenador una bandeja con el desayuno. Café, zumo y tostadas francesas. Le besé.

—Pétalos de rosa no…, pero ¡cómo sé que para conquistarte hay que empezar por tu estómago!

Dormimos un poco más después de desayunar. Nos abrazamos bajo la colcha esponjosa y nos dimos un par de besos con sabor a café. Cuando Hugo ya dormía y antes de que yo también cayera, me planteé cuánto tiempo más podría Nico sostener su postura, porque aquel movimiento había sido muy descarado por parte de Hugo. Parecía que tenía ganas de que el telón cayera de una puñetera vez y Nico no pudiera fingir más. Pero eso supondría que Hugo aceptara que era justo lo que estaba pasando. Quizá ya lo había interiorizado pero seguía sin querer reconocerlo. Al final... todo iba a terminar cayendo por su propio peso... o en el peor de los casos explotándonos en la cara.

Hugo me despertó colocándose encima de mí. Juguetón.

—*Piernas...*, ¿quieres que juguemos a una cosa?

—Según —murmuré adormilada—. ¿A qué?

Se inclinó dejando parte de su peso sobre mí y susurró en mi oído:

—¿Y si hoy pasamos el día en Nueva York?

—Estás loco. Ve cogiendo los vuelos de ida y vuelta en el día y ya me despiertas a la hora de embarcar.

—Ya estamos allí. Son las diez y cuarto. Hemos desayunado en aquella cafetería tan mona en Greenwich Avenue y hemos vuelto al hotel a seguir durmiendo.

—Ajá. —Me espabilé un poco—. ¿Y qué haremos el resto del día?

—Pasear por la Quinta Avenida, entrar en Tiffany's, comernos una hamburguesa con patatas, un trozo de tarta de queso y volver a pasear. Ah..., y hacer el amor. Como dos locos.

—¿Cuando regresemos a Madrid vas a volver a dejarme? —le pregunté triste por los recuerdos que todo aquello desencadenaba.

—No voy a volver a dejarte jamás. Preferiría estar muerto.

Nos besamos de modo dulce, nada escandaloso. No se le había olvidado besarme sin prisas. No se le había olvidado que, de vez en cuando, su hambre y la demanda de sus labios debía dejar paso a otro gesto, a algo tranquilo, porque al fin y al cabo, aquello que no tiene prisa dura más. Acaricié su pelo desordenado con placer mientras sus labios húmedos se deslizaban entre los míos y entre mis dientes. Mis manos fueron escapando hacia abajo hasta colarse por debajo de la tela de su camiseta. Tenía la piel caliente en contraste con la temperatura de la casa y no pude evitar la tentación de aventurarme debajo de su pantalón y apretar su trasero. Ronroneó bajito y le bajé los pantalones como pude, con los pies. Él se quitó la parte de arriba del pijama y después me ayudó a desnudarme. Se colocó entre mis piernas y su erección entró sin resistencia dentro de mí a la primera, sin ayuda de nuestras manos. Me arqueé con una sonrisa y los ojos cerrados.

—La felicidad es esto —le dije.

—¿Tenerme dentro?

—Tenerte dentro. Un viernes en la cama. Tú.

Aspiró el olor de mi cuello y todo su cuerpo onduló para permitir otra penetración que recibí con placer. Apoyé los pies en sus caderas y volvió a embestir… despacio.

—Si lo haces tan despacio se me olvida que esto es sexo. —Me reí.

—Ese es el secreto. Despacio…, despacio…, hasta que te acuerdes de que esto es un cuento de hadas que va de amor. Después explotaremos los dos.

Clavé mis dientes sobre el labio inferior a la vez que sonreía. Sí. Aquel era mi cuento de hadas. No necesitaba carrozas ni flores. Tampoco la promesa de finales felices que no podíamos aventurar a adivinar. Yo quería intentarlo. Paso a paso. Nuestro «para siempre» se construía día a día, minuto a minuto, dándole valor a cada respiración. No era un cuento al fin y al cabo. Era una historia de amor, de las que azotan al mundo, lo hacen girar y le dan sentido. Sencilla a veces. Complicada otras. Como todas las demás.

Seguimos escalando el placer con calma, besándonos, dándole más valor a la proximidad que a la colisión entre nuestros sexos. Recuerdo la respiración honda de Hugo llenando de sonidos la habitación y el gozo que me producía escucharlo. Siempre me excitó más poder escucharle que verlo. El oído es un sentido tan erótico... Hugo empezó a jadear, rasgando su garganta en cada tañido de su respiración. Poco a poco esos jadeos dieron forma a una letanía de sonidos.

—Ah..., ah... —repetía sin estridencias.

Y yo cerraba los ojos para disfrutar mucho más. Casi no nos dimos cuenta de haber alcanzado la cumbre de ese placer hasta que no nos vimos deslizándonos hacia abajo por su ladera. Suavemente. Abrí los ojos y entreabrí los labios también. Hugo me miraba, subiendo y bajando encima de mí, conteniéndose hasta que yo exploté. Fue goloso, húmedo, tranquilo..., y cuando él paró y me llenó, todo tuvo más sentido.

Hugo bajó a por algunas cosas después de una ducha. Volvió en vaqueros, con un jersey azul marino y una camiseta blanca bajo este. Traía algo de comida para preparar unas hamburguesas a la hora de comer, DVD y su iPod. Quisimos seguir jugando. Aquel viernes mi casa era Nueva York.

Vimos *Desayuno con diamantes,* paseando mentalmente por la Quinta Avenida y soñando con volver a entrar en Tiffany's y repetir las experiencias de aquel día en el que compró un anillo para mí. Como si añoráramos aquellos días, saqué ese regalo del cajón donde lo tenía escondido; cajón del que lo rescataba de vez en cuando por el simple placer de deslizarlo de nuevo sobre mi dedo anular.

Cuando la película terminó fuimos a la cocina a preparar la comida, pero antes hicimos una lista de canciones sobre Nueva York en nuestro Spotify. En su lista Lenny Kravitz, The Wombats o Steve Martin convivían con Spoon, Ella Fitzgerald, Hello o Sinatra. La sensualidad, la seguridad en sí mismo, la tradición y el empolvado encanto de cosas pasadas de moda, todo mezclado. Mi lista nos hizo reír a carcajadas. Regina Spektor, Cat Power, Passenger y Paloma Faith, haciendo migas con Alicia Keys y Jay Z o Among Savage. Él me acusaba entre carcajadas de ser una ñoña y una moderna, y mientras le besaba con las manos manchadas de especias y carne picada me reía y me catapultaba a las sensaciones de sentirnos el centro y el motor que hicieron especial a la Gran Manzana, como si no lo fuera ya por sí misma. Y por si fuera poco... Hugo cocinó una tarta de queso al estilo neoyorquino, con caramelo salado por encima.

Comimos en el sofá, chorreando kétchup y viendo *Días de radio,* una de las pocas películas de Woody Allen que siguen gustándome. Y con ella paseamos por un Nueva York que jamás conseguiríamos conocer, extinguido muchas décadas atrás, pero del que conservaba cierto brillo. Nos vestimos de gala y nos trasladamos a los años cuarenta para convertirnos en una de esas parejas pegadas a la radio, disfrutando con nostalgia de la ciudad en una época irrepetible.

Le siguió *La semilla del diablo* en una especie de maratón de Mia Farrow. Y con ella recorrimos los rincones del emblemático edificio Dakota, frente a cuya fachada Hugo y yo teníamos una fotografía. Hablamos de sus supuestas maldiciones y de todos los personajes famosos que habían vivido entre sus paredes. Hablamos incluso del famoso peinado que acuñó Vidal Sassoon en los años sesenta.

Pusimos de nuevo nuestras canciones sobre Nueva York y comimos tarta, dándonosla a ratos con las manos y terminando pringados y sudorosos sobre la alfombra del salón. Si no fuera por el sexo, rápido e intenso, nos hubiéramos quedado helados. Pero entramos en calor, además, con una ducha caliente.

Nos metimos en la cama después y bajo la colcha vimos *Los Cazafantasmas,* que Hugo alquiló desde el iPad. Y me reí a carcajadas frente a la mirada divertida de Hugo. El famoso cuadro de la película nunca dejará de inquietarme.

A las nueve salimos de la cama y Hugo preparó unos Manhattan en unas impecables copas en las que ni siquiera había deparado. Los bebimos en la terraza, abrigados por una manta y sentados en el frío sillón del rincón. Nuestras respiraciones crearon vaho y hablamos sobre el *skyline* desde el bar de nuestro hotel en Nueva York. Allí, en aquella ocasión, nos bebimos unos *gintonics* y nos besamos para decirnos sin hablar tantas cosas…

Ya volvíamos adentro cuando Hugo me paró junto al gran ventanal que daba al salón y con una sonrisa volvió a hincar rodilla en el suelo y a sacar la caja de mi anillo de su bolsillo.

—Hoy no hay factor sorpresa —dijo mirándome desde allí abajo— y muchas cosas han cambiado desde entonces. Incluso nosotros lo hemos hecho en algún sentido. A pesar de todo, repetiría lo que te dije cien veces más. Y más. Las que hicieran falta.

—¿Recuerdas lo que dijiste?

—Te dije que te quiero de una manera que no entiendo. Dije que no soy nadie para decirte cuáles deben ser tus sueños y aspiraciones. La vida es corta y debemos aprovecharla como si mañana no estuviéramos aquí. Entonces no me importaba que nos llamaran locos y hoy sigue sin hacerlo. Me da igual que no nos entiendan, porque a veces vale la pena ser un loco. Este anillo era una promesa; una promesa loca. Te hice prometerme que si un día decidías casarte de la manera que fuera, lo hicieras conmigo, porque quiero hacer realidad todo lo que desees, hasta aquellas cosas en las que no creía pero que ahora tienen sentido. Si vale la pena perder la cabeza por alguien, ese alguien eres tú, *piernas*.

Y como aquella noche en lo alto del Rockefeller Center, al levantarse volvimos a besarnos como si nada más que nosotros importara. Y aquel día se convirtió en el eje y los engranajes se movieron y dieron esperanzas a todos los planes de futuro que nunca tuve pero que quería cumplir.

33

VACÍO
(NICO)

B ajó con el abrigo puesto, como si yo no supiera que estaba con ella. Ya no sé si era paranoia o la realidad, pero una leve huella del perfume de Alba lo acompañó cuando cruzó el salón.

—¿Qué haces? —me preguntó despreocupadamente.

—Comer.

—Ah, genial. Oye, cojo un par de cosas y me voy, ¿vale?

—¿Has quedado?

Y me di cuenta de que, mientras le preguntaba, tenía la mirada vacía clavada en la pared.

—Sí, algo así.

—¿Con Paola? —Se lo puse fácil.

—Síp.

Salió de su cuarto con una bolsa de mano pequeña y se dirigió otra vez a la puerta.

—Buenas noches.

—Pásalo bien.

Lo que no sé es cómo no lo maté con el veneno con el que lo dije. Las horas pasaron dementes en el reloj del salón. Ellos estarían ya acostados, quién sabe si haciendo el amor, y yo solo mientras pensaba en lo intenso que sería todo ahora que eran dos. Era como si me estuvieran apuñalando.

Uno siempre cree que los demás exageran cuando sufren por amor. ¿Cómo va a ser posible que una decepción nos lleve hasta límites que nosotros nunca hubiésemos sospechado? Yo nunca, jamás, habría pensado que Alba y Hugo no me necesitaran. Creí de verdad que ellos sabían, como lo sabía yo, que el equilibrio era imposible si no estábamos todos implicados.

Pensé en si debía beber un poco. Emborracharme y esas cosas que se esperan de alguien tan decepcionado y perdido como yo. Alguien que se está tragando la lengua de tanto mordérsela. Hubiera sido mucho más fácil confesar que lo sabía, gritarle que en cierto modo le odiaba por mentirme y construir algo para él solo y después… descansar sin esa carga encima de mis hombros. Pero es que hubiera sido mucho más fácil para todos y a mí no me daba la gana.

Nadie había tenido miramientos conmigo a la hora de mentirme y vivir a mi espalda unas sensaciones que sentía casi como robadas. Ellos no me dijeron: «Oye, Nico, en Nueva York hemos vivido algo extraño e intenso y nos sentimos muy unidos ahora». No lo compartieron, no me lo explicaron. Prefirieron convertirlo en un secreto al que yo no podría acceder.

Me dormí sin más… Sin más, como todo lo que pasaba últimamente por mi vida. Hugo se baja del barco sin más. Alba me deja sin más. Ellos se besan a mis espaldas, sin más.

Al día siguiente me levanté rozando la última frontera de lo que yo tenía por cordura. Me encontré tan mal cuando descubrí que habían buscado una excusa para quedarse juntos en la cama, que me asusté. Me asusté porque nunca había sentido tantas cosas malas dentro. ¿Dónde habían ido a parar todos los sentimientos positivos y sanos que yo albergaba para los dos? Y conmigo mismo.

Después de una mañana devanándome los sesos, tratando de identificar las señales que me mostraran cuándo todo se empezó a torcer, me di cuenta de que iba a traspasar un límite que no quería. Me di cuenta de que morderme la lengua y ponérselo difícil me estaba matando. Y como no supe qué hacer…, llamé a mi hermana Marian, como un crío llorón. Respondió al sexto tono:

—Dime.

—Qué raro que me cojas el teléfono. Últimamente no es tu costumbre.

—Nico, estoy currando —se quejó—. ¿Pasa algo? Te oigo raro.

—Me estoy volviendo loco —le susurré.

—¿Por qué? ¿Qué pasa?

—Ellos dos… están juntos, Marian. Lo están y yo lo sé.

—¿Lo sabes o lo sospechas?

—Lo sé.

Y la inquina con la que cargaba esa última frase me supo amarga al final de la lengua. Marian suspiró y empezó a hablar:

—Nico, ¿has pensado que quizá no saben cómo planteártelo? No me parece una locura. No es…, no es como si estuvieran planeando matarte, ¿sabes? Esas cosas pasan. Uno no elige a quién va a hacer daño cuando se enamora.

—Marian… —Me froté los ojos con vehemencia—. No me entiendes.

—Claro que te entiendo. Y entiendo que estés desconcertado y hasta celoso, pero respira y encuentra cuál quieres que sea tu postura. Ya está. Es Hugo, por el amor de Dios. No hay nada de lo que no puedas hablar con él.

No, no había nada de lo que no pudiera hablar con él; al menos en condiciones normales. Nunca tuve reparos en diseccionar mi vida y compartirla con Hugo. Desde los típicos problemas familiares de una casa con cinco hijos y una economía bastante ajustada a mis paranoias más profundas, como ese sentimiento que me acompañaba desde hacía tiempo y que susurraba malignamente en mi oído que mi vida no servía para nada. Y ahora él… ¿había encontrado algo que no sabía cómo contarme?

Le di vueltas a aquello. Muchas. Más de lo normal. La inquina mutó un poco entonces hasta convertirse en un vacío inmenso dentro de mi pecho que, como si fuera un agujero negro, lo atraía todo hacia él para terminar haciéndolo desaparecer. Cuando salí del trabajo, solo pensaba en sentarme tranquilo en casa y que todo fluyera. Así lo hice. Y me di cuenta entonces de que el odio no arregla nada, pero que yo debía mover mis fichas. Que yo debía hacer algo si no quería dejarlo pasar. Hay trenes para los que uno tiene que correr o… buscar el truco para que ralenticen la carrera. Fue entonces cuando tomé la decisión de no dejarlo estar. Porque… si me dolía tanto era porque me importaba, ¿no?

34

Entonces... ¿estáis juntos otra vez? —me preguntó Eva mientras daba vueltas emocionada a un cola cao.

—Sí, supongo que sí. Aunque claro... con la peculiaridad de que tenemos que hacerlo con discreción hasta que se lo diga a Nico.

—Ay, Dios. ¡Qué emoción! Es como en la canción aquella que cantaron Bisbal y Chenoa. Escooondiidooos, solos por amooooorrrr. —Se puso a cantar.

Me alejé del sofá y del horrible soniquete de mi hermana cantando (acto para el que NO ha nacido capacitada) y escuché unas llaves meterse en la cerradura.

—¡¡¡La oscura habitación!!! ¡Tu cuerpo, el mío..., el tiempo de un reloooj!

—Pero ¿qué es eso? —preguntó Hugo asustado nada más asomar la cabeza.

—Es mi hermana cantando.

—Oh, Dios. —Hizo una mueca—. Bebé, cállate y ven aquí que te dé la enhorabuena y te abrace.

Mi hermana corrió hasta él y se le encaramó, intentando aplastarlo de un abrazo.

—Arg, joder, qué bien hueles, *cuñao*.

—¿Enhorabuena por qué? —pregunté. Después me quedé mirando a Eva y abrí la boca sorprendida—. ¡¡Te han cogido!! ¿Te han cogido y no me has dicho nada?

—Iba a decírtelo ahora. —Sonrió girándose hacia mí—. Me lo notificaron ayer por la tarde. Te llamé, pero… «no sé por qué» tenías el teléfono apagado.

—¿Y no me mandas un mensaje?

—Que a tu hermana la hayan cogido en Google no es el tipo de noticia que se da en un mensaje —se quejó.

—Es genial. —Sonreí—. Y casi un regalo de cumpleaños.

—Ah, hablando de eso. —Hugo le pasó un paquete—. Felicidades. Por adelantado por tu cumpleaños y atrasado por tu curro.

—¿Solo uno? —le dijo ella mirando el regalo.

Le aticé una patada y corrió hacia el sofá de nuevo para abrirlo. Hugo y yo nos besamos.

—Llama al timbre —le pedí después con una sonrisa.

—Pero qué celosa de tu intimidad te has vuelto —contestó en tono burlón—. Tienes razón. Lo siento.

—¡¡¡Me encanta!!! La paleta de quince sombras de MAC. ¡¡Te quiero!!

—No voy a volver a comprar maquillaje nunca más —se quejó Hugo—. En la tienda me hablaban de cosas que no entendía. Fue… incómodo.

—No te preocupes. La próxima vez me regalas el iPhone 6 y andando.

—Sí, mujer. Tú pide por esa boquita —le recriminé.

—Yo pido por si cuela. ¿Y tu regalo?

—Mi regalo te lo daré el jueves en la cena de cumpleaños. Y ahora cuéntame lo de Google.

Aquella noche cuando me acosté lo hice con la sensación de que la vida, por fin, parecía encajar de alguna extraña manera. Si cuando toda esta historia empezó yo era una persona que no sentía ningún tipo de interés por una vida como la que llevaba la gente que me rodeaba, ahora me sorprendía a mí misma con un trabajo de oficina, un novio y una casa bonita. Y lo que me sorprendía en realidad era pensar que todas aquellas cosas que de manera aislada y por naturaleza no me gustaban o no creía que fueran a completarme estaban haciendo que, por primera vez en mucho tiempo, me embargara una sensación de satisfacción un tanto desconocida. No había hecho falta una escalada en busca del Pulitzer ni entregar mi cuerpo al trabajo. No había hecho falta una relación extraña, solo Hugo cenando sopa thai casera mientras veíamos *Kill Bill*. ¿Qué había pasado? ¿Es que todo aquello que yo parecía rechazar en el pasado era de pronto lo que me completaba? No. Ahora sé que lo que me llenó entonces fue haberme parado a escucharme, a aceptar que no se tiene por qué ser perfecta y que una vida irreprochable es la cosa más aburrida del mundo. Hice las paces con mis errores. Me enamoré de mis fortalezas y había hecho migas con las flaquezas. El equilibrio dentro de mí propició que todo lo que viniera de fuera terminara encontrando un sitio, siendo manejado y procesado, sentido y disfrutado. Antes no estaba insatisfecha porque me faltara nada; lo estaba porque la que había desaparecido era yo.

Aquella noche Hugo y yo tuvimos sexo, pero un sexo... plácido. Una pareja normal que se mete en la cama un sábado por la noche y que como dice el dicho «sábado sabadete, camisa nueva y un polvete», así habíamos terminado con un poco de cuerpo a cuerpo. No hubo virguerías. Ni siquiera preliminares extensos. Unos cuantos besos. Unas caricias. Los dos desnudándonos. Él encima, pero dentro de la colcha, que aún hacía frío. Veinte minutos de colisión y fricción. Dos orgasmos.

Después él se quedó recuperando el resuello y yo fui al baño. Cuando lo vi dormido al salir me acordé de Nico. Sí, Nico. Que de pronto, no sé por qué, ya no era un problema. Bueno, sí sé el motivo: seguía siendo un problema, pero tanto él como Hugo le habían puesto una sábana por encima para olvidarse de ello. Me metí en la cama y le desperté con un codazo.

—Hugo.

—¿Qué? —preguntó atontado.

—¿Y Nico?

—¿Nico qué?

—No lo viste ayer en todo el día. Hoy has subido, te has dado una ducha, te has cambiado y has vuelto a mi casa. ¿No habéis hablado? ¿O es que le has vuelto a decir que habías quedado con Paola?

—No le he dicho nada, *piernas*. No es mi madre. No tengo que ir dándole explicaciones de dónde voy o no voy.

—Pero has dormido fuera dos noches seguidas.

—Como si fuese novedad.

—Ya, pero digo yo que llevarías tiempo sin hacerlo, ¿no?

—Por el bien de mi integridad física: sí, hacía mucho tiempo que no lo hacía —contestó tras un suspiro.

—Eras libre de hacer lo que te viniese en gana. No estoy hablando de eso ni estoy celosa.

—Entonces ¿qué te pasa? No lo entiendo.

—Intento hacerme cargo de la situación en la que estamos.

—El hielo aún es grueso, anda tranquila.

Me quedé mirándolo con el ceño fruncido. Tenía los ojos cerrados y un brazo bajo la nuca. Parecía relajado.

—¿Sabes? Pareces el típico hombre casado que le dice a la típica amante las típicas excusas de mierda. Y eso puede acabar como el típico caso en el que a él le cercenan la típica chorra.

—¿Tenemos que discutir hoy también, por el amor de Dios? Es la una.

—¿Y qué? ¿No es buen momento para hablar de esto? A mí me da la sensación de que nunca es buen momento para ti.

Suspiró y se incorporó, doblando el almohadón detrás de su espalda.

—Vale. Hablemos.

—Tú dirás —dije cruzando los brazos bajo el pecho.

—¿Cómo que yo diré? Eres tú la que parece necesitar preguntar cosas.

—¿Tú lo tienes todo controlado, no?

—Más o menos.

—A ver; cuál es tu plan.

—¿Cómo que cuál es mi plan? ¿Cuándo se convirtió esto en el desembarco de Normandía?

—Cuando decidimos esconderle a Nico que habíamos vuelto.

—No tiene por qué saberlo aún. ¿Es que tiene que estar al día de toda mi jodida vida?

—¡¡Sí!! —contesté como si fuera una obviedad.

—Démosle tiempo.

—¿A él o a ti? Porque…, cielo, te recuerdo que él ya lo sabe.

—No lo sabe. —Se mostró molesto—. Y no vuelvas a decirlo. Me sienta fatal.

—¿Le consultaste lo de El Club?

—¿Qué de El Club?

—¡¡La venta!! —grité con tono agudo.

—¿Cómo se lo voy a haber dicho si he estado contigo todo el tiempo?

—Pues mañana te vas temprano y lo hablas.

—Joder, Alba. Deja que haga las cosas a mi manera. Lo conozco desde hace diez años.

—Parece que esos diez años no han sido suficientes.

Se me quedó mirando con cara de indignación y se dio la vuelta en la cama.

—¿Ahora te enfurruñas? —le pregunté.

—Sí. Hasta mañana.

Me acosté y le di la espalda también, como estaba haciendo él con nuestro problema.

Tener tiempo para pensar me convierte en una bomba de relojería. Así soy. Reflexiono y engordo pensamientos hasta hacer de ellos algo monstruoso que tiene que salir de alguna manera. Ojalá fuera una de esas chicas deportistas que salen a correr y sudan todos sus problemas. Yo soy más de beber té hasta que tiemblo y la lengua me quema de cosas por decir. Y es entonces cuando, creyéndome muy hábil, hago alguna tontería que precipita la situación. A día de hoy sigo sin saber si me arrepiento de aquella tontería en cuestión.

El lunes fue un día excesivamente agobiante en el trabajo. Hugo andaba en mangas de camisa arriba y abajo, reuniéndose con los capos que tenían que pasarle una actualización de la lista de clientes. Yo iba a tope, haciéndome cargo de todo lo que se estaba quedando atrasado por culpa de las reuniones internas. Aquel día Hugo y yo fuimos jefe y asistente porque no tuvimos tiempo de más.

A las seis menos diez Osito Feliz se pasó por el despacho y después de bromear un poco conmigo sobre mi incapacidad de cerrar la boca cuando alguien me toca los cojones (por el tema del cliente al que había despachado sin morderme la lengua), anunció que Hugo debía hacer una pequeña intervención en el Comité Comercial.

—Me podíais haber avisado —dijo este abrochándose los puños de la camisa y alcanzando la americana—. Por prepararme algo y esas cosas. Ahora creo que tendré que bailar una muñeira para impresionarlos.

Me guiñó un ojo, me dio permiso para que me fuera a casa y desapareció con su culito prieto. No pensar en su culito, Alba. Pensar en eso que quieres comprobar.

Llegué a casa, me puse cómoda y sin pensármelo demasiado cogí una toalla y… bajé al cuarto piso. Eran las siete y media cuando llamé al timbre de su casa. Por supuesto, me abrió Nico.

—Hola —dijo con una sonrisa.

—Hola, Nico. He tenido un día de mierda y se me ha antojado un baño. ¿Os importaría que usara vuestra bañera?

—Eh…, la de Hugo —señaló—. Yo no me baño desde los cinco años o así.

Me reí y abrió la puerta para dejarme pasar.

—¿Quieres una copa para acompañar el baño?

—Sería genial.

—Espera, te lo preparo yo. Hugo aún no ha llegado.

—¿Ah, no? —pinché.

—No. Últimamente está currando mucho. Pero supongo que eso ya lo sufres en tus propias carnes.

Nunca mejor dicho. Nico desapareció metiéndose en el baño de Hugo y yo fui a la cocina, donde serví una copa de vino tinto.

—¿Quieres una copa, Nico? —le ofrecí.

—Una cerveza mejor. Ahora voy.

El sonido del agua salió de allí junto a él. Lo miré cuando se unió a mí en la cocina. Llevaba una sudadera gris y unos pantalones como de pijama. Hasta así estaba tan… de revista.

—¿Qué miras? —preguntó sonriendo.

—Estás muy mono —dije antes de dar un sorbo a mi copa.

Nico se giró y sacó un botellín de cerveza de la nevera y lo abrió con un golpecito en la encimera.

—Bueno, ¿qué te cuentas? —me preguntó.

—No mucho. Bueno…, ya sabes —insinué.

—Ya, ya sé.

Vale. Estaba evitando sacar el tema.

—Estoy feliz —le dije—. La vida de pronto vuelve a tener un poco de orden.

Se mordió el labio superior y asintió.

—Me dijo Marian que a ver cuándo nos vemos todos —cambió de tema.

—Claro. ¿Qué tal con la chica con la que te citó? ¿Habéis vuelto a veros?

—No, no. —Se rio—. Los experimentos de Marian mejor con gaseosa.

—Tienes que salir.

—¿Vas a presentarme a alguna de tus amigas? —Y el tono fue un poco más avinagrado de lo que él mismo esperaba.

—Bueno…, no creo que ninguna de mis amigas solteras sea de tu gusto.

—¿Y las casadas? —bromeó.

—No estás tú para meterte en más follones. Mejor empieza de cero.

—Ah, sí. Tengo muchas ganas. —Sarcasmo a borbotones—. Voy a ver cómo anda tu bañera.

Le acompañé copa en mano hasta el baño. El agua llenaba ya la mitad y le dije que me apañaba. Se quedó mirándome fijamente. Pensé que iba a sacar por fin el tema, que me diría algo que hiciera que me quedara más claro aún que sabía lo que había, pero al final solo dio media vuelta y salió del baño.

Me desnudé, eché un poco de jabón en la bañera y me metí dentro. La piel se me puso de gallina con el agua caliente y los músculos se me destensaron al instante. Deseé que Hugo estuviera allí, jugueteando con los mechones sueltos de mi pelo. Metí la cabeza en el agua y al salir casi grité cuando la puerta se abrió de nuevo y Nico entró.

—¡Joder, qué susto!

—Perdona. Pensé que igual te apetecería un poco de música.

—Gracias. Es usted muy considerado —me burlé. La espuma tapaba mi cuerpo hasta las clavículas. Una rodilla emergía también.

La situación empezó a parecerme un poco peligrosa. Si Hugo entraba, podría ponerse como loco y no hablo de celos. Hablo de si adivinase que yo había bajado para provocar una situación que él no estaba preparado para vivir. Yo quería sacar en claro qué sabía Nico y quería saber cómo reaccionaría estando los dos solos, pero nunca pensé que se metería en el cuarto de baño conmigo dentro del agua. Nico cogió su iPod y lo colocó en la peana, giró la rueda hasta elegir una canción, y *Summertime sadness*, de Lana del Rey, empezó a sonar. Por poco no me entró la risa. Y si no me entró fue porque Nico se quitó la sudadera, la camiseta de debajo y después los pantalones.

—Esto… —dije dubitativa—. Nico…

Cerré los ojos y apoyé la frente en mis rodillas flexionadas cuando un Nico como Dios lo trajo al mundo se acomodó frente a mí, dentro de la bañera. Joder.

—Nico…, estás desnudo en la bañera. Conmigo —apunté.

—¿Ah, sí? No me había dado cuenta.

—Nico…

—¿Qué pasa?

—Pues que… tú y yo hemos sido pareja y que esto me parece raro. No creo que al chico con el que salgo le hiciera gracia.

—Me da que al chico con el que sales esto le parecería menos raro de lo que cualquiera pueda creer.

Abrí los ojos como platos.

—Lo sabes —le dije.

—No soy imbécil. —Y había rabia en su voz.

—¿Qué haces aquí metido? —volví a preguntar.

—Darme un baño contigo…, *piernas*.

Abrí la boca para contestar pero su sonrisa triste me descolocó. Tardé unos segundos de más en ordenar pensamientos.

—Vale, Nico. No lo retrasemos más. Tú y yo tenemos una conversación pendiente.

—Vale. No lo retrasemos más. Tengamos esa conversación.

Me cogió de los tobillos y me deslizó hasta allí. Puse la mano abierta sobre su pecho y lo aparté.

—No va a venir hasta dentro de una hora —me dijo—. Relájate. Soy el primero que no quiere interrupciones.

—¿Qué coño haces, Nico?

—Hablar contigo.

Lo miré a los ojos. Parecían más negros, menos azules. Sus pupilas redondas relucían con los destellos que la luz arrancaba al agua.

—¿A qué has venido? —me preguntó—. ¿A qué estás jugando?

—¿A qué estás jugando tú, Nico?

—Eso es lo que no entiendes. Para mí no es ningún juego. Yo quiero lo que tuvimos.

—Pero sabes que eso no es viable porque ni él ni yo queremos. Y sabes cuál es la situación.

—No. No la sé. ¿Cuál es, Alba?

—No eres el malo, Nico. Eso lo sé yo, lo sabe él y hasta tú. Pero la situación ahora mismo es insostenible.

—¿Por qué?

—Porque tú lo sabes, él finge que no y yo me jodo. ¿Hacia dónde vamos?

—Si tuviera alguna idea de hacia dónde va todo esto no estaríamos aquí.

Me moví para separarme de él y pasé por encima de una erección a media asta que me descolocó aún más.

—Quiero saber qué es lo que tú sientes. Quiero saberlo para actuar como mejor sea para los tres.

—Déjame decirte algo. —Y me miró muy fijamente—. Y esto se lo dice Nico a Alba, sin mediadores. A nadie le importa lo que tú y yo hablemos aquí dentro. Ni a Hugo. Yo quise lo que tuvimos. Lo quise de verdad. Te quise a ti, le quise a él y me quise a mí en aquella situación. Y te quiero mucho, lo juro. Pero me quiero más a mí y no voy a dejar mi vida por algo en lo que no creo. Voy a ser muy claro: no creo en lo vuestro. Caerá como cayó en su día lo enamorado que estaba de mi hermana. Le duró cuarenta y ocho horas.

Tragué saliva. No podía culparle por no creer en algo que no conocía.

—¿Y qué vas a hacer? ¿Mirar hacia otra parte hasta que esto se acabe? —le pregunté.

—Por ejemplo. Es la única manera que se me ocurre de que funcionemos. Me habéis puesto en una situación muy complicada.

—Sabes que no ha sido una cosa que hayamos planeado.

—Ah, sí. Espera… —suspiró, miró al techo acomodándose y dijo con ironía—, «así es el amor, Nico. No lo planeamos. Simplemente sucedió».

No supe qué decir.

—¿Y sabes lo peor, Alba? —continuó—. Que él sabe perfectamente que estoy al tanto de todo, pero le es mucho más cómodo mirar hacia otro lado. Como a mí.

—¿Y en qué situación quedo yo?

—No lo sé. —Se encogió de hombros y jugueteó con el agua, cogiéndola con sus manos y dejándola escapar después entre sus dedos—. Y no sabes cuánto desearía que esto no estuviera pasando.

—¿Y qué propones?

Levantó los ojos hacia mí. Tenía el ceño fruncido.

—Hasta ahora solo se me han ocurrido dos cosas. Una es que hagamos como si nada. La otra es que volvamos.

—¿Volver? ¿Los tres?

—Sí.

—Pero tú no estás enamorado de mí —respondí.

Se acercó poco a poco, provocando que el agua de la bañera dibujara unas cuantas olas sin llegar a desbordarse. Se acomodó, sujetándose de los bordes, encima de mí. Nos miramos. Nico y su cara de niño enfadado. Nico y su expresión ceñuda. Nico… que estaba perdido.

—¿Qué es el amor, Alba? ¿Sabes decírmelo? Porque yo creo que el amor es ser feliz y sentir que alguien puede hacer que te estremezcas con solo desearlo. Tú podrías hacerlo conmigo con las luces apagadas y hasta estando lejos. Y él me hace estar en calma. Pero te diré más: soy el punto de apoyo que mueve su mundo y aún puedo hacerte sentir. Tú y yo nunca dejaremos de sentir esa conexión. Te lo dije en Tailandia, Alba… Hagamos nuestro cada minuto que vivamos juntos y podremos querernos siempre. Lo hicimos.

Nico se acercó y me besó. Fue un beso dulce. Un beso casto. Corto. Le siguieron uno en la punta de la nariz y otro en la frente. Tras esto Nico se levantó de la bañera. No pude evitar mirarlo de arriba abajo. Estaba más delgado que la última vez que lo vi desnudo y la piel se pegaba aún más a las formas de su pecho.

—Nico… —le llamé. Él se giró hacia mí mientras se secaba y anudaba una toalla a su cintura—. ¿Ahora qué?

—Ahora tú decides. Puedes mirar a otra parte y esperar a que se solucione o hacer algo por nosotros.

—Sabes que no me va mirar a otra parte.

—Pues ya sabes cuál es mi opinión.

—No duraríamos ni dos días. Lo destrozaríamos.

—Pero al menos lo habríamos intentado.

Me quedé dentro de la bañera hasta que el agua me pareció más fría. Me vestí de nuevo y subí a mi casa sin decir nada ni a Nico, que escuchaba música en su dormitorio, ni a Hugo, que estaría al caer. Y cuando caí en la cama, me di cuenta de lo que Nico estaba dispuesto a hacer por conseguir lo que quería. ¿Hasta dónde estaría dispuesta a llegar yo?

35

Conozco mi casa. Uno aprende a distinguir esos pequeños detalles que alteran la atmósfera habitual. La bañera húmeda, una copa de vino secándose junto al fregadero y algo cambiando el aroma habitual. Alba, con todas sus letras. Se me encogió el estómago. Llamé al dormitorio de Nico y tras un «pasa» lo encontré echado en la cama leyendo un libro de cuentos de Alice Munro que le había prestado su hermana.

—Hola.

—Hola…, esto…, pregunta extraña. ¿Ha venido Alba?

—Sí. Dijo que estaba agobiada y que quería darse un baño.

—Ah. —Me quedé extrañado—. ¿Se lo dio y se fue?

—No, la tengo amordazada y retenida en el armario del pasillo —dijo Nico tras levantar la mirada de su libro.

—Ja, ja, ja.

—Vienes tarde.

—Comité Comercial. Si lo llego a saber me aderezo el café de media tarde con cicuta. ¿Has cenado?

—No. Te estaba esperando.

—No vaya a ser que aprendas a cocinar —me burlé.

Fui a mi dormitorio y me puse cómodo. Nico me comentó desde su habitación que Marian había preguntado si hacíamos algo aquel fin de semana.

—Invítala a cenar. Tengo ganas de abrir la botella de ginebra que nos trajo.

—También la podemos abrir nosotros.

—No, que luego me pongo pedo y te meto mano —bromeé.

Nico me sonrió saliendo de su dormitorio; nos encontramos en el pasillo y fuimos juntos hasta la cocina, donde abrí la nevera y él se ofreció a ayudarme. Saqué dos cervezas y brindamos brevemente con el culo del botellín.

—¿Y qué contaba Alba?

—Ah, pues nada en especial. Hablamos poco. Que teníais mucho curro y eso.

—Sí, está hasta arriba. —Suspiré—. ¿Te conté lo de la semana pasada con los de las perfumerías?

—¿La montó?

—En realidad hizo lo que yo llevaba años queriendo hacer, pero Osito Feliz nos echó una bronca de la hostia. Ya no llevo esa cuenta.

—¿Qué le dijo?

—¡Qué no le dijo! Se defendió como una gata. —Me reí—. Y bien hecho, no te creas. Disfruté escuchándola.

—Es fiera…

—Y tanto.

Nos miramos de reojo y me puse nervioso. Empecé a sacar cosas sin ton ni son de la nevera.

—¿Tortilla y ensalada?

—Joder, antes molábamos más.

—Antes éramos más jóvenes e inconscientes. Ahora tememos que nos llamen la atención en la revisión médica anual.

—¿Te acuerdas de esos bocadillos que nos hacíamos en la universidad? —me preguntó socarrón.

—¿Los que no podían ni cerrarse? Claro. Creo que si nos hubiéramos hecho un análisis de sangre por aquel entonces hubiera salido mayonesa.

Nos echamos a reír los dos. Recuerdos de noches de bocadillo grasiento, cervezas, cigarrillos y alguna película de culto que luego presumiríamos de haber visto pero de la que no escuchábamos ni palabra. Éramos muy de llegar hasta las tantas hablando, arreglando el mundo. Y después se nos echaban encima los exámenes y teníamos que ponernos de Red Bull hasta arriba para no dormirnos sobre los apuntes. Suspiré.

—Entonces ¿bocadillo grasiento? —le pregunté.

—Según…, ¿cuántas cervezas quedan en la nevera?

Me asomé y conté.

—Nueve.

—Adelante entonces con el «taponaarterias».

Volví a meter la lechuga, los tomates y demás y saqué bacón, queso, pollo…, ¡yo qué sé! Por lo que yo recordaba, aquellos bocadillos llevaban de todo, sin ton ni son. La cocina se llenó de un olor que hacía mucho que no albergaba y nosotros nos pusimos a hablar sobre una de esas pelis gafipastis que vimos en nuestros años de universidad. Una en versión original sin subtitular. Yo solo recordaba una secuencia en una especie de monte, con una mujer con velo corriendo en plan muy trágico. Nico se partía.

—Y después tú te hacías el interesante diciendo cosas como: «Joder, es que era desgarradora», y a mí lo que se me desgarraban eran las tripas de no descojonarme en tu cara.

—La de gilipolleces que he dicho en esta vida por mojar el ciruelo. Aunque no te vayas a hacer el santo ahora, que tú utilizabas técnicas deleznables para follar en aquella época.

—Ah, sí, la del fotógrafo torturado. «Me encantaría hacerte unas fotos…, solo estaremos tú, yo… y el objetivo».

—Y ellas caían.

—Caían porque les apetecía, no por lo que yo dijera.

—Claro, por tu gran rabo.

—Mjolnir, el martillo de Thor.

Los dos nos descojonamos. A las doce, Nico y yo decidimos ponernos alguna película, como en nuestra época universitaria, pero lo único sesudo que teníamos en casa era *Léolo*. Después de un rato, volvimos a olvidarnos de la televisión e hilando historias antiguas, sacamos una baraja de cartas y tratamos de recordar las normas con las que se jugaba a la escoba, que es como muy de señoras mayores que beben anís. Y dicho esto, decidimos que las cervezas eran una mariconada y nos servimos dos whiskys. No nos gustaba el whisky, pero nos los bebimos de un lingotazo. Y luego otro. Con el tercero todo sabía mejor y deseamos tener un paquete de cigarrillos para hacer más fiel aún aquella velada *remember*.

—¿Cuándo dejamos de fumar? —le pregunté con los ojos entornados. Empezaba a llevar una mierda como un piano.

—Creo que en cuarto o en quinto. Una noche te encendiste un pitillo, lo miraste y dijiste: «Puta mierda». Solo te he visto fumar en otra ocasión después de eso.

—¿Sí? ¿Cuándo?

—Pues este verano, en Lavapiés, el día que nos encontramos con Alba y sus amigas.

Ni siquiera recordaba haber fumado, aunque me acordaba de aquella tarde. La odié por gustarme tanto, por sus piernas, por los tobillos a los que llevaba anudadas las sandalias. Marian nos dijo cuando se fueron que quizá podríamos hacerlo posible con ella si nos esforzábamos y por aquel entonces la idea superó a la realidad. Miré mis manos y después a Nico, que miraba al techo.

—Daría lo que fuese por volver a aquel momento —susurró.

—¿Por ella?

—Por nosotros.

No lo entendí en aquel momento. Estábamos bien. Había sido una noche genial.

—Si piensas terminar la velada besándome, te diré que mejor no lo intentes.

—Ah no, que seguro que te gusta y luego quieres más.

Los dos nos echamos a reír y Nico se levantó.

—Me voy a sobar. Mañana tengo que entregar los resultados del balance del último trimestre y lo tengo atrasado. Con resaca será peor.

—Cierra la puerta, no sea que me entren tentaciones.

Irguió su dedo corazón y se fue dándome las buenas noches. Yo me quedé un rato más… pensando.

A la mañana siguiente tenía una leve resaca. Me escocían los ojos. Me pesaban las piernas. Me dolía la cabeza. La boca seca. Después de dos cafés mi humor no mejoró y cuando vi a Alba con aquel vestido rojo todo fue un poco peor dentro de mí.

—¿Qué? —le dije mientras cerraba la puerta—. ¿El baño de ayer bien?

Separó el vaso de té *chai* de sus labios, que habían dejado una huella roja y sexi en el plástico que lo cubría. Me miró sin saber qué añadir y yo entré a mi despacho, pasando de largo. La escuché levantarse y venir hacia mí. Me quité el abrigo y lo tiré sobre la silla de enfrente de mi mesa, después me froté la cara.

—Yo...

—Ni me lo expliques —le pedí—. No tengo ni idea de por qué lo hiciste, pero es que paso de imaginármelo porque esto va a terminar en bronca y no me apetece.

—Hugo..., él lo sabe.

—Joder, Alba.

—No, escúchame. Quería llamarte anoche pero sabía que te enfadarías porque bajé a tu casa a pincharle y...

—¡¡Es que no puedes estar quieta, dejar de investigar como si fueras un jodido agente secreto!!

—¡Escúchame! Te lo estoy pidiendo por favor..., él lo sabe. Me lo dijo abiertamente, Hugo. Lo sabe.

La miré, con sus enormes ojos marrones clavados en mí. Estaba nerviosa y sé que había atajado con mi sarcástico saludo una mañana eterna de ella dándole vueltas a cómo abordar la conversación.

—Te dije que me dieras tiempo. Te pedí que me dieras tiempo.

—¡Ya lo sé! —contestó exasperada—. Pero es que, Hugo..., ¡él lo sabe! Y está mirando hacia otra parte, fingiendo que es imbécil porque de otra forma tendría que hacer algo. Me dijo que solo concibe la situación siendo tres o ignorándolo hasta que lo nuestro termine, porque sabe que va a terminar. Y añadió que no cree en lo nuestro y que se te terminará pasando como aquel fin de semana en el que creíste estar enamorado de Marian.

La miré sorprendido. No recordaba haberle contado aquello jamás porque me avergonzaba haber estado a punto de cagarla por una borrachera, un subidón hormonal o Dios sabe qué. Me dejó fuera de juego.

—Sabes que te estoy diciendo la verdad.

—¿Sabes tú a qué suena, Alba? Suena a novia que no sabe hacer las cosas si no es a su manera y que mete mierda entre dos amigos por inseguridad.

—¿Inseguridad de qué?

—¡¡Y yo qué sé!! —Me enfurecí.

Dio un paso hacia atrás.

—Pues mira, sí, tienes razón. Empiezo a estar insegura…, insegura de que me quieras lo suficiente como para hacer cosas incómodas que sabes que debes hacer. ¡Para mí tampoco es fácil! Pero tienes que aclararlo, Hugo. Con él, conmigo y contigo mismo. Esto se está convirtiendo en una mierda.

Miré al suelo y después acerqué mi silla y me dejé caer encima.

—Vamos a dejarlo estar. Es pronto y tenemos demasiadas cosas que hacer. No es el momento ni el lugar para hablar sobre esto.

—Nunca es el momento ni el lugar para…

—¡¡Alba, sal y cierra la puta puerta!! —le grité.

—No vuelvas a gritarme en toda tu puta vida.

Ella me dio la espalda y se marchó, no sin dar un portazo que debió escuchar hasta Nicolás, unas cuantas plantas más abajo.

No sé explicar qué fue lo que me puso de aquella manera. Frenético. Una oleada de calor me abofeteó y hasta tuve que quitarme la corbata y desabrocharme el botón del cuello de la camisa. La noche anterior Nico y yo habíamos sido los de siempre y mi casa, un hogar. La vida era tranquila dentro de aquellas paredes y no tuve que preocuparme por nada. Todo fue… como siempre. Sin Albas. Sin dolores de cabeza. Sin rencillas. Sin problemas. Una vida sencilla y cómoda a la que aferrarnos…, tan cómoda como para dejar de mirar hacia delante y a nuestro alrededor.

No se me pasó. No fue como esas ocasiones en las que Alba y yo habíamos gritado como adolescentes discutiendo de una manera casi sensual. Los dos nos poníamos como locos y luego deseábamos matarnos a polvos. No. Lo que sentí entonces, durante buena parte de la mañana, fue una certeza horrible porque la idea de que mi casa era un hogar se transformó hasta mutar y aquellas cuatro paredes se me antojaron entonces un escenario en el que Nico y yo representábamos a la perfección el papel de quienes fuimos, esperando que nada nos alcanzara allí dentro. Repetir bromas, muletillas, anécdotas… ¿o lo de la noche anterior no fue anclarse un poco más a un pasado que nos parecía mejor? Cuando Nico y yo teníamos veinte años no dejábamos de pensar en cómo sería la vida cuando tuviéramos treinta. Ahora que los habíamos traspasado nos agarrábamos con uñas y dientes a la reconfortante sensación de la vida que ya conocíamos. Y no me gustaba.

A las doce y media le dije a Alba que me iba y que si había alguna urgencia podría localizarme en el móvil. No dije nada más. Me marché sin dar explicaciones para meterme en mi casa, sentarme en el sofá y darle vueltas a la cabeza como un demente. Cuando Nico apareció en casa con una sonrisa, hablando de prepararle a su hermana un *gintonic* que la dejara inconsciente y pintarle cosas en la frente con rotulador indeleble, a mí algo me quemaba en la garganta. Casi no pude ni introducir el tema. Lo solté, allí sentado en el sofá, mirando hacia el televisor apagado.

—Nico…, creo que deberíamos vender El Club.

Él salió de su habitación como si hubiera nombrado a la parca. Se quedó de pie junto al sofá, mirándome con el ceño fruncido.

—¿Cómo?

—Que creo que deberíamos vender El Club. Nos ofrecen una cantidad muy digna y…, seamos sinceros…, ese negocio ya no nos ofrece nada más que una forma de vida que no nos llena a ninguno de los dos. Vendámoslo. Siempre has querido viajar. Pide una excedencia y gasta tu parte en dar la vuelta al mundo.

Nico se humedeció los labios y a mí el corazón me bombeó rápido cuando lo vi a punto de dar una respuesta. Allí estaba… porque después de lo que dijera, dependiendo de lo que dijera, la balanza se tendría que inclinar hacia una u otra parte. Tragó saliva y después de un suspiro dijo:

—No creo que sea el mejor momento. No quiero vender El Club ahora.

Y allí estaba.

36

SALTO AL VACÍO
(NICO)

Fue más que evidente y ninguno de los dos tuvo que decir nada. La mirada que cruzamos bastó para que él se diera cuenta de que yo sabía que Alba y él estaban juntos y creo que Hugo tuvo bastante claro entonces que yo era plenamente consciente de la situación. Pero entonces… ¿por qué siguió el silencio?

Temí que explotara. Hugo es una persona contenida por lo general, pero cuando acumula mucho dentro de él, el resultado no suele ser bueno. Lo imaginé gritándome que era un egoísta. Casi me lo merecía, aunque no lo hiciera tanto por egoísmo como por necesidad. No lo sé. Es todo confuso. No fueron días fáciles.

Pero nada pasó. Nada. Quizá la calma que precede a la tempestad, no lo sé. Me planteé entonces dejarlo estar, ceder, entrar en su habitación y decirle: «Hugo, lo sé. ¿Qué quieres que hagamos al respecto?». Recordaba los días de universidad tan vívidos como si hubieran ocurrido, todos condensados, el día anterior. Pero el día anterior, en realidad, lo que hicimos fue recordar viejos tiempos y sentirnos un poco como entonces. Fue reconfortante. Fue...

Me di cuenta de cuánto necesitaba yo aquella sensación, porque era lo único que aplacaba al vacío. Y entonces recordé por qué cojones me había quedado en Madrid después de terminar la carrera, por qué había aceptado un puesto de contable y por qué nunca había escuchado a esa voz que me decía que no era mi sitio. Todas las preguntas tenían la misma respuesta: Hugo aplacaba el vacío. Me hacía sentir parte de algo. Necesario. Vital. Irremplazable. Cuando estaba con él, cuando construíamos codo con codo algo, el vacío desaparecía.

Una vez mi padre me dijo que eso que yo decía sentir dentro era lo que algunos llaman «vacío existencial» y que, si sabemos usarlo en nuestro beneficio, puede ser un potente motor de búsqueda.

—¿Búsqueda de qué?

—¿Quién sabe?

No. Seguía sin saberlo. ¿Por qué mierdas iba alguien a lanzarse al vacío? ¿Para saber qué se sentía? Estaba prácticamente seguro de que lo que hubieras sentido se iba al carajo cuando te estampabas contra el suelo. ¿Estaba a punto de estamparme yo?

Marian insistió mucho en que nos viéramos, pero la ignoré. Sabía lo que quería decirme. Sabía que iba a mirarme con esos ojos exactos a los míos y me iba a dejar claro que estaba jugando a algo que me iba a hacer perder mucho más de lo que pensaba. Utilizaría esa expresión tan suya: «Te quedarás hasta sin la camisa». Y yo le diría que no, que estaba controlado, que Hugo y yo lo arreglaríamos a nuestra manera, cuando la única forma en la que yo quería que acabase era... de la mía.

Hugo y yo siempre fuimos como dos caras de la misma moneda. Encajamos desde el primer momento como si tuviéramos que hacerlo por obligación, porque, seamos sinceros, otro chico, otro que no fuera como yo soy, no se hubiera implicado como lo hice cuando los padres de Hugo murieron. Y no quiero decir que yo sea una hermanita de la caridad. Solo apunto la evidencia: no me gusta la gente, pero no me gusta estar solo; me cuido muy mucho de estar rodeado de aquellas cosas que sí me hacen sentir cómodo. El ser humano es mucho más egoísta de lo que cree. Por supuesto que sentí lástima por Hugo y que quise hacer algo bueno; por supuesto que le apreciaba y supongo que le quería ya como amigo, pero lo que realmente me empujó a ser el mejor amigo que nunca pudo ni siquiera imaginar fue la necesidad de que él siguiera siendo el mismo, que no cambiase. Un toma y daca. Un equilibrio.

Pero siempre nos faltó algo. Siempre. El sexo llenaba parte, pero una vez desaparecía el placer, volvíamos a sentirnos de la misma manera. Sí, cómodos con lo que hacíamos, a gusto con nuestro cuerpo y nunca avergonzados. Que nos gustara jugar en pareja con una chica nunca nos pareció un problema. Era… una singularidad. Un día, de casualidad, nos vimos en esa situación y cuando ella se marchó los dos nos miramos con la misma expresión, una en la que se leía: «Quiero repetir». Y sí, al principio fue extraño habituarse a algo tan poco convencional, hasta que decidimos que nosotros también éramos poco convencionales y que las tradiciones impuestas no nos iban. Nos convencimos, aunque el sexo siguiera siendo una solución temporal para lo que faltaba en nuestras vidas.

Y un día…, joder. Un día sencillamente Alba lo llenó. Todo, por completo. No sé decir cuándo fue o qué hizo para conseguirlo. Solo sé que… lo llenó todo. Nos llenó. Equilibró lo poco desmedido que quedaba entre nosotros y yo creí que sería para siempre. Con ella, cuando el placer desaparecía, quedaba una sensación serena. Amor le llaman. No es lo único y supongo que uno puede vivir sin él, pero es algo que hace la vida muchísimo más dulce. Y, crea lo que crea la gente, todos lo buscamos en mayor o menor medida.

¿Era demasiado bueno para ser verdad? Era… el nexo de unión definitivo. Lo que los dos necesitábamos para convencernos por fin de que, ya estaba, no había más mundo por explorar porque lo que teníamos nosotros no sería mejorable por nada. Por nada.

37

No sabría decir qué fue lo que me hizo estar tan segura, pero tenía la certeza de que Nico no iba a darse por vencido, no iba a tragar con nuestra relación y sonreír cuando pasara por nuestro lado. Pero la certeza iba más allá, porque hubiera jurado que lo que quedaba sería apoteósico. Una especie de fuegos artificiales que bien podían ser fatuos. Algo de nosotros no saldría adelante; solo cabía quedarse a averiguar si seríamos Hugo y yo los que perderíamos o si Nico tendría que aceptar que se agarraba a un imposible.

Que Hugo se dio cuenta de que Nico lo sabía…, era evidente. ¿De dónde si no saldría aquella actitud, aquella ira? Me cabreé, claro, porque para él era mucho más fácil enfrentarse a mí que a su amigo. Ay, señor…, el cuento de la Cenicienta se quedó en mitad de la historia. ¿Por qué no nos cuentan lo que sucede después de la explosión de amor? A lo mejor la culpa fue mía por pensar que alguien capaz de dibujarme en el aire un cuento de hadas podría hacer que durara eternamente. Pero la vida no es Disney. Menos mal.

Lo ignoré durante días y no me fue demasiado difícil, porque él estuvo sieso y seco. Nada más que trabajo. «Necesito que termines el *briefing*». «¿Cuándo podremos tener los balances?». «Puedes marcharte ya a casa; esto lo termino solo». Hugo jefe, que por mucho que a ratos me cayera mal, hacía su trabajo de manera impecable. El Hugo novio me debía una disculpa, pero no sería yo la que volviera a sacar el tema en la oficina.

Así que después de una clase de yoga y de calentarle la cabeza a Olivia con todas aquellas idas y venidas, decidí esperarlo a la entrada del *parking*. Lo reconocí cuando solo era un punto en la lejanía; su andar o su abrigo. No sé. Quizá el amor, que nos tiene a todos bien localizados pero al que creo que le gusta mucho jugar al escondite. Cuando me vio, agachó la mirada y al llegar a mi lado me pidió que le esperara mientras sacaba el coche.

Cuando me senté en el asiento del copiloto sabía que tardaríamos en encauzar la conversación y que tenía que ser él quien lo hiciera. Yo ya había dicho y hecho suficiente por los dos y estaba cansada de remar en círculos, que es lo que pasa cuando es uno solo quien se hace cargo del timón. Llegamos al garaje de casa sin mediar palabra y una vez allí, con el motor ya apagado, Hugo abrió la boca para decir:

—Lo siento, *piernas*.

—¿Qué sientes?

—Los gritos y haber pasado dos días sin sacar el tema. Huir de algo no lo hace desaparecer. Debería saberlo bien a estas alturas.

—¿Y entonces?

—Joder, no lo sé —dijo abatido—. Es la primera vez en mi vida que no tengo ni la más remota idea de por dónde empezar.

—Dime al menos que te has dado cuenta.

—Sí —confirmó—. Pero no solo de lo de Nico. Me he dado cuenta de que me agarro a lo conocido. Tengo la sensación de que mi casa es un teatro y que Nico y yo estamos representando el papel que se espera de nosotros. Nos lo sabemos de memoria. Solo repetimos algo que tenemos muy aprehendido.

—Vale —dije mirándome las manos.

—No quiero jugar contigo al gato y el ratón. Y no quiero tenerte esperando. Pero es que no sé qué hacer.

—¿Has pensado hablar con él?

—Conozco a Nico. Se cerrará como una puta ostra en cuanto le saque el tema.

—Podemos hacerlo los dos.

Me miró, jugueteando con su labio inferior entre los dientes.

—¿Crees que funcionaría?

—Al menos creo que debemos intentarlo. Según como reaccione, podremos ir viendo por dónde seguir.

Asintió y salió del coche.

—Solo… déjame que hable con Marian antes. Quiero asegurarme de lo que estoy haciendo.

—Claro.

Me rodeó con su brazo y me besó en el cuello.

—Esto es culpa mía —musitó.

—No es culpa de nadie. Creímos que saldría bien. Él sigue convencido de que podría ser.

—¿Tú crees que hubiera podido funcionar? —Me miró con expresión desamparada—. Quizá podría haber funcionado si yo no me hubiera marchado.

—Empezó siendo algo que nosotros convertimos en una situación diferente en Nueva York. No había otra decisión correcta. Solo la de marcharte. Lo demás cayó por su propio peso.

No. Hugo no estaba nada convencido de que aquello fuera a terminar bien. Eso o elegirme a mí no le llenaba lo suficiente. Siempre había pensado que no me iban las relaciones complicadas. ¿Qué hacía yo allí? Bueno... pelear. No quedaba otra. Cuando quieres algo..., ¿qué otra manera hay de conseguirlo?

Marian y Hugo comieron juntos el viernes de aquella semana en una cita que se alargó hasta bien entrada la tarde. Al principio pensé que me diría que fuera con ellos, pero no fui invitada. Había demasiadas cosas allí del pasado, suyas. Había mucho vivido antes de que yo llegara, cosas que no entendía porque no las había experimentado con ellos. Ese tipo de asuntos que son difíciles de explicar, porque no tienen forma y solo los respiras cuando los llevas a cuestas. Recuerdos tristes, melancólicos, brillantes. Pero al parecer Marian tampoco fue de demasiada ayuda entonces. Cuando Hugo volvió lo hizo directamente a mi casa. Se dejó caer en el sofá, se frotó la cara y me pidió una copa de vino. No bebió. A decir verdad, tampoco cenó.

—¿No fue bien? —le pregunté acariciándole el pelo.

—Ni bien ni mal.

—¿Quieres contármelo?

—Hay poca cosa que contar. Le confesé que hemos vuelto, que su hermano lo sabe pero que no sé cómo gestionar la situación ahora.

—¿Y qué te dijo?

—Que está decepcionada por cómo lo estamos haciendo.

Tragué saliva con dificultad.

—Eso no es de mucha ayuda.

—No creo que nada fuera de ayuda.

—¿Y no añadió nada más?

—Oh, sí..., sí dijo. —Sonrió con sarcasmo—. Pero no sé si te hubiera gustado escucharlo.

—Es normal..., es su hermano.

—A Nico tampoco le hubiera gustado escucharla.

—Bueno… yo creo que se le pasará. Al principio es normal que se aleje. Iremos acercándolo poco a poco. Sé que es como tu hermano. Al final conocerá a otra chica y se olvidará de esto.

—¿Sabes lo que pasa? Conozco a Nico y sé cómo es cuando se siente inseguro. Es como un animal acorralado. Lanza dentelladas sin mirar a quién muerde. Y es… muy sentido.

—Es posible que solo esté esperando tener una charla contigo y poder tratar el tema abiertamente.

—No. —Negó con la cabeza—. Estoy seguro de que él lo que quiere es eliminar el problema, olvidarlo como si no hubiera existido. Eso solo es posible retomando nuestra relación o alejándote y, sinceramente, me da miedo por dónde pueda salir.

—Hugo… —Le acaricié la rodilla en un gesto tranquilizador—. Habla con él. De hermano a hermano. Dile que le quieres y que nada tiene por qué cambiar.

—Pero es que no es verdad. Yo le quiero, pero todo va a cambiar. Es como…, me siento viviendo de prestado una vida que no es mía. No puedo agarrarme al pasado porque no me deja crecer, no puedo pensar en el día a día porque no le veo sentido a nada de lo que estoy haciendo. Y así no hay futuro. Y sé cómo debe sentirse él. El piso, el trabajo, El Club, nuestras relaciones. Joder…, llevamos diez años haciendo las cosas mal. No es sano, Alba. No es sano atarse a una única persona como lo hemos hecho nosotros…, me refiero a Nico y a mí. Nos hicimos dependientes, no amigos. Y ahora no sé cómo cortarlo y ni siquiera sé si quiero. ¿Qué haré ahora?

Resopló y con los codos apoyados en las rodillas hundió la cabeza en sus manos. Tenía razón. Diez años que habían invertido en una relación de estrechez insana. Cada aspecto de la vida atado a otra persona, haciendo el universo cada vez más pequeño hasta el punto de compartir incluso su cama. Si uno de los dos hubiera sido mujer, ahora estarían casados, a pesar de ser infelices. Pero no lo sabrían porque habrían cerrado puertas y ventanas al mundo exterior. Si no sabes lo que estás perdiendo, es imposible que lo añores. Un mundo ficticio. Un Hugo atado. Un Nico ahogado.

—Es posible que no quieras cortarlo —le dije—. Pero debes hacerlo o un día os encontraréis sin nada más que el uno para el otro. Y os habréis atado tanto que ya no os quedarán ni sueños propios.

Hugo no durmió. Al menos no lo hizo hasta las cinco de la mañana, momento en el que se levantó harto de dar vueltas. Lo vi vestirse y recoger sus cosas de la mesita de noche, pero preferí no decir nada y hacerle las cosas un poco más fáciles. Cuando salió hacia la puerta, me di cuenta de que cargaba con un peso enorme sobre los hombros. Era el remordimiento de sentir que estaba fallando al Hugo de veinte años que juró que nunca estaría solo si Nico estaba con él. Era la certeza de saber que tenía que elegir entre lo que había construido y lo que quería.

38

UNA CHARLA. SOLOS NOSOTROS DOS, NICO

Es muy duro tratar de mantener con alguien una conversación que ya se ha mantenido en silencio miles de veces. Porque cada vez que cruzas tu mirada con la suya las palabras sobrevuelan y al tratar de hacerlas sonoras todo empeora. Es difícil tener que abrir una herida que ya sangra por sí sola, sin necesidad de tocarla. Es complicado tener que abordar algo que ya se tiene demasiado claro. Pero a veces es tan necesario como doloroso.

Nico y yo nos encontramos en La Rollerie de la calle Atocha. Yo le esperaba en el piso de arriba cogida a una taza de café. Él pidió otro antes de sentarse y después se dejó caer frente a mí en el asiento. Nos miramos.

—Hola —susurró.

—Hola.

—Me imagino que nadie más que nosotros sabe que estamos aquí.

—Imaginas bien.

Asintió y no necesitó más explicación. Me concentré durante unos segundos en el líquido oscuro que contenía mi taza y en el calor que desprendía la loza. En el fondo me dolía y avergonzaba estar allí, y también tener que decirle aquellas cosas, porque no las merecía. Yo le quería, quería mucho, pero necesitaba compartir con él lo que creía que le estaba pasando..., el motivo por el que pensaba que no nos dejaba marchar. Creo que no quería dejarse marchar a sí mismo..., o al menos al Nico que había ido construyendo en los últimos años. Pero al igual que yo terminé dándome cuenta junto a ellos de lo que en realidad quería, Nico debía ser sincero y admitir que se agarraba a un imposible por no pensar en lo que deseaba de verdad.

—¿Estás pensando cómo empezar esta conversación? —me preguntó.

—La verdad es que estaba pensando en si empezarías tú. Creo que los dos ya estamos muy al tanto del tema.

—Sí, supongo que sí.

—¿Entonces?

—Me gustaría que me dijeras qué es lo que quieres. Yo ya lo he dicho tantas veces que estoy aburrido de repetirme.

—A decir verdad sigo sin saber si es eso lo que realmente quieres.

—¿Qué otra cosa podría querer?

—¿Quieres a Hugo?

—Esa pregunta está de más.

—No. No está de más. ¿Eres consciente de lo que estás haciéndole?

—Estoy siendo paciente y esperando.

—Estás tirando demasiado de un hilo que no aguantará mucho más sin romperse. Sé que eres consciente, Nico.

—Déjame que te pregunte algo a ti. ¿Me quieres?

Cogí aire y suspiré.

—Claro que te quiero, Nico. Te quiero como se quiere cuando ni siquiera puedes explicar por qué. Pero no es un amor romántico. Te quiero como esas cosas que debes aprender a dejar ir.

—¿Quieres que me vaya?

—Quiero que seas feliz y quiero serlo yo.

—¿Ser feliz pasa por que yo me aleje?

—No. Claro que no. Pero eres consciente de que estás atándote a esto por las razones equivocadas. Tú estás aferrándote a lo conocido, no a lo que deseas.

—Estoy un poco cansado de que todos presupongáis qué es lo que quiero y que además creáis hacerlo mejor que yo. Yo quiero mi vida y yo elijo.

El camarero se acercó con paso cauteloso. Supongo que el ambiente estaba cargado de una electricidad extraña que daba pistas del tono de nuestra conversación. No estábamos allí para cogernos las manos y sonreírnos como dos enamorados. No estábamos allí para prometernos el mundo. Solo estábamos sentados uno frente al otro para darnos una última oportunidad. Yo no quería odiarlo, no quería pensar en él como en un obstáculo para tener lo que deseaba. Solo esperaba pensar en él y sonreír, saber que Nico también era feliz. Pero no conmigo ni con Hugo. Nico no sería feliz hasta que se mirara en un espejo a conciencia y rescatara de dentro de él mismo todas aquellas cosas que había ido aparcando por miedo a tomar las riendas y equivocarse. Al fin y al cabo esa es la vida. Uno decide aunque sepa que tiene las mismas probabilidades de acertar que de equivocarse. Ese nervio en el estómago, ese riesgo de vivir es el que le da sentido a todo cuando uno es joven, porque después será demasiado tarde. Hay decisiones que hay que tomar pronto para no sentir que malgastamos la vida tratando de ser otra persona o queriendo vivir a través de las decisiones de otros. Y no digo que haya una edad a la que la emoción de vivir deje de tener sentido…, hablo de no tener tiempo para reaccionar. Nico aún lo tenía; no quería que se encontrase a sí mismo de pronto treinta años más tarde y se preguntara qué había hecho para llegar allí.

Lo vi coger la taza de café y acercársela a los labios. Fruncía levemente el ceño y parecía cansado. Sonaba *One,* de Ed Sheeran.

—No quiero que tenga que elegir entre nosotros dos —le dije de pronto—. Y tampoco quiero que tú tengas que elegir entre nosotros y ser feliz.

—Bueno, creo que deberías dejar de preocuparte tanto por nosotros. Sabremos decidir.

—Sí, claro que sabréis hacerlo. Pero uno debe plantearse con sinceridad los términos de la elección antes de dar un paso.

—¿Es lo que está haciendo él?

—No. Él ya ha decidido. Está esperando a encontrar el modo de decírtelo.

—Eres mucho más valiente que él. —Y había cariño sincero y profundo en aquel comentario. No me miró cuando lo dijo.

—No es eso, Nico. Es que yo no tengo miedo a hacerte daño. Sé que si lo hago hoy, mañana te habré ayudado.

Me miró arqueando una ceja, poniendo en entredicho todo aquello. Dejó la taza sobre el platito y suspiró.

—Vale, Alba. Hablemos claro.

—Yo ya lo estoy haciendo.

—¿Qué quieres pedirme?

—Que hables con él de todo esto, que tengáis vuestra conversación, pero que antes la tengas contigo mismo.

—Entonces entiendo que estás segura de que estoy aferrado a algo que ya no existe para no tener que tomar una decisión que tenga que ver conmigo mismo.

—Sí. —Asentí con la cabeza—. Creo que hace mucho tiempo que no piensas en ti. Piensas en un todo que no…, no os hace felices.

—¿Sabes? Me acuerdo mucho de aquella noche que pasamos en la terraza del edificio de Correos. Fue la primera vez que te dije que te quería.

—No lo he olvidado. No creo que pueda hacerlo nunca ni quiero.

—Ya… —Miró sus manos.

—¿Te estás preguntando dónde ha ido esa persona que fui?

—No. —Suspiró—. Yo te quiero tanto ahora como entonces. Quizá de un modo diferente, pero no menos. Yo… te prometí que te seguiría hasta lo más oscuro. Te prometí que esta vez sería para siempre. Creía que lo sería. Eras todo lo que siempre quise…, tú y él.

—Tú y yo lo intentamos. No me arrepiento.

—Ni yo.

—¿Entonces?

—No quiero dejarlo pasar. No soy así. No soy de esas personas que cierran los ojos y dejan pasar un tren por miedo a saber cuál es el destino.

—Es que ya sabes dónde terminará todo; no hablo de mí. Hablo de Hugo.

Nico se revolvió el pelo y después se levantó. Cogió su chaqueta y la sujetó bajo su brazo.

—Nico… Haz lo que te dicten el corazón y la cabeza. Si se contradicen, elige. Elegir es a veces rechazar. Creo que querer a alguien se rige por las mismas normas. Solo… piénsalo.

No contestó, pero me pareció percibir un leve asentimiento en su cabeza. Se alejó de la mesa con gesto apesadumbrado y yo lo vi marchar con una sensación horrible en la boca del estómago. Yo ya había tomado mis decisiones. Ahora necesitaba que lo hiciera también él. ¿Podría? Y sobre todo…, ¿qué nos haría esa elección?

39

E ra un día cualquiera. Un miércoles creo. El ambiente del despacho no era, como venía siendo costumbre en los últimos días, demasiado festivo. Hugo estaba meditabundo y tanto era así que yo había abandonado mi empeño en que hiciera algo con nuestra situación. Si él sentía que tenía que esperar para hacerlo bien…, yo también esperaría. A veces las prisas no son buenas, sobre todo cuando se cruzan en el camino de aquello que no podemos controlar, porque nos nace de dentro. Y me sentía mal por haberme visto con Nico a su espalda para hablar de algo que nos concernía tanto a los tres.

Estábamos enfrascados en el trabajo. Al día siguiente teníamos una visita a un cliente importante y queríamos volver a hacer magia, convencerle de que nos necesitaba y encasquetarle servicios por el equivalente a varios cientos de miles. Eso engordaría nuestra prima y también nuestro prestigio como equipo.

Lo hacíamos bien, eso es verdad. Nos entendíamos y sabíamos capear con el estrés del otro. Éramos dos profesionales responsables que intentaban aprender cada día de su compañero. Éramos... un buen equipo. Hasta que él entró en el despacho.

Lo hizo de un modo extraño..., tanto que los dos nos quedamos mirándolo. Llamó concisamente y después vino hacia nosotros arrastrando los pies. No había ni rastro de su característico semblante sereno ni de esa sonrisa burlona de quien ha vivido mucho ya como para tomarse demasiado en serio el trabajo. Osito Feliz no estaba feliz aquella mañana.

—¿Qué pasa, Tomás? —preguntó Hugo con el ceño fruncido, con una mano aún inmersa en su espeso pelo oscuro en esa postura tan suya cuando se concentraba.

—¿Podemos hablar un segundo?

Yo estaba inclinada en la mesa de Hugo con un fardo de papeles en las manos. Lo dejé sobre el escritorio y me enderecé.

—¿Os dejo solos?

—No. Quédate. Esto va con los dos.

—Si es por lo de Aguilar... —Hugo cerró los ojos con un suspiro—. Yo mismo me hago responsable de las pérdidas. Penalizadme sin *bonus* y andando.

—No es nada de eso.

Sacó un sobre del interior de su chaqueta y lo dejó en la mesa. Por el sonido que hizo al caer encima de la madera, contenía bastantes cosas.

—¿Qué es esto?

—Eso mismo me pregunté yo esta mañana cuando lo encontré en mitad de mi despacho. Alguien lo pasó por debajo de mi puerta. Después lo abrí y me quedó bastante claro. No hay margen de error.

Hugo me lanzó una mirada fugaz con una pregunta silenciosa. No, yo tampoco sabía qué estaba pasando.

—Por favor... —Osito Feliz se sentó en una de las sillas visiblemente preocupado y le indicó a Hugo en un gesto que lo abriera.

Me faltó aire y el suelo pareció abrirse bajo mis pies cuando los dedos de Hugo sacaron aquello. Dos billetes de avión. Asientos contiguos. Su nombre y el mío. Pero no era todo. Fotos. Bastantes fotografías de los dos. No es que fueran demasiado explícitas, pero estaba claro el tono del encuentro en el que fueron tomadas. Eran de Nueva York; reconocí las sábanas revueltas del hotel Hudson donde tanto hicimos el amor.

—Tomás... —empezó a decir Hugo.

—Ahórrate los «no es lo que parece», por favor. No insultes más a la confianza que había entre nosotros.

—No iba a decir eso. Es exactamente lo que parece. —Cogió aire y dejó las fotos sobre el escritorio—. Solo iba a decirte que entraba en mis planes contártelo algún día.

—Viene de lejos, ¿no?

—Es complicado.

—Yo... —dije con voz temblorosa.

—Esta empresa tiene terminantemente prohibidas las relaciones entre el personal. Hacemos la vista gorda porque comprendemos que uno puede tener un desliz con un compañero, pero estaréis de acuerdo conmigo en que esto no es un desliz. Esto es una relación entre dos personas, además, que trabajan codo con codo y que ya han dado problemas con un cliente. ¿En qué situación os deja eso? Porque a mí me deja en una muy fea.

Ninguno de los dos contestó nada. Me sentí como una hija que ha decepcionado a su padre y ha violado su confianza.

—Ahora me sobra una asistente o un director comercial —dijo Tomás alternando la mirada entre los dos—. ¿Qué hago?

Silencio.

—Te pregunté si había algún impedimento para que trabajarais juntos y dijiste que no. Podría capear el asunto si ella siguiera allí abajo pero... ¿sabes lo que va a pensar la gente si se entera?

—Sí —asintió Hugo—. Me hago cargo.

—Estoy muy decepcionado, Hugo. Confiaba en ti. Y sé que eres humano, pero esto se habría arreglado con una conversación privada.

—Lo sé.

—Lo primero, tengo que saberlo. ¿Son encuentros esporádicos o tenéis una relación sentimental?

—Es mi pareja. Empezamos poco después de que ella se incorporara a la empresa. Y sí, va en serio.

—Te pregunté y me dijiste que erais amigos. Me pediste que confiara en ti y me prometiste que esto no supondría un problema. Te lo pregunté cuando le alquilaste el piso. De eso hace muchos meses. Has tenido doscientas oportunidades para decírmelo.

—Lo sé. Pero no era tan fácil.

—¿Por qué?

—Por temas personales. —Se frotó la barba.

—Vale. No voy a preguntar más. No me interesa. Voy a hacer como si no hubiera visto nada. Tenéis un mes para decidir cuál de los dos se va. Después arreglaremos un despido.

Cuando se fue el portazo nos hizo pestañear a los dos. Puse una mano sobre el hombro de Hugo y apreté con mis dedos en un tonto intento por tranquilizarle pero daba igual lo que yo hiciera. Todos sus músculos estaban rígidos. El cuello, tenso.

Hugo es un hombre inteligente y aquello era tan evidente…, creo que eso fue lo que más le dolió. Que Nico no se escondiera para hacerlo. Sabía que nos daríamos cuenta de que había sido él. Él tenía acceso a los billetes de avión, a las fotos, a todo. Alguien que quisiera hacernos daño habría hecho llegar todas aquellas cosas a otra planta, directamente a recursos humanos o a algún despacho cuyo inquilino no tuviera tanto aprecio hacia Hugo.

Nico no quería destrozarnos la vida. Nico no estaba expresando su rabia como yo hice la primera vez que nos separamos y fui a mi exeditor con aquellas fotos. Nico estaba seguro de que aquello nos haría reaccionar y nos separaría lo suficiente como para que ninguno de los tres estuviera en inferioridad de condiciones, como se sentía él en aquel momento. Nico quería cosas imposibles y para hacerlas realidad quiso desmantelar el cuento sobre el que se sostenía nuestra cercanía. En situaciones desesperadas…, medidas desesperadas.

—Hugo, tranquilo —musité.

No respondió. Se levantó con tanto ímpetu que tuve que dar un paso atrás. Le agarré de la manga, reteniéndolo.

—Hugo…, piénsatelo muy bien. No actúes por rabia porque es muy mala consejera.

—Suéltame, Alba —pidió con voz muy baja—. Necesito salir de aquí.

Mis dedos fueron soltando el amarre y él desapareció convirtiendo el centro del despacho en una corriente de aire. No había vuelta de hoja. Nuestro futuro ya estaba decidido.

40

No conoces a alguien hasta que no le ves en las mejores y las peores circunstancias de la vida. Es estúpido pensar que lo conoces de verdad si no le has visto tocar fondo y también rozar el cielo. En esos dos momentos es cuando alguien puede de verdad destrozarte.

Nico había tocado fondo años atrás; al menos a su manera. Las personas nos enfrentamos como podemos a lo que la vida nos trae; a veces rozará lo insoportable para terminar demostrándonos cuánto estamos preparados a superar y otras nosotros mismos nos hundiremos sin remedio. Nico se pasó en una ocasión más de una semana sin salir de su habitación. Cuando encontré el ánimo suficiente para preguntarle, él me dijo que se había dado cuenta de que su vida carecía de sentido, que el mundo no giraba gracias a nada de lo que hiciera él. Me hizo sonreír. Ese era su peor pecado…, pensar demasiado. Nico era de esos hombres que si alzaban la mirada a las estrellas no era con esperanza sino con la sensación de ser insignificante. Aquello le superó durante semanas a los veinticinco, hasta que le hice entender que esa frase tan manida que dice que aunque no seas nadie para el mundo para alguien puedes ser el mundo, a veces era cierta. Él era la fuerza gravitacional que me mantenía cuerdo. El punto de apoyo que movía mi mundo. Y me sentí horriblemente imbécil al hacer una declaración como aquella, aunque no lo expresé con estas palabras. Yo era un chico de veintitantos que jamás había dicho te quiero. Mis padres murieron sin escuchármelo decir porque creí que era una estupidez verbalizarlo. Ellos lo sabían. El reventón de una rueda en la autopista me cambió la manera de ver las cosas, al menos en parte. Ahora me sentía con el ánimo suficiente para decir todas aquellas cosas que nadie tenía por qué imaginar; eso no significaba que me costara menos. Las grandes cosas de la vida cuestan esfuerzo, dicen. Las peores nos vienen sin más.

Tocar el cielo lo hicimos juntos. Alba nos había devuelto una suerte de esperanza…, ese tipo de esperanza que la vida nos va quitando. No hablo de las grandes tragedias, sino de la rutina, las pequeñas decepciones y terminar por darnos cuenta de que nuestras expectativas para con la vida no se ajustan a la realidad. Alba no era sexo, era catarsis. Y cuando después de corrernos dentro de ella alargábamos la mano y acariciábamos al otro lo hacíamos tangible. Era una manera de sentirnos físicamente mientras estábamos inmersos en una vorágine de cosas que nosotros creímos extintas. Y allí tocamos el cielo, creyendo que la vida nos sonreía y que no teníamos por qué adecuarnos a nada de lo que la sociedad dictara. Nosotros nos creímos dioses de nuestra propia existencia poniendo las normas y tachando la palabra «normal» de los diccionarios y de nuestra cabeza.

Yo conocía a Nico. Lo conocía casi mejor que a mí mismo. En sus bajezas y su plenitud. En sus depresiones ado-

lescentes buscando su espacio en el mundo y en la grande-
za de hacerse cargo de otra persona por encima de sí mismo.
Por eso... no puedo decir que me sorprendiera.

Sé que no quiso hacerme daño. Lo sé. Un hermano a
veces hace cosas que duelen sin pararse a pensar que do-
lerán. Nico actuaba creyendo que los demás sentiríamos
y entenderíamos comulgando con su criterio. Y algo debo
halagarle: consiguió que me sintiera como él..., totalmente
fuera de lugar. De pronto se cayó el cascarón que me había
envuelto en los últimos años, ese que Alba empezó a romper en el mismo instante en el que sus enormes ojos se
cruzaron con los míos en el metro. Ella se acarició el pelo
y yo pensé: «Dios..., es preciosa». Y la metí en mi cama, en
mis pulmones, en mi vida y... en la suya. Y allí estábamos
los dos, porque yo no fui lo suficientemente valiente como
para enfrentarme a mis relaciones solo. Quise compartirlo todo con él porque si algo no era mío, si no me hacía cargo
del cien por cien de las sensaciones, nada podría hacerme daño. Pero ahora ya nada de aquello tenía sentido. Habíamos crecido y no necesitábamos lo mismo. Necesitábamos volar. Volar solos.

La casa estaba horriblemente vacía y a la vez asque-
rosamente llena. Llena de recuerdos y vacía de ganas de
seguir acumulando experiencias con él. Me quité el abrigo,
la chaqueta y la corbata y lo dejé todo amontonado sobre un
taburete de la barra que conectaba el salón con la cocina.
Me ahogaba. Y recordé a dos chiquillos que ni siquiera habían cumplido la veintena haciéndose cargo de la situación
más dura de sus vidas. Uno que lo había perdido todo y otro
que se hacía cargo de parte de una pérdida que no era suya para que no pesase tanto. Esos niños fuimos nosotros.
Yo perdí la infancia y la esperanza la misma tarde que Nico
me regaló la posibilidad de compartirlo todo. Todo. Miserias,

penas, chicas, años y familia. Y nos convertimos en hermanos sin saberlo. Pero hasta para la familia hay límites que no se pueden tolerar. Y yo quería tener algo solo para mí una vez en la vida. Y ese algo era la relación que me unía con Alba. Quería equivocarme y enmendarme. Quería crecer y envejecer. Quería desaparecer en sus brazos y volver a encontrarme en las gotas de sudor que recorrieran su espalda. No era propiedad. Alba no era mía. No es de eso de lo que estoy hablando. Las cosas que elegimos valen mucho más que aquellas que nos vienen impuestas. Esa es la única verdad.

Di vueltas como un animal enjaulado. Sobre el sofá del salón, Nico y yo habíamos follado con muchas chicas. Y ellas gemían mientras nosotros nos sonreíamos con expresión lobuna. Él me dijo una vez, después de que una de ellas se marchara de vuelta a su piso, que un día alguien nos destrozaría la vida. Lo tomé por loco.

—Hay alguien ahí fuera que es la horma de nuestro zapato. Quiera Dios que no nos crucemos con ella —musitó mirando al techo.

A Alba no le había hecho falta jugar con nosotros. Solo ser ella misma. Descubrirse poco a poco entre nuestros brazos. Esa sensación de que se iba desprendiendo poco a poco de capas de piel inútiles que le impedían sentir de verdad nos enloqueció. Y verla por fin desnuda un día, no sin ropa, sino sin pretextos, resurgiendo, brillando…, nos hizo adorarla de rodillas, como dos devotos de su propia religión.

Nico había rozado mi límite. Y ya no podía más. No había sido ese sobre. Yo ya sabía que reaccionaría como un animal, a dentelladas. Yo ya esperaba algo así. Pero me sentía colmado de cosas; demasiado como para poder pasarlo por alto. Años de ser la mitad de algo. Años de no estar entero. De no ser libre porque no me salió de los cojones serlo.

Me dejé caer en el sofá y me froté la cara. Gruñí. Maldije. Golpeé los cojines.

Nico me había llevado a casa de sus padres por primera vez las Navidades siguientes a la muerte de los míos. Pensé que todo el mundo me miraría como al pobre huérfano y que me sentiría como la buena obra de una familia que daría gracias por no ser como yo en cuanto me hubiera ido. Pero su madre me quitó la lluvia del abrigo a manotazos, me mandó tomar algo caliente y me tocó la frente sin protocolo ninguno.

—Tú estás incubando algo —me dijo con los ojos entornados.

Después me dio un maldito paracetamol y me puso a pelar patatas para la cena, reparando algo dentro de mí que ni siquiera había sentido que estaba tan roto.

El padre de Nico casi nunca hablaba. Solo miraba a su alrededor y sonreía con orgullo. Allí se encontraba un ruidoso enjambre de hijos y nietos entre los que pronto me sentí uno más. Y nadie me preguntó si yo quería volver en Reyes…, solo pusieron un cubierto más. Aquel año Nico me regaló una familia y un vinilo de los Smiths que estaba agotado en todas partes. Lo encargó a una tiendecita de Londres. Su madre me tejió una bufanda y unas jodidas manoplas. ¿Qué tío de veinte años en su sano juicio lleva manoplas? Sus hermanas se metieron conmigo en cuanto me obligó a probármelas y aunque me sentí ridículo fue como…, como estar en casa.

Y en el fondo me sentía un egoísta que se ha cansado de no serlo. Estaba agradecido pero… ¿dónde empieza y termina nuestra obligación de devolver lo que otros nos dan? ¿Dónde terminaba Nico y empezaba yo?

La puerta se abrió y Nico entró en silencio. Nos miramos. Él ya sabía que su sobre había llegado a mi jefe y que mi jefe había venido a buscarme. Él ya sabía que fuera lo que fuera lo que nos esperaba, estaba allí. No había más tiempo para mirar a otra parte. Ya no podríamos hacerlo más. Nunca más.

—Hola —dijo.

—¿Cómo has podido hacerlo? —le pregunté—. Llevo toda la tarde preguntándome cómo es posible que te haya sido más fácil hacer esto que hablar conmigo.

—Hablar contigo no habría servido de nada. —Se quitó la chaqueta y la dejó tirada sobre la barra de la cocina—. No ha sido maldad.

—Eso ya lo sé, Nico. Pero no logro entenderlo. No puedo.

—Hay muchas otras cosas que yo no logro entender de ti. Del Hugo de ahora. Cosas que el Hugo que conozco no habría hecho.

—¿Y cómo tendría que haber hecho las cosas según tú, hermano?

Tragó saliva. «Hermano». Le golpeó como una puñalada en el estómago.

—Éramos tres y de pronto... ya no me necesitáis.

—Es que así es querer a alguien. Quererlo de verdad, no jugar a que se quiere. Tú vives una fantasía. Tú no eres consciente de lo que yo la quiero, lo que la necesito y me necesito a mí mismo cuando estoy con ella. ¡¡Tú no has pensado una mierda en nada que no hayas sido tú!! ¿¿Es contigo o contra ti, Nico?? ¡¡Dímelo, porque no lo entiendo!!

Nico no contestó. Miró al suelo.

—Tú habrías hecho lo mismo.

—¿¡Yo!? —grité—. ¿¡Yo!? ¿¡El mismo «yo» que dejó a la persona a la que quería por no tener que elegir entre ella y tú!?

—El mismo que ha terminado eligiéndola a ella.

—¡¡Me he elegido a mí, joder!! —Me levanté.

—¿Desde cuándo eso no me incluye, Hugo?

—Desde que me he dado cuenta de que llevamos años viviendo a través del otro. ¿De qué coño tenemos miedo? ¡¡Yo ya no puedo hacerlo de ese modo!! ¡¡Yo ya no puedo desdoblarme y dividirme!!

—Siempre lo supe, ¿sabes? —me dijo triste—. Siempre supe que ella nos separaría.

—Ella no nos ha separado. Alba no es el problema. Es lo que aún no has entendido. Alba es la puta solución. Porque llevas años arrastrándote, conformándote con ser alguien que no eres pero que no arriesga nada. Tú no vives, Nico. ¡¡Tú sobrevives!! La vida es para vivirla, no para ver cómo le pasa a los demás.

—Tú y yo vivíamos...

—¡¡Tú y yo malvivíamos!! Creíamos que por follar como lo hacíamos la vida era más intensa, pero éramos imbéciles, Nico. Yo ya no quiero más de eso.

—Nos quisimos los tres. Dime por qué no podemos volver a hacerlo posible.

—Porque no quiero. Porque no tiene sentido. Porque no puedo compartirla, ni compartirme más.

—Ella no es tu propiedad y no lo va a ser nunca.

—¿Crees que quiero aislarla? ¿Crees de verdad que quiero que sea solo mía? No me vale de nada imponerle que me quiera, entiéndelo de una puta vez, Nico. Lo único que vale la pena es que lo elija. Y que se elija a ella primero. Lo contrario es no quererla. Y tú no la quieres; tú la codicias.

Abrió la boca para contestarme pero no supo qué decir hasta pasados unos segundos.

—Terminarás dándote cuenta de que lo he hecho por vosotros.

—No, Nico. —Le di la espalda. No podía ni mirarlo—. Lo que has hecho no es por nosotros, es por ti, pero aún no lo has descubierto. Y tardarás años en verlo.

—Yo…

—Tú no tienes ni puta idea de nada.

—No puedes estar eternamente enfadado. Se te pasará —dijo convencido.

No. No podría estarlo eternamente. Y una mañana me despertaría y se me habría pasado. Para entonces él podría haberme convencido de nuevo. Y ninguno de los dos crecería. Alba se iría cuando se evidenciara que no funcionaba. Volveríamos a ser nosotros dos; dos tíos solos que se convencen a sí mismos de que no necesitan nada más. Y yo ya no quería más de aquello.

—Vete —escupí sin mirarlo.

—Será lo mejor. Dejarte unos días para que te calmes y…

—No me has entendido. —Tragué saliva y me giré a mirarlo—. Quiero que te vayas, que recojas todas tus cosas y te marches, pero para no volver. En unos días habré vendido mi parte de El Club. Puedes vender tu parte o quedártela, pero si aún aceptas un consejo, vende y lárgate a encontrarte.

—¿Qué coño estás diciendo?

—Que se ha terminado. Que no quiero nada de lo que compartíamos.

—¿Cómo me voy a ir? —preguntó con el ceño fruncido—. ¿Es que no entiendes que las cosas no son así? ¡¡Llevo diez años aquí, contigo!!

Recordé el día que Nico se instaló. Cuando terminó de meter sus cosas en la habitación, nos sentamos sobre una mesa de centro que no tenía nada que ver con la que había ahora y nos fumamos un cigarrillo. Le rodeé con el brazo y le dije:

—Bienvenido.

Desvié la mirada hacia el suelo. No podía mirarle si no quería echarme atrás. Abrazarle, llorar juntos el nudo de asco y de nervios que nos atascaba la garganta, decirnos que no pasaba nada y que lo arreglaríamos…, ¿hasta cuándo? ¿Cuándo volvería a estropearse?

—Vete, Nico. No quiero saber nada más. Ni adónde vas ni qué harás con el dinero. Solo quiero que te vayas.

—Mírame a la cara para decírmelo —escupió con rabia.

Levanté los ojos de nuevo hacia él. Le temblaba la barbilla y los ojos se le habían humedecido. Nunca jamás había visto llorar a Nicolás. Nunca. Y no sabía si podría soportarlo. Las cosas que más le duelen a uno suelen ser las que lo hacen finalmente humano. Tragué saliva.

—Quiero te vayas.

—Te he dado diez años de mi vida. Te he tratado como un hermano. ¿Esta es tu manera de agradecérmelo?

—Sí, pero aún no lo ves. Llegará un día en que sencillamente te darás cuenta de lo mucho que te quise para tomar esta decisión.

Me froté la cara, cogí las llaves de encima de la barra y fui hacia la puerta. Detrás de mí, él se miraba las manos, como si no quisiera creerse que fuera real, que estaba allí y que estaba escuchándome decir aquello.

—Tienes hasta mañana por la tarde para sacar tus cosas. Lo que pase a partir de entonces no es cosa mía.

Cerré sin mirar atrás y fui hacia el garaje. Tenía que ir al Club y decirle a Paola que íbamos a iniciar los trámites para la venta. Tenía derecho a saberlo por mí. La parte racional de mi cabeza se hizo cargo de los movimientos y me encontré a mí mismo dentro del coche. Pero hasta allí llegué. Cuando cerré la puerta lo único que pude hacer fue golpear el volante y llorar como un jodido crío. El final. Nuestro final. Adiós, hermano.

41

Ya no habría más. Nada. Se terminaba. Adiós a las esperanzas. Adiós a aquello conocido. Adiós a sentirse en casa. Quizá lo subestimé. O quizá le di demasiado valor. Pero ya no importaba, porque no existía. Ya no habría más. Hasta allí habíamos llegado de tanto tirar. Creí que me moriría. De verdad que lo creí.

Hugo tuvo razón en algunas de las cosas que me dijo. Otras sé que le obligó a escupirlas la ira y por eso no quise guardármelas. Sin embargo… no pude evitar odiar cada uno de los recuerdos desde mis dieciocho años hasta entonces. Ojalá hubiera podido abrir mi cabeza, rebuscar en mi cerebro y extirpar todo lo que me hubiese recordado a él. No sé si fue odio, pero se le pareció.

Desarraigo. O no…, mejor dicho…, vacío. Un vacío que me comía por entero y cuando me di cuenta solo había una puerta abierta. En realidad había dos, pero una era inviable porque ya conocía qué pasaba cuando te quedas inmóvil y esperas que sea la vida la que lo solucione. No pasa nada. Y tú terminas, como una fotografía vieja de ti mismo, muerto en vida.

Adiós. No había nada más que decir y... el resto de palabras se me olvidaron por momentos.

42

CAMBIOS

Soy una de esas personas a las que los cambios les son in-
cómodos. Hay quien se repone inmediatamente y se da
cuenta de que tiene que aprender a mimetizarse. Yo no soy así.
Yo me quedo como una boba mirando cómo todo a mi alrededor se transforma, buscando las fuerzas necesarias para dar el
primer paso. Sin embargo… entonces fue diferente.

Al día siguiente a que aquel sobre lleno de fotos aterrizara
encima de la mesa del despacho de Hugo, todo se había precipi-
tado. Hugo no me contó mucho. Ni siquiera me miró demasiado a la cara. Estaba ojeroso y llevaba el mismo traje que la tarde
anterior.

—Se va —me dijo.

—¿Cómo? —pregunté alarmada.

—Nico se va. Vendemos El Club. —Se frotó la barba sin
desviar los ojos de los papeles que tenía sobre la mesa—. Y tú deberías empezar a buscar trabajo. Es lo más lógico.

—Pero…

Todas las preguntas que tenía entonces desaparecieron. Me di cuenta de que, sencillamente, no era el momento. No iba a encontrar respuestas. Iba a hacerle sufrir. Mastiqué los interrogantes y los tragué.

Llamé a mis amigas y les pedí que, por favor, se pusieran en contacto conmigo si sabían de algún puesto de trabajo que quedara vacante. Dos días después el señor Montes, el primer cliente al que Hugo y yo fuimos a ver como equipo, me llamó personalmente para ofrecerme un puesto junior en su departamento de comunicación. A Osito Feliz parecía habérsele pasado un poco la decepción y... lo arregló todo, aunque solo fuera un apaño. ¿Qué hacía yo en el departamento de comunicación de una empresa que fabricaba envases de plástico? ¿Qué tipo de trabajo me esperaba? No tenía ni idea, pero ya había aprendido que así es la vida y que una, al final, se sobrepone a ese tipo de cambios.

Me sentí entonces como si fuéramos personajes de una teleserie y alguien hubiera pulsado en un mando a distancia la tecla de «avance rápido». Todo sucedió a una velocidad de vértigo, pero ahora que lo pienso, debo agradecer que fuera así. No era un buen trago. Y si tengo que dar gracias por algo más fue que, una vez tomadas las decisiones, me mantuvieran tan al margen de esa especie de «ruptura».

El mismo día en el que yo recibí la nueva oferta de empleo, Nico me mandó un mensaje para pedirme que nos viéramos. «Será la última vez que te lo pida, te lo prometo». Durante un buen rato dudé si sería correcto quedar con él y hablar, pero... ¿qué más daba a esas alturas lo que fuera correcto? Nos encontramos en mi casa, aprovechando que Hugo estaba en El Club ultimando detalles. Cuando lo vi entrar no supe cómo saludarle. Estaba... destrozado. No sé definirlo con otra palabra.

—Nico... —murmuré.

—No digas nada —me pidió, carraspeó, como para hacer marchar aquel nudo que se adivinaba en su garganta y siguió—. Vengo a despedirme.

—No tienes por qué. Encontraremos la forma de hacerlo posible. Si alguien puede, somos nosotros.

—No —negó—. No va a ser posible, Alba. Me voy.

—¿Dónde?

—Aún no lo sé. Pero lejos.

—No tienes que…

—Sí tengo que… Ahora mismo no puedo ni… —balbuceó—, da igual. No tiene sentido darle vueltas. Quería que supieras por mí que me voy. Y quiero que…

—Pero… ¿y el trabajo?

—He tramitado mi baja voluntaria. Me iré en quince días.

Me senté en el sofá y me quedé mirándole sin saber qué decir.

—No te culpo —añadió—. Ni te odio.

—Yo…

—Pero no me pidas que lo entienda ni que me alegre por vosotros.

—¿Sabe él que te vas?

—No. —Se encogió de hombros—. Supongo que no.

—Tienes que decírselo.

—Tengo la esperanza de que tú sabrás despedirte por mí mejor de lo que lo haría yo.

Me mordí el labio inferior, que empezaba a temblarme.

—Nico… —supliqué—. No te vayas.

—Si no me voy…, ¿qué sentido tiene?

Y tenía tanta razón… Miró a nuestro alrededor y sonrió con tristeza.

—Fuimos felices, ¿verdad?

Asentí intentando no derramar ninguna lágrima. Si hablaba, me derrumbaría y no quería hacerlo.

—Lo echaré de menos. —La voz le falló al final de aquella frase y se frotó los ojos—. Te echaré de menos, pero supongo que entiendes que no voy a llamarte. Probablemente ni siquiera volvamos a vernos. Así es mejor.

—Un día no dolerá.

—Ahora mismo lo dudo mucho, pero si llega ese día seré el primero en abrazarte.

Sonrió con tanta tristeza que difícilmente puedo describir aquel gesto. Dentro de este había melancolía, recuerdos y toda una vida. Una vida a la que se daba la espalda y que terminaba. Su expresión contenía años de vivencias, de experiencias, de amistad. Nico estaba diciendo adiós, no hasta luego. Se marchaba sabiendo que se dejaba parte de sí mismo allí…, una parte que no recuperaría nunca y sin la que tendría que aprender a vivir.

—Yo… —Se acercó y yo me puse en pie—. Tengo que pedirte una cosa. Sé que no tengo derecho a hacerlo, pero no se lo digas aún. Espera a que me haya ido, ¿vale? Y cuando lo hagas dile que nadie más que nosotros lo sabe, que mis padres seguirán esperando que vaya a verles, que mis hermanas lo tratarán del mismo modo y que su familia sigue allí. Esto es… entre él y yo. No quiero robarle algo que por derecho es suyo. Sabremos cómo evitar encontrarnos, pero si desaparece hará daño a mamá y… es mayor.

Me tapé la cara y sollocé.

—Tienes que prometérmelo, Alba. Sé que tú lo harás bien, porque me entiendes. Sé que me quieres lo suficiente como para hacerlo.

—Sí —dije asintiendo—. Nunca quise que terminara así.

—Ya lo sé.

Miró al techo y resopló.

—Adiós, Alba. Sed muy felices.

Nico dio un paso hacia atrás, pero lo sujeté de la mano. Miró sus dedos y los movió, acariciando los míos. Le supliqué.

Sé que lo hice, pero no recuerdo qué le pedí. Supongo que lo evidente: que no se fuera. Él solo sonrió de nuevo y encontré en ese gesto algo del Nico que parecía contener la verdad sobre alguna pregunta que aún no me había hecho. Nos abrazamos. Después... se fue.

Hugo y yo estuvimos algunos días extrañamente distantes el uno con el otro, como si en el fondo fuéramos dos personas casi desconocidas que debían aprehenderse de nuevo. Saber que Nico se marchaba y no poder decírselo me rompió un poco por dentro. Un poco de esa parte ingenua que todos conservamos se me fue entonces. Entender por qué dos personas que habían compartido todo lo que eran debían separarse me hizo un poco más adulta, dura..., real.

Hugo y Nico se vieron una última vez a finales de aquella semana para firmar todos los papeles del negocio que vendían. Tampoco entonces me contó demasiado del encuentro.

—Firmamos, nos dimos la mano y nada más —me dijo sentado en el sofá de mi casa. Se encogió de hombros—. Había poco que añadir.

Y yo sabía que aquella sería la última vez que se verían, pero no pude decirle en aquel momento que se acababa de despedir de su hermano con un solo apretón de manos.

Nico jugó un poco conmigo, pero entiendo por qué. Me dijo que se marcharía en dos semanas, pero no fue así. Una semana más tarde en su mesa del trabajo no quedaba más que el eco de alguien que la había ocupado durante ocho años. Sé que todos se preguntaban qué había pasado y que mucha gente me miró con la sospecha de que yo había sido la culpable. Me dio igual entonces; había aprendido mucho en los últimos nueve meses de mi vida..., lo suficiente como para abandonar aquella empresa sin mirar atrás, lo que no quiere decir que lo hiciera sin pena. Dentro de sus paredes me dejé a la persona que fui y la esperanza de que las cosas funcionaran por el solo deseo de que lo hicieran. Con esto quiero decir que hace tiempo que sé que algunas cosas no se hacen realidad por mucho que uno lo desee pero... si no se intenta, ¿cómo vamos a saberlo?

El día que recogí mis cosas de allí dentro, Olivia lloró. Eso me sorprendió. Era una chica dura, de las que no llora en las despedidas. Pero entonces entendí que habíamos llegado a la vida de la otra en el momento justo, que nos necesitamos antes incluso de conocernos. No era un adiós, le dije en la puerta, mientras ella consumía, con los ojos rojos e hinchados, un cigarrillo.

—Prepárate para los maratones de cerveza.

—No me jodas, que ya no tengo edad —bromeó.

Hugo nos vio darnos el último abrazo como compañeras de trabajo y el primer beso como amigas. Después me rodeó el brazo con la cintura y besó mi sien.

—Ya está, *piernas*. A partir de ahora la vida es bella.

Y sé que se lo decía a sí mismo, tratando de convencerse. Si se dio cuenta de la ausencia de Nico antes, se lo calló. Tres días después de su marcha, fingiendo que no le importaba más que cualquier otra cosa, me preguntó si sabía algo de él.

—Se ha ido, Hugo.

Me miró fijamente y frunció el ceño.

—¿Cómo que se ha ido?

—Que se marchó.

Intenté trasladar cada palabra de Nico con todo el tacto del que era capaz, pero no había una manera correcta de decir algo así. Y allí... vi por primera vez desmoronarse de verdad al hombre que quería. Y me mató por dentro.

Ya lo he dicho en alguna ocasión..., no sé reaccionar a las lágrimas de un hombre. Me quedo paralizada, como si la habitación fuera haciéndose cada vez más pequeña y más frágil. Pero entonces sí supe hacerlo. Acaricié el pelo del Hugo que sollozaba agarrado a mis rodillas y traté de calmarle diciendo algo que él ya sabía.

—Así es mejor —le dije—. Por fin podréis hacerlo bien.

Y aunque siempre recordaríamos que Nico vivió allí, aunque el eco de sus recuerdos siempre llenaría aquella casa, las huellas de su presencia fueron borrándose con el tiempo. Y pasaron los días, las semanas, los meses… y solo quedó la esperanza de que Nico, por fin, se hubiera encontrado entre todas aquellas cosas que había superpuesto en su interior. Seguramente estaría en el fondo de alguna fotografía preciosa. Al menos así era en mi imaginación.

Evidentemente no fue así de fácil. No… y no sé si agradecer que no lo fuera o desear que lo hubiera sido. Por una parte el dolor y la melancolía hicieron algo más tangibles los recuerdos. Si lo añorábamos, si nos dolía, era porque lo que habíamos vivido había sido muy intenso y de verdad. Pero… fue duro.

Se juntó todo, como tantas otras veces pasa en la vida. Mi nuevo trabajo, una casa vacía, la ausencia, un nuevo ayudante, el cambio de planteamiento. Todo. Y de pronto me di cuenta de que Hugo se estaba aislando. O alejándome. No lo sé. El día que lo encontré en la terraza de su casa con la mirada perdida y un pitillo encendido entre los dedos…, fue el colmo. ¿Quién era esa persona y qué había hecho con quien yo imaginaba que iba a tener a partir de que Nico se marchara? Mec. Error. ¿Quién era yo para pedirle que respondiera a mis expectativas?

—¿Estás fumando? —le pregunté extrañada.

Miró el pitillo y le dio una calada.

—A veces piensas…, ¿por qué dejé de hacer algo? Y cuando no te acuerdas o no le ves sentido…, ¿qué más da volver a hacerlo?

Cogí el cigarrillo y lo apagué en el cenicero improvisado que había hecho con un vaso chato y un dedo de agua.

—Mírame. —Los ojos de Hugo se fijaron en los míos algo vacilantes—. No te pierdas buscando cosas que ya no están.

Creo a pies juntillas aún hoy en lo que le dije, pero debí entender el proceso por el que pasamos entonces. El hecho de que Hugo fuera una persona tan hermética no ayudó, claro. En aquella ocasión no contestó y tuve que imaginar qué era lo que estaba pasándole por la cabeza.

Lo añoré, cada día. Entrar en una nueva oficina en la que no estaba él y trabajar con personas con bastante menos paciencia que él en un trabajo muchísimo más monótono. Escribir notas de prensa y redactar la memoria de responsabilidad corporativa de una empresa de fabricación de envases… no motivaba demasiado. En compensación me encontré como en casa en un departamento de cinco personas, todas chicas. Una señora de cincuenta que nos tejía bufandas, dos chicas con bebés que llenaban sus mesas con fotos de sus hijos sonrosados y una compañera a la que le pirraba la moda. No estaba nada mal. Pero… ¿y Hugo?

El despertador cada mañana a las siete menos cuarto. Las comidas en un *tupper* recalentado. Las llamadas en las que no se dice nada. Las noche de sexo que ni siquiera recordaban lo que fuimos. Las miradas perdidas. La pena reptando por todas partes. Un trabajo que no llena. Una ausencia que lo llena todo, hasta los pulmones, recordando en cada respiración al que no está…

Todo cambió durante una época. Todo. Hasta nosotros. Hasta el sexo. Y es que tratamos de seguir con nuestras vidas como si nada hubiera cambiado, sin comprender que todo había cambiado. Aquel fue nuestro error.

43

Hugo entró en mi casa y dejó las llaves sobre la barra.

—Tengo la nevera vacía —le anuncié desde el dormitorio—. Seas quien seas.

—Soy yo —dijo—. Yo tampoco pasé por el supermercado.

—¿Pedimos algo?

—Ni pizza ni chino ni kebab ni…

—¿Sushi?

—Ayer cenamos sushi.

—Eso nos deja como opción…, ¿«tele-ensalada»?

—¿Eso existe?

—Ojalá. Vas a tener que claudicar. ¿Chino? —Salí con el pijama puesto y me miró con el morro torcido—. ¿Qué pasa?

—Hace cuatro días que no te veo vestida con nada que no sea… eso.

—¿Es una queja?

—No. Supongo.

Puse los ojos en blanco.

—Hace muchos más días que tampoco me ves desnuda y no te he oído reclamar por ello.

—Parece que ya lo estás haciendo tú.

Me quedé mirándolo, plantada en mitad del salón.

—Hemos empezado bastante mal la noche.

—Espera…

Cogió la americana, se la puso y salió por la puerta. Cuando ya me preguntaba qué narices estaba haciendo volvió a entrar.

—Hola, *piernas*. ¿Qué tal el día? —Se acercó y me besó en los labios.

—Bueno…, bien. ¿Y tú?

—Bien. ¿Quieres que cenemos comida tailandesa?

—Vale. Pero… mientras tú preparas dos copas de vino yo te espero en la ducha.

Hugo sonrió y fue hacia la cocina a la vez que yo me encaminaba al baño. Cinco minutos más tarde abría la mampara de la ducha totalmente desnudo.

—Hum… —murmuró poniendo morritos—. Mucho mejor.

Deslizó un brazo por detrás de mi espalda y me apretó contra su cuerpo. Algo presionó mi vientre, hinchándose e irguiéndose. Me mordí el labio inferior y metí la mano justo a la altura de ese punto de su cuerpo. Cerró los ojos cuando lo acaricié.

—Hoy estoy magnánima…, ¿qué te apetece?

—¿Además de dormir?

Lo miré con cara de horror. Yo proponiéndole todo tipo de actos depravados y él hablando de usar la cama para dormir…, ¿qué era eso?

—Estoy de broma. —Sonrió—. ¿Por qué no te pones de rodillas?

Pero… no estaba de broma. Una erección a media asta y… nada más. Ojos cansados. Expresión hastiada. Desmejorado. Harto. Fingiendo.

—Hugo..., ¿estamos bien?

—¿Por qué no íbamos a estarlo?

—Porque no lo estamos.

Se apartó dando un paso hacia atrás y cogió el gel de ducha. Por su cuerpo empezaron a resbalar volutas de espuma blanca cuando se frotó la piel.

—Estás evitando darme una respuesta.

—No es eso. Es que no hay respuesta.

Salí de la ducha. Cogí una toalla y me enrollé con ella. Con otra me froté el pelo. Él salió poco después y se secó con mis ojos clavados en su expresión.

—¿Has conocido a otra? —le pregunté.

—¿Cómo?

—Te estoy preguntando si estás con otra, si has tenido un desliz debajo de alguna falda o si piensas en alguien que no soy yo.

—No hay otra —contestó conciso y algo borde—. Esa pregunta está de más. Si quisiera follar con otras, lo haría.

—Vale, machote. Creo que va a ser mejor que bajes a tu casa. Yo voy a ponerme el pijama, cenar y dormir. No tengo ganas de estas cosas; ha sido un día muy largo.

—Bien.

Salí del baño y me metí en el dormitorio. Cerré la puerta y me volví a colocar el pijama. Esperé sentada en la cama a que entrara a disculparse. Esperé hasta que la calefacción casi había secado mi pelo. Cuando por fin salí, ni rastro de él. En la cocina, dos copas de vino llenas, sin dueño.

Un rato después bajé a su casa, dispuesta a pedirle perdón por algo en lo que no creía haber fallado, pero no lo encontré allí. Todo estaba a oscuras y en silencio, y la cama, perfectamente hecha. Hasta allí nos perseguía la ausencia de Nico. Hasta las mismas entrañas, hasta los cimientos de algo que quisimos construir juntos.

Al día siguiente encontré un ambiente muy festivo en la oficina; las chicas revoloteaban alrededor de mi mesa con sonrisitas y algarabía. Al apartarse para que pudiera sentarme, descubrí una disculpa en forma de *bouquet* de rosas de colores.

—¡Tu novio te ha mandado las flores más bonitas del mundo, Alba! —canturreó una—. ¿Por qué al mío no se le ocurren estas cosas?

—Porque el tuyo no tendrá motivos para pedir perdón —rumié.

—Ohm.

Todas me miraron con cara de circunstancias.

—Córtasela —dijo la que tenía el niño de cinco años—. Con ella te haces un collar y arreglado.

—Oye…, si se la cortas a un tío teniéndola dura, ¿se queda con ese tamaño o vuelve a hacerse pequeñita?

Nuestra «mamá del trabajo» se santiguó de broma con una sonrisa. Me pregunté cómo narices habíamos llegado a hablar de penes cercenados a las ocho de la mañana de un viernes y cómo podía estar riéndome de tan buena gana sabiendo, como sabía, que las cosas no iban bien. Saqué la nota del sobre pegado al ramo y leí para mí: «He reservado mesa para las tres y cuarto en ese tailandés que hay en María de Molina. Sé cuánto te gusta y cuánto necesitamos un día para nosotros». Bufé.

—¿Problemas?

—Eso te pasa por buscarte uno tan guapo. Mira mi Paco, que es todo «*sí, bwana*». Su ombligo genera más pelusa que mi jersey de lana de Primark, pero es más bueno el pobre…

—Está pasando un mal momento —respondí sin quitar los ojos de la cartulina—. Y yo estoy en medio.

—¿En medio de qué?

—De todo.

Suspiré, las miré con una sonrisa resignada y fui a buscar algún recipiente donde pudiera poner las flores.

Me hubiera gustado pasar por casa para cambiarme y ponerme un poco más cómoda, pero no tuve tiempo. A las tres y veinticinco entré en Café Saigón; Hugo estaba en una de las mesas cercanas a la ventana jugueteando con una copa de vino tinto. Me senté delante de él y sonreí.

—Hola, *piernas*.

—Hola, cariño.

—Estás muy guapa.

—Gracias. Tú también.

—Echo de menos cuando te ponías esos vestidos para alegrarme la vida en la oficina.

—Ahora te la alegra tu otro ayudante.

—Mi ayudante es un paquete. Hoy se ha atragantado comiéndose un donut en mi despacho. No mastica. Engulle como los pavos. —Puso los ojos en blanco.

—¿Ha tosido y desperdigado migas baboseadas por tu mesa?

—Si hubiera pasado eso, ahora mismo yo llevaría un traje de protección nuclear.

—Estarías muy mono.

—No tienen bragueta. Poco prácticos.

Sonreí y él me pasó la carta.

—Ya sé lo que quiero.

—Déjame adivinar…, dim sum de pollo y espinacas y fideos transparentes con verdura.

—Amén. —Le guiñé un ojo—. Y una copa de vino.

—¿Y me quieres a mí?

Le miré con el ceño fruncido, extrañada por esa pregunta. Hugo no era de esos que se ponían mimosos y suplicaban un te quiero de aquella manera. Los suyos valían su peso en oro y… no era amigo de desgastar esa expresión.

—Claro —contesté—. Pero... ¿a qué viene esa pregunta?

El camarero se acercó solícito y Hugo pidió aliviado, ahorrándose las explicaciones. En un rincón brillaba el montón de estas que llevábamos apartando desde que Nico se fue. Preguntas y más preguntas. ¿Me culpas? ¿Te has dado cuenta de que no valió la pena ese sacrificio? ¿Lo añoras tanto que no puedes seguir con esto? ¿Crees que necesitas estar solo? ¿Por qué ya no hacemos el amor y cuando lo hacemos es tan rápido?

Él pidió el rape salteado y una botella del mismo vino que llenaba ya su copa. Después... silencio. Juagueteó con su servilleta, con su reloj, con los cubiertos.

—Hugo...

—Dime. —Se pasó los dedos entre los mechones del pelo.

—¿Por qué no hablamos de ello? De él.

—Porque no quiero —aseveró. Después suavizó el gesto—. Quiero decir que... no tiene sentido. Tomamos las decisiones que tomamos y ahora... debemos ser consecuentes.

—Echar de menos a alguien no es dejar de ser consecuente.

—No quiero hablar de ello, Alba. Ya no es mi problema.

—Es nuestro problema. Te alejas. Estás huraño, raro, melancólico, irascible e inseguro.

—Yo no estoy inseguro.

—Sí lo estás. Y me lo haces estar a mí. ¿Te has arrepentido de haberme elegido a mí? Si es eso...

—No —contestó muy firmemente—. No es eso. Me he arrepentido de tener que elegir. Y ya está. No hablemos más de esto, por favor. Comamos, dediquémonos tiempo y... —Me cogió las manos por encima de la mesa—. Vamos a querernos. Es lo único que importa.

—Déjame decir una cosa más.

—No. —Me soltó las manos y arregló la servilleta en su regazo.

—Solo una. Y no te enfades.

—Si no quieres que me enfade, no la digas.

—No sé qué narices iba a arreglar yo callándomelo. —Puso los ojos en blanco y se frotó la frente—. Hugo…, estás deprimido. Deberías ir a hablar con alguien que pueda ayudarte.

Levantó las cejas.

—¿Perdona?

—Perdona nada. Estás deprimido y sin ganas. Ni siquiera tienes ganas de estar aquí sentado. Me juego la mano a que ahora mismo querrías estar tirado en tu cama a oscuras, sin pensar en nada.

—Preferiría estar aquí sentado, sin tener esta conversación. Y no, no necesito un loquero.

—No he dicho que necesites un loquero.

—Ponle el nombre que quieras, Alba. Mi problema no se soluciona hablando con alguien que me cobre la hora a…

—Hugo —le interrumpí empezando a enfadarme—. Es una pérdida. Tienes que enfrentarte a ella, no darle la espalda. Tienes que llorar los recuerdos, echarlo de menos… y cada vez dolerá menos. Un día quizá incluso podáis…

—Calla —contestó—. Déjalo, *piernas*.

—Esto es como la muerte de tus padres.

—¿Y qué sabes tú de la muerte de mis padres?

Parpadeé por la bofetada verbal y doblé la servilleta en mi regazo, apartando los ojos de los de Hugo, que ahora brillaban con furia.

—Perdona. Perdóname, Alba. —Se frotó la cara—. Es que… no quiero hablar de ello.

—Hasta que no puedas hacerlo, esforzarnos por sacar adelante esta relación no tiene sentido. Y ten en cuenta que un día me cansaré de tener que tirar sola de esto…

Asintió y sin mirarme, bebió vino. Le propuse después ir a su casa. Mi televisión era más pequeña y me apetecía hacer algo normal con él; algo como ver cine clásico y escuchar diálogos que nunca quedarían anticuados. Él accedió, aunque yo sabía que no le gustaba estar allí. Pero antes quise pasar por mi casa. Cuando estaba abriendo la puerta, sus labios se pegaron en mi cuello, aprovechando que mi coleta lo mantenía despejado. Sus brazos me rodearon la cintura y sus manos se abrieron en mi vientre. Todo mi cuerpo reaccionó a él, a su olor, a su calor.

—Déjame entrar —susurró.

—Es tu casa.

—No me refería a eso. Me refería a ti…

Las palmas de sus manos bajaron por mis caderas y subieron poco a poco el vestido hasta dejar a la vista las ligas de las medias. Se pegó a mi culo con un gruñido.

—No quiero que hagas esto porque crees que es lo que necesito.

—Lo necesito yo —contestó.

Me giré entre sus brazos con la falda medio enrollada en los muslos y nos besamos. Sujeté entre mis manos su cara y sonreí con el tacto de su barba dura y corta contra la piel que rodeaba mis labios. Calma. Sosiego. Una tregua.

Entramos antes de que la cosa fuera a mayores y los vecinos nos descubrieran comiéndonos a besos en el rellano. Le quité la americana en mitad del pasillo y él me subió en brazos para traspasar el umbral de mi dormitorio. Nos desnudamos con manos calmadas, acariciando con los labios y con la nariz zonas sensibles y cálidas. Nos besamos mucho. Y cuando por fin estuve desnuda y abrí las piernas, me dio la vuelta y se colocó debajo. Me deslicé hacia abajo y cogiendo su erección con las dos manos la llevé hasta mis labios; la besé y después la lamí. Hugo gruñó y acariciando mi pelo llegó hasta el fondo de mi garganta. Siguió el ritmo de mi cabeza con la mano entre mis omoplatos y echó la cabeza hacia atrás, sosteniéndose con la mano derecha apoyada en la cama. Mis pezones se irguieron duros contra sus muslos. Palpó la mesita de noche y encendió la minicadena. Sonaba en aquel momento *You're the one that I want,* de Lo Fang. Perfecta.

Se incorporó haciendo que yo cayera hacia atrás y abrió mis piernas a la vez que las encogía. Acaricié su pelo cuando su lengua se encontró entre los pliegues de mi piel. Gemí y me abrió para lamerme mejor, dedicándole caricias continuas y regulares a mi clítoris endurecido.

—Cariño… —musité.

Me mordí fuerte el labio inferior y él me miró, entregado a lo que su lengua y sus labios hacían.

—Déjame hacer algo por ti —dijo.

—Quiero que hagas algo por mí. Pero quiero que te corras dentro…, quiero correrme contigo.

No se hizo esperar. Se colocó encima de mí y tanteó mi entrada antes de penetrarme enérgicamente. Los dos gemimos y él dejó caer sobre mí su peso de cintura hacia abajo. Agarró mi cara y sin dejar de mirarme inició el movimiento dentro de mí. Apoyó su nariz en la mía y cerró los ojos con alivio. Su mano izquierda resbaló de mi cara hasta mi cuello y de allí entre mis pechos, que besó después, sin parar de empujar hacia mi interior. Enrosqué las piernas alrededor de su cadera y se pegó a mí, jadeando. Mi interior palpitó y apretó su erección arrancándole un gemido. Sus labios reptaron por mi cuello.

—Lo eres todo —susurró.

Me tensé, arqueándome. Su mano apretó mi pecho izquierdo que se movía con el vaivén de sus penetraciones cada vez más rápidas. El orgasmo fue creciendo en mi interior hasta lamerme todas las venas y hacer explotar algo en la parte baja de mi espalda, que ascendió hasta mi cabeza, turbándola. Hugo aceleró el movimiento entonces, gimiendo. Embistió mi boca con la suya en un beso brutal y sentí que palpitaba en mi interior. Se incorporó un poco y gritó con los dientes apretados mientras se desbordaba dentro de mí hasta quedar clavado, sin poder separarse. Los dos jadeábamos. Nos besamos.

—Te quiero —le dije—. Y nada lo va a cambiar.

Cerró con fuerza los ojos y apoyó la frente en mis labios mientras recuperaba el resuello. No contestó, solo besó la piel que le quedaba a su alcance. Salió de dentro de mí cuando empezó a bajar su erección. Se quedó tendido en la cama con los ojos cerrados y la respiración jadeante mientras yo me levanté de entre las sábanas para ir al baño. No medió palabra. Nada. Ni siquiera contestó a mi te quiero. Cuando salí de nuevo, Hugo miraba hacia la ventana, tapado por la sábana y la colcha.

¿En qué piensas? —Y me coloqué una camiseta.

—En si alguien es capaz de acabar con algo que no quiere que desaparezca.

Y sentí que, poco a poco… lo perdía. Hugo se perdía. Yo me perdía. Daba igual lo que hiciera. Daba igual lo que dijera. Cuánto le besara. Cuánto le quisiera. Porque con la catarsis terminábamos disolviéndonos y cada vez volvía menos de nosotros tras el orgasmo. Nos arrastrábamos entre los escombros de la relación que habíamos intentado levantar.

Aquella noche mandé un mensaje a mi hermana. Nada esperanzador o dulce; algo así como la necesidad de compartir lo mucho que dolía, como si eso pudiera hacer algo por mitigarlo. «Se va. Y no hay nada que pueda hacer por evitarlo. Hugo se está yendo».

Así lo sentí. Irse poco a poco…, marcharse primero en suspiros para terminar ahogándonos en silencios. Los Hugo y Alba que fuimos ya no existían. Éramos solo el recuerdo de algo que fuimos y que… voló.

44

Es triste cuando una relación se va evaporando porque no le queda amor al que agarrarse, pero cuando lo que se marcha es el amor de tu vida y no encuentras el motivo... es devastador. Tratar de agarrarse a jirones de niebla que se deshacen en el mismo momento en el que tu mano se acerca. Así me sentía yo. Hugo necesitaba algo que yo no podía darle. No sé si era perdón o una pausa. No sé si se aferraba a la autocompasión o por el contrario si era demasiado duro consigo mismo. Lo único que sé es que empezó a ser demasiado suyo como para ser nada mío.

Los silencios dejaron paso a las ausencias. Una tarde, después de esperar que me contestara un mensaje sin resultado, lo encontré en su casa, sentado en el cheslón de su sofá a oscuras, mirando hacia las luces que se dibujaban en la terraza, en ese momento en el que la tarde daba paso a la noche. Y ese día me di por vencida. Solo me senté a su lado y miré los naranjas del cielo reflejarse en aquel rincón del mundo, recordando lo distintos que eran los colores de una puesta de sol cuando los dos teníamos esperanza. Y lo peor es que no lograba entender por qué estábamos así y cómo habíamos llegado a aquella situación.

Justo antes de dar por perdida la única relación de mi vida que me hizo sentir tangible, estuve a punto de llamar a Nico, de intentar localizarlo por todos los medios. Pero eso hubiera sido desconsiderado. Yo no era nadie para jugar a ser un dios cruel, alejando y acercando personas a su antojo. Yo ya había mediado demasiado en esa relación. Así que... llamé a Marian.

—Estoy a punto de darme por vencida —le dije después de contarle que desde que Nico se había ido Hugo no levantaba cabeza—. Recurro a ti por no arrepentirme más adelante de no haberlo hecho, pero no espero que tú tengas las respuestas. Esto es... una llamada estúpida y desesperada. Tienes derecho a odiarme.

Dicho esto hundí la cara en la palma de mi mano. Marian tardó tanto en contestar que temí que me hubiera colgado. Y si lo hubiera hecho la habría tenido que entender; era difícil no culparme a mí de lo que había pasado. A veces pensaba que la única persona que tenía claro que yo solo había sido un catalizador era yo misma. La nueva Alba, todo salud emocional para consigo misma, que no podía hacer volver a su pareja de un trago amargo al que a veces creía que le había invitado ella. Pero al fin contestó:

—Yo no te odio. No tengo por qué hacerlo. Echo de menos a Nico, pero retenerle aquí no era bueno para nadie. Ni siquiera para mí o para mis padres. Era como tener un pajarillo bonito encerrado en casa, porque se teme echarlo de menos si un día vuela lejos. Quizá Hugo debería..., no sé, hablar con alguien.

—Se lo he dicho ya, pero no quiere. Incluso le he dicho que tiene que llorar la pérdida hasta que le duela menos. Ya no sé qué decirle. Me siento como recitando frases de un libro de autoayuda.

—Ya..., te entiendo.

—¿Dónde están los finales de cuento?

—No existen, Alba. La vida es demasiado complicada para terminar siempre bien. Lo importante es que la balanza se equilibre y que valga la pena.

—No sé qué hacer.

—Ojalá lo supiera yo. Gracias por llamarme de todas maneras. Déjame pensar sobre ello. Te llamaré.

Era viernes y lo supe desde que me levanté sola en mi cama. Hacía casi un año que conocía a Hugo; no había sido el tiempo, sino la intensidad de esos meses, la que me había hecho entender cómo funcionaban las cosas dentro de él. Cuando recibí el mensaje en mi móvil no pude más que echarme a llorar. Mis compañeras me miraron con sorpresa; creo que pensaban que era mucho más fuerte.

—Estoy bien —dije entre hipidos.

Una de ellas se levantó de su mesa y me abrazó.

—No somos responsables de la manera en la que sentimos —me consoló.

«Alba, tenemos que hablar. ¿Podrías pasar por mi casa esta tarde? Es importante».

Allí estaba. Sin más. De camino imaginé todas las conversaciones de ruptura posibles. Los «no eres tú, soy yo» y los «no sabes cuánto lo siento». Y nada de lo que se me ocurrió encajaba con nosotros. Lo encontré de nuevo sentado en el sofá, mirando al suelo. Esta vez las luces estaban encendidas y aún entraba algo de sol por la ventana. El salón estaba precioso, inmerso en sombras suaves.

—Hola —dijo con sonrisa resignada—. Vienes con cara de saber lo que voy a decirte.

—Es que lo sé.

—No te mereces esto, no creas que no lo sé.

—Lo que no me creo es que vayamos a tener esta conversación. Dos personas que se quieren no tienen este tipo de conversaciones.

—A veces con quererse no vale. El momento es importante. —Y se frotó nervioso la nariz—. Lo mejor es no anclarse en lo que pudo ser y centrarse en…, no lo sé. Tú, en olvidarme.

—Te rindes.

—Sí.

—¿Y qué mejora tu vida romper conmigo?

—Nada —me dijo como si fuera la respuesta obvia—. No lo hago por mí.

—Pues estoy harta de que hagas cosas por mí. Si te preocuparas un poco más de tu vida y menos de solucionar la mía, esto no estaría pasando.

—Ya no sé qué hacer.

—Lo único que no has hecho…, hacerte cargo de la situación.

—Estoy tratando de hacerlo desde hace dos meses. Y va a peor.

Me senté y miré la alfombra. Nada parecía igual que la primera vez que estuve allí, sobre todo nosotros dos. Miré a Hugo, tocado y hundido. ¿Era posible que lo que se suponía que iba a solucionar sus problemas se convirtiera en la piedra que no le permitiera levantarse?

—Creo que no deberíamos hacer esto —musité.

—¿Y qué es lo que deberíamos hacer?

Nada de lo que yo pudiera decirle iba a hacerle cambiar de parecer, lo sabía. Yo no le entendía o al menos no como él necesitaba que lo hiciera. Me sentía tan frustrada…, ojalá fuera más vieja, más sabia, más… Lo miré.

—Si es lo que quieres…, no puedo hacer nada. Solo…, déjame pedirte una cosa antes, que vayamos a un sitio. Después, cuando volvamos, podremos despedirnos.

Hugo asintió y se levantó.

—Vamos.

Me costó que hiciéramos aquel viaje. Me costó sudor, sangre y lágrimas, porque cuando Hugo supo adónde íbamos le faltó cogerse a los marcos de las puertas como un chiquillo. Se negó en rotundo hasta que le hice un sucio chantaje emocional del que no estoy orgullosa. Entonces y solo entonces accedió.

No, no volvimos a Nueva York a encontrarnos con la pareja que fuimos, porque era justo lo que debíamos evitar. Lo único que tuve claro entonces fue que necesitábamos cerrar la puerta a todo ese pasado… pero antes él tenía que limpiar los restos que quedaban de lo que no funcionó. Y yo no era la persona indicada para ayudarle, porque era obvio que no estaba en mi mano.

La madre de Nico era tal y como la imaginaba. Había tenido los ojos tan azules como sus hijos, pero ahora los tenía apagados por la edad, al igual que su rubio natural, que había sido sustituido por unas brillantes canas. Llevaba el pelo recogido en una suerte de moño bajo algo desgreñado pero estudiado. Vestía una falda marrón y una blusa a rayas el día que la conocí. Nos esperó en la puerta de su casa con una sonrisa y cuando Hugo llegó frente a ella, dijo:

—Ya creía yo que te habías hecho cienciólogo o algo por el estilo. ¿No los meten en una granja a hacer trabajos forzados para que se ganen la ascensión?

Hugo se quedó mirándola muy serio, con ese semblante que llevaba tanto tiempo en su cara, pero los labios fueron curvándose en una sonrisa que, por fin, llegó a sus ojos.

—¿Realmente me imaginas a mí trabajando en una granja?

—¡Lindas manos para guantes! —Le dio una palmada en el culo entre carcajadas y me miró—. Ahora preséntame a esta chica y dime que te va a hacer sentar la cabeza de una puñetera vez.

—Esta es Alba.

—¿Tu novia?

Hugo me miró con expresión resignada.

—Digamos que aún estamos decidiéndolo. —Suspiró—. ¿Llegamos a tiempo de cenar?

Cenamos huevos, patatas y filete, porque era lo que tocaba los viernes. Y escuchando que los huevos eran del corral de un vecino y que las patatas nuevas habían salido buenísimas, vi a Hugo ir descargando de su espalda un peso imaginario que llevaba a cuestas demasiado tiempo. Pero no como si estar allí ya lo solucionara todo, sino como si Hugo reencontrara una parte de él que se había perdido. La madre de Nico parloteaba sin cesar, enseñándome fotos de nietos y llenándome el plato. Era tal y cómo la imaginaba; una madraza de esas de las antiguas, un poco como mi madre, que crían a sus pollitos con fe de que después de treinta años ellos sigan encontrando refugio entre sus brazos. Y estoy segura de que lo hacían, de que los pollitos regresaban al refugio como Hugo. El padre de Nico, sin embargo, hablaba poco. Me recordó mucho a su hijo, aunque físicamente no se pareciera en nada más que en la constitución: alto, delgado pero tremendamente masculino.

—¿Dónde os conocisteis? —nos preguntó la madre de Nico mientras despejaba la mesa de la cocina y me obligaba a sentarme de nuevo para que no pudiera ayudarla.

—Nos conocimos en… —Hugo me miró de reojo.

—En el metro. —Sonreí yo.

—¿En el metro?, ¡qué poca vergüenza! —le dijo ella—. ¿La abordaste a la pobre en el metro?

—No. Nos conocimos en el metro, pero resulta que estaba a punto de incorporarse a la empresa como secretaria.

—Eso es el destino.

—No creo en el destino —dijo él.

—Pero sí en las señales.

Hugo me miró fijamente, tratando de localizar la conversación de la que provenía aquella referencia. El padre de Nico dejó un plato en la mesa.

—De postre flores manchegas, un dulce típico de la zona —dijo—. ¿Lo has probado alguna vez?

—No.

—Las hace mi mujer. Esta tarde mismo las ha hecho, como si supiera que ibais a venir.

—¿Y quién dice que no lo sabía? —contestó esta volviendo a tomar asiento.

Me sirvió en un platito de postre y me instó a dar un bocado. Hugo le dijo que no quería y casi le metió el dulce en la boca en contra de su voluntad.

—¡Están buenísimas! —farfullé.

—A mi Nicolás le encantan.

Hugo levantó la mirada discretamente, tenso de nuevo.

—Entonces, ¿las hace usted? —le pregunté.

—Sí, señorita. Te daré la receta.

—Buena suerte —bromeó Hugo.

—¿No cocinas? —preguntó ella mirándome.

—No mucho.

—No, nada. —Sonrió Hugo.

—Ni falta que le hace. Ya lo hará este por ti. Ahora las mujeres trabajadoras tenéis que educarlos de verdad..., nosotras los malcriamos demasiado. —Me guiñó un ojo y volvió a dirigirse a él—. Ahora... ¿quieres que lo hablemos delante de ella o la mandamos a ponerse el pijama?

—¿Qué quieres que hablemos? —Y él desvió la mirada hacia su plato.

—De ti. De Nico.

—Chata... —pidió el padre de Nico un poco violento—. Déjalo estar.

—Yo... voy a ponerme el pijama —me apresuré a decir.

—No —me pidió ella—. Quédate. Y no lo dejo estar. Son mis dos hijos.

Hugo se mesó el pelo.

—No creo que sea necesario tener esta conversación.

—Yo creo que sí. ¿Te has visto? Estás hecho un asco.

—Tengo mucho trabajo.

—¿A quién quieres hacérselo creer, a mí o a ti? Porque si es a mí, mejor que ni lo intentes. A ti no te he parido y aún puedes engañarme, pero mi hijo es transparente como un vaso de agua.

—Es que es complicado y no quiero que...

—A mí me da igual lo que pasara. La vida es así y la gente de pronto... pues se pelea.

—No nos hemos peleado. Es que...

—Es que a veces uno tiene que desprenderse de lo que quiere. Y él necesitaba hacer cosas por sí mismo y tú vivir sin su sombra. Hacía ya tiempo que se veía venir, Hugo.

—Ya, ya lo sé.

—No. «Ya, ya lo sé», no. Escúchame. No vas a dejar de tener un hermano por eso. Ahora, sencillamente vive el duelo como puedas, porque para ti es como si se hubiera muerto una parte de ti. Y no sabes cuánto te entiendo, mi niño. —Le tocó el pelo con gesto maternal—. Pero el muerto al hoyo y el vivo al bollo. Él volverá y os daréis un abrazo como hermanos que sois. Ahora solo... aprended a vivir sin el otro.

—Yo... —empezó a decir Hugo con un suspiro.

—No quiero oír más. Siempre has sido el sensato. Sigue siéndolo. Y da gracias a la vida que trae a la gente adecuada a tu lado.

Y sonriéndome dijo que el parque del pueblo estaba precioso para pasear. Era abril y aún hacía frío. Salimos de la casa pateando las piedrecillas que encontrábamos en el camino, muy concentrados en el suelo.

—Supongo que no soy quién para haberte traído pero... —empecé a decir.

—Si tú no eres quién..., no sé quién puede serlo.

—Es que...

—Está bien, *piernas*. Estar aquí es... reconfortante.

Hugo me rodeó con su brazo y caminamos muy juntos. El cielo estaba despejado y se veían tantas estrellas en el cielo que no parecía el mismo que cubría Madrid. Y era un lugar precioso para ser escenario de un recuerdo.

—Hugo..., si sigues pensando que no puede funcionar, en cuanto volvamos...

Se paró y me miró muy fijamente.

—¿Por qué siempre lo sabes todo?

—¿Cómo? —pregunté confusa.

—Siempre andas un paso por delante. Tú me miras y... sencillamente lo sabes. Todo. Todo de mí.

—Estoy dispuesta a esperar que...

—¿Esperar? —Sus labios se curvaron—. ¿Qué clase de cuento de hadas termina así?

—Uno en la vida real.

—¿Y quién quiere tanta realidad?

45

TANTA REALIDAD
DOS AÑOS DESPUÉS...

Hugo está nervioso. No puede esconderlo. Lleva dos horas ahuecando cojines como una maruja. Él no lo sabe, pero lleva todo el día tomando café descafeinado. Prefiero no averiguar si es capaz de recitar el *Cantar del Mio Cid* en la lengua de Mordor.

Mira continuamente el reloj y después disimula pasando las páginas de otra revista. Ha desperdigado todas las que hay en casa y es bastante cómico verlo tan concentrado entre las páginas del último *Cosmopolitan,* con los ojos clavados en un artículo sobre qué posturas queman más calorías.

—¿Interesante? —le pregunto plantándome delante.

—Oh, sí. Las mujeres sois un pozo sin fin de sabiduría calórica.

—¿Ah, pero lo estás leyendo?

—Así, así. ¿Tú sabías que esto era una postura sexual? —Me enseña la página—. Yo pensaba que esto era una prueba de Humor Amarillo.

Me río y estoy a punto de decirle que tiene que calmarse cuando suena el timbre. Se levanta como si hubiera un muelle en el sofá conectado con el telefonillo.

—Yo voy —le digo.

Él arregla nervioso las revistas y las vuelve a dejar en su sitio, en el revistero. Después se plancha sin descanso la ropa con las manos. Lleva un jersey gris que…, ¿qué puedo decir además de que me apetece deshilacharlo con los dientes y después seguir mordiéndolo despacio a él?

Abro el portal y espero tras la puerta. Intento disimular, pero yo también estoy nerviosa. Más por lo de esta noche que por lo de pasado mañana. ¿Quién me lo iba a decir? Qué cosas tiene la mente humana. O las prioridades. Alguien llama al timbre y oigo a Hugo acercarse por detrás. Abro sin más ceremonia. Me recibe la mirada de una chica oriental preciosa. Es tan guapa que no sé si saludarla o postrarme a sus pies. A su lado soy grande, ancha, enorme…, sonríe y sus ojillos se rasgan.

—Hola —dice con un acento indescriptible—. ¿Qué tal estás?

—Hola —me oigo decir, pero estoy muy concentrada en odiarla por ser tan mona.

Detrás de ella aparece un chico alto, rubio oscuro, con el pelo algo revuelto. Lleva una sudadera gris oscura, unos vaqueros y barbita de bastante más de tres días. Levanta la mirada y en un pestañeo me atraviesa. Sonríe. Sonríe como solo sonríe a las personas que significan no solo gente…

—Hola —saluda.

En sus brazos lleva una pequeña que demanda su atención. Es como de juguete…, tan bonita que da miedo hasta mirarla. Pelo negro brillante como brillantes son también sus ojos azules levemente rasgados. Debe tener unos seis meses.

—Pasad, pasad.

Me giro y descubro a Hugo quieto, rígido, como si no supiera qué decir. Nico y él se miran con cautela. Yo cierro la puerta y le doy la mano a la compañera de Nico.

—Soy Haruko —se presenta.

—Yo Alba. Hablas muy bien español.

—No tan bien. Pero lo estudié. —Sonríe—. Nico, *let me...*

Nico le da a la niña, que en sus brazos parece un bebé gigante.

—¿Cómo se llama? —le pregunto.

—Mako.

—Hola, Mako...

—¿Quieres tú..., cómo se dice..., tomarla?

—¿Cogerla?

—Sí —asiente con una sonrisa.

Miro de reojo a Hugo y Nico, que siguen a unos cuatro pasos de distancia, sin saber qué hacer.

—Es preciosa —le dice Hugo.

—¿Mi mujer o mi hija?

—Si contesto creo que esta noche duermo en el sofá.

Los dos sonríen y Nico se acerca a nosotras. Yo sostengo a su hija entre mis brazos. Es rechonchita. ¿Cómo habrá podido salir de una mujer tan pequeñita?

—¿Qué queréis beber?

—Cerveza —dice él—. Haruko...

—Yo entendí. —Sonríe—. Agua está bien.

—¿No quieres una copa de vino? —le pregunto.

—Ah, no. Estoy..., ¿cómo se dice, Nico?

—Aún le da pecho —me explica él—. No puede beber alcohol.

Otra como Gabi... y cuando escucho esas cosas sigo preguntándome si de verdad quiero tener niños. Se me estará pasando el arroz, pero no será porque no intento mantenerlo en buen estado de conservación nadando en alcohol.

Nico y su mujer pasan hacia el salón y yo me encuentro en brazos con una niña que no es mía. Y quiero servir las bebidas. Miro a Hugo, le hago un gesto para que se acerque y le dejo la niña en los brazos. La agarra y la sienta en un ademán. Que él tenga esta gracia con los niños y yo no tenga ninguna me inquieta un poco. Esta noche voy a tener que volver a mirarme ahí abajo para asegurarme de que no me han salido testículos mientras dormía. Cuando llego al salón con las bebidas Nico está diciendo que la casa está muy cambiada.

—Mete a una mujer en casa —explica Hugo. Está haciéndose el gracioso porque está nervioso, así que paso de contestarle alguna sandez. Aunque si apunta hacia la evidencia de que la mujer de Nico está muy buena le mataré.

—No fue afán de cambiarlo todo y marcar territorio —digo—. Es que el sofá se rompió y el que nos gustaba no combinaba con las cortinas.

—Ni la alfombra.

—Es que a la alfombra le pasó una cosa —añade Hugo vagamente.

—No quiero saberlo.

—Mejor.

Nos quedamos callados.

—Os hemos preparado la habitación de arriba, en el otro piso. Una amiga mía me ha dejado una minicuna plegable.

—Genial. Muchas gracias —me contesta Nico.

—Como no sabíamos si hacéis colecho o...

—A veces. —La niña le está tocando la nariz a Hugo con la manita regordeta y Nico la mira con una sonrisa—. Parece que hacéis migas. Si quieres os la dejamos esta noche para que practiquéis.

—Quita, quita —digo enseguida.

Siento todas las miradas puestas en mí.

—Hombre…, que yo encantada. Que me encantan los niños y eso…

—No se siente muy segura con los niños —aclara Hugo.

—Hasta que tengáis uno.

Hago una mueca. Ahora está todo el mundo con la misma historia. Y no es que no quiera tenerlos nunca…, es que… Me veo en la obligación de aclararlo.

—Bueno…, es que nosotros…

—Alba tuvo un aborto hace cosa de ocho meses —aclara Hugo con sencillez.

—Lo siento —dice Nico.

—No te preocupes. Estaba de semanas. Pero ahora queremos esperar un poco.

—Claro.

La mujer de Nico nos mira y creo que no se está enterando de nada. Bebe un sorbito de agua. Otro silencio.

—¿Qué tal el trabajo? —pregunta Nico, como si recordase lo mucho que me molestan esos momentos de tensión.

—A Hugo lo han hecho socio —apunto rápida con una sonrisa de orgullo.

—¡¿Sí?! ¡Enhorabuena!

—Gracias. Es mucho curro, pero estoy contento.

—Tú ya no trabajas con él, ¿no? —me pregunta.

—No. Yo he cambiado de trabajo como de… ropa interior. —Evito decir bragas por no quedar como una basta delante de esta belleza oriental delicada como la flor del loto—. Ahora trabajo en una revista de fotografía. —Nico sonríe espléndidamente—. Y claro…, ya sé que a ti te va muy bien.

—No me puedo quejar —añade.

—¿A qué te dedicas tú, Ha…?

—Haruko —dice Nico.

—Hago modelaje.

Nico se ríe mirándola.

—¿Modelaje? Tu español aún…

—Tienes que charlarme más en español.

—Hablarte más en español.

—Sí —asiente.

—Es modelo —nos aclara él.

Miro de reojo a Hugo, que la admira con disimulo. Sí, hombre, tú no te cortes.

—¿Cómo os conocisteis?

—Pues estaba en Osaka con un amigo fotógrafo y le surgió un imprevisto. Me pidió que le sustituyera en una sesión y… ella era la modelo. —Se miran. Hay magia cuando lo hacen—. Nos casamos dos meses más tarde.

Locos del coño. Pero qué romántico.

—La niña vino mucho más tarde —añade ella—. Primero conocerse. Después bebés.

Hugo se levanta, deja a la niña en brazos de su padre y va a por más agua. Aún está nervioso. Lo conozco. Más silencio.

—Bueno…, entonces…, pasado mañana…

Cuando vuelve, se sienta cerca de mí.

—Pues pasado mañana vamos a hacer una de esas locuras pasadas de moda. —Me sonríe—. No te imaginas lo que me ha costado convencerla.

—Me daba pereza —confieso—. Estábamos muy bien así.

—Estas cosas no hay que pensarlas mucho.

Quizá, pero un poco más de dos meses. Me lo callo, claro.

—Me sorprendió mucho que…, que me llegara la invitación —y cuando lo dice, Nico mira a su hija.

—En realidad…, dijimos que si tú no venías, no lo haríamos.

Nos mira a los dos y después de unos segundos eternos…, sonríe.

La mujer de Nico da el pecho a la niña en nuestra habitación mientras nosotros preparamos la cena. Y si no supiera que han pasado años, creería que aquí dentro lo único que han cambiado son los muebles. Los tres juntos en la cocina, haciendo de pinches torpes para el chef Hugo. Pero ellos evitan mirarse a la cara y están tensos, como si hubiéramos hecho un viaje en el tiempo y lo único que pasara es que se han vuelto a mosquear por alguna tontería que se les pasará en cuanto se tomen un par de cervezas. Siento morriña…, una sensación a la vez plácida y vacía. Lo añoraba y no sabía cuánto lo hacía hasta que lo he visto. Experimento también algo mucho menos grato… y es que estoy celosa. No porque su mujer sea preciosa, modelo y exótica. Ni porque la niña tenga seis meses y ella ya haya recuperado una figura que probablemente ni siquiera llegó a perder. Solo es que siento que me he perdido demasiadas cosas en la vida de Nico, cosas que ella o sus nuevos amigos habrán compartido con él. Y yo quisiera haber estado en Osaka aquella tarde que se casaron con solo diez invitados. Quisiera haber brindado con ellos; quisiera haber compartido con él el éxito de conseguir dedicarse a lo que le gusta. Viajar con él o al menos haber recibido una postal de cada una de las ciudades que visitara. Y sé que ha dado la vuelta al mundo, primero solo, después con amigos que fue haciendo y más tarde con ella. ¿En qué lugar quedamos nosotros? Somos… antiguos amigos. Somos… una vida anterior, como si se hubiera reencarnado en alguien mucho más feliz. La vida ha seguido para todos.

Cenamos en la terraza. Hace una noche muy tranquila. Dentro del salón la niña duerme en el carrito. Unos entrantes y lubina con verduras. El vino blanco empaña las copas de los tres. Ella sigue bebiendo agua. Me siento grande, enorme… y alcohólica. Pero me da igual.

—Y, Hugo, ¿sabes algo de Paola?

—Mira, sí, me la crucé hace poco.

—¿Ah, sí? No me lo habías dicho —apunto.

—Sí, sí. Estuvimos retozando en un hotel del centro. Le hice de todo. Ya sabes que se deja por el culo.

La mujer de Nico se atraganta, aunque gracias a Dios habrá entendido la mitad.

—Solo está bromeando —le aclara su marido—. Hugo es así. Habla...

—Sucio —añado yo.

—Iba a decir muy claro, pero sucio también vale.

—Entonces, ¿qué se contaba Paola? Además de su gusto por el sexo anal —pregunta Nico mientras aparta las espinas de su plato de pescado.

Hugo pierde la mirada en lo que está haciendo. Recuerdo la primera cena que compartí con ellos en esta misma terraza. También había pescado y Hugo gritó a Nico que parecía que estaba haciéndole la autopsia a la lubina en lugar de servirse. No soy la única que se ha acordado, claro.

—Pues está muy bien. Estaba currando de profesora de protocolo en una universidad privada. Ya sabes que era un coco.

—Sí. Era una chica muy inteligente.

—Y muy hábil —pongo la puntilla.

—En más de un sentido —me pincha Hugo—. Estaba saliendo con un abogado, me dijo. De los de traje de tres piezas y reloj de bolsillo.

—¿Por qué no tienes un traje de tres piezas y un reloj de bolsillo? Te pega todo.

—Estás muy graciosita esta noche. —Me mira con los ojos entrecerrados.

—Oye, Alba..., ¿y tu hermana? —pregunta Nico.

—Oh, por Dios —se descojona Hugo—. El bebé.

—Mi hermana es un cruce entre un grano en el culo y una hija de adopción tardía. Duerme más aquí que en su casa. En el sofá, claro, porque aquí solo tenemos nuestra cama. Pero nada la disuade. Es muy inteligente, pero aún no ha aprendido el significado de intimidad.

—Ya, ya recuerdo que las puertas cerradas no son impedimento para ella —comenta Nico con una sonrisa de lado.

Yo me pongo roja como un tomate y después me echo a reír.

—Joder…, no me acordaba de eso.

—¿De qué? —pregunta Hugo.

—Una vez su hermana nos pilló… —Nico hace un gesto con el brazo dando a entender qué estábamos haciendo cuando Eva entró.

—Ah, sí. Joder. —Hugo se limpia con la servilleta—. Si vino corriendo a casa lloriqueando.

La mujer de Nico nos mira extrañada.

—Alba y yo estuvimos saliendo juntos —le aclara—. Antes de que ella y Hugo…

Hugo y yo cruzamos una mirada.

—¿Sí? ¿Novios?

—Sí, unos meses. ¿Cuatro?

—Más o menos.

Otro silencio. Esta vez mucho más violento. Tranquila, Haruko, que Hugo también participaba de la fiesta la mayor parte de las veces.

—Entonces… ya no tenéis otro dormitorio —dice Nico en un claro intento por cambiar de tema.

—No. Hicimos una habitación de invitados mucho más… «femenina» —contesta Hugo con sorna— para cuando viniera Eva y eso, pero…

—Cuando aborté Hugo me regaló un vestidor.

Haruko me mira con una sonrisa, como si quisiera decirme lo dulce que es ese gesto. Y lo sé. Tengo suerte de haberme cruzado en la vida con alguien como él, dispuesto a aprender junto con otra persona, compañero, amigo, amante…

Ellos dos empiezan a hablar de Marian a colación del tema del vestidor. Al parecer ella quiso hacer algo similar a pequeña escala en el estudio en el que vive y terminó en el hospital con una brecha en la cabeza por creerse el presentador de Bricomanía. Esto es fácil, divertido y para toda la familia...

Y así se vacían platos y copas y parece que el ambiente se destensa un poco mientras suena *XO* en la versión de John Mayer. Han pasado dos años desde que se despidieron y no lo hicieron de la mejor forma posible. Pero dos años son muchos días..., alrededor de setecientos treinta días para calmarse, reponerse, vivir la pérdida de manera sana, saber decir adiós a alguien que será mejor que viva lejos de ti y añorarlo después. Dos años de hacerse adultos y entender. Simplemente entender. Espero que Nico haya vivido el mismo proceso que Hugo. Aunque, si no lo hubiera hecho..., ¿qué hace aquí?

Haruko y yo estamos hablando de la pasarela de Tokio donde ha desfilado para diseñadores nacionales. Nos levantamos a recoger y aunque ellos intentan ayudarnos, insisto mucho en que no lo hagan. Hugo me mira como si me hubieran abducido porque normalmente tiene que tirar de mí y arrastrarme por el suelo hasta la cocina para que le ayude a recoger después de cenar. Pero hoy quiero que se queden solos...

Hugo ha preparado unos dulces que hay que calentar un puntito en el horno. No son los mismos que la primera noche en que me acosté con los dos, claro, eso hubiera sido demasiado. Son un experimento suyo de chocolate blanco y frambuesa. Una especie de pequeñas berlinas rellenas y caseras. Y allí nos apoyamos en la bancada a hablar como dos recién conocidas que tienen que caerse bien y que, por suerte, lo hacen. De paso, preparamos café. Y unas infusiones. Y le enseño algunas cosas que Marian nos trajo de su último viaje a Japón, donde ellos vivían hasta hace cosa de un año. Le hemos seguido la pista a Nico gracias a su familia. No puedo decir que no tenga suegra..., la tengo y cógete los machos, que es muy maja y muy dulce, pero Nico tenía razón cuando me dijo, en nuestro viaje a Tailandia, que su señora progenitora opinaría muy pronto que soy muy de ciudad. Empeñadita en que aprenda a cocinar porque «no puedo depender de Hugo». Y no lo hago. Venden cosas precocinadas estupendas.

Le pregunto a Haruko cómo es vivir en Estocolmo y en qué hablan Nico y ella en casa. Me dice pasándose al inglés, con el que está más cómoda, que intenta aprender más español pero que se han acostumbrado a hablar entre ellos en inglés y que es difícil quitarse ese tipo de costumbres. A la niña le hablan en inglés, japonés y español. Esperan que aprenda también sueco, idioma que se les está resistiendo un poco a ellos. Alucino con su vida. Cuando nos damos cuenta, los bollitos están más morenos de lo que planeábamos y el café está frío, así que tenemos que volver a calentarlo. Y si Hugo se entera hará infusiones conmigo, porque odia el café recalentado. Me dirá eso de… «Pero ¿por qué no lo has tirado y has hecho más?».

Cuando llegamos al salón y Haruko se asoma a vigilar que todo va bien en el sueño de su hija, se escucha el rumor de una conversación entre Hugo y Nico. Se adivina a través de la cortina que están de pie, apoyados en la barandilla, mirando hacia fuera.

—Fue duro…, no voy a decirte lo contrario porque sería mentir. —Oigo decir a Nico.

—Por aquí no fue mejor.

—Lo sé. Y a día de hoy siento no haber podido hacerlo todo más fácil.

—Yo también pienso muy a menudo en ello.

Haruko se acerca con intención de salir, pero la paro a ella y a la bandeja donde lleva el postre y pegándome el dedo índice a los labios, le pido un segundo de silencio.

—¿Has llegado a alguna conclusión? —pregunta Nico.

—Sí. Que nunca volverá a ser lo que fue.

—No. No volverá pero… ¿para qué querríamos que lo fuera? Lo que quiero decir es que… en realidad no teníamos nada. Ni siquiera nos teníamos el uno al otro porque estábamos aquí por motivos equivocados. Creo en el destino. A mí me tocaba estar en aquella puñetera sesión de fotos para conocer a Haruko, para que Mako naciera… y si no me hubiera marchado nada sería así. ¿Sabes cómo sería? Yo seguiría poniéndome traje para ir a trabajar, tú seguirías amargado regentando un negocio que te pone enfermo y Alba habría volado lejos.

—Sí…, bueno, ya sabes que yo no creo en el destino.

—Pues a ratos deberías. —Y sin verlo sé que Nico está sonriendo—. Quizá es que ser padre me ha cambiado. Voy a ser sincero, Hugo, no se me pasó hasta hace relativamente poco. No podía ni mencionar mi vida aquí sin ponerme enfermo. Me sentía… traicionado. Que me echaras de aquí seguía siendo para mí una puñalada que, al menos, siempre agradecí que me dieras de cara.

—¿Entonces?

—Entonces nació Mako. Y todo se volvió relativo. Menos ella, que es ella en absoluto. Y yo su padre y Haruko su madre. Un microuniverso de creación propia. Me cambió el prisma. Fue como haber estado ciego media vida. Cuando seas padre me entenderás. Relativicé tantas cosas entonces… y entonces mis padres viajaron a conocerla y me trajeron tu invitación. Quizá no es el destino, pero hay cierta intención en la oportunidad que rige el cosmos, no jodas.

Oigo a Hugo reírse a media voz.

—Déjame decirte algo, Hugo…, he estado muy enfadado, muy dolido…, mucho.

—Lo sé.

—Espera…, he estado muerto de rabia, pero nunca dejé de sentir que aquí me quedaba un hermano.

Siento un nudo en la garganta. Haruko sonríe y susurra:

—Por fin. Odio el orgullo.

Le contesto al gesto y cuando vuelvo a mirar, el que en dos días será mi marido y su hermano se abrazan. Dejo la bandeja que llevo en mis manos en la mesa de centro e insto a Haruko a hacer lo mismo. Necesitan unos minutos. Y yo les daría la vida entera por seguir sintiendo esta placidez.

46

EL CUENTO DE HADAS

Ha llegado el día. Y no sé si quiero morirme de vergüenza o reírme a carcajadas. No podríamos haberlo hecho en vaqueros en un juzgado. No, no. Tuvimos que montar este circo tan de risa, tan acorde a lo que nosotros sentimos en relación al matrimonio. Tan... de cuento de hadas.

Mientras me arreglan el pelo repaso mis votos. Sí, mis votos. Es una historia muy larga. Digamos que me hice tanto la difícil que al final mi truco se me volvió en contra cuando Hugo dijo que lo haríamos como a mí me diera la gana. Y yo llevaba tiempo diciéndole que un cuento de hadas debe terminar con una boda a la americana. Le enseñaba fotos de Pinterest pensando que se echaría atrás y me dejaría estar, pero... sorpresa, sorpresa. Lo que son capaces de hacer los hombres por salirse con la suya. Eso o que me cuesta confesar que al final esto nos hace más ilusión de lo que queremos admitir.

Mi hermana lleva ya tres peinados desde que han venido a arreglarnos; dice que con todos parece un conejito y que quiere ser más bien Darth Vader. ¿Qué hago con ella? Para que las fotos salieran cucas, decidimos que todas esas cosas que una novia tiene que hacer y deshacer antes de ponerse el vestido, las haría en el que fue mi piso, en el séptimo. Mis damas de honor y yo correteamos por todo el piso y mi madre nos mira horrorizada. Me he hecho unas fotos preciosas en bata, con el peinado a medio hacer y maquillada. Mi bata de raso es blanca y detrás lleva bordado «novia». Las demás la llevan igual en negra con «dama de honor» decorando su espalda.

No conseguí vestirlas igual como era mi intención, pero Gabi, Isa y Diana llevan sus vestidos del mismo color berenjena. Mi hermana y Marian, sin embargo, van de negro para diferenciarse; ellas son testigos además.

Cuando me pongo el vestido (el secreto mejor guardado de esta boda), todas se ríen con ganas. He sido tradicional en casi todo. Es un vestido de novia, sí, y es blanco, aunque mis abuelas ya han expresado su inconformidad porque no me lo merezco después de dos años viviendo con Hugo. Mi virtud, dicen, se quedó por el camino. Si ellas supieran... Entonces, ¿por qué se ríen al verme vestida de novia? Pues porque... ¿cómo podía yo negarle a mi marido lo que más le gusta de mí? Es un vestido corto pero precioso. Manguita corta y escote de encaje. Cuerpo ceñido a la cintura con un fajín de seda blanco. Falda de campana, pomposa, con tantas capas de can can por debajo que tengo que tener cuidado al sentarme. A los pies un par de zapatos rojos de Manolo Blahnik que mi aún prometido me regaló para hacer oficial que nos casábamos. Él cree que me los pondré para salir de la cena de camino a nuestra casa, como si fuera a cambiarme. Yo este vestido lo amortizo sí o sí. ¡Y que no me lo ponga para ir a trabajar!

Cuando mi madre me da el ramo de novia rojo, a conjunto con los zapatos, y me miro en el espejo, sonrío. Soy la novia más típica/atípica del mundo. Llevo el pelo suelto, estudiadamente ondulado, con volumen. La raya al lado también con volumen y un mechón sujeto para que no caiga en mi cara. Peinado de niña buena. En los ojos, *eyeliner* negro y en los labios el Lady Danger de MAC.

El coche de las damas de honor y las testigos aparca en la puerta justo antes que el mío. Mi padre me ayuda a salir. Se escucha un poco de música dentro. Sonrío a mi padre, que me devuelve el gesto con su bigote peinado para la ocasión.

—Mira que te gusta hacer las cosas a tu manera.

—No hay otra manera.

Mi madre entra en el jardín donde nos casaremos en unos minutos. Y me sorprende estar tan poco nerviosa. Siempre pensé que si algún día hacía algo así vomitaría encima de alguien de la histeria. Pero… no.

Dentro se ha hecho el silencio. Es el momento. Ahora vamos nosotras. Isa y Diana entran primero, pisando los pétalos de flores que dibujan una alfombra degradada, del rojo sangre al blanco más puro pasando por los rosas, y los corales. Ha quedado tan bonito y tan moñas que no sé si horrorizarme o emocionarme. Detrás de ellas caminan tontamente ilusionadas Eva y Marian, sujetando sus ramilletes de damas de honor. Detrás, Gabi con su niña, que aprendió a andar justo a tiempo de llevar la pizarrita en la que pone: «Ahí viene la novia». Ojalá hubiera podido convencer a Olivia de participar en la ceremonia, pero me amenazó con prenderle fuego a mi vestido si la obligaba.

Mi padre y yo echamos a andar y me da la risa tonta. Mi padre aprieta mi brazo, que tiene cogido firmemente con el suyo, para que mantenga la compostura. Veo a Isa, Diana, Gabi y su hija sentarse en el banco que tienen asignado y entonces… suena la canción señalada para que vaya avanzando. Eva y Marian se quedan frente al atrio, mirando mi entrada. Y la canción es *Dear future husband*, de Meghan Treinor, que es tan bonita como irónica, interpretada por dos chicas del conservatorio de música acompañadas de dos compañeros que tocan guitarras españolas. Voy mirando por dónde piso, tratando de no reírme, pero levanto la mirada y me encuentro con los ojos de Hugo, que sonríe tanto como yo y coge aire. Leo en sus labios: «Dios…, *piernas*». Y todo vale la pena.

Los invitados, apenas treinta, me miran con una sonrisa. Junto a Hugo, Nico de riguroso traje pero sin corbata y otro de sus amigos, con el que se ha unido mucho en los últimos años. Cuando llego a su lado, mi padre posa mi mano en la de Hugo y le da la bienvenida a la familia al puro estilo «Aranda».

—No se admiten devoluciones.

Hugo se echa a reír, coge mi mano y me ayuda a subir el escalón en el que los dos nos miramos. Después nos giramos para que «el maestro de ceremonias», medio político de un ayuntamiento, medio *showman*, empiece con nuestra boda. Habla sobre el compromiso, sobre el amor, sobre ser fiel a lo que uno quiere aunque el viento nos venga en contra. Casi ni le oigo. Esto es como siempre soñé. Esto es como si fuera a despertarme de pronto.

—Y ahora los novios leerán los votos que han preparado para la ocasión. Hugo…, cuando quieras.

Suelta mi mano y busca en el bolsillo interior de la chaqueta de su esmoquin una cartulina donde lo tiene todo anotado, aunque me dijo anoche que casi lo había memorizado de tanto leerlo. Uno de los chicos canta entonces su versión de *Tenerife's Sea,* de Ed Sheeran. Hugo carraspea y sonríe:

—La primera vez que te pedí que te casaras conmigo hacía dos meses que nos conocíamos. Me arrodillé en el mirador del Rockefeller Center con un anillo que compré un par de días antes en Tiffany's. Y allí, de rodillas, te prometí que te daría ese cuento de hadas que siempre habías deseado en el fondo de tu corazón. Y… no me reconocí. Porque, Alba, *piernas,* pequeña, mi vida… me volviste loco. Y cuando digo la primera vez es porque aún me hiciste sufrir como para pedírtelo tres veces más. La segunda fue en ese restaurante de Barcelona que tanto te gusta. Te eché un discurso de doce minutos sobre lo importante que había sido para mí encontrarte en la vida y tú arqueaste una ceja y me preguntaste si la proposición iba acompañada de otro anillo. Cuando te dije que no, me mandaste a freír espárragos. No te valió la promesa de uno más grande, más caro, más brillante, porque en realidad, me confesaste mientras me besabas bajo las estrellas, no era nuestro momento.

»A la tercera, me dije, va la vencida. Y tampoco. No te valió que me arrodillara en el puñetero Retiro con todo el mundo mirando. Me abrazaste, fingiste aceptar y me susurraste al oído: "Ni de coña, mamón". Y me di cuenta de por qué te quiero tanto. En la cuarta ocasión habíamos cenado sushi a domicilio porque la nevera estaba vacía y habíamos bebido un poco de vino de más. Estábamos sentados en la terraza, en las hamacas. Te miré y te dije: "*Piernas*, ¿y si nos casamos por el rito gitano?". "Si quieres que me case contigo quiero una boda como las de las películas, tan ridícula que pasemos años riéndonos de nosotros mismos". Y entonces te pregunté si eso era un sí. Y sí…, lo fue.

»Siempre pensé que moriría solo. Bueno, no solo, sino con una enfermera de veintidós años rubia con dos buenos… títulos en cuidados geriátricos. —La gente se ríe—. Y cuanto más lo pensaba más me llamaba la atención que algo no terminaba de encajar. Porque me faltaba la pieza principal…, tú. No creo en el destino, pequeña, pero sí en las señales. Y sentarme frente a ti aquella mañana en el metro ha sido lo mejor que he hecho en mi vida, aunque a ratos se haya hecho tan difícil.

»Así que, siendo realista, no puedo prometerte no hacerte llorar jamás, porque soy un poco bruto. Ni siquiera puedo jurarte una vida de cuento, porque la realidad no es siempre como nos gustaría. Pero sí te prometo quererte hasta que me muera, envejecer a tu lado, hacerte madre si quieres serlo, viajar y llenar un hogar con nuestros recuerdos. Te prometo todo aquello que quieras de mí por imposible que parezca, *piernas*, porque he nacido para complacerte. Y ahora… prométeme tú, porque me quieres, que si mueres antes que yo, una joven nórdica velará junto a mi cama, esperando a que lo que sea que haya después nos junte de nuevo.

Abro la boca para decir algo, pero me acuerdo de dónde estoy y que no puedo llamarle «marrano». A pesar de eso, se lo susurro aunque un poco alto porque todo el mundo se echa a reír. El maestro de ceremonias sonríe de oreja a oreja. No creo que nunca haya estado en una boda como esta. Me da paso en un gesto y yo busco a mi hermana, que saca de su bolsito mis notas. Me lanza un beso y yo le guiño un ojo. Los chicos cantan ahora *Thinking out loud,* de Ed Sheeran. Pronto todos vomitaremos conejitos de angora.

—Me he esforzado mucho, Hugo, por intentar averiguar cuál fue el momento en el que me di cuenta de que eras el hombre de mi vida, pero por más que lo he pensado, no logro identificarlo. Quizá fue en aquel mirador, en Nueva York, viéndote arrodillado con un anillo en tu mano porque nunca te consideraste nadie para quitarme de la cabeza ninguna idea. Es posible que fuera bailando en aquel restaurante a la orilla del Hudson, o cuando llenaste de flores el despacho que compartimos en la oficina. Quizá fue aquel domingo en la cocina, cuando me preparaste tortitas a las seis de la mañana porque me levanté con antojo. O es posible que la prueba definitiva fuera que construyeras un vestidor en la habitación de invitados para verme sonreír. Pero si no lo sé es porque, desde que te conozco, cada cosa que vivimos fue una señal que apuntaba a que Hugo y Alba eran una realidad. ¿Cómo si no iba a sonar en un local oscuro y pequeño de Christopher Street nuestra canción? El cosmos ya debía estar planteándose mandar a los cuatro jinetes del Apocalipsis para que nos diéramos por enterados. —Todos ríen y yo suspiro—. Sé que te vuelvo algo loco. Sé que a veces consigo sacarte de esa casilla de *gentleman* que tan bien te queda. Sé también que nunca aprenderé a cocinar y que soy probablemente la persona menos indicada para lavar tus camisas. Gasto mucho dinero en pintalabios que siempre te parecen el mismo y no me gusta ser como los demás esperan que sea. Alguien podría pensar que esto terminará siendo un problema, pero... me encanta volverte loco y ver cómo me sigues con la mirada esforzándote para no sonreír porque intentas enfadarte conmigo. No sabes cuánto me gusta verte perder los papeles, poner los ojos en blanco y mesarte el pelo, porque no quieres gritar, aunque me encante hacer las paces... Siempre me ha gustado que cocines para mí y sé que a ti también. Luego, cuando vamos a la cama, hueles a casa, a mí, a hogar y me haces sentir que allá donde estés, yo estaré bien. ¿Y sabes algo más? Nos encanta que mis pintalabios terminen manchando el cuello de tus camisas y tracen un mapa de los rincones de tu piel en los que me moriría. Sé que nunca esperarás de mí nada que yo no quiera dar, sé que seré siempre la princesa de un cuento de hadas en el que no creíste hasta conocerme y... con eso basta.

»No puedo prometerte una vida sin errores. No puedo prometerte no tropezar o no volver a discutir porque dejé mi plancha del pelo encendida en la pila del baño durante dieciocho horas. Pero puedo prometer que seré para ti tu mujer, tu mejor amiga, tu confidente, tu compañera, tu colega, tu amante, la que no lleva pijamas de felpa porque sabe cuánto los odias. Quiero que nuestro dormitorio sea tu lugar preferido y que cuando alguien te saque de tus casillas, pienses en ese rincón del mundo que es solo nuestro y bailes mentalmente conmigo nuestra canción. Porque si vale la pena volverse loca de amor por alguien, es por ti, como bien me dijiste hace ya tanto tiempo en Nueva York. Yo te prometo seguir a tu lado, acariciar tu pelo para que te duermas antes que yo y quererte con esa locura tan adolescente que se abre paso dentro de mí cuando te miro. Te prometo muchas cosas, pero olvídate de la veinteañera nórdica porque pienso pedir que me embalsamen y me sienten en mi lado de la cama. Te quiero.

Hay un momento de silencio y todos los invitados nos miran. Siento que hasta lo hacen sus padres desde las fotografías que dejamos en las dos primeras sillas de su lado, en unos marcos preciosos. Como si hubiera adivinado qué estoy pensando desliza sus ojos hasta allí y sonríe. Es el momento de intercambiar anillos. Suena *No puedo vivir sin ti,* de Coque Malla. Nico rebusca en su bolsillo y le da el mío a Hugo, que lo desliza sin ceremonia en mi dedo anular. Mi hermana lleva el de Hugo y no puede evitar acercarse y darle un beso a su cuñado. Ya está llorando como una gilipollas y todo el rímel se le ha corrido. No sé si la peluquera habrá conseguido que parezca más Darth Vader que un conejito, pero ahora tiene un parecido asombroso con Batman. El anillo encaja a la perfección en su dedo anular y nos dan permiso para besarnos. Lo hacemos, envolviéndonos con los brazos y todo el mundo aplaude. «Just married».

Antes de que puedan acercarse a felicitarnos, bajo del escalón cogida de su mano y poso mi ramo de novia frente a la foto de su madre. A su padre le dedicaremos nuestro primer baile... *Lágrimas negras,* que aunque canta al desamor para nosotros ya es un himno. Saco una flor preciosa, grande, roja y voy hacia donde la madre de Nico está sentada.

—Gracias —le decimos. No hay nada más que añadir y se la doy.

Ella nos besa las mejillas, llorando. Mi hermana se acerca a darme el otro ramo, el de rosas de todos los colores. Yo le arreglo la pajarita a Hugo y nos sonreímos. Me dice que me quiere y yo le contesto que ahora ya no tiene que camelarme.

—Ya me tienes —bromeo.

—Siempre nos tuvimos.

Después de los abrazos y los besos, nos hacemos las fotos pertinentes. Nico está en un rincón, con su mujer y su hija, sonriendo como solo sonríe a personas que no somos gente. Aunque supongo que somos su gente. Cuando suena una personal versión del *Cuando éramos reyes*, de Quique González, ellos se miran con complicidad recordando y dejando atrás a la vez aquellos años en que ellos lo fueron.

Los invitados se han congregado en la otra parte del arco de madera y flores que daba la bienvenida a la ceremonia y cuando nosotros cruzamos ese umbral, recibimos la clásica lluvia de recién casados, pero no es arroz ni lentejas ni pétalos de rosa. Son ositos de gominola de colores, que caen por todas partes. Y bajo ese chaparrón de colores y dulces, Hugo me acerca a él y me besa. Y no hay nada que importe ya.

Así es como terminan los cuentos, ¿no? Con un fueron felices y comieron... ositos de azúcar, que no soy muy de perdices yo. «No puedo vivir sin ti..., no hay manera...».

Epílogo

Voy a parar en esa gasolinera —dice Hugo reduciendo la velocidad—. No sé si nos volveremos a encontrar una en los próximos…, no sé, quinientos kilómetros.

Lo miro con una sonrisa y repantingada en el asiento del copiloto le acaricio el pelo. Nuestra luna de miel empezó hace doce días. Aterrizamos en Chicago, dormimos en el Four Seasons y a la mañana siguiente recogimos nuestro coche de alquiler, con el que estamos recorriendo el país por la histórica Ruta 66. Ahora mismo nos encontramos en un punto indeterminado de Arizona, pero creo que muy pronto entraremos en el estado de California. Hugo para el coche y se quita las gafas de sol, que deja colgando del cuello de su camiseta.

—Cógeme algo de beber —le pido.

—Tendremos que volver a parar en mitad del desierto porque te haces «mucho pipí», *piernas* —se burla.

Le enseño el dedo corazón erguido y salgo del coche para estirarme. Veo a Hugo entrar en la tienda. Suena música dentro de nuestro coche. Mi señor esposo ha debido olvidar quitar la llave del contacto, así que meto medio cuerpo y lo hago yo. Al salir encuentro a un chico alto, moreno, que mira con interés nuestro coche parapetado tras unas gafas de sol Ray-Ban. Lleva una camiseta de manga corta y la piel de sus brazos está completamente cubierta de tatuajes. Sé que está mal que me fije en estas cosas pero…, madre de Dios santísimo, cómo está. Baja ligeramente sus gafas y silba echándole un piropo al auto.

—Wow —dice.

—Thanks —contesto avergonzada.

—Es un Ford Shelby, ¿verdad? —dice en un perfecto español, como si mi lamentable acento me hubiera delatado.

—Sí.

—¿Del… 68?

¿De qué me suena a mí este chico?

—Ni idea. —Me río—. Es alquilado.

—Pues permíteme que te diga que tenéis un gusto exquisito. Yo tengo un Mustang, pero de los de nueva generación. Estos tienen más encanto, dónde vas a parar.

Se quita las gafas y abro la boca para decir algo, pero me quedo estupefacta sin que ni una palabra coja forma dentro de mi cabeza.

—Estaba sonando Paloma Faith, ¿verdad?

—Sí —asiento como una gilipollas.

Sus ojos color caramelo líquido estudian el coche de arriba abajo. Le da una vuelta y termina a mi lado. No sé ni siquiera si moverme. Señala lo que sostengo en la mano y me doy cuenta de que llevo apretado en mi puño el mapa en el que tenemos marcada la ruta a seguir.

—¿Me permites?

—Claro.

—Alguien que alquila este coche para hacer la Ruta 66 no puede perderse… —vacila, saca del bolsillo trasero de su vaquero negro roto un rotulador de los que usan los niños pequeños para colorear y lo destapa con los dientes. Señala con una «x» un par de puntos del mapa—. Este sitio es genial. Y este. Yo os recomendaría dormir aquí…, no aquí. Es más famoso, pero no vale la pena.

Tapa de nuevo el rotulador sirviéndose de la boca y me guiña un ojo. Mira hacia detrás de mí y silba. Me giro para ver a una niña corriendo enloquecida.

—Shhhh…, Alba —grita—. Aquí. Ya.

Sonrío. La niña acude estudiándome con el ceño fruncido. Es preciosa. Se le parece bastante. Imagino que es su hija…, desde luego este hombre no podría tener hijos feos ni queriendo.

—Hola —le digo a la niña—. Yo también me llamo Alba, ¿sabes?

—¿Tus papás también llevan dibujado tu nombre?

Él la mira y humedeciéndose los labios, sonríe. Me enseña uno de los tatuajes de su brazo, concretamente el que adorna su muñeca izquierda. Es un amanecer en el mar.

—Vayaaa… —exclamo—. Yo no tengo tanta suerte.

Sonríe orgullosa.

—Venga, Alba… —dice su padre—. Al coche.

—Adiós, otra Alba —se despide moviendo su manita.

—Encantada de conocerte.

Él se coloca las gafas de sol de nuevo y sonríe en una mueca irresistible.

—Un placer.

—Lo mismo digo.

Va hacia su coche y mete a la niña en una sillita en la parte trasera. No puedo dejar de mirarlo. Mi hermana se va a morir cuando se lo cuente. Hugo sale con dos botes enormes de té marca «Arizona» en la mano y me los da, además de un beso en la sien.

—¿Ligando, *piernas?*

410

—Hugo…, Hugo… —Le cojo del brazo pero él se escabulle hasta el surtidor para empezar a poner gasolina.

Una chica sale de la tienda bebiendo un bote de refresco de medio litro. Es pelirroja y guapa. Lleva un vaquero negro tobillero ceñido, una camiseta blanca estilo *boyfriend* con una calavera negra y unas gafas de sol preciosas. Creo que son de Fendi. Va hacia el coche en el que se han metido el chico y la niña, pero antes mira de reojo y se para. Se quita las gafas de sol y desliza los ojos por el coche.

—Madre de Dios. ¿Esto es un Shelby del 68?

—Sí. —Sonrío.

Hugo se asoma y ella le sonríe también. Se vuelve a poner las gafas, le da un trago a su bebida y se acerca un par de pasos a mí.

—Un gusto exquisito, querida. —Y algo en su tono me dice que no se refiere solo al coche.

—Gracias.

—Disfrútalo mucho.

—Lo mismo digo. —Señalo su coche y me entra la risa.

Vuelve a mirar a Hugo y con un rápido movimiento de cabeza expresa admiración.

—Somos chicas con suerte.

—Y con paciencia —respondo.

—Ay, niña. Estas cosas son las que la hacen a una feliz.

Me sonríe y vuelve hacia el Mustang negro donde se ha metido su marido. Se asoma por la ventanilla y finge ser una putilla que se ofrece. Unas carcajadas dentro del auto la reciben y ella no tarda en meterse dentro. Pronto el coche desaparece rumbo a la autopista levantando una nube de polvo tras él.

—¿Qué haces ahí parada? —pregunta Hugo mientras deja el surtidor de gasolina en su sitio.

—¿Tú sabes quién era ese tío?

—Ni idea. ¿Quién era?

Estoy a punto de contestarle, pero me distrae lo que me ha dicho ella. «Estas cosas son las que la hacen a una feliz». Cuánta razón. A veces una tiene que perderse, encontrarse y esperar, porque las mejores cosas de la vida nunca suceden deprisa, aunque lo parezca. Son procesos largos, casi eternos, que activan los engranajes de una maquinaria gigantesca que rige el cosmos. Algunos lo llaman destino, otros casualidad. Yo... tenacidad. Porque al final uno es feliz si se empeña en serlo. El primer paso..., conocerse y enamorarse de uno mismo, con sus errores y defectos. Aquello que nos hace humanos es lo que nos permite amar por encima de lo cuerdo..., es lo que hace que la vida valga la pena.

Me giro. Hugo está apoyado en la carrocería del coche y le sonrío. Los dos nos metemos dentro del Mustang y pone en marcha el motor. La música vuelve a sonar..., es Paloma Faith cantándole a Nueva York. Una cascada de recuerdos me llena la retina y el pecho y suspiro de puro amor. ¿Conocéis esa sensación? Casi no te deja respirar. Es como si todo lo bueno que sientes se condensara en una sola exhalación que se come el oxígeno de tu interior.

—¿Sabes que este coche es un Ford Shelby del 68? —le digo petulante.

—¿Ah, sí? ¿Y tú cómo lo sabes?

—Yo sé muchas cosas...

El paisaje se mueve a toda velocidad más allá de las ventanillas, tragándonos. Nosotros también levantamos polvo con las ruedas. Pronto estaremos en Santa Mónica, mirando hacia el mar. Pronto nos besaremos mientras la brisa marina me revuelve el pelo. Pronto la historia que nos ha traído hasta aquí será solo el comienzo, el pasado. Y por delante de nosotros un camino nuevo en el que seguiremos escogiendo. Al final, da igual qué es lo que decidas siempre y cuando sea tu elección y al terminar el viaje te mires en el espejo y digas: «Ha sido un placer viajar con alguien como yo».

—¿En qué piensas, *piernas*?

—En todo.

—¿Todo?

—Todo. Nosotros. Siempre.

—En nuestro cuento de hadas.

Sonreímos y nuestras manos se entrelazan sobre la palanca de las marchas y, como aquella vez hace tanto tiempo, no es solo en las manos donde sentimos.

No sé ni por dónde empezar.

En septiembre de 2013 lloré como una boba viendo a la primera de las Valerias en la estantería de una librería y sigue emocionándome ver nacer cada nuevo proyecto como si fuese el primero, con esos nervios en el estómago y mis minutos de pánico total.

Gracias a todos los que acompañan cada parte del proceso con ilusión, desde los que sufren los vaivenes de "las musas", como Óscar, Sara o mis padres (a los que contesto con monosílabos si me llaman en ese momento) hasta vosotr@s, Coquet@s, que recibís con una sonrisa los nuevos trabajos y me dais vuestro cariño y apoyo constante.

Gracias también a los que hacen que algo tan tierno como unos ositos de gominola se torne divertido y coqueto. Gracias a todo el equipo editorial que lucha cada día porque cada detalle sea especial. Ana, Pablo, Pilar, Patricia, Gonzalo… Gracias no solo por eso, sino por todo lo que, con suerte, está por venir.

Gracias a mis amigas, las que ejercen de lectoras cero (María y sus "Yo quiero un Hugo"), opinan o simplemente soportan el chaparrón cuando les cuento por dónde tendría que ir una historia y por dónde está yendo en realidad. A las que aún no se han leído ninguno de mis libros. A las que nunca han abierto una novela de este tipo pero dan una oportunidad a las mías. A las que me envían wasap diciendo que me odian porque faltan diez días para que se publique la continuación. A todas ellas, por reírse cuando aprieto los puños y gruño y por traerme una cerveza después. Por los pitillos en silencio. Por las copas de vino. Por los mensajitos. Por ser mis musas. Por dejar que a veces tome prestadas sus frases. A mis niñas (y mis niños), a tod@s, por ser parte de cada personaje que construyo y por hacerme sentir tan absolutamente orgullosa de formar parte de sus vidas.

Quiero hacer especial mención a Alba, que fue mi Olivia en la oficina, que me enseñó a comprar barato en Internet, a vestir decentemente y que compartió conmigo su sabiduría. Por los años que pasamos juntas sobre la moqueta azul y por los que nos quedan fuera de ella.

Gracias otra vez a toda la familia Coqueta que camina cada día a mi lado a través de las redes sociales. Por contarme vuestras historias, por hacerme partícipe de vuestras vidas y por compartir conmigo esos momentos. Y por conseguir que me conteste un tuit Milo Ventimiglia, que no es moco de pavo.

Y gracias, como siempre, a Óscar, el amor de mi vida, que cada día me demuestra lo importante que es casarse con alguien con quien, además de compartir amor, te ríes a carcajadas. Gracias por ayudarme a tomar una de las decisiones más importantes de mi vida y andar cogido de mi mano.

A todos… GRACIAS.